# Coração Selvagem

*Dust storm*


**Diretor-geral**
Alessandro Gerardi

**Gerente editorial**
Marcia Batista

**Produção editorial**
Letícia Nakamura
Raquel F. Abranches
Victoria Viana

**Tradução**
Marcia Men

**Preparação**
Monique D'Orazio

**Revisão**
Márcia Leme
Diana Szylit

**Arte**
Bárbara Garoli
Renato Klisman

**Diagramação**
Nadine Christine

**Ilustração de capa**
Malu Pitombeira

Dados Internacionais de Catalogação na Publicação (CIP)
Angélica Ilacqua CRB-8/7057

G234c Gates, Maggie
Coração selvagem / Maggie Gates ; tradução de Marcia Men.
-- São Paulo : Universo dos Livros, 2025.
352 p. (Série Irmãos Griffith ; vol 1)

ISBN 978-65-5609-839-5
Título original: *Dust storm* (The Griffith Brothers 1)

1. Ficção norte-americana
I. Título II. Men, Márcia III. Série

25-3847 CDD 813

Índices para catálogo sistemático:
1. Ficção canadense

Universo dos Livros Editora Ltda.
Avenida Ordem e Progresso, 157 — 8º andar — Conj. 803
CEP 01141-030 — Barra Funda — São Paulo/SP
Telefone: (11) 3392-3336
www.universodoslivros.com.br
e-mail: editor@universodoslivros.com.br

MAGGIE GATES

# Coração Selvagem

Irmãos Griffith

LIVRO 1

São Paulo
2025

Grupo Editorial
UNIVERSO DOS LIVROS

*Para meus cunhados, por conversarem naturalmente sobre suturar o útero prolapsado de uma vaca durante o jantar como se isso fosse completamente normal.*

*(Não é.)*

# ALERTA DE CONTEÚDO

Apesar de meus livros serem geralmente otimistas e inspiradores, todas as histórias podem se aprofundar em tópicos pesados. Este livro contém linguagem explícita e conteúdo sexual. Incentivo você a ler os alertas de conteúdo disponíveis em www.maggiegates.com/content-warnings.

Trate-se com carinho.

Com amor,
Maggie Gates

# PRÓLOGO

## Cassandra

Flashes de câmeras ofuscaram minha visão e eu tropecei para trás do pano de fundo do tapete vermelho.

Gritos se elevaram da fila da imprensa.

— Srta. Parker, você tem algum comentário sobre as alegações feitas por Lillian Monroe?

A ponta do meu salto agulha enroscou em um fio preso com fita adesiva e meu corpo foi para a frente com um solavanco.

Alguém pulou a barreira e enfiou uma câmera na minha cara.

— É verdade que você comprou um juiz?

Agarrei minha bolsinha *clutch* como se ela fosse o último colete salva-vidas em um navio naufragando.

— Srta. Parker! Olhe para cá!

Outro flash.

E outro.

E mais outro.

Uma van do bufê estacionada em um beco chamou minha atenção. Comecei a caminhar depressa na direção dela, mas mantive meu ritmo um pouco abaixo de uma corrida.

Os paparazzi tinham instinto de predadores. Se eu corresse, eles me perseguiriam e me devorariam viva.

Deslizei para trás da van e remexi dentro da *clutch* em busca do meu celular. Garçons e cozinheiros me olhavam com estranhamento enquanto transportavam caixotes de alimentos semipreparados.

*Apenas ignorem a loira em um vestido de grife se escondendo atrás das caixas de champanhe.*

Dei uma olhada superficial nas minhas mensagens, procurando por uma de Tripp.

Nada.

Dei uma espiada pela beirada da porta aberta da van enquanto apertava o botão de ligar e esperava a ligação completar.

*Você ligou para Tripp Meyers. Por favor, deixe seu recado após o sinal.*

Xinguei baixinho e enfiei o celular de volta na bolsa. Meu peito se apertava como um elástico prestes a estourar.

O carro estava lá, mas era o de Lillian. Eu não poderia utilizá-lo de jeito nenhum.

Tripp, presumivelmente, estava fazendo controle de danos.

O que significava que eu estava por minha conta.

Respirando fundo, amarrei o cinto do meu casaco comprido bem apertado para esconder o vestido.

A sede do Carrington Group ficava a dez quarteirões dali, o que significava que eu teria de manter a cabeça baixa e não chamar atenção.

O que seria bem difícil, considerando que meu rosto estava estampado em todas as telas do país, eu sendo encarada nos olhos por uma atriz traiçoeira pronta para jogar minha carreira ralo abaixo.

Dez quarteirões em saltos agulha altíssimos que já estavam estraçalhando meus pés. *Fantástico.* Se eu mantivesse a cabeça baixa, conseguiria esconder as lágrimas que eu deveria segurar.

Eu entraria no prédio, me esconderia longe de olhos bisbilhoteiros e traçaria um plano.

Eu só precisava de um minuto para pensar.

O ninho de víboras virou uma turba, alimentada pelos cliques das câmeras. Olhei no espelho lateral da van, vendo meu noivo escoltar minha ex-cliente e agora inimiga para fora do cinema histórico.

Por uma fração de segundo, os abutres se distraíram.

E eu corri.

# 1

## Christian

— Vamos lá, esquilos, acelerando! — gritei do andar de baixo.

— Pai! — disse um esquilo, soltando risadinhas. — Somos *meninas,* não esquilos!

O rádio portátil junto da cafeteira estalou e meu irmão caçula, CJ, passou um relatório do movimento do gado.

As nove mil cabeças que se espalhavam pelo Rancho Irmãos Griffith nos mantinham em estado de alerta, mas o que me mantinha mais ocupado eram os dois furacões que deveriam estar se arrumando para irem para a escola.

Quando não as ouvi se mexendo lá em cima, larguei a espátula e estiquei o pescoço pelo canto da cozinha.

— Bree! Gracie! Terminem de se vestir, penteiem o cabelo e escovem os dentes!

— Eu quero tranças! — disse Bree, enquanto trovejava pelos degraus com passos condizentes com os de um jogador de futebol americano.

— Eu também! — ecoou Gracie, do banheiro delas.

— Não! Eu pedi tranças primeiro. Faça outra coisa — disparou Bree.

— Ei! Sem brigas a essa hora da manhã! — berrei, alto o bastante para elas me ouvirem do outro lado.

— Mas eu pedi primeiro! — bufou Bree, entrando intempestivamente na cozinha e pegando uma panqueca da pilha que eu estava ocupado fazendo.

Lavei as mãos e as sequei depressa com o pano de prato.

— Vocês duas podem ir de tranças.

— Mas ela tá me copiando!

Com treze anos, tudo o que Bree queria era que Gracie, de onze, parasse de segui-la por aí como um cachorrinho de olhos arregalados.

Isso me fazia rir dos anos em que Gretchen e eu pensávamos que ter duas crianças de colo era ruim. Agora eu tinha duas pré-adolescentes sozinho.

— Então eu faço tranças diferentes nas duas — falei, enquanto me voltava para o fogão e terminava de fazer as panquecas. — Pegue a caixa.

Bree levantou para cima da mesa da cozinha a caixa de iscas gigante que eu usava para organizar todos os acessórios de cabelos delas e se jogou em uma cadeira. Eu empurrei um prato de ovos e bacon para a frente dela para acompanhar a panqueca que ela tinha roubado da bancada. Elas mastigavam enquanto eu revirava os pequenos compartimentos cheios de elásticos, presilhas, pentes, escovas e um milhão de outras coisinhas que as meninas insistiam em usar.

— Que tipo de tranças hoje? — perguntei, bocejando, enquanto passava um pente por seu cabelo loiro acinzentado, tirando os poucos nós que ela havia deixado.

— Espinha de peixe — ela disse, com a boca cheia de ovos mexidos.

— Justa ou frouxa?

— Frouxa. Daquele jeito fofo. Com presilhas.

A vida não era fácil. Havia a gestão do rancho. Havia as meninas. Havia a necessidade de encontrar tempo para mim mesmo, o que geralmente ficava de escanteio.

Fazer tudo por minha conta era uma droga, mas eu não queria que minhas filhas sentissem que eram um fardo, jamais. Eu não era ótimo em tudo. O jeito como eu tinha gaguejado durante toda a conversa sobre menstruação com Bree alguns meses antes era uma prova disso.

Mas eu me esforçava.

Eu me esforçava *muito*, droga.

Bree ficou sentada quietinha enquanto eu repartia seu cabelo e começava a trançar as seções, uma por cima da outra.

Fazer tranças até que era fácil. O que me matava era aquela porcaria de modelador de cachos.

As queimaduras nos meus dedos eram prova disso.

Quando ela terminou seu prato, eu estava puxando as tranças espinha de peixe para ficarem frouxas e fofinhas.

Aparentemente, tranças justas não estavam mais na moda.

— Agora eu! — disse Gracie, enquanto abria caminho a cotoveladas para a caixa de iscas. — Eu quero...

— Qualquer trança menos espinha de peixe — interrompeu Bree.

Contive uma revirada de olho.

Tudo o que eu queria era uma manhã em que elas não estivessem se esganando por causa de quem ia fazer o quê. Era pedir muito?

Eu já deveria estar trabalhando.

— Quero uma auréola de trança.

Isso pareceu acalmar Bree.

Gracie dobrou sua panqueca no meio, recheando-a com ovos e migalhas de bacon antes de se encontrar comigo no sofá. Ela se deitou de lado e pousou a cabeça na minha perna enquanto eu trançava seu cabelo em uma coroa.

Enquanto eu prendia a ponta debaixo da trança com um grampo, Bree avisou:

— A vovó tá aqui!

Gracie disparou do sofá como um foguete.

— Os lanches estão na geladeira — avisei, retirando toda a parafernália para cabelos do sofá.

Elas colocaram a mochila nos ombros e calçaram os sapatos. A porta da geladeira fechou com força assim que elas pegaram suas respectivas lancheiras.

Não importava quanto elas implorassem para comprar lanche na escola, o lanche feito em casa significava que eu me importava. Dizia que eu havia dedicado tempo e esforço. *Certo*?

*Talvez eu devesse apenas deixar que elas comprassem lanche na escola.*

Passei a mão pela lateral da barba enquanto as via se carregarem como burros de carga.

Minha mãe estava sentada em sua minivan já ligada enquanto as garotas entravam correndo na parte de trás do carro e apertavam os cintos.

— Obrigado — disse para minha mãe, enfiando a cabeça pela janela do passageiro.

Eu tentava fazer de tudo para todas as pessoas. Principalmente para as *minhas* pessoas. E minhas filhas eram minhas pessoas.

Após a morte de Gretchen, fiquei de luto. Usei o mínimo de tempo para ser egoísta. Então juntei os cacos e tive de ser pai *e* mãe para minhas meninas.

Infelizmente, não havia horas suficientes em um dia. Assim, acabei cedendo e aceitei ajuda para algumas coisas, como deixá-las e buscá-las na escola.

— Disponha — disse ela, enquanto dava um gole de café em seu copo térmico. — Não se esqueça daquela consultora que vai vir hoje.

— Tenho certeza de que falei que isso era um problema *seu* — respondi, desdenhoso, sobre o som de cintos de segurança sendo afivelados. — Não fui eu quem a contratou.

— Nem eu — ela respondeu com uma risadinha. — Foi Becks quem a recomendou, e você sabe muito bem que não deve fazer desfeita à sua cunhada.

Ri disso, pensando sobre a correspondente de guerra de língua afiada por quem meu irmão mais velho se apaixonou enquanto servia no exército. É, eu sabia muito bem que não deveria contrariar Becks.

— Seu pai acha que é uma boa ideia. Eu também acho. Comporte-se e eu deixo você em paz até a hora do jantar.

Fui em direção à porta lateral aberta, inclinando-me para beijar a testa de Bree e Gracie.

— Tenham um bom dia. Amo vocês.

— Amo você, papai — disseram elas em coro.

Fechei a porta e fiquei olhando enquanto a van descia a estrada de terra em direção à rodovia que as levaria até a cidade.

Olhei no relógio. Ainda não eram nem 7h15.

Caminhei rapidinho de volta até os degraus da varanda e entrei em casa, pegando uma panqueca para mim no caminho. Segurei-a entre os dentes enquanto roubava a escova de cabelos roxa de Gracie para desembaraçar meu cabelo. Fui tirando os nós das pontas que passavam dos meus ombros antes de fazer um coque.

— Tá aí, chefe?

Eu apanhei o rádio.

— Prossiga.

A voz de CJ estalou na linha.

— A cerca caiu na fronteira oeste.

— Você precisa de mim por lá?

— Nem — disse ele. — Só estou avisando.

— Estarei no escritório a maior parte do dia cuidando dos registros de vacina. Dá um alô se precisar de alguma coisa.

— Positivo.

Sadie entrou distraída, sua cauda malhada batendo no chão de alegria enquanto olhava para mim.

— Desculpa, garota. Nada de vacas pra você hoje. Tenho de cuidar da papelada.

Ela bufou, correndo até a porta enquanto eu deslizava meus pés para dentro das botas e prendia o rádio no cinto.

Esvaziei a jarra de café dentro de uma caneca para viagem e desci as escadas correndo, sem me preocupar em trancar a porta.

Havia um lado bom em morar num rancho que pertencia à minha família havia gerações. Eu podia deixar a porta destrancada para quando as garotas voltassem da escola. Podia deixar as chaves na ignição da caminhonete. E, apesar de haver um limite na distância que eu autorizava, Bree e Gracie tinham muito espaço para correr livremente.

Nate, meu irmão, havia encontrado paz na zona de guerra. Já eu...

Eu saí de casa e observei a paisagem enquanto o sol de fevereiro despontava no horizonte.

Esse era meu reino.

Meu reino podia ir pro inferno.

Apertei o dorso do meu nariz para espantar uma enxaqueca e me perguntei qual Griffith era o culpado por me sobrecarregar com o legado da criação de gado.

*Animais do caralho, tentando se suicidar.*

O ar-condicionado engasgava na janela enquanto um gotejar constante batucava no balde logo abaixo. Pelo menos isso impedia que a água se condensasse e acumulasse no piso.

Passei um pente fino nos registros de vacina para me certificar de que nada estava fora de lugar. As contas tinham sido pagas. Um papelzinho dizendo que eu precisava comprar um interruptor de pressão hidráulico foi para o lixo depois do pedido feito. Eu estava esperando a ligação de nossa veterinária pecuária fixa, mas esperar por aquela ligação era como ficar olhando tinta secar. Ela era uma mulher ocupada.

Francamente, eu sentia falta de fazer o que CJ fazia todos os dias. Tinha saudade da camaradagem de trabalhar no campo com o resto da equipe. Tinha saudade de subir na sela antes de amanhecer e só voltar aos estábulos depois de o sol se pôr.

Pelo jeito, Sadie sentia o mesmo.

Mas assumir o lado administrativo para que meu pai pudesse se aposentar me deu uma agenda mais previsível, o que me permitiu priorizar as meninas. CJ ficou com meu antigo papel e se destacou nele.

Foi ótimo para todo mundo.

Olhei para o relógio. As meninas estavam na aula de dança. E se a veterinária não tinha ligado até agora…

Levantei da cadeira de rodinhas que há muito havia passado do seu auge e assoviei para Sadie enquanto pegava o chapéu e o largava em cima da minha cabeça.

— Bora, garota.

Ela correu obediente a meu lado em direção ao celeiro.

Libby, a égua puro-sangue da raça quarto de milha que eu montava desde os meus vinte e poucos anos, resfolegou, impaciente, enquanto eu ajustava sua sela.

Sadie parecia inquieta, andando de um lado para o outro no celeiro enquanto eu montava Libby e segurava as rédeas, guiando-a para fora do celeiro.

Libby disparou quando fizemos a curva e nos afastamos do celeiro e da sede do rancho. Ela grunhiu, os cascos martelando a terra.

Quando o conglomerado de estruturas virou um pontinho na distância, o estresse começou a diminuir e se dissipar. O ar limpo e a luz do sol me envolviam. Sadie, a cadela pastora aposentada do rancho, disparou feito uma bala.

Talvez todos estivéssemos um pouco entediados.

Aproveitei a cavalgada espontânea para inspecionar o lado mais próximo da propriedade e ver se estava tudo certo.

Depois de alguns quilômetros, Sadie parecia completamente exausta. Puxei as rédeas e fiz Libby desacelerar até alcançar um trote enquanto dobrávamos a curva para a casa de Nate.

Não tinha ninguém em casa.

*Hum.* Que estranho. Nate e Becks tiveram um cano estourado no dia anterior e estavam no processo de consertar a bagunça encharcada. Becks estava de licença-maternidade do seu trabalho de correspondente internacional de notícias. Ela deveria estar lá.

Tirando minha mãe, eu não tinha visto nenhum veículo saindo da propriedade pelas câmeras.

*Merda.*

Libby pareceu sentir minha urgência quando a instiguei a voltar ao galope. A cadela disparou e trotou pelo caminho que levava até minha casa, mas eu segui rumo ao portão principal.

Becks estava sentada no portão da casa dos meus pais, as mãos repousando sobre a barriga grávida enquanto observava a poeira subir dos pneus de um sedã que disparava pela estrada.

Seu cabelo ruivo estava preso em um coque no topo da cabeça e ela tinha uma xícara de chá na mão. Em se tratando de cunhadas, eu gostava dela. Ela era bem diferente da primeira esposa de Nate, Vanessa.

Por mais que eu odiasse tê-lo visto sofrendo na ocasião, nenhum de nós se surpreendeu quando eles se divorciaram. O que nos surpreendeu pra diabo foi vê-lo na TV resgatando uma repórter de escombros quando ele estava no serviço militar.

Mas deu tudo certo para eles. Agora, Bree e Gracie estavam nas nuvens com a ideia de ganhar um primo.

Fiz Libby diminuir o passo a uma distância segura da casa, dando-me uma chance de assistir à cena quando o sedã parou. As portas se abriram e um homem desceu pelo lado do motorista.

O sujeito franziu o nariz, desdenhando da paisagem.

*Ótimo.*

Becks havia nos arrumado um almofadinha da cidade. Isso seria pior que soltar um peido no meio da missa.

Libby soltou um relincho de desaprovação.

Então a outra porta se abriu.

Cabelos loiros dançaram ao vento como raios dourados. A mulher se aprumou e virou, estudando os arredores de trás da privacidade de um par de óculos escuros enormes.

Libby avançou devagar, permitindo-me espiar a mulher pelas costas.

Ela tinha pernas de tirar o fôlego e uma bunda à altura.

Seus dedos se flexionaram, segurando a porta que ela fechou com força. O sol refletiu algo reluzente em sua mão.

Um maldito anel de noivado.

# 2

## Cassandra

Exilada. Deixei uma trilha de fumaça no meu rastro ao fugir de Manhattan como uma fora da lei. Mais de 2700 quilômetros me separavam da vida que eu tinha trabalhado incansavelmente para construir.

*Precisamos de tempo para que as coisas esfriem.*

*A situação é muito volátil.*

*Nós te traremos de volta assim que outra manchete prender a atenção de todos.*

Eu já odiava o Texas. O ar era tão fresco que chegava a dar náusea. A brisa estava me dando dor de cabeça.

— Acho que dar um tempo da mídia inclui não checar as manchetes — disse Tripp, olhando de soslaio para mim enquanto guiava o carro alugado pela estrada de serviço mal pavimentada.

— Preciso ver como eles estão manipulando a história.

Com um movimento súbito, Tripp confiscou meu celular.

— Lillian não é mais problema seu.

— Ela ainda é um problema.

— Bem, agora ela é um problema meu — afirmou ele, com uma mistura peculiar de desprezo e convicção.

Esse era o problema de estar noiva de um colega. Bem... tecnicamente, Tripp era meu chefe.

Mas isso era apenas semântica.

Olhei para o diamante cintilando no meu dedo, desejando que ele se tornasse uma estrela cadente.

Eu teria pedido uma máquina do tempo para me levar de volta ao começo da semana, para quando eu ainda tinha um emprego. Quando era respeitada. Quando não estava sendo banida para o estado da estrela solitária pelo meu chefe que virou meu noivo.

Eu me recosto no banco, fecho os olhos e conto até três.

— Não sei por que você acha uma boa ideia me esconder em um rancho. E pare de tentar me convencer de que isso é um projeto de desenvolvimento de negócio. Nós dois sabemos que estou sendo colocada de castigo.

Tripp tentou segurar minha mão, mas eu a afastei. Não estava me sentindo particularmente carinhosa no momento.

*Engula o rebaixamento a seco e aceite o projeto que Rebecca Davis, agora Rebecca Griffith, ofereceu ou comece a procurar por outro emprego.*

Tripp chamava aquilo de "gestão de crise". Eu chamava de ultimato.

— É para o seu próprio bem. Cem por cento das pessoas leem as manchetes, cinquenta por cento leem as matérias em si e ninguém lê a retratação. Ficar longe dos holofotes e dar tempo para que todo mundo esqueça o que aconteceu é melhor do que exigir retratação e reposicionamento — disse, dando um toque palatável à situação.

Era um monte fumegante de merda, isso sim.

E eu estava prestes a ser inundada com uma quantidade bíblica de merda de verdade. De vários tipos.

— Eu não sou covarde. Posso consertar essa situação.

— Não é porque você pode consertar que é você quem deve consertar. — Ele virou à esquerda na estrada de terra. — Eu tenho de pensar na empresa. E se você se importasse comigo e com seu emprego, também pensaria no que é melhor para a empresa. Quer ter razão ou vencer?

— Eu não tenho como vencer se estiver no banco de reservas.

— Um projeto de desenvolvimento de negócio não tem nada a ver com um banco de reservas, Cassandra — disse Tripp com desdém.

— Você está me mandando pro Texas...

— Que é uma das maiores potências econômicas do país.

— Para um rancho de gado — falei entredentes, então olhei para os Manolos aos meus pés. Eles não tinham sido feitos para andar na terra. *E eu também não.*

Eu deveria estar sentada no meu escritório escrevendo comunicados de imprensa para estancar os rumores sobre o colapso extremamente público de Lillian Monroe. Deveria estar recebendo chamadas e agendando encontros para contar a história do meu jeito e conquistar um pouco de simpatia do público.

Em vez disso, Lillian estava se bronzeando em um iate na Espanha e eu estava indo à merda.

A expressão de Tripp era imperturbável.

— Eu sei que não é o cenário ideal, mas é melhor para todos.

Fantástico. Agora ele estava usando a voz de relações-públicas comigo.

Olhei para fora da janela enquanto planícies gramadas passavam por nós.

— E nós? Como isso pode ser o melhor para nós? E o nosso casamento? — Senti um nó na garganta, mas o engoli com sucesso e mantive a postura. — Quando vou poder voltar?

Tripp deu um sorriso apaziguador. Ele havia se desligado da conversa assim que ela começou.

— Quando as coisas esfriarem, conversamos sobre uma data. A imagem pública é...

— Mais importante do que nosso conforto.

Eu conhecia bem a frase. Era a frase de efeito que Tripp dizia quando priorizava a empresa ou um de seus clientes em detrimento de nosso relacionamento.

Engula o sapo. Finja um sorriso. Não vacile. Não deixe que te vejam fraquejar.

Eu me perguntava por que tinha um anel de noivado, para começo de conversa. Isso era imagem pública também?

Em muitas ocasiões, ele dizia às publicitárias recém-contratadas para usarem um anel de noivado falso. Isso evitava que os tabloides especulassem se nossas especialistas em relações públicas estavam namorando os clientes que elas representavam.

Girei o anel no meu dedo.

Não... ele não era falso.

Ele havia me pedido em casamento. Fizemos uma festa de noivado. Tínhamos definido...

Nenhuma data.

Nenhum vestido.

Nenhuma madrinha ou padrinho.

Não tínhamos nada.

— Postura — repreendeu ele, enquanto uma casa de fazenda entrava em nosso campo de visão.

A poeira se levantava ao longe. Coloquei os óculos de sol e encarei minha nova prisão.

Tripp estacionou o carro e me entregou o celular.

Sem sinal. Nem uma barrinha. Eu tinha realmente sido exilada.

Sem dizer uma palavra, Tripp desceu do carro.

Melhor não adiar o inevitável. *Postura.*

Meu salto agulha afundou na terra enquanto eu saía com cuidado do carro. Joguei o peso do corpo para meus dedos. Pelo menos fevereiro no Texas era melhor que fevereiro em Nova York.

Uma sombra surgiu à direita.

*Caramba.* Com o sol às suas costas, tudo o que vi foi a silhueta.

*Mas caramba. Que silhueta.*

O cavalo era um pouco assustador. Será que todos os cavalos eram grandes daquele jeito pessoalmente? Sempre imaginei que cavalos fossem mais amigáveis.

Aquela coisa era um tanque.

O animal se moveu, deixando que os raios de sol iluminassem o rosto do homem.

A aba do chapéu de caubói ainda lançava sombra sobre a maior parte de suas feições, mas eu conseguia distinguir uma barba espessa ao longo do maxilar e cabelos compridos amarrados em um coque na base de seu pescoço.

O cavaleiro firmou as botas pesadas nos estribos. Meu olhar subiu por aquelas coxas longas e robustas até encontrar as mãos largas descansando casualmente na sela. Seu peitoral era amplo e descia suavemente até uma barriga macia. Uma camisa xadrez de botões estava enfiada por dentro do cinto, destacando o abdômen arredondado. Era ao mesmo tempo apropriado e rústico.

Sem querer ser flagrada olhando, desviei o olhar e bati a porta do carro. Minhas panturrilhas protestaram enquanto eu dava a volta no capô do carro.

— Você chegou. — Rebecca Griffith desceu os degraus da varanda, descansando a mão sobre a barriga grávida.

Já fazia um tempo, admito, desde que tínhamos nos visto pela última vez. Ela tinha ido embora de Nova York em busca de pastos mais verdes, enquanto eu continuei subindo a escada corporativa até que levei um metafórico salto agulha no rosto e despenquei direto para o fundo do poço.

— Olhe só você — falei, tratando de estampar um sorriso no rosto.

— Não me lembre — gemeu Becks. — Eu sinto que vou explodir. E um cano estourou em casa, então estamos ficando na casa dos pais do Nathan. Eu comecei a dormir no sofá porque odeio subir as escadas para deitar na cama. — Ela riu. — Desculpa. Isso já foi informação demais. Como foi o voo?

Tripp abriu a boca, provavelmente para reclamar de como o avião estava cheio, mas eu o cortei.

— Foi tudo bem. Obrigada.

Um homem mais velho se juntou a Becks. Ele era a cara do caubói, mas um pouco mais ajeitado.

O que provavelmente tinha sido uma barba grisalha estava agora completamente branca. Ele usava uma camisa de flanela enfiada por dentro da calça jeans e um par de botas que já haviam visto dias melhores.

— Senhora — disse ele, levantando o chapéu de caubói pelo topo e estendendo a mão. — Um prazer receber você. — Seus olhos se voltaram para Tripp. — E quem é esse camarada que você trouxe? Seu motorista?

Tripp fez um esgar de desprezo e se apresentou.

— Tripp Meyers. Vice-presidente de publicidade do Carrington Group.

O homem mais velho o analisou com a expressão impassível de um jogador de pôquer.

— O seu, hã, grupo. Eles sempre mandam um vice-presidente como acompanhante?

Ouvi o som de cascalho e terra sendo esmagados atrás de mim. Uma escuridão pairou sobre nós como uma nuvem de tempestade.

— Não inspira muita confiança se ela precisa de uma babá. — A voz grave e retumbante atrás de mim fez meus ossos tremerem.

— Tripp é meu noivo — esclareci para todos, tomando as rédeas da narrativa. Embora me sentisse longe de empolgada por estar ali, pagar os meus pecados era a maneira mais rápida de retomar minha vida.

Alguém fungou, e eu não tinha certeza se havia sido o caubói ou o cavalo.

Fiz uma expressão de executiva e coloquei a mão no braço de Tripp.

— Ele encontrou tempo em sua agenda para me trazer para cá antes de viajar para a Europa.

A sombra atrás de mim ficou em silêncio. O homem mais velho suavizou a expressão. Becks parecia ter vontade de vomitar.

E, honestamente? Eu também. Mas não tinha tempo para vômitos inesperados naquele dia.

— Bem — disse o mais velho. — Prazer em conhecer os dois. Eu me chamo Silas Griffith. — Ele apontou um dedo para a presença que pairava atrás de mim. — Sou o pai daquele ali e logo serei avô de novo, deste aqui. — Ele apontou para a barriga de Becks.

O olho de Tripp tremeu, irritado.

— Podemos pular a cortesia caipira? — resmungou entredentes com discrição ensaiada. — Sr. Griffith, eu gostaria de me reunir com o senhor o quanto antes para discutir a situação financeira atual do rancho e suas expectativas quanto ao que será entregue no final de meu contrato.

Seu bigode se contorceu com um sorriso enquanto ele levantava um dedo calejado e apontava para trás de mim.

— Então você vai ter de falar com *aquele* sr. Griffith ali.

Eu me virei e quase dei de cara com uma parede.

O caubói tinha descido do cavalo. Ele cruzou os braços musculosos sobre o peito largo como se estivesse se preparando para o impacto.

— Tenho certeza de que falei que concordava em recebê-la aqui desde que não fosse um problema meu.

Que recepção calorosa. Pelo visto, a famosa hospitalidade sulista não era lá tudo isso.

— Filho, quando você assumiu meu lugar, tudo se tornou problema seu — disse Silas, rindo. — Parabéns. Vou tirar uma soneca.

— Eu tenho trabalho a fazer — argumentou o filho.

Mas Silas já estava subindo os degraus da varanda.

— Jackson deve ter deixado a cabana pronta para ela. A mãe falou para ele limpar tudo por lá. Vejo todos vocês no jantar.

Becks, minha colega exilada de Manhattan, gemeu enquanto se virava para a casa.

— Desculpa. Preciso fazer xixi. Não engravide. É horrível.

— Mas... — Minha voz falhou enquanto Becks disparava para dentro da casa o mais rápido que podia.

Tripp olhou para o relógio. Eu não entendia por que ele parecia tão inquieto. Seu voo só ia partir no dia seguinte.

Um bafo quente soprou contra minha pele.

*O outro sr. Griffith já estava respirando no meu cangote?* Não era assim que isso ia funcionar.

Eu me virei para mandá-lo cair fora quando um lábio cabeludo roçou meu ombro. Soltei um grito e minha alma quase deixou o corpo.

Um clarão branco me pegou de surpresa quando o caubói, filho de Silas, sorriu.

— Ela não morde.

*Mas será que ele mordia?*

— Esse cavalo é do tamanho de um caminhão. Eu estava mais preocupada em ser atropelada.

Ofendido pela minha avaliação, o animal bateu uma das patas no chão.

Olhei por cima do ombro e vi Tripp vagando ao redor do carro à toa, procurando uma mísera barra de sinal.

Eu não tinha a paciência nem a vontade de lidar com ele no momento.

— Cassandra Parker — falei, finalmente me apresentando para que pudéssemos parar de ficar ali andando em círculos.

Ele não ofereceu um aperto de mão. Em vez disso, manteve os braços cruzados por um longo momento antes de imitar o pai, levantando o chapéu pelo topo.

— Christian Griffith.

Ele levantou os olhos para acompanhar algo atrás de mim, então eu me virei para seguir seu olhar.

Tripp havia se afastado, perseguindo a elusiva conexão com o resto do mundo enquanto tentava repetidamente falar com seja lá quem estivesse do outro lado da ligação. Sua interminável sequência de "Alô? Alô? Consegue me ouvir agora?" era irritante.

— Seu brinquedinho precisa ser posto numa coleira? — perguntou Christian.

*Tem dias que sinto que ele precisa é de uma focinheira.*

— Ele vai ficar bem.

Tripp, sem prestar atenção a seu redor, topou com a traseira de uma picape, enfiando o joelho no engate do carro.

— Puta que o pariu!

Ele se dobrou para a frente, agarrando a perna enquanto verificava a tela do celular para ver se a pessoa do outro lado da linha o ouvira. Ele tropeçou para trás até que o calcanhar do seu mocassim fez um barulho horrível de chafurdamento.

Tripp parou. Lentamente, olhou para baixo, para o que havia acabado de pisar.

Christian tinha se movido para ficar ombro a ombro comigo. Um sorriso de divertimento se formou por debaixo de sua barba.

— Por que tem lama aqui? — bufou Tripp, tirando o pé do monte com um som nojento.

Christian riu.

— Desculpa informar, mas isso não é lama.

O fedor me alcançou de imediato e, pelo jeito, Tripp também percebeu.

— Merda — disse com desgosto.

— É isso aí, camarada. Agora você acertou — disse Christian com o tom mais condescendente possível.

Tripp deu um passo para trás tentando limpar a maior parte do estrume na grama, mas escorregou.

Eu apertei as mãos sobre a boca, horrorizada, enquanto ele se virava para evitar acertar o engate outra vez e aterrissava de novo na pilha de esterco.

— Olha só — disse Christian, inexpressivo. — Mas que merda, hein?

Sem dizer mais nada sobre Tripp, ele se virou e saltou de volta para a sela.

— A cabana é por aqui.

# 3

## Christian

Libby estava irritada quando passei cavalgando pela minha casa em direção ao aglomerado de cabanas abandonadas havia mais de uma década.

Eu não podia culpá-la. Eu também estava irritado.

Abaixei o queixo para olhar por cima do ombro. Cassandra dirigia o carro alugado atrás de mim enquanto Tripp, ainda gritando no telefone como se uma torre de celular pudesse aparecer magicamente, caminhava ao lado dela, coberto de merda.

Eu não a culpava por não querer ficar presa dentro do carro com alguém coberto de bosta, mas ele parecia ser o tipo de cara que podia pagar o custo adicional por foder com o carro alugado. Com certeza era melhor do que a caminhada de um quilômetro e meio até as cabanas. Ele estava vermelho como uma cereja e fervendo de raiva.

*Tripp.*

Mas que raio de nome era esse? Seria o diminutivo de alguma coisa?

Trippworth?

Trippington?

Tripplo-egomaníaco?

Libby soltou uma bufada de descontentamento quando desci da sela. Fiz um nó rápido para amarrá-la no poste em frente às cabanas pelos poucos minutos que levaria para eu mostrar o interior de uma das casas para Cassandra.

Depois eu poderia voltar para a interminável lista de afazeres que parecia crescer mais a cada dia que passava.

Quando eu terminasse ali, guardaria Libby e retornaria para aquela maldita mesa por mais algumas horas antes de voltar para supervisionar a lição de casa das meninas.

Depois, seria hora do banho para todos e de ir pra cama antes de fazermos tudo de novo amanhã.

Graças a Deus pelo horário estendido da escola, pelas aulas extracurriculares e por minha mãe fazer o serviço de táxi.

Não havia horas suficientes no dia.

Cassandra parou o carro na frente das cabanas e saiu. Eu podia sentir o descontentamento irradiando de seu corpo.

Antes de construirmos o novo alojamento logo após o nascimento de Gracie, os peões do rancho moravam nas cabanas.

Isso tinha sido há…

Merda. Gracie estava com onze anos.

Como é que o alojamento *novo* já tinha uma década?

— Lar doce lar — falei, me virando de frente para Cassandra.

Eu não conseguia ver direito o que passava pela cabeça dela por trás daqueles grandes óculos escuros, mas seu rosto estava submisso.

A uns seis metros dali, Tripp havia parado para gritar com alguém no celular, como se a pessoa pudesse ouvi-lo do outro lado do mundo.

Deus sabe que não o estavam ouvindo pela ligação.

Cassandra abriu o porta-malas e descarregou uma bagagem do tamanho de um pequeno quarto. Ela nem sequer cambaleou naqueles palitos de dentes em que andava por aí.

Lancei um olhar para o idiota que não se importava o suficiente para dar uma ajuda a ela.

— Ele não vai te ajudar?

Ela nem olhou na direção do noivo.

— Ele está ocupado.

— Deixa comigo, Cass — grunhi, indo ajudá-la.

Sua cabeça virou tão rápido que me surpreendi por ela não ter lesionado o pescoço.

— É *Cassandra.*

Ri baixinho enquanto descarregava o resto de suas cinco malas.

— Tudo bem, princesa.

Seus lábios apertaram-se em uma linha fina.

Apontei o queixo em direção à cabana.

— Pode entrar. Deve estar destrancada.

— Eu consigo carregar minhas malas — insistiu ela.

Cheguei mais perto.

— Só porque você pode, não quer dizer que deva. — Inclinei a cabeça em direção à porta. — Pra dentro. Eu tenho mais o que fazer.

Cassandra cedeu e seguiu para a cabana. Se eu fosse de apostar, diria que uma cabana com eletricidade e água era o que ela considerava "rústica".

Mas eu não disse isso em voz alta.

Fiquei para trás um segundo a mais e me permiti dar outra olhada naquele traseiro. As calças brancas chiques de Cassandra estavam fora de lugar em uma fazenda de gado, mas eu não ia reclamar.

Eu me permiti apreciar como ela fazia as pernas parecerem ter quilômetros. Se o freada de merda que tinha colocado aquele anel no dedo dela não apreciava sua aparência, por que eu não poderia apreciar?

Saí do transe quando senti o cheiro de Tripp se aproximando.

Cassandra precisou de algumas tentativas, girando a maçaneta, antes de conseguir abrir a porta.

— O interruptor fica na parede à sua direita — falei, carregando sua bagagem feito uma mula para a cabana.

Ela colocou a mão para dentro, tateando a parede até encontrar o interruptor. Seu cabelo loiro mal tinha atravessado a porta quando ouvi o grito.

Larguei as malas e passei por ela, entrando na cabana enquanto Tripp corria para trás do carro.

Bufei quando vi o que tinha causado o chilique em Cassandra.

— Porcaria, Mickey.

O animal de estimação de Gracie estava deitado no sofá que já tinha visto dias melhores.

Ele soltou um *muu* e Cassandra gritou mais uma vez.

— Por que tem uma vaca na cabana?!

— O nome dele é Mickey. Ele é um docinho.

— Tem uma vaca na minha casa.

— Boi de estimação.

Devagar, peguei os óculos dela que haviam caído.

*Merda.*

Congelei com um joelho no chão ao olhar para ela. A mulher tinha os olhos mais bonitos, cinza-ardósia, faiscando.

Cassandra gaguejou enquanto passava a mão pela espessa cabeleira loira.

— E por que tem... — Ela piscou, incrédula. — Isso são espaguetes de piscina nos chifres?

— Ele é desajeitado. Isso evita que ele quebre as coisas na propriedade.

— Ai, meu deus — murmurou ela.

— Pra fora, Mickey! — gritei.

— Como foi que ele entrou? — perguntou ela, enquanto sua fachada sofisticada começava a desmoronar.

Caminhei pela cabana coberta de poeira e enfiei a cabeça para dentro da cozinha. A porta dos fundos estava aberta.

Na verdade, ela estava caída no chão do lado de fora.

O lado positivo é que isso deixava uma brisa agradável entrar, o que era necessário, considerando-se a evidência de que Jackson não tinha ido ali arrumar o lugar.

Lençóis cobertos de poeira cobriam a mesa da cozinha e as cadeiras.

O refrigerador estava em silêncio.

Ninhos de pássaros e teias de aranha preenchiam o espaço entre o topo dos armários e o teto.

Esfreguei a mão pelo rosto. Eu não tinha tempo para essa merda.

Minha mãe estava com as meninas. Meu pai estava cochilando, porque... dane-se ele. Agora não era hora para lições de moral ou um daqueles momentos de "você está por conta própria".

Trazer uma consultora de negócios para dar opiniões não solicitadas sobre como expandir e reforçar nossos interesses não tinha sido uma decisão minha.

Portanto, não era problema meu.

Talvez eu pudesse largar ela com Becks por alguns dias.

Isso decidido, fui lidar com o bovino em cima da minha mobília.

— Supostamente era pra estar tudo limpo para você — falei, espantando Mickey do sofá.

Ele saiu devagar, caminhando até a porta com mais atitude do que minhas duas filhas juntas.

Cassandra se afastou, dando-lhe um bom espaço para passar. O traseiro dela bateu em uma estante de livros decadente e alguma coisa sibilou.

O grito perfurou meus tímpanos.

— Sem siricutico.

Depois de um segundo, avistei a cobra enrolada num canto.

— É só uma cobra-rato — falei, puxando um par de luvas do bolso. — Não é venenosa.

— Você vai pegá-la na mão?! — disse Cassandra, levando as mãos à boca.

— Sim. Só vou colocar ela lá fora para não incomodar você — falei, dando de ombros.

— Você tá brincando — disse ela, arregalando os olhos.

Consegui pegar a cobra com uma das mãos segurando a cauda e a outra no meio do corpo.

— Ela não vai te machucar, e ainda afasta os ratos.

Seu rosto ficou duro como pedra.

Fui em direção à porta, mas ela estendeu a mão em um gesto de alerta para me impedir.

— Não chega perto de mim com essa coisa.

Assustada pela voz estridente dela, a cobra decidiu atacar e tentou arrancar um pedaço do meu braço.

— Ai meu deus! — Ela colocou as mãos na frente da boca. — Ela te mordeu!

Segurei a cabeça da cobra e a soltei da minha pele. *Essa porcariazinha dói pra cacete.*

— Mata isso! — gritou ela.

Eu apenas balancei minha cabeça segurando uma risada.

— Não vou matá-la. Não se pode culpar uma cobra por agir como uma cobra.

— É isso. Pra mim, chega. Eu me demito. — E, com isso, Cassandra saiu pela porta pisando duro.

Eu a segui e soltei a cobra numa moita.

Pneus esmagaram pedrinhas que deixavam a estrada de terra menos parecida com terra.

— Para onde você tá indo? — gritou Cassandra.

Tripp, sentado atrás do volante com a calça coberta de merda, mal levantou a mão para acenar.

— Tô voltando pro aeroporto. Peguei um voo mais cedo. Tenho de trabalhar.

O rosto dela ficou vermelho igual uma beterraba.

— Tripp!

— Falo com você semana que vem — disse ele, fechando a janela.

— *Tripp!* — O tom agudo e rasgado de sua voz provavelmente estourou as cordas vocais de Cassandra.

Eu tinha uma retroescavadeira que podia cavar um buraco do tamanho do Tripp rapidinho, e estava extremamente tentado a usá-la.

Que cuzão.

Fiquei ao lado de Cassandra enquanto puxava minhas luvas e as enfiava de volta no bolso.

— Ele te largou aqui assim mesmo?

O dedo do anel dela se contraiu, mas o rosto, não. Eu conhecia aquela expressão. Uma mulher prestes a explodir.

Bree estava começando a ensaiar aquele semblante, e me assustava pra caralho.

Apontei para o chão e comentei:

— Se serve de consolo, ele pisou num formigueiro de formiga lava-pé antes de subir no carro. Isso que é carma a longo prazo. Elas vão subir pelas calças dele e chegar na cueca antes que ele alcance o portão. — Eu puxei o rádio do meu cinto, mudei a frequência e o levei até a boca. — Becks?

Sem resposta.

— Becks, você está aí? — falei, apertando o botão de novo.

Nada ainda.

*Por que tudo era problema meu?*

Olhei para aqueles saltos provocantes que ela estava usando. Eu não podia obrigá-la a voltar andando neles.

— Volto para pegar suas malas — falei enquanto desamarrava Libby e a conduzia para mais perto.

Cassandra deu um gritinho e recuou cambaleando.

— O nome dela é Liberdade. Chamamos ela de Libby.

— Deixe-me adivinhar — disse Cassandra, usando o sarcasmo como sua primeira linha de defesa. — Ela é dócil como o boi que poderia ser acusado de invasão a domicílio e a cobra que deveria ganhar pena de morte por agressão.

Sua insolência era divertida.

— Confie em mim, Libby é uma querida. Ela não se assusta fácil — disse eu, abrindo um sorriso.

Cassandra não parecia convencida.

Eu me coloquei atrás dela e enfiei a mão no bolso.

— Estenda a mão.

Ela tentou dar mais um passo para trás, mas esbarrou no meu peito. Peguei o punho dela, virei sua palma para cima e deixei uma bala de hortelã cair em sua palma.

— Dê alguma coisa doce para Libby e ela vai te amar incondicionalmente.

Cassandra não se moveu. Estava dura feito uma tábua, então fiz como fazia com as meninas para elas se acostumarem com um animal quando eram crianças. Aninhei sua mão na minha e levantei a bala para Libby. A égua não hesitou em pegá-la.

Cassandra se encolheu, soltando um grito de horror quando a boca de Libby tocou seus dedos.

— Você tem de parar de gritar — murmurei no ouvido dela. Coloquei a mão em seu quadril para mantê-la parada enquanto Libby devorava o doce. Em seguida, recuei.

— Viu? Não foi tão ruim assim.

Cassandra se virou para mim.

— Se você acha que eu vou subir nessa coisa, está maluco.

— Tire os sapatos.

— Mas de jeito nenhum — respondeu ela, ríspida.

— Tudo bem — falei, posicionando Libby para que ela pudesse subir usando os estribos. — Pode ficar com eles. Para o alto e avante.

Cassandra reclamou o caminho todo até o topo. Finalmente, consegui ajeitá-la na sela.

— Desculpa. Vai ficar meio apertado — falei, acomodando-me nas costas de Libby, atrás da borda da sela. — Montar a dois é horrível.

O que não era horrível era minha visão dos quadris e das coxas dela. *Caramba. Que rabeta.*

Olhei para o céu e rezei para meu pau se acalmar.

Já fazia um tempinho que não transava.

Tá, fazia bastante tempo.

Assim que Libby deu o primeiro passo, Cassandra caiu para a frente e quase despencou.

— Mantenha as costas eretas — disse eu, colocando os braços ao redor dela e tomando as rédeas.

— É melhor que você esteja me levando direto ao aeroporto nessa coisa.

Suas barreiras estavam desmoronando e isso mexia comigo de uma forma estranha.

— Que tal eu te levar a um lugar com sinal de celular e internet?

Cassandra andava de um lado para o outro na minha sala quando levei as malas dela para dentro. Depois de devolver Libby à sua baia no estábulo, fui com a caminhonete até a cabana, peguei a bagagem dela e trouxe para minha casa.

Sua postura estava rígida enquanto parava e encarava a parede, ouvindo seja lá quem estivesse do outro lado da linha.

Seu terninho branco estava manchado de terra. O cabelo estava ligeiramente bagunçado e desarrumado de tanto passar a mão por ele.

Ela apertou o dorso do nariz enquanto olhava para um ponto no tapete onde Gracie tinha derrubado um copo de suco fazia alguns anos. Eu tinha me esforçado, mas a mancha nunca saiu.

O assoalho rangeu sob a minha bota e Cassandra virou-se abruptamente. Pela cara dela, era claro como o dia que a conversa não caminhava como ela queria. Tinha as sobrancelhas e os lábios franzidos. Ela bateu com a ponta do sapato no tapete e olhou para o outro lado da sala.

Toda vez que o olhar dela me acertava, era afiado, rápido e decidido. Ela julgava quem as pessoas eram e o que significariam para ela mais rápido do que eu conseguia laçar um bezerro.

Esvaziei os braços e fui para cozinha enquanto ela terminava sua ligação com respostas breves e secas.

— Não parece nada bom — falei quando ela desligou com um grunhido suave de frustração.

— Pode-se dizer isso — disse Cassandra ainda de costas para mim.

Olhei a hora. As garotas chegariam da aula de dança a qualquer minuto e depois iríamos à sede para um dos jantares nos quais minha mãe insistia em nossa presença duas vezes por semana.

Eu sabia que era seu jeito de me dar uma folga. Deveria ter recusado, mas na verdade era bom não ter de cozinhar duas vezes por semana.

— Duvido que você vá conseguir um voo a essa hora. Tem mais chance de conseguir amanhã.

Cassandra soltou um suspiro lento e se virou para mim.

— Tenho um trabalho a fazer — disse ela, como se não tivesse lutado contra as lágrimas na cabana. — Vou me reunir com Silas amanhã para discutir as possíveis opções que eu poderia explorar para gerar novas fontes de renda para o rancho. Vou precisar de um escritório com internet e, idealmente, sinal de celular. Mas, no mínimo, uma linha fixa.

Olhei ao redor da sala, estudando-a rapidamente. Uma pilha de roupas no sofá. Porta-retratos e uma pilha de contas abertas cobriam a escrivaninha. Sapatos formavam uma pilha caótica perto da porta. A não ser que ela quisesse dividir meu escritório, que era, bem, *meu*, era isso.

— O que foi? — perguntou ela, enrolando.

Resignado com o fato de que a vida continuaria me atormentando até o dia em que eu morresse, dei de ombros.

— Você está olhando para ele.

— Como é que é? — disse Cassandra, levantando uma sobrancelha.

— Bem-vinda a seu novo escritório.

# 4

## Cassandra

Ele estava brincando.

Tinha de estar.

O dia inteiro tinha sido um pesadelo. Eu ia acordar na minha cama em Manhattan a qualquer momento.

*Por que eu não estava acordando?*

— Sinto muito que a cabana não estivesse pronta — disse Christian, andando pela casa. — Jackson vai levar uma bronca por causa disso, pode acreditar.

Resisti à tentação de segurar a cabeça com as duas mãos. *Aquilo não faria muito bem para minha imagem pública.*

*Foda-se o Tripp.*

Meu anel de noivado queimava no dedo. Eu queria tirá-lo dali e deixar que aquele boi cagasse em cima.

Eu tinha chorado quando Tripp me pediu em casamento. *Chorado* de verdade. Agora ali estávamos nós, três anos depois.

Ele tinha me largado ali e saído correndo de volta para o trabalho sem dizer nem um "eu te amo".

Christian parou na cozinha ao me ver encarando o anel. *Droga.*

— Tá tudo bem, princesa?

Engoli em seco.

— Tudo.

— Essa sua cara não teria nada a ver com aquele bunda-mole que saiu rasgando e deixou você aqui, teria? — disse Christian, arqueando uma sobrancelha.

— Esta é a minha tarefa. O fato de ele ir embora significa apenas que posso iniciar os trabalhos, deixando de lado as amenidades. Não preciso dele aqui para fazer o meu trabalho.

De alguma forma isso era cem por cento verdade, mas também uma baita mentira.

— Que bom. Odiei ele.

Eu era uma pessoa direta, mas fiquei surpresa com sua franqueza.

A porta da frente abriu com tudo, e dois pequenos seres humanos passaram por ela em uma cacofonia de vozes. Mochilas foram jogadas, calçados foram chutados para fora dos pés e gritos casuais de "oi, papai" soaram.

Fiquei parada no meio do furacão de atividade, meio surpresa e meio horrorizada.

A atenção de Christian se desviou completamente de mim.

— Se não são meus esquilinhos — disse ele, distribuindo abraços. — Como foram na escola?

— Foi tudo bem — disse a mais velha. — A vovó já olhou minha lição de casa. Posso comer alguma coisa?

— Não, a vovó está fazendo a janta — disse ele, sem pestanejar. — Tomem banho e troquem de roupa. Como foi a aula de dança?

Era estranho estar em uma casa estranha, assistindo à dinâmica da família de outra pessoa.

Christian era um pai.

Eu não sei por que fiquei surpresa. Ele parecia mesmo o tipo.

Foi então que reparei que havia uma quarta pessoa nas fotos de família penduradas na parede. Uma mulher loira e sorridente, segurando uma criança e um bebê.

Em algum ponto, as fotos passaram a ser apenas de Christian e as duas garotas.

— Como foi seu dia, Gracie? — perguntou Christian.

— Legal — respondeu a mais jovem.

— Então me conta. O que você fez na escola?

— Eu não lembro — disse ela casualmente.

— Você ficou lá por sete horas e não consegue se lembrar de nada do que fez? — disse ele, arqueando uma sobrancelha.

Ela deu de ombros outra vez.

— Use palavras, não seus ombros — disse ele calmamente enquanto abria uma mochila e começava a folhear um fichário.

— Eu odeio a Macy. Ela é a pior.

— A gente não diz que odeia as pessoas. — A seriedade no olhar de Christian surpreendeu até a mim, mas seu tom era gentil.

— Tá, mas ela...

Ele ergueu uma sobrancelha e a menina se fechou feito uma ostra.

— Quem é você? — A mais velha havia reaparecido e agora olhava para mim com curiosidade.

A outra, Gracie, girou, percebendo que uma desconhecida estava de pé na sala de estar.

— Nossa. Você é, tipo, bem bonita.

— Obrigada — falei, empinando o nariz.

Christian pegou Gracie e a envolveu com um braço.

— Esta é a srta. Parker. O vovô a contratou para trabalhar aqui.

*Ah, a linguagem distanciadora de alguém tentando evitar assumir responsabilidade.*

— Cass — disse ele, falando comigo. — Estas são minhas filhas, Bree e Gracie.

— Meu nome é Cassandra — falei, corrigindo-o mais uma vez enquanto oferecia um aperto de mão para a mais velha.

Ela olhou para mim como se eu fosse louca e então me deu um *high five* de lado.

— Prazer em conhecer.

— Você não parece alguém que trabalha no rancho — disse Gracie.

— É porque ela não costuma fazer isso — disse Christian bufando. — Vão tirar essa roupa de dança e se vistam para ir na vovó.

A sala se esvaziou pela perspectiva de jantar.

— Você ensina a suas filhas que não devemos dizer que odiamos as pessoas? — indaguei quando ficamos apenas nós dois novamente, cruzando os braços.

— É isso aí — disse ele, levantando o queixo.

— Você disse que odiava meu noivo.

— É, bem, eu posso interagir educadamente com pessoas de quem não gosto — disse ele, dando de ombros. — Depois que você cresce, não deveria ser difícil separar as coisas e ser maduro, mesmo que deseje assistir ao pedaço de bosta humana retornar a suas raízes e se desfazer em uma poça de merda. Seja educado e deixe que o carma resolva as coisas. Às vezes o carma pode ser um grande filha da puta.

Dobrei um dedo, chamando-o mais para perto.

— E eu também.

Sua barba se partiu em um sorriso.

— Você quer que eu acredite nisso, não quer?

A viagem de caminhonete para a sede foi consideravelmente melhor do que a cavalgada até a casa de Christian.

Fui sentada na frente, enquanto as garotas foram no banco de trás, rindo. Eu ainda não tinha ideia do que faria sobre minha situação habitacional atual. Aquela cabana *não* estava habitável.

Eu também não participaria de uma festa do pijama prolongada em uma casa que incluía crianças.

Talvez Becks pudesse me dar uma força, de novo, e me deixar ficar com ela e o marido.

Mas aí tinha a questão de ela estar grávida. Pessoas grávidas me enojavam.

A caminhonete parou e as garotas saíram com tudo da parte de trás.

— Ei, o que vocês pensam que estão fazendo? Voltem já para dentro — disse Christian.

Observei a situação se desdobrar com Bree e Gracie retornando para dentro da caminhonete, apesar de o jantar estar à nossa espera dentro da casa.

Christian fechou a porta, esperou até elas se acomodarem e então abriu a porta de novo.

Elas desceram exatamente como tinham feito da última vez e então correram para dentro na mesma hora. Estendi a mão para a maçaneta da minha porta, mas ele chegou primeiro.

— Regra número um. Se eu te dou carona na minha caminhonete, você deixa que eu abra a porta.

— Essa cena toda foi por isso? — questionei, levantando uma sobrancelha.

Ele anuiu.

— Um dia elas terão idade para saírem em encontros. Isso significa que eu tenho de ensinar a elas que tipo de tratamento é aceitável. Eu não sei como você foi criada, mas meus pais me ensinaram a abrir a porta para as mulheres. Isto é o que minhas filhas vão esperar.

Eu deslizei para fora. Os saltos dos meus Manolos afundaram na terra.

— E eu aqui pensando que você seria do tipo que esperaria no portão com uma escopeta. Ou apenas as trancaria no quarto até completarem quarenta anos.

Ele riu e fechou a porta com um baque.

— Não me tente.

Alisei os amassados da minha roupa e desejei poder apagar as manchas de poeira que riscavam meu terninho branco favorito. Ele era decotado e letal.

Eu o amava.

Eu estava com essa roupa por quase dezoito horas e queria desesperadamente me trocar ou, pelo menos, trocar de calcinha.

Eu estava cheirando a aeroporto, merda de cavalo e rancor.

Christian colocou a mão nas minhas costas e subimos as escadas, mas eu me esquivei de seu toque e ganhei uma sobrancelha levantada no processo.

— Eu poderia correr uma maratona nestes sapatos. Escadas não são nada.

Mas Christian não discutiu. Ele apenas olhou para a frente.

— Aquele idiota fez mesmo um estrago — resmungou por trás daquela barba.

Eu nunca fui chegada em barbas. Gostava de ver a mandíbula definida de um homem. Mesmo assim, a forma com que Christian passava a mão na lateral da barba dele despertava algo adormecido dentro de mim.

Sua barba era macia e alinhada, aparada um pouco abaixo da mandíbula. Enquanto entrava pela porta da frente da casa, tirou o chapéu de caubói, dando-me outra chance de olhar o coque frouxo que prendia seus cabelos castanhos.

*Qual será o comprimento do cabelo dele?*

Coloquei-me no papel de observadora enquanto seguia Christian pela casa. Alguma coisa que cheirava como um cozido exalava um aroma maravilhoso.

O som das garotas risonhas ecoava para cima, chegando até o teto alto. Christian pendurou seu chapéu em um cabideiro, com cuidado para não derrubar os outros chapéus.

— Oi — disse Becks, de uma poltrona reclinável na sala de estar. Ela parecia miseravelmente feliz.

Nunca entendi esse negócio de bebês. Por que uma mulher se prestaria voluntariamente a passar nove meses no inferno e dezoito anos em prisão maternal?

Eu sabia, sem sombra de dúvidas, que eu não era o tipo de pessoa que gosta de bebês. Nem de crianças. Nem de adolescentes. Nem de jovens adultos.

Basicamente, eu mal tolerava a população acima de vinte e seis anos.

— Você já está instalada? — perguntou ela, abocanhando uma colherada de purê de batata de uma cumbuca apoiada em sua enorme barriga grávida.

— Não exatamente — falei, jogando o cabelo por cima do ombro e empinando o nariz.

— Se alguém encontrar o Jackson, avisem que eu preciso ter uma conversinha com ele — disse Christian, calmo como ele só.

Um clima terrível se criou.

Becks ficou boquiaberta.

— Puta merda.

— O quê?

— Eu nunca o vi bravo assim antes — cochichou Becks quando Christian virou as costas e mergulhou em uma conversa com alguém que se parecia quase exatamente como ele.

— Isso é ele nervoso?

Becks abriu um sorriso malicioso e enfiou outra colherada de purê de batata na boca.

— Ah, é. O Chris é um cara muito equilibrado. Eu nunca ouvi ele levantar a voz. — Ela apontou para ele do outro lado da sala. — *Isso aí* é fúria.

Uma vez eu joguei um vaso de cristal do outro lado do meu escritório porque estava puta com um cliente.

Pelo menos não joguei no cliente.

Assim era a vida de uma relações-públicas.

Bom... ex-relações-públicas.

— Faz a gente pensar como ele descarrega todo o estresse — sussurrou Becks.

Mas ela não elaborou o assunto. Christian e seu sósia vinham em nossa direção.

Vistos por trás, eles tinham a mesma altura e constituição física; mas, de frente, as diferenças eram fáceis de notar.

Christian tinha o cabelo castanho preso em um coque, barba e físico de paizão com uma barriguinha saliente. O outro tinha o cabelo de um tom loiro acinzentado e um corte militar. Seu rosto era barbeado, com apenas uma barba por fazer cor de areia. Ele tinha a constituição de um soldado.

— Cass, este é meu irmão Nate — disse Christian.

— Cas*sandra* — falei, entredentes.

Christian apenas sorriu.

— Aquele irmão Griffith me pertence — disse Becks, apontando a colher de purê para o irmão de Christian.

Nate estendeu a mão.

— Prazer em conhecer. A Becks me falou muito sobre você.

Ele não me parecia do tipo caubói. Sua postura e presença gritavam *militar*.

— Meus parabéns — falei de canto de boca quando as filhas de Christian pularam em cima de Nate.

Becks sorriu e gentilmente passou a mão por cima de sua barriga grávida enquanto aquilo se movia como se houvesse um alienígena dentro dela.

*Ai meu Deus*. Meu estômago se revirou. *Aquilo era nojento pra cacete.*

— Você está bem, srta. Cassandra? — disse Gracie, saltando de seu tio como um macaco salta da árvore. — Você está parecendo a Bree quando está com vontade de vomitar.

— Estou bem — falei, respirando fundo e sorrindo.

— O papai diz que quando as mulheres dizem que estão bem é mentira, então nós não podemos dizer que estamos bem.

Becks riu fungando.

Eu apoiei as mãos nos joelhos e me abaixei para ficar apenas um pouco mais alta que ela.

— O seu pai também disse que não é educado exigir uma resposta diferente quando alguém já te respondeu?

Gracie não se abalou.

— Não, mas minha psicóloga diz que é melhor a gente dizer como se sente de verdade para podermos lidar com o sentimento e seguir em frente em vez de deixar transformar.

— Em vez de deixar transbordar — corrigiu Bree, do outro lado da sala.

Gracie deu de ombros e saiu saltitando, alegremente indiferente.

— Eu gosto mais de transformar. Que nem uma borboleta.

Que tipo de pai encoraja as filhas a fazer terapia como um pai autoconsciente e emocionalmente disponível?

Será que Christian não sabia que deveria ignorar todas as expressões de sentimento pessoal como o restante dos pais por aí? Ou pelo menos como o meu ignorava?

— Você deve ser a srta. Parker — disse uma mulher mais velha atrás de mim.

Virei-me apenas a tempo de ver cabelos grisalhos de relance antes que braços me envolvessem.

Minhas costas se retesaram, retinhas.

*Terapia e abraços. Esta família é esquisita demais.*

— Queria ter estado aqui para recebê-la quando você chegou, mas eu estava levando as meninas para a aula de dança. Como foi a viagem, querida?

— Foi be... — E sabendo que aquela menina me corrigiria se eu dissesse "bem", completei: — Tudo ocorreu sem problemas.

— Oi, mamãe — disse Christian com um carinho incrível em sua voz rouca. — Obrigado por ter buscado as meninas.

Os olhos dela se enrugaram nos cantos ao sorrir.

— Imagina. Me deu a oportunidade de ir até a cidade.

— Cass, esta é minha mãe — disse Christian, com seu braço forte ainda em volta dos ombros dela.

— Prazer em conhecê-la, sra. Griffith — falei, assentindo.

— Pode me chamar de Claire, por favor. Ou mamãe. Todo mundo chama.

— Claire — falei, decisivamente.

Chamar alguém que não era sua mãe de "mamãe" era bizarro.

— Cadê o CJ? — disse Claire, olhando em volta.

— Estou aqui — disse uma versão um pouco mais jovem de Nate, entrando na sala. Ele estava decididamente imundo.

Assim como Christian havia feito, o homem pendurou seu chapéu no gancho e beijou a mãe na bochecha.

— Quem te criou para entrar em casa todo imundo desse jeito? — disse ela, erguendo uma sobrancelha.

— A mesma mulher que me ensinou a nunca me atrasar pro jantar — disse ele, com um sorriso travesso.

— Vá tomar um banho — disse Claire, revirando os olhos.

— Este é Carson — disse Christian. — Ele é o caçula e o chefe do rancho. Ele cuida dos peões.

Eu não queria fazer parte daquela reunião de família. Se era o único lugar para comer, eu pegaria meu jantar para viagem e começaria a trabalhar. Quanto antes eu terminasse o trabalho, antes poderia voltar para minha vida e para longe de seja lá o que fosse aquele pesadelo.

# 5

## Christian

Estudei Cassandra do outro lado da mesa enquanto ela era fuzilada por perguntas. Sua postura era muito correta, os lábios estavam franzidos enquanto mastigava, e ela respondia entregando o mínimo de informação possível.

Bree e Gracie a olhavam como se ela fosse uma estrela de Hollywood, perguntando todos os detalhes de sua vida em Nova York.

Fervi de culpa pelo fato de raramente levar as meninas para fora de nossa pequena cidade, quanto mais do Texas.

Provavelmente Nova York parecia algo que só existia nos filmes.

Becks estava mais animada se lembrando de seus dias como moradora de Manhattan.

Era estranho pensar que meu irmão compartilhava um pouco daquela história com ela.

Até seu terceiro trimestre de gravidez, Becks continuara sendo *Rebecca Davis*, correspondente internacional. Nate viajava com ela como seu segurança após ter se aposentado do serviço militar. Ouvi-la contando para as meninas sobre sua época como âncora do noticiário noturno era uma coisa louca. Era tudo sobre táxis, maquiadores e saltos altos.

Eu podia ver as estrelas nos olhos de Bree.

Ou talvez aquilo fosse apenas o reflexo do diamante no dedo de Cassandra.

CJ franziu a testa enquanto espetava sua carne de panela.

— Então, Cassandra, como é que você conhece a Becks, mesmo?

Ela fez uma pausa e tomou um gole de água, se recompondo.

— Nós trabalhamos no mesmo conglomerado de mídia.

— A empresa-mãe da rede de TV também é dona da empresa de relações públicas onde ela trabalha — esclareceu Becks.

Um sorriso de lábios rubros curvou os cantos da boca de Cassandra.

— Eu não tenho vontade de estar em frente às câmeras. Quero ser apenas o marioneteiro atrás delas.

O olhar de CJ foi até o nosso pai.

— E por que o rancho precisa de uma relações-públicas? — Ele engoliu seu bocado de comida com um gole de chá. — Nós criamos gado. Não é como se fôssemos os Kennedy com toda aquela merda de Camelot ou segredos escondidos.

— Olha a boca, Carson James — advertiu minha mãe.

Era de se pensar que quatro garotos criados em um rancho de gado familiar cresceriam sendo as cópias exatas uns dos outros, mas não poderíamos ser mais diferentes entre nós nem se tentássemos.

Nathan era o estereótipo do filho mais velho. Era um líder natural. Um protetor. Nenhum de nós se surpreendeu quando ele conseguiu entrar na academia de West Point com a intenção de seguir carreira militar. Ele era motivado e determinado. Isso tinha sido de muita utilidade para ele em seus vinte anos de serviço militar.

Aí vinha eu.

*Sensível demais para o seu próprio bem. Chris precisa endurecer.* Comentários assim sempre vinham escritos nos meus boletins quando eu era criança.

O rancho sempre foi meu porto seguro. Era um santuário. Eu adorava o silêncio. Apreciava os quilômetros e quilômetros sem a presença de ninguém.

Eu gostava de imaginar que continuava um cara sensível, mas a vida tinha me endurecido um pouco. Com Nate prestando serviço no exterior várias vezes, eu havia me casado com minha namorada do colegial, tinha tido Bree e Gracie e trabalhado de sol a sol para aprender tudo o que eu precisava saber com meu velho.

E aí eu perdi Gretchen.

Meu mundo acabou quando um carro de polícia desceu pela longa estrada de terra, levantando uma tempestade de poeira com seus pneus.

Gretchen voltava para casa do mercado. Era sua viagem solo semanal à cidade; ela deixava Bree, então com três anos de idade, e Gracie, com um ano, com minha mãe para poder ter algumas horas de paz para cumprir algumas tarefas.

*Um acidente causado por um motorista bêbado.*

*Morta em segundos.*

Foi assim que me tornei um pai solo. Um viúvo.

O lugar que eu sempre tinha visto como meu santuário se tornou meu altar.

Rezei por semanas, suplicando a qualquer poder superior existente que a trouxesse de volta.

Eu tinha visto a perua que ela dirigia destruída.

Tinha segurado sua mão sem vida quando o policial me levou até seu corpo.

Então eu voltei para casa para minhas garotinhas, que olhavam para mim em busca de respostas. De força. De estabilidade.

E tive de engolir tudo por elas.

Ray, o próximo na escadinha dos irmãos Griffith, tinha acabado de começar nos circuitos de rodeio quando isso aconteceu. Ele assumiu o papel de tio engraçado, ajudando com Bree e Gracie enquanto eu lidava com os preparativos para o funeral e tirava breves momentos para viver meu luto.

Quando ele não estava viajando no circuito, sua casa era no Colorado. Eu sentia saudade dele pra diabo e sempre ficava à espera do rodeio vir para a cidade.

Minha mãe sempre colocava um lugar para ele na mesa, mesmo sabendo muito bem que ele não estaria aqui. Hoje, Cassandra estava sentada no lugar de Ray.

Carson James, o mais jovem e único de nós a se encrencar o suficiente para ser chamado pelo nome completo, tinha apenas dezessete anos quando Gretchen faleceu. Parecia muito distante do rapaz de vinte e sete anos sentado na minha frente na mesa agora.

Eu não sabia como meus pais haviam conseguido. Quatro garotos rebeldes tinham virado adultos ligeiramente menos selvagens.

Eu já cortava um dobrado dando conta de duas. Não conseguia nem imaginar se fossem quatro.

— Só estou dizendo — retomou CJ. — Nós finalmente saímos do vermelho. Não deveríamos trocar os equipamentos por outros melhores ou coisa do tipo? Investir dinheiro em mão de obra? — Ele se voltou para Cassandra. — Sem querer ofender.

— Não ofendeu — disse ela, sem se importar, enquanto estudava a mesa, absorvendo cada respiração e microexpressão.

Becks largou seu garfo e gemeu, fechando os olhos.

— O que você tem? — disse Nate, quase tendo um piripaque.

— Nada — soltou ela, dispensando a atenção dele com as mãos. — Não se preocupe com isso.

— Não me diga para não me preocupar, Ruiva — rosnou Nate.

— Contrações de Braxton? — chutei.

— É uma droga — disse Becks, assentindo.

— Eu lembro que a Gretchen odiava — falei, dando um aceno cúmplice. — Gracie causou isso uma porção de vezes.

Becks franziu os lábios, tentando não fazer nenhum ruído enquanto suportava outra contração de treinamento.

— É isso. — Nate limpou a boca e jogou o guardanapo. — Nós vamos para o hospital.

Becks revirou os olhos e se voltou para Cassandra.

— Ele ameaça me levar para o hospital pelo menos umas quatro vezes por dia.

— Porque você tem uma gravidez de risco — disse Nate, apertando o dorso do nariz.

— Porque eu tenho quarenta anos — respondeu Becks. — De resto, tudo é normal. Eu não vou explodir. Agora, dá pra você se acalmar?

Bree, Gracie e minha mãe riram. Nate parecia estrangular seu copo. Cassandra permanecia inabalável.

Eu estava começando a achar que aquela sua expressão indiferente era um disfarce de frieza. Eu podia ver sua mente trabalhando.

Ela era inteligente e observadora, optando por uma abordagem de “esperar para ver” enquanto estudava a dinâmica da família.

— Você conhece alguma celebridade? — perguntou Bree com a boca cheia de batata e cenoura.

— Tenha modos à mesa. Você não é um bicho do mato — falei, repreendendo-a.

Bree engoliu seu bocado.

— Você conhece alguma celebridade?

Cassandra deu batidinhas com o guardanapo nos lábios deixando uma marca vermelha.

*Merda*. Arrumei discretamente meu pau por baixo da mesa.

— Conheço — disse ela.

Bree ficou boquiaberta.

— Quem? — sussurrou ela com reverência.

— Eu assino um contrato de confidencialidade bastante rígido com todos os meus clientes.

— O que isso quer dizer? — perguntou Gracie.

— Quer dizer que eles poderiam matar alguém e eu não daria nem um pio. Então, não, sem citar nomes.

Os olhos de Gracie se arregalaram.

— Alguém aqui matou alguém? É por isso que você está aqui?

Becks deu risada. Nate sorriu. CJ cuspiu seu chá. Eu cobri o rosto com as mãos.

— Ninguém aqui matou ninguém, Gracie.

— Então eu não entendi. O que a srta. Cass vai fazer no rancho? Eu não acho que dê para pastorear gado usando salto alto.

— Meu nome é *Cassandra*.

O tom de voz que ela usou com minha menina me irritou. Ela podia falar comigo daquele jeito, mas com as minhas filhas, não.

Mas Gracie parecia não ter se abalado com isso.

— Mas o que uma relações-públicas faz?

— Sou uma relações-públicas para essas pessoas — disse Cassandra enquanto afastava seu prato com delicadeza. — Eu controlo a imagem delas, sua identidade visual e a mensagem que querem passar, assim a persona pública dessas pessoas é consumida pelas massas da maneira correta. Para empresas, funciona de forma similar. Eu atuo como consultora, criando e implementando novas estratégias para abrir fontes de renda adicionais e ampliar seu alcance para além do conceito original, tornando as empresas mais atraentes para o mercado local. Eu controlo a imagem, missão e narrativa delas durante toda a transição para maximizar a eficácia do projeto e o retorno do investimento.

A salada de frutas corporativa que ela havia recitado fluentemente ia me dar uma enxaqueca.

Bree piscou para Cassandra como se estivesse olhando para um anjo e não pudesse acreditar em seus olhos.

— Isso é legal — disse Gracie, pegando outro pãozinho. — Eu quero ser uma bióloga marinha quando crescer.

— De que novas fontes de renda estamos falando? — disse Nate, franzindo o cenho.

Nathan não trabalhava para o rancho, mas ele e Becks tinham uma casa na propriedade assim como o restante de nós, o que significava que ele tinha os mesmos interesses pessoais.

Cassandra cruzou os dedos cuidadosamente.

— Eu tenho algumas ideias, mas posso apresentar minhas descobertas e recomendações para as possibilidades de ações depois de uma avaliação completa da propriedade, das finanças e do entorno.

CJ emitiu um som de descontentamento.

Eu não o culpava.

Havia poucas coisas que eu odiava mais do que forasteiros enfiando o nariz em nosso negócio.

No *meu* negócio.

— Por quanto tempo você acha que vai ficar com a gente? — perguntou minha mãe.

— Por enquanto, não tenho um cronograma estabelecido. Dependendo do escopo do que vocês querem fazer, pode ser algumas semanas ou alguns meses.

*Meses.*

*Merda.*

O que eu faria com ela por *alguns meses*?

Meu pau latejou de novo.

O que eu faria com ela aqui por *alguns meses*?

O que *eu* faria por alguns meses?

E mudanças? *Caramba, eu não conseguia pensar em nada pior.*

O rancho estava finalmente se saindo bem de novo. Tínhamos atravessado uma seca que estripou nossas finanças. Houve anos magros, e houve anos que foram só pele e osso.

Finalmente tínhamos nos reerguido.

Não precisávamos disso. Não precisávamos *dela*.

Cassandra pigarreou.

— Eu preciso saber onde vou me instalar. — Ela deu um sorriso plácido. — A... *cabana* que me mostraram é inaceitável.

— É mesmo — concordei, passando a mão sobre minha barba.

— Eu ofereceria a nossa casa — disse Becks, franzindo o cenho. — Mas nem nós estamos dormindo lá por causa do dano que a água causou.

— O alojamento tá cheio — disse CJ, a boca cheia de comida. Ele olhou na direção de Cassandra antes de rapidamente desviar o olhar. — Não que eu recomende dormir lá, de qualquer forma.

— Ela pode ficar no meu quarto! — gritou Gracie.

Eu havia acabado de abrir a boca para dizer "não", mas Cassandra foi mais rápida do que eu.

— Mas de jeito nenhum — disse ela com uma risada condescendente.

— Chris, você tem aquele quarto vago, não tem? — perguntou minha mãe.

Quando eu vi o estado em que a cabana estava, eu sabia que era nisso que ia dar. Mas só porque eu estava resignado não queria dizer que eu gostasse da situação.

— Você tem um jogo de lençóis que eu possa pegar emprestado? — falei, suspirando. — Eu ainda não tive a chance de lavar roupa.

Os olhos de Cassandra, frios feito aço, percorreram a mesa.

— Mas é claro — disse minha mãe com um sorriso.

Queria revirar os olhos, mas resisti.

Ontem eu briguei com Bree por revirar os olhos para mim, e se ela me pegasse fazendo o mesmo, nunca me deixaria esquecer.

— Espera, o quê? — gaguejou Cassandra.

Eu limpei a boca e joguei o guardanapo no prato que tinha acabado de limpar.

— Eu tenho um quarto sobrando.

— Eu volto e alugo um quarto no hotel na cidade por onde passei — disse Cassandra, olhando para Becks.

— Confie em mim — disse Becks, dando a Cassandra um sorriso piedoso. — Você não quer fazer isso. A não ser que esteja a fim de levar picadas de percevejos. Não há bons lugares para ficar aqui por perto.

As sobrancelhas perfeitamente arqueadas de Cassandra tremeram. Ela fechou os olhos e puxou o ar pelo nariz bem devagar.

— Tudo bem — disse ela, expelindo o ar de forma dramática. — Considerando que estou desperta neste pesadelo há mais tempo do que eu gostaria, vou ficar lá esta noite e amanhã eu procuro acomodações mais apropriadas.

— Boa sorte com isso — disse meu pai, dando uma risadinha. — Você só vai encontrar acomodações melhores do que esta se dormir no celeiro, igual ao menino Jesus. Os gatos do estábulo fazem um trabalho ótimo mantendo os ratos longe.

Cassandra grunhiu.

— Esta vai ser a melhor noite de *todas*! — gritou Gracie, quicando no banco de trás.

Desviei meu olhar para a esquerda, observando Cassandra enquanto a casa dos meus pais desaparecia atrás de nós.

— Podemos ficar acordadas e assistir a um filme com a srta. Cassandra? — perguntou Bree.

— Não — dissemos eu e Cassandra ao mesmo tempo.

Eu ainda mandei um "amanhã tem aula" só para garantir.

As meninas resmungaram como se eu tivesse dito a elas que iriam ao dentista.

Estacionei na frente da casa e desliguei o motor.

Normalmente, eu abriria a porta delas e diria que fossem para dentro enquanto eu checava alguma coisa inexplicável do lado de fora.

Esse era apenas um modo de dizer que eu precisava de alguns minutos sozinho para respirar antes de acompanhar suas rotinas na hora de dormir.

As meninas estavam mais velhas agora e costumavam ser autônomas, o que ajudava.

Ainda assim, sempre havia uma discussão.

Sempre uma reclamação.

Sempre uma delas "esquecendo" que escovar os dentes era um pré-requisito para ir dormir, algo que ela vinha fazendo desde antes de poder se lembrar.

Sempre tinha alguma coisa que precisava ser feita para a escola, coisa que não tinha sido mencionada. Eu tinha um arsenal de material de arte e itens necessários para apresentações, como cartolina para eventos semirregulares de "foi uma tarefa de última hora".

Mas eu não poderia tirar esses cobiçados três minutos esta noite.

— Entrem e se aprontem para ir dormir — falei para as meninas enquanto abria a porta para elas.

Vi Cassandra ficando inquieta, mas ela não tentou mexer na maçaneta. Eu abri a porta para ela.

— Você também, princesa. Nós acordamos cedo.

Ela estava sentada feito uma estátua; costas eretas e olhos fechados.

— Eu preciso de um minuto.

Suas palavras não tinham emoção.

Minhas sobrancelhas se arquearam, mas eu não discuti com ela.

— Então entre quando estiver pronta.

Eu estava na pia lavando potinhos de lancheira quando a porta da frente finalmente se abriu. Cassandra entrou desfilando. O ritmo constante dos seus saltos no meu piso de madeira funcionou como um alarme para as meninas.

Elas saíram juntas do banheiro e desceram as escadas vestidas com seus pijamas, quase derrubando uma à outra.

Com o caos de risinhos, Sadie pulou de seu lugar favorito no sofá e correu para a cozinha.

— Srta. Cassandra, você está noiva de verdade? — gritou Bree indo direto para ela.

— Quando você vai se casar? — Gracie entrou na conversa.

O míssil de pelos disparou, arrebanhando Bree e Gracie em um grupo. Cassandra foi pega no meio do tornado infanto-canino. Ela levantou as mãos para proteger o rosto.

Eu assobiei, chamando a cachorra e as meninas. Elas se acalmaram instantaneamente.

— Hora de dormir — falei, fechando a torneira. — Eu subo daqui a um minuto.

— Mas nós queremos ficar com a srta. Cass — resmungou Gracie.

— Cassandra — corrigiu ela, massageando as têmporas.

— Podemos ver seu vestido de noiva? — implorou Bree de mãos juntas e olhinhos de filhote.

— Eu não tenho um vestido de noiva — disse Cassandra.

As garotas congelaram, mas não por muito tempo.

— Por que você não tem um vestido de noiva? — perguntou Gracie, num misto de choque e horror.

Cassandra ainda não tinha aberto os olhos.

— Eu te conto se você prometer que vai ficar a um metro de distância de mim o tempo todo.

— Ei — falei em um tom de aviso.

— Eu gosto do meu espaço pessoal — disse ela, dando um sorriso amarelo.

As garotas se afastaram.

— Assim é melhor — disse Cassandra enquanto abaixava as mãos.

A bunda peluda de Sadie ainda estava plantada no chão ao lado dos saltos altos dela.

Cassandra ergueu uma sobrancelha e encarou a cadela.

— Você também, bola de pelo.

Para minha surpresa, Sadie voltou para o sofá.

Cass entrelaçou os dedos e voltou sua atenção para as meninas.

— Eu ainda não tenho um vestido de noiva porque ainda não tenho uma data para me casar. Por que eu usaria um vestido de verão num casamento no inverno ou um vestido de renda e mangas em pleno calor?

— Por que você não tem uma data para se casar ainda? — cutucou Bree.

— Mas, nossa senhora, você gosta de perguntar, hein? — respondeu Cassandra. Ela se curvou, colocando as mãos no joelho para ficar na altura delas. — Eu não tenho uma data para casar porque estou ocupada construindo meu império, e não engrandecendo o sobrenome de alguém. Seja você seu próprio "felizes para sempre" e não precisará de um príncipe para te salvar.

— Você é tão legal — sussurrou Bree com pura reverência.

Agora era eu quem esfregava as têmporas.

# 6

## Cassandra

— Meninas, para a cama — rosnou Christian. — Eu subo em um minuto.

— Mas *papai* — choramingou Gracie.

*Deus, esse som me dava vontade de enfiar a cabeça em uma fragmentadora de papel.*

O espaço entre meus olhos latejava enquanto uma enxaqueca começava a dar os primeiros sinais.

Christian lançou a Gracie um olhar tão severo que até eu fiquei ressabiada, mas sua voz era gentil e equilibrada.

— Sem discussão.

— Mas nós... — resmungou Bree.

Ela ficou em silêncio com o simples erguer de uma sobrancelha de seu pai.

— Eu vou subir e apagar as luzes em um minuto. Vão indo.

Tico e Teco se viraram e subiram correndo as escadas sem mais nenhuma palavra.

Christian tinha largado o chapéu no gancho perto da porta quando entrou, deixando seu coque bagunçado à mostra. Eu não me movi, optando por ficar parada e assistir enquanto ele enfiava as mãos em seus cabelos grossos.

Ele puxou o elástico que prendia seu coque, deixando o cabelo castanho se derramar para lá dos ombros. Uma das mãos mergulhou profundamente nas madeixas enquanto ele suspirava, avaliava a situação, me avaliava e formava um plano em sua mente.

— Só... é... bom, fique à vontade. Eu só preciso me certificar de que está tudo pronto para amanhã e então ajeito seu quarto.

— Sem pressa — falei, com o máximo de neutralidade que pude colocar na minha voz enquanto Christian subia as escadas.

*A imagem pública é mais importante do que nosso conforto.* Eu podia ouvir a voz arrogante de Tripp na minha cabeça e odiava isso.

Encontrei meu celular e o abri, na esperança de alguma pequena conexão com o mundo lá fora.

Eu tinha duas míseras barras de sinal na casa de Christian, o que era suficiente para enviar mensagens de texto e completar ligações cheias de estática. Algumas mensagens de voz preencheram a tela.

Mas nada vindo de Tripp.

Nenhuma mensagem de *desculpe*. Nenhuma mensagem de voz explicando por que diabos ele tinha me abandonado.

Três anos atrás, eu estava nas nuvens com a perspectiva de me casar com ele. Seu pedido tinha sido planejado pela melhor organizadora de casamentos da indústria.

*Ele queria fazer da forma correta.*

*Ele queria me proporcionar um momento de conto de fadas.*

*Ele não tinha tempo de elaborar alguma coisa sozinho.*

*Ele me amava, mas planejar como me pedir em casamento não estava entre as suas habilidades, então ele terceirizou.*

Eu odiei o anel. Era terrivelmente chamativo, mas o diamante tinha os quilates certos para mandar uma mensagem sem ser a manchete. Tinha a lapidação certa. Sua clareza era ímpar. Ticava todas as caixas da imagem pública perfeita.

Três anos atrás, conversamos sobre datas e lugares.

Mas sempre acontecia alguma coisa para adiar tudo, até que paramos completamente de tocar no assunto.

E, quando eu tocava no assunto, ele culpava o trabalho pelos adiamentos.

Uma vez, ele ofereceu um casamento rápido no cartório só porque pensou que eu recusaria.

Eu topei.

Ele não apareceu.

E é claro que culpou o trabalho.

*A reunião dele se prolongou.*

*Seu cliente estava inconsolável e ele não podia fugir.*

*Eu deveria ser mais comprometida, assim como ele.*

*Eu deveria colocar meus clientes antes da minha vida pessoal.*

Girando o anel no meu dedo, me perguntei o que estava fazendo com ele ali pra começo de conversa.

Era possível ouvir vozes vindas dos quartos no andar superior.

— Você pode pentear meu cabelo igual ao da srta. Cassandra amanhã?

A voz soava como a da mais velha.

— Seu cabelo não é grande o suficiente para cachos grandes como aqueles — disse Christian, dando um suspiro cansado.

— Eu sei — insistiu ela. — Mas você pode tentar?

— Eu não sei como fazer aquilo — disse ele.

Vi meu reflexo na porta do micro-ondas. Meus volumosos cachos à la Marilyn Monroe haviam murchado após um dia de viagem e trauma induzido pelo rancho, mas o tamanho do meu cabelo ainda estava apresentável.

— Você sabe a regra — disse Christian. — Eu preciso de pelo menos cinco dias para aprender um novo penteado antes de você poder ir com ele para a escola.

— Você acha que a srta. Cassandra arrumaria meu cabelo? — pediu Bree.

— De jeito nenhum — resmunguei, observando o cachorro deitado no sofá.

— Não — disse Christian. Sua voz virou um resmungo enquanto ele andava pelo andar superior. Ele provavelmente estava beijando a testa delas e distribuindo "amo vocês" cheios de ternura.

Que maravilha.

As luzes se apagaram no andar de cima e eu conferi as horas. Ainda não eram nem oito da noite. Normalmente eu estaria me preparando para finalizar meu dia de trabalho. Talvez desse uma escapadela para comparecer a uma reserva de jantar antes de ir para casa gerenciar a vida dos ricos e famosos do meu sofá. *Tomando um vinho, porque Lillian Monroe era uma alpinista social de sangue frio.*

Talvez minha dor de cabeça atual fosse na verdade efeito da desintoxicação por ter saído da órbita dela.

Eu tinha começado minha carreira no Carrington Group de baixo, como consultora de estratégias de desenvolvimento de negócios, antes de conquistar meu emprego dos sonhos como relações-públicas.

Ser relações-públicas era meu sonho. Ou assim eu pensava.

Eu queria o estilo de vida com jatinho particular, restaurantes Michelin, os flashes das câmeras e os pedidos por atenção, tudo isso sendo a mestre marioneteira.

Eu queria ser o mago por detrás da cortina.

Mas uma estrela cabeça-oca resolveu rasgar a cortina e me enforcar com ela, atear fogo ao tecido e me jogar de um penhasco.

Agora eu estava num inferno sertanejo.

Botas pesadas trovejaram escada abaixo, e Christian apareceu. Ele pegou a pilha de roupas de cama que tinha trazido da casa da mãe e desapareceu para dentro do quarto vago.

— Pergunta — falei, me colocando na porta para observar enquanto ele colocava lençóis na cama tamanho queen.

Christian olhou para cima, olhos castanhos fixos nos meus por um instante antes de retornar para sua tarefa.

— O quê?

— Onde está a mulher das fotos?

— Como assim?

— Ela vai entrar aqui e cortar minha garganta por dormir na sua casa?

Ele não riu, mas também não parecia bravo.

— Ela faleceu quando as meninas eram pequenas — disse, calmamente, enquanto sacudia um travesseiro para dentro de uma fronha limpa.

O tom da voz de Christian não implorava por pena. Ele havia apenas declarado um fato, então respondi à altura.

— Bom, então meus sentimentos.

Ele desdobrou uma colcha grande e envolveu cuidadosamente a cama recém-feita. Era tudo tão... *charmoso.*

— Tem um banheiro no fim do corredor. Fica ao lado do meu quarto. Chame se precisar de alguma coisa. As meninas têm um banheiro no andar de cima, então não devem te incomodar. Sirva-se de qualquer coisa que encontrar na cozinha.

Eu me encostei no batente da porta enquanto ele trazia minhas malas da sala de estar.

Depois de uma conferida rápida para se certificar de que não havia mais nada a ser feito, ele limpou as mãos na calça jeans e parou na porta.

Era meio apertado com nós dois ali nos encarando.

A barriga de Christian encostava na minha enquanto ele me olhava atentamente. Um pequeno vinco se formava entre suas sobrancelhas. Um rosnar baixo de frustração reverberou em seu peito.

— O que é que eu vou fazer com você?

O timbre áspero da sua voz fez minha coluna se arrepiar. O hálito escapando por sua barba era intoxicante.

Christian Griffith *não fazia* o meu tipo. Além disso, eu era comprometida.

*Mais ou menos.*

Mas meu corpo não dava a mínima para a lógica. Minha pele formigava como se tivesse encostado em um fio elétrico.

Ele parecia seguro. Seus braços pareciam reconfortantes. E depois do dia que eu tinha tido, custava cada grama do meu profissionalismo eu não me apoiar neles.

— Estou aqui para fazer um trabalho — falei, empinando o queixo.

— É — disse ele, com um último olhar quente antes de sair em direção à cozinha. — É disso que tenho medo.

Eu acordei com som de crianças. Foi horrível.

Os estridentes gritos matinais delas de "eu não estou achando meu outro tênis!" e "eu não quero panquecas pro café da manhã!" me deram dor de cabeça imediata.

*Preciso de cafeína.*

Virei-me e enfiei a cabeça embaixo do travesseiro numa tentativa de bloquear a cacofonia do matraquear pré-pubescente.

Ainda nem estava claro lá fora.

O travesseiro e a roupa de cama estavam limpos, mas havia um leve cheiro de mofo, como se tivessem ficado guardados por muito tempo.

Eu me alonguei, encolhendo e esticando meus dedos por baixo da pesada colcha.

Christian só tinha ficado ali dentro por alguns minutos na noite anterior, enquanto arrumava a cama, mas o seu perfume ainda pairava no ar de forma deliciosa.

*Era perfume mesmo ou apenas o cheiro dele?*

Inspirei a fragrância masculina, deixando que ela me envolvesse como um abraço, e caí no sono outra vez.

— Hora de acordar.

A voz grave de Christian flutuou para dentro enquanto a porta se abria com um rangido.

*Com toda a educação, ele que se foda.*

Não. Pensando melhor, corta a parte de com toda a educação.

Ele que se foda.

Eu levantei o canto do travesseiro e olhei para o relógio.

— Estou à disposição das nove às cinco. Fora disso, você vai precisar me mandar um e-mail, que será respondido no dia útil seguinte.

— Não é assim que funciona aqui, princesa — disse Christian com uma risada maldosa.

O deslizar de cerâmica sobre madeira chamou minha atenção. Eu espiei por entre olhos sonolentos e vi uma caneca de café que ele tinha deixado na mesa de cabeceira.

— Belo pijama — disse ele, ligeiro, enquanto saía.

Uma brisa dançava sobre meu ombro nu onde a alça da minha regatinha beijava minha pele.

Mas a brisa não parava ali.

*Merda.*

Puxei a manta para cima, cobrindo a lateral do meu seio que tinha se espalhado para fora da blusa.

— Saio em dez minutos — gritou ele pela casa.

— Eu começo a trabalhar às nove — relembrei.

— Sadie. Traz todo mundo — disse Christian, soltando um assovio agudo.

Os cliques de patas de cachorro no piso de madeira foram instantâneos. Sadie, a irritante pastora-australiana reboladeira, subiu as escadas correndo. Batidas abafadas ecoaram por todo o segundo andar enquanto ela corria de quarto em quarto como um tornado de pelos.

Eu estava quase certa de que ela havia rolado escada abaixo, então percebi que o som era da rapidez com que suas patas a carregavam pelos degraus.

O latido incessante era pior que as crianças.

*Arranjar protetores auriculares estava no topo da minha lista de afazeres naquela manhã.* Eu me levantaria, imploraria para Becks me deixar usar o carro dela para voltar à civilização, compraria um *latte* decente em algum lugar na cidade, faria minhas chamadas telefônicas, enviaria meus e-mails e encontraria algum lugar para ficar que tivesse significantemente menos vida selvagem. E isso incluía crianças.

O latido parecia mais próximo.

E mais próximo.

*E mais próximo.*

Embrulhei minha cabeça no travesseiro e cogitei por um instante a autoasfixia.

A dor de cabeça aumentou. Ela era metade por exaustão e metade por raiva.

Eu não tinha dormido bem. Era quieto demais ali. Escuro demais lá fora.

Eu precisava das luzes e do ruído da cidade para sufocar meus pensamentos para poder dormir um pouco.

Ouvi o som de crianças batendo os pés escada abaixo e saindo porta afora, gritando "Vovó!".

Finalmente, a casa ficou em silêncio.

Patas tamborilaram pelo piso como um rufar de tambores. Espiei pelo travesseiro bem na hora de ver uma bola de pelos saltar em cima da cama.

Sadie latia repetidamente enquanto tentava me pisotear até a morte.

— Sai! — gritei, ficando em posição fetal para proteger meus órgãos vitais.

— Sai! Quieta! Chispa daqui!

Tentei todos os comandos que eu conhecia para fazer com que ela parasse. Eu gritei, horrorizada, bloqueando meu rosto enquanto ela tentava atacar minha cabeça várias vezes.

Dez minutos mais tarde, eu estava saindo com tudo pela porta daquela casa esquecida por deus só para me deparar com Christian, braços cruzados e um sorriso debochado no rosto, encostado na porta de sua caminhonete.

— Primeiramente — berrei, projetando um dedo na direção dele. — Vai se foder!

Sadie mordiscou meu tornozelo e eu saltei para longe.

Christian parecia muito satisfeito consigo mesmo enquanto olhava para mim. Meus cachos do dia anterior, sem lavar, haviam sido puxados para trás num coque que acentuava minhas maçãs do rosto. A blusa de linho que eu normalmente passaria com calma estava toda amassada. Eu a enfiei por dentro de uma calça cor de trigo amarrada com um laço na cintura e escondi o resto da blusa debaixo do blazer.

Com todo aquele latido, tive de apressar minha rotina de maquiagem, e me virei com um pouco de corretivo para as olheiras, uma camada de máscara e um batom cor de ameixa.

Meu celular estava em uma das mãos e a bolsa da Mary Poppins pendurada no ombro.

— Tá feliz? — gritei por sobre os latidos. — Dá pra desligar seu alarme canino agora?

— Quieta — disse Christian, sorrindo de orelha a orelha.

Eu olhei para Sadie enquanto ela se transformava imediatamente em um tapete.

— Sério? Eu disse isso para ela umas trinta vezes, no mínimo!

— Você não é eu — disse Christian, dando a volta na caminhonete para abrir a porta para mim. — Vamos lá. Estamos atrasados.

# 7

## Christian

Cassandra parecia muito puta da vida. Era até fofo.

Ela largou aquela bolsa enorme no assoalho do carro e se segurou no assento enquanto pisava no estribo da caminhonete.

O salto do sapato escorregou para fora da borda. Eu a segurei pelo quadril quando ela quase perdeu o equilíbrio.

— Você vai usar esses sapatos o dia todo? — perguntei, empurrando-a gentilmente para dentro da cabine.

Os olhos dela desceram em direção aos sapatos e se voltaram para mim.

— Eu uso isso todo dia. Vai ficar tudo bem.

Sadie pulou para a caçamba da caminhonete, pegando uma carona. Eu escorreguei para trás do volante e dirigi para longe da casa.

— Preciso ir para a cidade — disse Cassandra, sem hesitação, retirando das profundezas daquela bolsa uma fina caderneta com capa de couro. Listas e mais listas preenchiam as páginas.

— Isto não está no cronograma de hoje.

— Eu não estava pedindo sua permissão — disse ela, arqueando uma sobrancelha.

— Tudo bem, então — falei, estacionando na frente do escritório do galpão. — Espero que você goste de andar nesses saltos. Te vejo daqui a um ou dois dias.

Eu saltei da caminhonete, abri a porta dela e a deixei matutando. Se ela queria ficar sentada ali fazendo beicinho, podia sentar ali e fazer beicinho.

Se quisesse tentar um furto de veículo e levar minha caminhonete, podia tentar. Mas Cassandra não me passava a impressão de alguém que soubesse dirigir com câmbio manual. Ela empacaria antes de chegar ao portão da propriedade.

Eu tinha acabado de acender as luzes quando ela entrou, intempestiva.

— Qual é o seu problema, Griffith?

— Meu problema?

Ela apertou o dorso do nariz.

— Estou sendo feita de refém aqui.

— Você supostamente tem um trabalho a fazer — falei, erguendo uma sobrancelha.

— Um trabalho que não posso fazer, a menos que tenha algum tipo de conexão com o mundo lá fora.

Apontei para um enorme computador que ocupava quase todo o espaço da minha mesa.

— O que você acha que é isso?

— Uma relíquia que pertence a um museu.

— A cavalo dado não se olha os dentes.

— Eu não estou olhando os dentes! — gritou ela. Um braço disparou apontando para o canto do escritório. — Por que o boi está aqui?

Mickey descansava pacificamente sobre a cama de cachorro de Sadie. Os cantos da cama eram as únicas coisas aparecendo por debaixo daquele corpanzil.

— Ele vai aonde quer — falei, dando de ombros.

Cassandra largou sua bolsa na minha mesa, mandando uma pilha de documentos para a Comissão de Saúde Animal do Texas para o piso de cimento.

— Por que nada te incomoda? Tem a porcaria de um boi no seu escritório!

— É um rancho de gado — falei, franzindo os lábios. Ainda bem que minha barba escondia meu sorriso. Isso provavelmente a irritaria.

— Eles deveriam ficar do lado de fora! Longe, bem longe — argumentou ela. — Você sabe a diferença entre pessoas e animais, né? Nós comemos animais.

— Dá pra comer gente também — falei, segurando uma risada. — Principalmente mulheres. Ou seu noivo não faz isso com você, princesa?

O rosto dela ficou vermelho e ela ficou boquiaberta olhando para mim.

— O que você acha que te dá o direito de…

— Uma coisa que você deve saber sobre mim — falei, levantando um dedo. — Eu não tenho tempo para baboseiras. Vou te dizer exatamente o que passar pela minha cabeça. Se você tem um problema com isso, então vai ter de simplesmente superar.

Grossos cílios subiram e desceram enquanto ela me olhava de cima a baixo.

— Então somos dois.

O bico de ferro da minha bota bateu contra o triângulo pontudo do sapato de salto dela.

— Tenho de fazer algumas ligações antes de sairmos. Você tem quinze minutos pra organizar a sua tralha.

Catorze minutos e cinquenta e seis segundos mais tarde, estávamos saindo do escritório.

— Você acha que consegue montar hoje? — perguntei, prendendo meu rádio ao cinto e batendo as mãos nos meus bolsos para conferir se tinha luvas, uma faca, etiquetas auriculares de gado e seu aplicador e um canivete multiuso.

— Montar em uma caminhonete com ar-condicionado? É, acho que isso eu consigo, sim.

— Não, senhora — falei, balançando a cabeça. — Suas opções hoje são um cavalo ou um quadriciclo.

Sua mandíbula se contraiu e quase pude ouvir o som áspero de seus dentes rangendo.

— Suponho que o quadriciclo.

— Você vai ficar mais suja nele do que num cavalo.

Ela escolheu o quadriciclo mesmo assim.

Não que eu estivesse surpreso, mas isso resultou em uma combinação interessante. Abasteci o Outlander de dois lugares e conferi de novo o combustível.

— Sabe — gritei enquanto cruzávamos o terreno em alta velocidade. — Uma hora você vai ter de começar a se vestir adequadamente para o rancho.

— Eu me visto para mim mesma — gritou ela atrás de mim.

— É, tô percebendo. Sua conta de lavanderia vai ser alta.

O mato rasteiro era devorado pelos pneus enquanto cruzávamos a planície. CJ e os peões do rancho vinham trabalhando em mover o rebanho para o pasto oeste, assim o pasto ao sul poderia se recuperar.

Os braços de Cassandra me envolviam com firmeza, apertando minha barriga quando pulávamos e balançávamos por pedras e buracos.

Vir a cavalo teria sido bem mais fácil, mas eu não tinha tempo sobrando para discutir com ela sobre isso.

O terreno ficou mais plano, mas em vez de me largar, senti sua cabeça pressionada nas minhas costas.

Eu dei uma olhada por cima do ombro e a peguei com a bochecha descansando contra minha coluna.

Tirei uma das mãos do guidão e dei um aperto tranquilizador na mão que segurava minha cintura.

Por mais que eu quisesse reclamar e implicar com o fato de ela estar aqui, eu sabia que meu velho tinha razão. Nós precisávamos nos garantir. Eu só não tinha tempo para fazer isso.

Cassandra estava passando por maus bocados e as coisas iam ficar ainda mais difíceis.

O gado pintalgava o horizonte. O movimento do rebanho parou ao som do motor.

Eu coloquei a mão para trás e dei tapinhas no joelho de Cassandra para chamar sua atenção. Ela se endireitou, afrouxando o abraço enquanto eu diminuía a velocidade e fazia uma curva à esquerda para dar a volta no rebanho.

— O que estamos fazendo aqui? — gritou Cassandra quando desliguei o motor.

— Eu consigo te ouvir bem agora — falei, dando uma risadinha.

— Ah, é? Bom, eu não consigo te ouvir — disse ela, esfregando a orelha.

— Nasceu um bezerro esta noite.

— Aqui fora? — disse ela, olhando em volta. — Isso não deveria acontecer em um celeiro ou algo do tipo?

— Às vezes — falei. — Se sabemos que a mãezinha está angustiada. Mas deixar o gado parir no pasto com o mínimo de intervenção permite que eles se comportem naturalmente. Eu tinha dois caras por aqui garantindo que tudo corresse bem.

— A noite inteira? — disse ela, os olhos levemente arregalados.

— Não trabalhamos no horário comercial, Cass.

Deslizei para fora do banco e ofereci a mão para ajudá-la a descer.

Cassandra ignorou minha mão educada e optou por sair do assento com o equilíbrio de uma girafa recém-nascida.

Agora não era apenas o gado que nos encarava.

— Dia — disse CJ, atravessando a relva. Ele segurou o chapéu pelo topo e o levantou na direção de Cassandra. — Senhora.

— Pelo menos ele não disse *bom dia*, porque todos sabemos que não é — resmungou Cassandra.

— Como foi? — perguntei, colocando a bolsa de suprimentos no ombro e acompanhando CJ até a área coberta onde a mãe tinha procurado proteção para parir. Olhei por cima do ombro para me certificar de que Cassandra nos seguia. — Vamos, srta. Parker.

Ela acelerou o passo.

— Nada fora do normal. O bezerro nasceu por volta das três da manhã. A mãezinha o lambeu até ficar limpinho e deixou ele mamar.

— E a placenta? — perguntei, enquanto caminhávamos juntos com dificuldade.

— Expeliu a placenta mais ou menos duas horas depois e a comeu — disse Carson.

Cassandra teve ânsia de vômito.

Conforme esperado, havia um recém-nascido de pé debaixo da vaca branca com pintas castanhas, agarrado no úbere. A mãezinha aparentemente não se incomodou com minha aproximação, mas eu podia sentir os olhos dela sobre mim.

Cassandra observou enquanto eu rapidamente colocava uma etiqueta na orelha do bezerro e administrava uma série de vacinas para manter o bichinho e o rebanho todo saudáveis.

Cassandra ficou por perto enquanto eu conferia as coisas com os homens a cavalo. Analisei o rebanho, procurando qualquer coisa fora do normal, e observei o pasto.

Mandei um punhado de peões para cumprir tarefas como consertar cercas e fazer reparos nos galpões de estoque.

Todos olhavam para Cassandra com desconfiança. Até as vacas.

Eu não os culpava.

— Nada como estar absolutamente ciente de que todos estão falando de você na sua frente mesmo, em vez de pelas costas — disse Cassandra quando eu falei para ela subir no quadriciclo de novo.

— Não se preocupe com isso.

— Difícil.

— Eles estão com raiva porque eu trouxe o quadriciclo aqui.

— Por quê?

— O motor deixa o rebanho ansioso. Caubóis consideram cavalos mais seguros. Se uma vaca decidir atacar, é mais fácil para sair do caminho. Tentamos manter o estresse no menor nível possível quando estamos lidando com o gado. É muito parecido com a vida. Aplicamos uma suave pressão sobre eles e os conduzimos, em vez de forçá-los a ir para onde queremos. Eu aprendi minhas melhores táticas de educação parental com os animais.

Ela ficou imóvel, piscando, nada impressionada.

— Então, não estamos em 1812. Se você puder parar de falar em ditados assustadores de caubói, seria ótimo.

Mantive os olhos nela em vez de olhar para o profundo "V" em sua camisa como eu queria fazer.

— Sobe no banco, Cass.

— É Cassandra — disse ela, revirando os olhos e se jogando.

Eu a devolvi para o escritório, deixando-a com uma internet que tinha praticamente a mesma velocidade da internet discada enquanto eu perambulava pela oficina, consertando maquinário e me certificando de que os veículos funcionassem direitinho.

Cassandra considerou a pausa para o almoço à uma da tarde um horário bom para seguir trabalhando e exigiu olhar os livros contábeis para saber que tipo de orçamento ela tinha disponível.

Por mim tudo bem, desde que isso a impedisse de reclamar por dez minutos.

A mulher era um peixe fora d'água, mas uma parte minha, uma parte profundamente reprimida minha, estava simplesmente adorando isso tudo.

Eu acomodei Bree e Gracie em casa quando elas chegaram da escola, então cuidei das minhas tarefas da tarde antes de passar pela cabana para ver o que precisava ser feito para torná-la habitável.

*Tudo. Tudo precisava ser feito.*

O encanamento era de ferro fundido e estava oxidado. Eu tinha certeza de que se ligasse mais de um interruptor ao mesmo tempo iniciaria um incêndio elétrico. Havia mais bichos morando do lado de dentro do que fora.

*Caralho.*

— Ela tem belos melões.

O comentário do imprestável do Jackson me corroía enquanto eu esfregava a graxa das minhas mãos embaixo da torneira.

Ele já estava no topo da minha lista por ficar de putaria quando deveria estar trabalhando arrumando a cabana. Se continuasse tagarelando, acabaria desempregado.

Outra pessoa riu.

— Aposto que aquela carinha bonita esconde a loucura dela.

— Você viu a pedra no dedo dela? Aposto que ela tem algum pobre coitado na coleira.

— Uma bela raba não compensa aquela cara de bruaca — disse Jackson.

Fechei a torneira e dobrei a curva até eles.

— Como é que é?

O grupo de caubóis congelou em torno da carroça.

Eu tinha ouvido os cochichos o dia inteiro. Sei que Cassandra também tinha ouvido. Talvez fosse por isso que ela tinha se enfiado no meu escritório, tomado conta da minha mesa e organizado as porcarias por cor.

— Bem — falei, erguendo uma sobrancelha. — Falem logo, se tiverem alguma coisa a dizer.

Jackson olhou para a direita e para a esquerda, esperando que outra pessoa fosse o bode expiatório.

— Parece que você tem alguma coisa em mente — falei, colocando as mãos nos quadris. — Quer dividir com a classe?

— Não faz sentido, só isso — disse ele com desdém.

Chamei-o mais para perto com um movimento do meu dedo.

— Como é que é?

Jackson já tinha saído da escola, mas agia feito um moleque de doze anos. CJ jurava para quem quisesse ouvir que ele era um cara bacana, só precisava de um pouco de orientação.

Isso fazia dele um problema do CJ.

Mas, uma vez que Cassandra era um problema meu, eu não ia deixar essa passar.

Ele arrastou a ponta de sua bota na terra.

— É que não faz sentido nós não termos um aumento, mas vocês gastarem uma nota trazendo essa piranha de nariz empinado só pra ficar de fuleiragem no rancho.

Uma risada sardônica escapou da minha boca enquanto eu o pressionava contra a cerca de tubos que mantinha os cavalos presos.

— Eu não me lembro de ter pedido sua opinião ou visto algum trabalho vindo de você que justificasse um aumento. — Em vez de acertá-lo no queixo, agarrei a frente de sua camisa xadrez. — Agora, tenho outra pergunta pra você.

Seu lábio superior se ergueu em um esgar. Jackson tinha o corpo igual a um graveto e a atitude de um jogador de futebol americano. Mas ele não deu um pio.

— É assim que você fala das minhas filhas?

— Não — disse Jackson com as narinas dilatadas.

— Como é que é? — disparei.

— Não, *senhor.*

— É assim que você fala da minha mãe? — falei, apertando mais a camisa dele nas minhas mãos.

— Não, senhor — disse ele, cerrando os dentes.

Eu soltei a camisa, deixando-o cair para trás contra a cerca.

— Então com toda a certeza não é assim que você fala da srta. Parker.

— Ela não é uma Griffith — cuspiu ele.

— E nem você, filho — falei, apontando um dedo para ele. — É melhor se lembrar disso.

Encarei o grupo de peões do rancho enquanto apontava na direção do escritório.

— Ela carrega o peso do *meu* nome. Pra vocês, ela é uma Griffith, sim.

Eles assentiram, concordando.

Virei para Jackson outra vez.

— Se você sequer olhar torto para ela e ela quiser que você seja demitido, você já era. Fui claro?

# 8

## *Cassandra*

Minha mão estava suada em torno da maçaneta enquanto eu espiava pela fresta, observando Christian de longe.

Havia acontecido alguma coisa perto do lugar onde os peões tinham devolvido os cavalos.

Eu nunca o tinha visto assim. Tão grosso e brusco.

Quase virei para voltar para minha mesa, mas Christian disse meu nome. *Srta. Parker.*

*Ele não me chamou de Cass.*

Na verdade, vindo dele, não me incomodava.

Quando eu era pequena, meus amigos e parentes me chamavam de Cassie. Mas eu deixei de encurtar meu nome depois do milionésimo sermão em que Tripp me enchia o saco para usar meu nome completo.

*Cassandra é muito mais profissional. Você quer ser levada a sério, não quer?*

Então eu virei Cassandra.

Minha atenção estava colada em Christian enquanto ele cuspia fogo em algum moleque que tinha passado a maior parte do dia falando bobagem perto de mim.

Não era como se eu não tivesse ouvido tudo aquilo antes.

*— Ela carrega o peso do meu nome. Pra vocês, ela é uma Griffith, sim.*

Eu travei, paralisada pelo choque.

Nunca tinha ouvido um homem falar *assim* de mim antes.

Grilos faziam serenata para mim enquanto eu checava a hora... de novo.

Eu tinha pulado o jantar perfeito de família de sitcom para o qual Christian tinha me convidado e esperei na privacidade do escritório pelo término da refeição.

Para meu desalento, Mickey dormia profundamente em um canto.

Eu mergulhei em pilhas e pilhas de declarações financeiras, montando um orçamento viável para meus projetos, enquanto olhava toda hora no celular.

Eu finalmente tinha conseguido uma resposta de Tripp para uma mensagem enviada em seu e-mail de trabalho, na qual ele dizia que me ligaria às cinco. Seria no final do meu expediente, meia-noite para ele.

Mas meu celular nunca se acendeu.

Tripp não ligou.

Eu só precisava de… alguma coisa. Garantias, talvez.

Isso estava completamente fora da minha zona de conforto. Eu tinha sido afastada das minhas responsabilidades habituais e Tripp as carregava desde então.

Fazia sentido, acho. Ele era meu chefe.

O pessoal da Lillian provavelmente queria alguém da firma com mais experiência para limpar a situação.

*Apesar de ter sido culpa dela. Não minha.*

Desliguei o computador e juntei minhas coisas. Passavam apenas alguns minutos das oito, o que significava que as filhas de Christian estariam, esperava eu, na cama.

Tripp só estava ocupado demais. Tinha de ser isso.

O celular tocou e eu larguei os arquivos que estavam nas minhas mãos enquanto corria para pegá-lo.

— Alô?

A ligação estalava enquanto eu prendia a respiração.

— Desculpe por ligar tão tarde — disse Tripp por sobre uma risada no fundo. — O jantar saiu do nosso controle, mas você sabe como são as coisas por aqui. Eu acho que nós só fomos comer depois das dez e meia.

— Certo. Claro — falei, soltando meu coque e passando os dedos pelo cabelo. — Como você está? Como estão as coisas na Espanha?

De maneira egoísta, eu queria que ele perguntasse como eu estava, mas era mais fácil deixar Tripp falar de si mesmo antes.

— Você ia adorar isso aqui — disse ele, rindo. — Uma pena você não poder viajar.

*Uma pena? Era uma pena que eu tivesse minha carreira arrancada de mim? Era uma pena eu ter sido exilada para a merda do Texas? Era uma pena que meu noivo estivesse representando minha cliente enquanto meu nome era arrastado na lama? Era uma pena que estivessem me dando um gelo e eu não deveria me defender?*

— Estou com saudade — falei, engolindo o coquetel de raiva com humilhação preso na minha garganta.

Ou, pelo menos, achei que estivesse.

Eu deveria sentir saudade dele. Saudade da minha vida. Saudade de toda aquela porcaria que eu supostamente deveria amar.

Eu estava estressada, incerta e insegura. Não estava reagindo bem a nada por causa disso. *Principalmente à bondade de Christian.*

Mas, nas últimas vinte e quatro horas, eu tinha feito algo que não fazia há muito tempo.

Eu respirei.

— Como é? — perguntou Tripp.

Não é que ele não pudesse me ouvir. Ele apenas não estava prestando atenção.

— Eu disse que estou com saudade.

— Ah. Sim. Eu também estou.

Enterrei as unhas nas palmas das mãos, deixando marcas em forma de meia-lua na pele.

— Você parece distraído.

— Sim, é, bom, o jantar está acabando. O vinho aqui é ótimo.

Meu palpite era que Christian soltaria sua cachorra em mim de manhãzinha, então tratei de encerrar as coisas.

— Quando podemos conversar sobre isso?

— Sobre o quê? O trabalho no Texas? Pensei ter dito para você se reportar ao Mike…

Enquanto Tripp era o chefe de relações públicas para clientes individuais, Mike McDaniels era seu equivalente no desenvolvimento de negócios.

— Sobre *nós* — esclareci.

— Agora não é uma boa hora. Temos de deixar as coisas esfriarem antes…

— Eu não estou falando do casamento, Tripp! Eu falei que precisamos conversar sobre *nós*.

— Olha, eu tenho de ir — ele disse, soltando uma risada. — É difícil lidar com Lillian e ela já tomou uma garrafa inteira de vinho.

Ouvi Mickey bufando ao fundo enquanto eu olhava a tela escura do celular e me perguntava onde foi que tudo tinha dado errado.

Christian me encontrou em sua varanda, sentada em uma cadeira de balanço com uma tigela no colo.

Mariposas voavam ao redor, dançando em volta da luz da varanda. Sombras eram lançadas a meus pés.

— Eu teria de perguntar para Becks sobre jantares habituais da cidade de Nova York, mas não acho que essa seja uma refeição adequada, princesa.

— Você disse que eu podia me servir de qualquer coisa que encontrasse na cozinha — respondi, sem tirar os olhos de minha tigela de sorvete.

A cadeira de balanço ao lado da minha rangeu quando ele se sentou ali.

— Sim, alguma coisa da despensa, geladeira ou qualquer sobra que estivesse lá. — Ele se inclinou sobre o braço da cadeira de balanço e examinou minha tigela. — Sério? Menta com chocolate e… uísque?

Girei minha colher na vaca-preta batizada que havia preparado assim que voltei escondida do escritório.

— Não despreze antes de experimentar — falei, enfiando uma colherada na boca.

Christian desapareceu sem dizer uma palavra.

Por que os homens tinham essa propensão a ir embora de repente?

Eu estava a uma saída silenciosa de ter um surto.

Utensílios de cozinha batiam e tilintavam enquanto eu olhava fixamente para a montanha de sorvete de menta rodopiando em meio ao marrom do uísque. Seria esse o fundo do poço?

Dei uma grande colherada e deixei que a queimação do destilado fosse resfriada pela doçura da menta.

— Eu troco com você.

Olhei para cima e vi Christian de pé na minha frente com uma tigela igual à minha, só que cheia de chili. No topo, uma fatia de pão de milho pingando manteiga.

— Você perdeu o jantar — disse ele, tirando das minhas mãos a tigela de sorvete e substituindo-a pela de chili, que estava quente, recém-saída do micro-ondas.

— Eu estava trabalhando — menti.

— Isso é horrível — disse Christian, provando um bocado da minha gororoba de sorvete e fazendo uma careta.

— É um gosto adquirido — respondi sem muito entusiasmo, cutucando o chili.

As ripas de madeira da varanda rangeram enquanto Christian balançava para a frente e para trás na cadeira.

Eu o observei de esguelha. Ele estava sentado confortavelmente; joelhos espaçados e botas firmes no chão, recostado na cadeira. Seu cabelo ainda estava preso em um coque, mas estava mais frouxo depois de um longo dia. Algumas mechas se espalhavam pelo ombro.

Era inquietante estar ao lado de alguém tão relaxado.

Tripp estava sempre correndo para todo lado, então eu também ficava assim.

— Você não deveria estar dormindo? — perguntei enquanto pegava um pequeno bocado do chili. A doçura amanteigada do pão de milho, o calor rústico do cominho e a acidez do tomate combinavam à perfeição.

— Eu só durmo quando todos na minha casa estão confortáveis.

— Você não precisa esperar por mim. Eu sou capaz de ir dormir e chegar até seu escritório pela manhã.

— Eu não disse dormindo. Disse confortável — falou ele, inclinando a cabeça e olhando para mim.

— E você acha que eu não estou confortável? — retruquei antes de enfiar uma colherada de chili na boca. Eu não havia percebido como estava faminta.

— Você está?

Se era essa a "suave pressão" que ele havia comentado usar com o gado e com as crianças, eu podia admitir que era eficaz.

— Eu finalmente falei com o Tripp — admiti.

— E como está o cuzão mais pretensioso do mundo? — disse ele, com um rosnado de insatisfação no peito.

Eu cerrei os dentes.

— Vivendo a vida na Espanha com minha cli... minha *ex*-cliente.

— Quando é o grande dia? — disse ele, levantando um dedo do braço da cadeira e apontando para meu anel.

De repente, eu não estava mais com tanta fome.

— Você sabe tanto quanto eu — falei, descansando a tigela no meu colo.

— Parou? — perguntou ele, pegando o sorvete e indo com a mão até a tigela de chili.

— Sim.

Christian levou as duas tigelas para dentro e voltou com um par de meias e botas de caubói.

— Que tamanho você usa?

— Trinta e oito.

— Estas são trinta e sete. Calce.

— O quê?

— Calce as botas. Vamos cavalgar.

Eu as estudei, observando o couro gasto.

— Por favor, me diga que você não está pedindo para eu calçar as botas da sua falecida esposa. Isso é muito esquisito.

Eu meio que esperava que Christian ficasse ofendido, mas ele deu um sorriso.

— São da Becks. Ela as comprou, mas ficaram pequenas, então ela deu para Bree usar quando coubessem.

Curiosamente intrigada, peguei as meias e tirei os sapatos de salto usando os dedos. Minha pele estava cheia de bolhas em círculos vermelhos e irritados.

— Cass... — disse Christian em um tom repreensivo, ajoelhando-se à minha frente. — Você me disse que conseguia se virar com esses sapatos.

Ele apontou para os sapatos de salto.

— Eu consigo.

Dedos calejados seguraram cuidadosamente a sola do meu pé enquanto ele dava outra olhada.

— Seu pé diz o contrário.

— Eu estou bem. Caminhar por pastagem, terra e cascalho é um pouco diferente de calçadas e escritórios. Eu me viro.

— Vou te levar à cidade amanhã. Você pode pegar um par de botas enquanto eu compro suprimentos.

Eu não ia discutir. Queria voltar para a civilização, mesmo que tivesse de me contentar com uma cidade pequena dos Estados Unidos.

As meias de algodão rasparam nas bolhas. Eu sibilei enquanto as calçava.

— Você tá bem? — disse Christian, erguendo o olhar preocupado.

O leve desconforto era bem-vindo. Pelo menos me impedia de chorar pelas outras milhões de coisas que estavam pesando sobre mim.

Eu podia ficar irritada por causa de algumas bolhas, sobretudo se isso me desviasse a atenção de Tripp.

Christian esperou pacientemente enquanto eu enfiava os pés nas botas. Minhas calças e meu blazer não gritavam exatamente *cowgirl chique*, mas já era noite, e o rancho estava dormindo.

Segui Christian até o estábulo e esperei enquanto ele colocava a sela em Libby.

Meu corpo estava presente, mas minha mente estava a milhares de quilômetros dali.

— Pronta?

De repente, eu me dei conta de que ele esperava que eu montasse naquela coisa de novo.

— Pensando bem, acho que eu vou dormir — falei, virando-me para a entrada do estábulo.

— Vamos lá, princesa — disse Christian, pegando minha mão. Ele me guiou gentilmente na direção da enorme égua castanha. — Suba.

— Christian, eu...

— Pé esquerdo no estribo. Eu ajudo com um empurrãozinho se você precisar.

— Eu realmente não...

Pelo visto, o empurrãozinho dele era mais um levantamento do que uma ajuda. Minha bota mal tocou o estribo e meu rabo já estava na parte da frente da sela de dois lugares. Libby se mexeu, acostumando-se com meu peso, mas isso me apavorou.

Eu gritei, me agarrando ao que podia para evitar cair para a minha morte.

Então Christian subiu, jogando a perna em volta do cavalo e deslizando para o assento atrás de mim.

— Calma. Não precisa gritar.

— Para você é fácil dizer. Eu quase caí!

— Você não quase caiu — disse ele, sem nenhuma preocupação. — Eu não vou te deixar cair. — A aba do seu chapéu bateu na minha nuca quando ele se inclinou para a frente. — Eu vou tocar você. Tudo bem?

— Só se você me ajudar a descer.

— Se você vai ficar por aqui, precisa aprender. A essas horas, ninguém vai te ver.

— Eu tenho um total de zero motivos para estar em cima de um cavalo.

Mas Christian ignorou meus protestos. Sua mão deslizou pela minha cintura.

— Encaixa o quadril — disse ele, dando um apertão na minha coxa.

Cautelosamente, eu me ajustei, sentando com firmeza no meio da sela enquanto ignorava aquelas malditas borboletas no meu estômago.

Apenas uma borda de couro separava Christian do meu traseiro. Pelo menos ele tinha colocado uma sela para dois. Eu não sabia se conseguiria lidar com o corpo dele envolvendo o meu.

— Pegue as rédeas. — Sua voz rouca e gentil me deu arrepios.

Eu não percebi que estava agarrando a parte da frente da sela com firmeza. Libby mudou de posição mais uma vez. Soltei um gritinho segurando a parte da frente da sela com tanta força que os nós dos meus dedos estavam brancos.

As mãos de Christian no meu quadril me davam equilíbrio.

— Este é só o jeito dela de dizer que está pronta pra ir.

— É? Bom, eu não estou.

— Você já esteve perto de um cavalo antes?

— Os cavalos no Central Park contam?

— Não. — Ele pegou minha mão na dele e inclinou-se adiante. Senti seu abdômen morno nas minhas costas enquanto ele pressionava a palma da minha mão no ombro de Libby. — Dê um pouco de carinho. Ela vai retribuir.

— Eu achei que já tinha o amor eterno dela depois que ela quase comeu minha mão quando foi pegar a bala de hortelã.

Christian riu.

— E já tem.

A palma da sua mão ficou sobre a minha enquanto eu acariciava cuidadosamente o pelo curto de Libby.

— Pronta? — perguntou ele, as fibras de sua barba pinicando meu pescoço.

— Eu tenho escolha? — falei, olhando sobre os ombros.

— Não.

— Pelo menos, se eu for jogada de cima desta fera, vou ganhar um delicioso cochilo em estado vegetativo. Vamos lá.

Christian soltou uma risada tão alta que assustou Libby e eu.

— Pegue as rédeas.

Aparentemente, eu fiz errado, porque ele mudou delicadamente a forma com que eu segurava o couro.

— Aperte Libby com as pernas — disse ele, largando minhas mãos e se afastando.

Mordi os lábios tentando esconder meu pavor.

Pelo jeito, não fiz um bom trabalho em esconder, porque Christian colocou as mãos de volta no meu quadril e ofereceu um tranquilizador "eu te seguro" enquanto Libby avançava lentamente pela grama.

E eu acreditei nele.

— Mantenha as costas retas.

— Estão retas — argumentei.

— Você está tão curvada que a cabeça da Libby está mais alta que a sua — disse Christian, rindo baixinho. Mãos firmes pressionaram minha barriga. — Postura de princesa, quadris de puta.

— Como é que é?

— Mantenha as costas bem retas. Sente-se ereta na sela, mas mantenha o quadril solto para que possa se mover. Meio que como andar de moto.

— Eu pareço uma mulher que anda de moto?

— Você me parece uma mulher cheia de surpresas.

Uma risada cáustica escapou da minha boca.

— Pois não sou. Eu sou isso que você está vendo mesmo.

— Ahh... sei não, hein? — Ele fez uma pausa para corrigir a forma como eu segurava as rédeas. — Ninguém é simples assim.

— Você deveria mesmo estar dissecando alguém enquanto faz a pessoa de refém em cima de um cavalo?

— Desconfortável, princesa?

— Com o cavalo, sim. Com o interrogatório, também.

Já com ele... Eu não sentia desconforto. Era o mais próximo de "em paz" que eu me sentia em muito tempo.

O hálito dele era quente contra minha têmpora quando disse:

— Puxe gentilmente a rédea do lado esquerdo para que ela faça a curva para a trilha logo mais adiante.

Eu puxei a rédea até sentir tensão na tira de couro. Libby inclinou a cabeça e, para minha surpresa, seguiu para a trilha de terra que virava para a esquerda.

— Afrouxe a rédea quando ela fizer o que você quer e faça um carinho nela.

Com um pouco mais de confiança, inclinei-me para a frente e alisei a crina dela com a mão.

Libby, satisfeita com a atenção, acelerou o passo, sacudindo-me na sela.

— Christian!

— Tá tudo bem — disse ele, colocando as mãos de volta nos meus quadris. — Eu não vou deixar você cair.

— Aposto que você diz isso para todas as mulheres que leva nessas cavalgadas à meia-noite.

— Meia-noite, nada. Mal passa das nove.

— Para você isso é meia-noite, caubói — provoquei.

— Você não está errada — disse ele, dando risada. — Faz um tempo que eu não fico acordado até tarde assim.

Eu olhei por cima do ombro e o flagrei olhando para mim.

— Tem certeza de que você é qualificado para dar aulas de montaria?

— Eu ensinei minhas duas filhas a cavalgar antes que pudessem subir e descer as escadas sozinhas — disse ele, me lançando um rápido sorriso.

— Sério? — murmurei. — Você ensinou a suas filhas a frase "postura de princesa, quadril de puta?".

O riso de Christian foi sombrio.

— Foi com essa frase que me ensinaram. Minhas filhas receberam a versão censurada. — Suas mãos pressionaram minha cintura e eu pude sentir o ritmo dos meus quadris acompanhando as passadas de Libby. — Quadril de bambolê.

# 9

## Christian

— Que adequado e paternal da sua parte — disse Cassandra com uma risada leve.

— Às vezes é difícil desligar — falei com um riso baixo. — Ou eu falo palavrões na frente das meninas, ou digo para os rapazes que eu tenho que fazer totô.

O cabelo dela deslizou para o lado quando riu.

*Ela ficava linda pra cacete quando fazia isso.*

Cassandra e eu ficamos em um silêncio confortável enquanto ela vagarosamente desenvolvia um hesitante relacionamento de confiança com Libby.

— Relaxa — relembrei. — Você está tensa.

— Desculpa — murmurou ela, corrigindo a postura. Mas seus ombros continuaram tensos.

— Você está pensando em alguma coisa?

— Não — respondeu ela, seca.

— Qual é, Cass? — falei, sem acreditar nela. — Não minta pra mim desse jeito.

— Nada com que você deva se preocupar. Estou aqui para trabalhar pra você, e não o contrário. Lembra?

*Evasiva. Tudo bem.*

— As portas estão abertas se você quiser conversar.

Eu podia ouvir os dentes dela rangendo até virarem cotocos, mas esperei.

E esperei.

E esperei um pouco mais.

O estresse nunca a deixou. Aqueles dedos elegantes estavam rígidos ao redor das rédeas.

— Você está indo bem. Dê um toquinho nela com o pé caso queira que ela vá mais rápido.

Cassandra não falou nada.

Não era com a égua que eu estava preocupado. Libby conhecia bem esse caminho.

— Da próxima vez que sairmos pela propriedade, eu te coloco na Dottie. Ela é muito boazinha. Você vai conseguir lidar com ela sozinha. Ela não se assusta fácil.

— Então, este passeio pela trilha é porque todos tinham algo a dizer sobre você me carregando no quadriciclo por aí? Ou sobre eu estar aqui, de modo geral?

— Não. Eu só pensei que você gostaria de fazer alguma coisa para espairecer. Às vezes, quando eu não consigo dormir, saio com a Libby e procuro uma pastagem para ficar olhando para as estrelas.

— Eu nem tinha ido para a cama ainda.

— Você sabe o que eu quero dizer, Cass.

Ela se enrijeceu, mas não me corrigiu como havia feito todas as outras vezes.

— Tem alguma coisa errada com Tripp — admitiu ela.

Cass estava se esforçando muito para me dar a versão açucarada e fácil de engolir da porcaria do relacionamento dela. Provavelmente estava justificando tudo para si mesma também.

— Você quer dizer que não é normal que um homem largue a noiva em uma situação estranha e caia fora? — perguntei para ela com um ar divertido.

Ela fungou e cochichou:

— Ele que se foda.

— Leve a gente de volta para a bifurcação na trilha. Ela vai até em casa.

— Antes ele pelo menos agia como se estivesse investindo no nosso relacionamento — desabafou ela, por pura e simples frustração.

Eu me coçava de vontade de envolvê-la nos braços, mas resisti.

— Há quanto tempo você está com ele?

— Seis anos — admitiu ela. — Namoramos por três anos antes de ele me pedir em casamento. Daqui a alguns meses, vai fazer quatro anos que estamos noivos.

— Fala sério.

— Eu tô falando.

— Ele te pediu em casamento *três anos atrás*? — repeti, rindo.

Os ombros dela se curvaram.

— Ele disse que não estava com pressa para casar.

— Você mora com ele?

— Não — disse ela, bem depressa. — Eu gosto de ter meu espaço e ele também.

— Então... — falei, passando a mão pela minha barba. — Você não mora com ele. Você não tem planos para se casar. E ele tem alergia a compromisso?

— Bem, quando você coloca assim...

— Ele te deu um anel como pagamento pelo sexo.

Ela não se abalou com minha franqueza.

— Isso seria verdade se estivéssemos fazendo sexo.

— Você está esperando pelo grande dia ou algo do tipo?

Cassandra olhou por cima dos ombros, me atingindo com aquele olhar cinza cor de aço.

— Esta é uma conversa apropriada para ter com sua funcionária?

— Você também está dormindo na minha casa, e minhas filhas acham que você é uma Barbie que ganhou vida.

— É justo — suspirou ela. — Não, eu não estou esperando ou nada do tipo. Nós costumávamos transar. Nós apenas paramos quando as coisas ficaram corridas. E então...

— E então o quê?

— Então elas continuaram corridas. Ou, pelo menos, é o que ele diz.

Cassandra não parecia se importar com minha sinceridade, então não me fiz de rogado.

— Ele tá comendo fora.

Aquele filho da puta tinha de ser completamente louco para ser celibatário tendo uma mulher como a Cassandra, que ainda encontrava alguma qualidade minimamente redentora nele.

Ela fitou as rédeas, sem tirar os olhos da pelagem avermelhada de Libby.

Libby voltou sozinha para o estábulo e se posicionou ao lado de sua baia. Eu apeei e peguei as mãos de Cassandra, guiando-a na descida. Ela caiu em cima de mim em vez de simplesmente pular.

Foi ligeiramente menos gracioso do que um passarinho chutando seu filhote para fora do ninho.

Eu a segurei quando ela colidiu com meu peito.

— É... Vamos trabalhar essa parte.

Em vez de fazer com que ela tirasse o equipamento de Libby como Bree e Gracie sempre tinham de fazer, expliquei cada etapa enquanto eu mesmo fazia o trabalho e ela acariciava o focinho de Libby.

— Obrigada pelo passeio — disse ela, quando voltávamos para casa.

Eu enfiei as mãos nos bolsos para evitar pegar a mão dela. Tê-la contra meu corpo enquanto cavalgávamos pareceu muito natural. Perder aquilo doeu.

— Ah, é? — Ergui uma sobrancelha curiosa. — Você gostou?

— Eu não disse que gostei. Só agradeci — esclareceu ela.

Mas eu a flagrei sorrindo.

Parei na varanda e peguei os sapatos de salto que ela tinha deixado de lado.

— Tá certo, princesa. Pode ficar com seus segredos, mas eu sei que a Libby ainda vai te conquistar.

Cassandra parou no batente da porta, o que nos deixou frente a frente de novo. Suas pálpebras estavam pesadas enquanto ela fitava minha boca.

— Eu duvido.

— Desafio aceito.

A eletricidade crepitava entre nós, faiscando e estalando, mas nenhum dos dois se moveu.

Alguma coisa pesada bateu no lado oposto da varanda. Os olhos de Cassandra finalmente se levantaram dos meus e então reviraram.

Eu olhei por cima do ombro dela e vi o bicho de estimação de Gracie subindo os degraus. Alguém tinha prendido um novo par de espaguetes de piscina no chifre dele.

— Cai fora daqui, Mickey — gritou ela.

Sorri enquanto passava os braços em volta do ombro dela e a levava para dentro.

Cassandra se sairia muito bem aqui. Ela só não sabia disso ainda.

— Eu não sou de tomar café da manhã — disse Cassandra, emergindo do quarto de hóspedes.

*Claro que não era.* Guardei esse pensamento para mim mesmo enquanto empilhava ovos e linguiça nos pratos de Bree e Gracie e tentava convencê-las a comer.

Cassandra não passou flutuando por mim. Ela nem mesmo desfilou. Em vez disso, marchou em direção à cafeteira como uma modelo de passarela raivosa.

Mais um dia, mais um sapato de salto.

Eu começava a me perguntar quantos pares de sapatos ela tinha trazido.

Eu tinha um total de três pares de sapatos. Um par de botas de trabalho, um par de botas chiques e um par de tênis quase nunca usados.

Cassandra estava aqui fazia três dias e eu já tinha visto cinco pares diferentes de calçados.

— Uau — disse Gracie, com metade de um waffle pendurado na boca. Ela olhava para Cassandra como se Dolly Parton em pessoa tivesse acabado de entrar na cozinha.

— De onde veio esse vestido? — sussurrou Bree com reverência.

Cassandra não deu a menor atenção a elas enquanto pegava uma caneca no armário, inspecionava-a e considerava-a digna de ser o receptáculo de seu café.

— Teddy Crenshaw. É do pequeno ateliê dele na Sétima Avenida. Ele é um designer que vestia uma das minhas clientes e nós nos demos bem.

— Você conhece designers de moda? — soltou Bree, uma palavra tropeçando por cima da outra.

Cassandra fez uma careta como se o som da voz da minha filha fosse um picador de gelo entrando diretamente em seus olhos.

— Está cedo demais para tanta animação.

Com as meninas distraídas com o café da manhã, peguei a alça da jarra de café e mantive sua cafeína como refém.

Mantive minha voz baixa o bastante para que apenas ela me ouvisse.

— Eu sei que você não tomou uísque suficiente com seu sorvete para causar ressaca, então pode parar com essa grosseria que você tem com minhas meninas.

Cassandra fez contato visual comigo enquanto colocava a mão em volta da minha e arrancava a jarra de café da cafeteira.

— Não tenho grosseria nenhuma.

— Minha casa. Minhas regras. Se eu disser que você está sendo grosseira, então é porque você está. Conserte isso.

Ela abriu um sorriso condescendente.

— Eu interajo com humanos. Adultos são humanos grandes e crianças são humanos pequenos. Eu trato todos da mesma forma, falo com todos do mesmo jeito. — Sua sobrancelha se arqueou severamente. — Você gostaria que eu me dirigisse a suas pequenas humanas e as tratasse como se fossem algo menos que um adulto?

— Já que está com a mão na massa, aproveita e resolve essa sua grosseria comigo também.

Não sei por que eu estava tão cri-cri naquela manhã. Mesmo com o passeio repentino, eu tinha dormido uma quantidade razoável de horas.

— Dividido de lado, com uma trança descendo na frente, por favor — disse Gracie, depositando seu prato vazio na pia.

— Pega a caixa de iscas — falei, deixando Cassandra com o café.

— Você pode ligar o *babyliss*? — perguntou Bree, espetando um pedaço de linguiça.

Comecei com Gracie. Mesmo aos onze anos, ela odiava escovar o cabelo e deixava os nós na parte de trás. Ela se mexia muito à noite, resultando em um verdadeiro emaranhado de manhã.

Apliquei um desembaraçante e comecei os trabalhos, muito cônscio dos olhos de Cassandra em mim.

Com o cabelo de Gracie domado e a franja presa em uma pequena trança, passei para Bree.

Ela me entregou o spray selador.

— Cachos soltos. Não aqueles apertados que você faz para as aulas de dança.

Contive um suspiro de irritação. Eu tinha acabado de dominar a técnica dos cachos da aula de dança que deixavam as meninas parecidas com Shirley Temple.

Revirando a memória, tentei relembrar do tutorial a que havia assistido algumas semanas atrás no meu horário de almoço.

Bree ficou sentada, imóvel, enquanto eu me atrapalhava com os cachos suaves que ela tinha pedido.

Era impressionante como ela se parecia com Gretchen. Gracie tinha os traços dos Griffith desde que nasceu, mas Bree sempre se pareceu com a mãe.

Eu sabia que meus dias estavam contados. Bree era uma adolescente e Gracie não estava muito atrás. Logo, elas não iriam querer o pai arrumando seus cabelos de manhã.

Talvez fosse por isso que eu me esforçasse tanto para aprender como fazer.

Eu queria que elas precisassem de mim.

Queria ser suficiente.

— Que tal? — perguntei soltando a trava do *babyliss* e deixando a última espiral esfriar na minha mão. Eu penteei gentilmente os cachos para separá-los e soltá-los e dei um apertão nos ombros dela.

Bree pulou da cadeira da cozinha e correu para o banheiro para dar uma olhada no espelho.

— Perfeito!

Eu a deixei encharcando o cabelo com laquê.

— Você está pronta, Gracie?

— Tô calçando meus sapatos.

— Bree? — gritei.

— Pegando minha mochila!

— A cozinha está fechada. Encontrem-me na caminhonete — falei, antes de me virar para Cassandra.

— Vamos logo, princesa. Você não pode se atrasar para a escola.

— Você disse que íamos para a cidade — resmungou ela.

— E vamos. — Peguei uma garrafa térmica do armário e a enchi com o que sobrou do café. — Depois de levarmos as meninas para a escola.

O rosto inexpressivo de Cassandra não mudou enquanto subíamos na caminhonete e seguíamos rumo à cidade.

Gracie falava mais rápido do que a caminhonete rodava, atualizando Cassandra sobre os acontecimentos na escola.

Cassandra respondia com comentários mínimos e desinteressados até que uma coisa despertou sua atenção.

— O que você disse? — perguntou Cassandra.

Gracie estava olhando pela janela.

— O quê? A parte sobre o dia do pijama, quando podemos construir um forte na sala de aula e ler livros o dia todo?

Apertei com força o volante enquanto Cassandra balançava sua cabeça dispensando a empolgação de Gracie.

Ela e eu teríamos uma conversa bem direta assim que não houvesse pequenos ouvidos escutando.

— Não. A outra coisa, sobre sua aula de Ciências — disse Cassandra.

— Ah. — A animação de Gracie desapareceu. — Quando a professora me fez sentar junto com o Dylan, mesmo eu não gostando do Dylan.

— Gracie — repreendi. — Escolha palavras gentis.

— Por que você não gosta desse pivete? — insistiu Cassandra, inclinando-se sobre o console central para olhar Gracie nos olhos.

— Nós não chamamos crianças de "pivetes" — sibilei.

— Eu não sou mãe de ninguém — disse Cassandra, olhando para mim. — Posso dizer o que eu quiser sobre eles. Às vezes você tem de chamar um pivete de pivete.

— Ele mexe comigo durante a aula — disse Gracie, fungando. — Eu *adoro* Ciências e ele *odeia*, então ele fica fazendo palhaçada o tempo todo e isso me distrai.

— Sua professora colocou você com ele de propósito?

Olhei pelo retrovisor para ver a reação de Gracie ao interrogatório de Cassandra, mas ela não parecia incomodada.

— Foi. Ela disse que é meu dever fazer ele prestar atenção. E já que sou boa em Ciências, eu deveria poder ajudá-lo.

— Mas nem fodendo.

— Srta. *Parker* — falei com firmeza, batendo a palma da mão no volante para chamar a atenção dela. — Você *não pode* falar palavrão perto das minhas meninas.

— Você fala palavrão na nossa frente o tempo todo, pai — respondeu Bree.

*Ah, que maravilha.*

Cassandra deu uma risadinha.

— Eu não acho que estou colaborando para a delinquência de uma menor de idade dizendo a palavra que começa com F, sendo que ela provavelmente vê vacas fazendo isso o tempo todo.

— Às vezes — disse Gracie com zero preocupação. — Mas às vezes as vacas são incineradas artificialmente.

— Inseminadas — corrigi.

— E sou eu que estou corrompendo elas — murmurou Cassandra antes de reassumir seu ar sério. — Falar sobre inseminação de gado é algo *totalmente* normal.

Pelo canto do olho, vi Cassandra exibir um sorriso satisfeito e soltar um suspiro discreto.

— Me escuta — começou ela. — Você não é responsável por ninguém além de você. A não ser que esteja recebendo para ser professora ou babá, esse pivete, Dylan, não é problema seu. Eu não ligo se ele está correndo em círculos pela sala de aula com as roupas em chamas. *Ele não é problema seu*. Se ele quiser ser uma distração, deixa ele. Se ele fizer merda, deixa ele sentar na própria bosta. É trabalho da professora ensiná-lo. Não seu. Você presta atenção na aula. Coloque seus antolhos e fique na sua.

Eu... não podia discordar disso.

— Você está na folha de pagamento? — disse Cassandra, apontando um dedo manicurado para Gracie.

— Não, senhora — Gracie respondeu com mais firmeza do que eu já ouvira antes.

— Esse garoto é sua responsabilidade? — insistiu ela.

— Não, senhora!

— Se ele quiser ser um problema, o que você vai fazer? — disparou Cassandra.

Mas não era uma pergunta nascida da irritação. Ela era uma treinadora. Uma sargenta.

Gracie abriu um sorriso radiante.

— Vou deixar ele correr pegando fogo!

Cassandra piscou para Gracie, atordoada, antes de virar para se sentar novamente.

— Essa família é muito esquisita.

# 10

## Christian

— Tenham um bom dia — falei quando as meninas desceram da caminhonete para a calçada.

Pais e professores ficaram olhando quando perceberam que eu estava com uma mulher no banco da frente.

Rumores sobre minha vida amorosa circulavam de tempos em tempos, mas eu era reservado. Isso minimizava o combustível para o incêndio selvagem que era a fofoca em uma cidade pequena.

— Te amo, papai — disse Bree.

— Eu também te amo, linda.

— Te amo, papai — disse Gracie, animada, colocando a mochila nas costas.

— Eu também te amo, moça bonita.

Antes que eu conseguisse dizer mais qualquer coisa, Gracie abriu um sorriso imenso para Cassandra.

— Tchau, srta. Cass. Tenha um dia tão bonito quanto você!

E, com isso, ela saiu saltitando pela calçada, rindo com a irmã.

O funcionário na entrada da escola fechou as portas e eu saí da fila de carros em direção à cidade. Cassandra não disse uma palavra, mas os cantos de sua boca se contraíam.

Quando meus pneus deixaram a área da escola, ela falou.

— Deixa eu adivinhar. Estou prestes a levar um puxão de orelha.

Senti o cheiro de perfume caro e me perguntei se era uma fragrância que ela escolhera para si, ou se o noivo cara de cu tinha comprado para ela.

— Vá em frente — disse ela, fechando os olhos e descansando a cabeça no encosto. — Manda bala.

— Por que você acha que eu puxaria sua orelha? — perguntei, me virando e descansando meu punho no topo do volante.

— Por onde eu começo? — disse ela, batendo com um dedo nos lábios. — Por corromper suas filhas. Por falar com ela como uma adulta. Por...

— Ensinar a minha filha a se defender sozinha? — interrompi o que ela ia dizendo.

Cassandra olhou para mim.

— Elas estão crescendo — falei, com um repentino sorriso triste. — Provavelmente é bom que alguém equilibre minha vontade de mantê-las crianças para sempre. Pelo menos de vez em quando.

Ela fingiu engasgar, o que me fez dar uma risada abafada.

— Eu não sei se você reparou nesse detalhe sobre mim — disse Cassandra inspecionando as unhas. — Mas eu não gosto de crianças.

— Você também não gosta muito de adultos — acrescentei. — Nem de animais.

— Eu não reajo bem quando precisam de mim. Gosto de ter o meu espaço.

— É engraçado isso vindo de alguém cuja carreira é baseada em que precisem de você.

— Existe uma diferença entre querer ser necessário e precisar estar no controle. Eu gosto de estar no controle.

*Aposto que Cassandra achava que gostava do controle, até finalmente deixar alguém assumi-lo.*

Parei na pequena zona central da cidade e estacionei rente à calçada.

— Vou demorar algumas horas. Vou me encontrar com o fornecedor de grãos, depois tenho algumas tarefas para fazer e suprimentos para buscar na loja de ferragens.

Ela deu uma olhada nas pitorescas fachadas das lojas.

— Algumas horas solitárias de compras e... — ela avistou o café com um luminoso escrito "WiFi" piscando — ... *internet de alta velocidade.* — Cassandra avançou para a porta. — Ah, doce civilização. Como senti sua falta.

Consegui sair do carro e dar a volta até o lado dela antes que Cass saltasse, mas foi por pouco. Eu agarrei a maçaneta da porta e a bloqueei.

— Por favor — implorou ela.

*Hum. Gostei disso.*

— Qual é a regra, Cass?

Ela revirou os olhos.

Pressionei, colocando meu joelho entre os dela enquanto ela girava o corpo no banco do carro para descer.

*Deus, aquele perfume era tão bom...*

— Por favor — resmungou ela.

— Eu abro as portas.

— Me deixe sair — pediu ela sussurrando. — Eu preciso da sociedade. Preciso entrar numa loja. Preciso ver asfalto e carros. Preciso de café feito numa máquina de *espresso*.

— Cass.

Ela bufou e revirou os olhos, mas girou o corpo e voltou a sentar em seu banco.

Eu fechei a porta. Com um floreio dramático, tornei a abri-la e ofereci a mão para ajudá-la a descer.

Senti sua palma macia deslizando para a minha mão. Minha pele foi envolvida por dedos delicados.

Ela desceu do carro e parou quando estávamos lado a lado.

— Dramático você, hein?

— Foi tão difícil assim me deixar fazer isso por você?

Ela levantou os cílios fartos, e seus olhos tempestuosos encontraram os meus.

— Foi.

— Lide com isso, princesa — falei, com um sorriso zombeteiro.

Cassandra não se moveu. A ponta de sua língua apareceu, umedecendo os lábios. Fiquei cativado pela forma como a garganta dela se movia ao engolir.

As faíscas estavam de volta, dançando em cascata ao nosso redor.

Minha mão roçou a dela, e nossos dedos quase se entrelaçaram. A ponta afiada de seu anel me pegou de surpresa.

Dei um passo para trás e respirei fundo, deixando que ela subisse na calçada.

Aquela porcaria de diamante brilhava sob o sol da manhã.

— Você, hã... — falei, pigarreando. — Você tem meu número, né?

Ela olhou para mim como se eu fosse tonto.

— Nós passamos praticamente todo minuto juntos desde que cheguei aqui. Quando foi que eu precisei do seu número?

Estendi a mão e ela cedeu, me entregando seu celular.

Quando eu o devolvi, ela olhou para a tela.

— Sério? — O tom de sua voz era neutro, de quem não tinha achado graça nenhuma.

— O quê? — questionei, com um largo sorriso.

— Papai Griffith? — disse ela, girando a tela do celular para mim.

— Imaginei que, já que você é tão contrária a crianças e pessoas em geral, isso deve reduzir a possibilidade de uma ligação sua. — Desci da calçada e fechei a porta com força. — Eu coloquei também o número do CJ, do Nate e o telefone fixo da sede.

Cassandra olhou para baixo e rolou a tela.

— Papai Griffith... Chefe das Vacas... Soldado... Prisão. — Ela deslizou o celular de volta para sua bolsa exagerada. — Muito engraçado.

— Te vejo daqui a algumas horas, Cass — falei, dando a volta para o lado do motorista.

— É Cassandra — disse ela, girando naqueles saltos altíssimos e se dirigindo ao café.

Pressionei o punho contra a boca para esconder meu sorriso.

— Fique longe de confusão, princesa.

Sua bunda balançou com um gingado extra enquanto ela se afastava.

Entrei na caminhonete e me recostei no banco, fechando os olhos.

*Eu só precisava de um minuto.*

Normalmente eu levava de dois a três minutos, respirando, para me livrar do estresse, mas após meros trinta segundos já estava calmo.

O perfume de Cassandra permanecia na cabine, dançando sobre o cheiro do meu café da manhã e o aroma sempre presente de gado e diesel. Era doce e sensual. Feminino e forte.

Eu me levantava com o sol desde criança. As manhãs eram meu período favorito do dia. Agora, porém, tudo o que eu queria era pegar no sono com aquele cheiro.

Mas eu não tinha tempo para aquilo. O dia estava escapulindo enquanto eu ficava ali sentado fantasiando sobre uma mulher que não era minha.

Sussurros ecoavam pelo saguão do banco enquanto eu preenchia os formulários de depósito.

Comentários murmurados soavam enquanto eu olhava a loja de botas.

Conversas circulavam pela loja de ferragens enquanto eu carregava a caçamba da minha caminhonete com material para cercas.

Murmúrios preenchiam a lanchonete enquanto eu me sentava com George Thompson, negociando preços para a ração de inverno que estava comprando da fazenda dele.

Todos aqueles rumores giravam em torno de uma pessoa.

Ela.

Dei um aperto de mão firme ao sr. Thompson e agradeci por ter vindo de Maren até aqui.

Cassandra não tinha mandado mensagem nem ligado, então presumi que estivesse viva e fui para o posto de gasolina.

Uma caminhonete familiar entrou no estacionamento do Buc-ee's e estacionou na vaga próxima da entrada.

Soltei um assovio agudo enquanto os números na bomba de gasolina subiam cada vez mais.

Nate virou a cabeça de repente ao pular do veículo e bateu a porta com força.

— Oi — gritou ele, atravessando o estacionamento.

— Tá fazendo o que na cidade? — falei, respondendo a seu cumprimento com uma levantada de queixo.

— A Becks está com desejo — disse Nate, enfiando as mãos nos bolsos da calça jeans.

— Você deveria ter ligado. Eu levaria alguma coisa para você não ter que dirigir até aqui.

— Eu não sabia por quanto tempo você estaria aqui — disse ele, dando de ombros.

Ele estava usando uma camiseta, o que me surpreendeu.

Mais ou menos dez anos atrás, ele tinha se ferido em uma incursão no Iraque. Cicatrizes de queimadura marcavam sua mão e seu braço. Ele não falava muito sobre isso e costumava usar camisa de manga longa para não chocar nossa mãe.

A culpa me queimava feito um ferro de marcar o gado.

Quando recebemos a ligação de que ele estava recebendo cuidados no hospital do exército na Alemanha, meu mundo desabou. Gretchen faleceu não muito tempo depois disso.

Graças a Deus tínhamos o Ray.

O outro irmão do meio na família Griffith havia sido o Tio do Ano para Bree e Gracie quando eu mal conseguia ser um pai para elas.

Eu não consegui salvar Gretchen.

Não consegui evitar que Nate fosse ferido por um homem-bomba.

Aquilo deveria ter me feito agarrar minhas filhas com mais força. Deveria ter me tornado grato por Nate estar bem.

Mas só me encheu de culpa.

— Eu precisava resolver uns negócios — falei, tirando a bomba de gasolina com um puxão e devolvendo-a ao suporte. — Trouxe Cassandra comigo para pegar algumas coisas que ela precisava.

Nate deixou escapar um sorriso enquanto cruzava os braços.

— Como ela está?

— Ela é durona. Vai ficar bem — respondi, após pensar por alguns instantes.

— Parece a Becks quando a conheci durante a missão.

— Nã — falei, rindo. — Não é assim. Nós não nos odiamos ativamente.

Os comentários ácidos dela não me incomodavam. Nossas provocações não eram brigas. *Pareciam preliminares.*

— E você? Como está lidando com isso? — perguntou ele.

— Indiferente — menti, recostando-me casualmente na caminhonete.

Nate caiu na gargalhada.

— Agora é você que parece comigo quando eu conheci a Becks. Que mentirada.

— Não é o que você está pensando. Ela está noiva — esclareci, balançando a cabeça.

— E eu ainda estava tentando convencer a Vanessa a não se divorciar de mim — respondeu ele.

— Não é a mesma coisa.

*A ex-mulher de Nate era uma vadia de coração gelado. O noivo de Cassandra era um oportunista safado.*

— Já se passaram dez anos — disse Nate, abaixando a voz.

— E nesses dez anos eu fiz mais terapia do que você — falei, levantando as mãos. — Estou bem, cara. Eu namorei, tive casinhos. Não sou reprimido e não sou cego. Cass… eu gosto dela, apesar de achar que ela está determinada em fazer com que eu a odeie. E eu acho ela atraente, sim. Mas não vou cruzar nenhum limite com uma mulher noiva, nem com minhas filhas sob o mesmo teto.

Ele deu um passo para trás e assentiu.

— Tá certo. Só estou me certificando de que você está bem da cabeça. — Olhou para o relógio e acrescentou: — Melhor eu entrar e pegar os tacos de carne da Becks.

Nós nos separamos. Nate entrou e eu pulei de volta para dentro da caminhonete. Quando eu havia inserido meu número no celular de Cassandra, eu liguei para mim para ter o número dela. Eu mandei uma mensagem.

CHRISTIAN
Voltando na sua direção. Onde você está?

CASS
Eu decidi que "Papai Griffith" me fazia lembrar do seu pai, então mudei seu contato para "Papaizinho caubói". Estou na manicure trabalhando um pouco enquanto esta senhora adorável faz meus pés parecerem menos os de um ogro. Terminarei em meia hora.

CHRISTIAN
Seu humor parece estar melhor.

CASS
Um latte decente, terapia de compras, manicure e pedicure fazem isso com a gente.

CHRISTIAN
Te vejo em breve, princesa.

Vinte e cinco minutos depois, estacionei em frente ao salão de beleza. Em vez de esperar na caminhonete do lado de fora, entrei calmamente e a avistei sentada com postura altiva em um trono.

Enquanto a profissional terminava sua pedicure, acertei as contas com a recepcionista.

— Quanto foi o estrago, Margo? — perguntou Cassandra, aparecendo ao meu lado na recepção quando havia terminado.

Margo, que aparentemente tinha se tornado a melhor amiga de Cassandra, sorriu, radiante.

— Nem um centavo, docinho. O sr. Griffith já cuidou disso. Gorjeta e tudo mais.

As sobrancelhas de Cassandra se ergueram quando ela se virou bruscamente.

— Você fez o quê?

Eu não queria conversar a respeito, então estendi a mão para pegar as sacolas de compras.

— Deixa que eu carrego.

— Eu consigo… — Ela parou e bufou. — Você vai dar seu showzinho se eu carregar minhas sacolas e abrir a porta, não vai?

Eu abri um sorriso maroto.

— Sim, senhora. — Olhando por cima de sua cabeça, acenei para o salão. — Tenham um bom dia, pessoal.

— Você pagou para mim? — perguntou Cassandra, abruptamente, quando chegamos à calçada.

Destranquei a caminhonete e coloquei as sacolas de compras na parte de trás antes de abrir a porta para ela.

— Paguei.

Ela parou na minha frente em vez de entrar.

— Por quê?

Não era curiosidade. Era desconfiança pura.

— Porque eu pensei que isso a deixaria feliz — falei objetivamente. — Você tem passado por poucas e boas aqui e, se eu puder fazer algo simples para melhorar as coisas, é o que vou fazer.

E então, só porque eu sabia que *ele* não faria a porra de um elogio a ela sem que fosse um insulto disfarçado, falei:

— Suas unhas estão muito bonitas.

Um rubor suave tingiu suas bochechas enquanto ela entrava na caminhonete e pegava a caixa à sua espera no banco.

— O que é isso? — perguntou, enquanto eu deslizava para trás do volante.

— Botas.

Ela arqueou uma sobrancelha, abrindo a caixa com cuidado.

— Você calça trinta e oito?

— Elas são para você — expliquei, dando risada.

— Por quê?

— O que acontece com você e todos esses porquês?

— Presentes vêm com condições — disse ela, deslizando os dedos sobre o couro envernizado.

— Os meus, não. — Saí da vaga e dirigi rumo ao rancho. — Eu disse que faria algo simples para melhorar as coisas, não que pegaria leve com você.

Estendi os braços por trás de seus ombros.

— Como foi na manicure? À altura de seus padrões de cidade grande? Sentiu-se paparicada?

Ela sorriu, e um brilho travesso iluminava seus lábios.

— Ah, não foi exatamente um paparico.

— Não?

Ela estalou os nós dos dedos.

— Foi uma missão de reconhecimento.

# 11

## Cassandra

— Pensei que você estivesse trabalhando na casa do Chris — disse Becks, gingando para dentro do escritório do galpão. Estava ensopada de suor.

Levantei a cabeça do caderno em que eu tramava feito uma louca.

— Às vezes — falei, passando para o laptop e acrescentando algo à tabela aberta na tela.

— A internet de lá é mais rápida — disse ela.

— É, sim; por outro lado, tem crianças. Eu não consigo trabalhar na presença do caos.

Becks olhou a hora.

— Dia de elas saírem mais cedo?

— Alguma coisa assim.

O sorriso de Becks era tranquilo enquanto ela se sentava numa cadeira e jogava o cabelo por cima do ombro.

— Elas não são tão ruins. Não é como se fossem crianças de colo. A Bree é uma adolescente e a Gracie não fica muito atrás.

— Pior ainda — falei, os dedos voando sobre as teclas. — Eu me lembro de ser adolescente. Eu era uma psicopata cheia de hormônios.

Salvei o arquivo e me voltei para ela.

— Por que parece que alguém jogou um balde de água na sua cabeça?

Ela grunhiu.

— Estou tentando me forçar a entrar em trabalho de parto. Fiz uma caminhada de oito quilômetros pela propriedade.

— E por que raios você iria querer fazer isso? — Estremeci. — Claro, eu não sei o que te deu para engravidar, para começo de conversa.

Becks fungou, bem-humorada.

— Foi meu marido e seu enorme p…

Ergui a mão e a silenciei na mesma hora.

Ela riu baixinho.

— O tempo voa. As meninas do Chris tinham sete e quatro anos quando as conheci. É uma loucura pensar que Nathan e eu somos mais velhos do que o Chris, mas as filhas dele serão adultas em breve e nós estamos só começando.

Ela pareceu meio melancólica enquanto entrelaçava as mãos por cima da barriga.

— Você vai ficar exausta — falei, pragmática.

— Exausta é pouco. — Ela fechou os olhos. — Estou torcendo por uma epidural só para poder tirar uma soneca antes de o bebê nascer. Eu não durmo bem há semanas.

— Como anda a situação dos danos que a água causou? — falei, lembrando o que ela tinha dito sobre um cano estourado inundar sua casa.

Ela suspirou.

— O Nathan está trabalhando nisso. Com sorte, estarei de volta à minha cama antes de termos outro ocupante. Se vale de alguma coisa, eu lamento por nosso quarto de hóspedes estar indisponível. Você provavelmente teria preferido isso a morar com Chris e as meninas. Mas, até estar tudo pronto, teremos um recém-nascido.

— Nós *não estamos* morando juntos — esclareci, enquanto procurava no meu celular um contato antigo que me devia um favor depois que eu tinha salvado sua marca de uma situação complicada.

— Certo — disse Becks, sardônica. — Porque você está noiva de Tripp.

— Você nunca foi de segurar a língua — notei, remexendo a papelada. Minha linha de raciocínio tinha dado um nó com a mera menção do nome dele. — Por que começar agora?

Becks inclinou a cabeça, e o cabelo ruivo se espalhou sobre seu ombro.

— Você está feliz de verdade com ele?

— Mas é claro. — A mentira era descarada, mas minha fachada era tudo o que me restava. Por dentro, eu estava desmoronando. — Por que não estaria?

— Porque é horrível tê-lo por perto.

— Ele só é ambicioso — contrapus, embora não soubesse por que o estava defendendo. Ele não tinha feito nada além de me jogar aos cães, depois me trancafiar.

Longe dos olhos, longe do coração.

— Posso ser maldosa por um instante? — despejou ela.

Ergui as sobrancelhas.

— Tem alguma coisa te impedindo?

— Na verdade, não, e os hormônios do bebê superam meu filtro.

Ela parecia um tanto agitada, e eu fiquei bastante curiosa.

— Sendo assim, fique à vontade...

— O Tripp é o pior. Se eu pudesse atropelar ele com um caminhão basculante, atropelaria.

Não pude evitar a risada nada elegante que escapou do meu peito.

— Eu queria que você não estivesse grávida. Preciso de alguém com quem tomar um porre de vinho.

Ela abriu um sorriso malicioso.

— Chris seria um ótimo parceiro de bebedeira.

*Ah, pelo amor de Deus! Os fogos de artifício que faiscavam entre nós dois quase me queimaram quando ele me buscou no salão de manicure. Eu não sabia o que aconteceria se baixasse minha guarda perto dele.*

— O Tripp é...

Eu tentei pensar em alguma qualidade redentora que me ajudasse a defendê-lo, mas não consegui.

— Olha — disse Becks. — Eu entendo. Eu adorava a cidade. Adorava a correria. Mas talvez estar aqui não seja ruim. Quando eu me afastei de tudo aquilo, encontrei o Nathan. Mas também encontrei a mim mesma. Você está realmente feliz ou está só fingindo porque a soma da sua vida pessoal e profissional diz que deveria estar feliz?

*Será que ela tinha razão? Será que eu estava me agarrando a ele porque era isso que eu deveria querer?*

Em vez de admitir que o comentário estava bem próximo da verdade, joguei meu cabelo para trás.

— Sou bem-sucedida. Prefiro isso à felicidade, sempre.

— Você trabalha pelo sucesso. Você merece felicidade.

Pressionei os lábios.

— Olha só você. Já preparada com as frases feitas dos pais.

A porta se abriu e Christian preencheu o batente. Meu sangue cantava só de vê-lo.

A calça jeans clarinha, desbotada pelo uso, agarrava-se a seu traseiro e suas coxas. Elas se esticavam e retesavam conforme ele atravessava o escritório. Suas botas batiam pesadamente no piso de concreto.

— Becks — disse ele, como saudação sem frescura.

Eu podia respeitar isso.

— Como se sente? — perguntou ele.

*Lá vai ele com os sentimentos de novo. Totalmente desnecessário.*

— Cansada. Tudo dói. Acho que quebrei uma costela depois de levar socos pelo lado de dentro a noite toda. — Becks bufou. — Mas vou largar do pé de vocês. Tem uma soneca me esperando.

Christian lhe deu um sorriso compassivo.

— Quer que eu te leve de carro até em casa?

— Nã. — Ela se levantou da cadeira com calma. — Obrigada, mas estou tentando fazer esse bebê sair.

Ele anuiu, passando por trás de mim e apoiando as mãos na mesa, me prendendo entre elas enquanto pegava o mouse do computador.

— Pode ficar sentada. Eu só preciso imprimir uma coisinha.

Enrijeci quando o peito dele pressionou minha nuca.

Becks apontou entre mim e Christian, levantou e abaixou as sobrancelhas e disse, sem usar a voz:

— Ai, meu deus!

Revirei os olhos quando a impressora cuspiu uma folha de papel.

— Vá tirar sua soneca.

Ela gargalhava quando saiu, desequilibrada, para o sol brilhante da tarde.

— Quer me contar por que ela riu? — perguntou Christian.

— Mas nem um pouquinho.

Ele tinha imprimido seu documento, mas ainda me mantinha presa entre seus braços.

Seu peito estava logo ali. Ele cheirava a campos abertos e couro. Sua maciez se pressionou contra mim de novo quando ele espiou por cima do meu ombro.

Fechei os olhos e me lembrei da sensação de tê-lo atrás de mim no cavalo. Todo quente e seguro. Para ser honesta, eu ficava imaginando como seria ser abraçada por ele.

Tripp não era de abraçar. Ele o tinha feito algumas vezes, mas sempre desajeitado e duro. Ele era o tipo de cara que dava um beijo no rosto para dar "oi".

*Seria tão gostoso...*

*E se eu só...*

*... só por um instante.*

— Os planos estão correndo bem? — perguntou ele, me arrancando do devaneio.

— Como é? Hã... — Pigarreei. — Estão, sim. Devo ter um conceito viável até o fim do dia.

Ele zumbiu no fundo da garganta enquanto folheava minhas anotações.

— Estou vendo muitos números. Pensei que você só fizesse *branding* e essas merdas.

— Tudo é dinheiro — insisti. — E você vai apreciar o fato de eu conseguir operar dentro do orçamento.

Ele zumbiu de novo, sem se comprometer.

Fechei o caderno com um baque.

— Isso ainda não está pronto para os olhos do cliente, mas você pode dizer a seu pai que eu terei uma apresentação pronta às quatro se ele quiser.

— Acho que você está se esquecendo de quem toma as decisões por aqui, princesa.

Olhei por cima do ombro, espiando um braço forte.

— Acho que você está se esquecendo de que eu não trabalho para você. Trabalho para o seu pai.

— Você trabalha para o rancho, logo, trabalha para mim. Acredite, meu pai vai apenas te dizer para falar comigo.

— Você leva todos os seus funcionários para dar passeios a cavalo à meia-noite? — retruquei.

Ele soltou a mesa e se afastou alguns passos, dando a nós dois um pouco de espaço para respirar.

— Não era meia-noite.

— A pergunta ainda se mantém.

Fiquei olhando enquanto ele lambia os lábios, tentando se acalmar — embora não estivesse fazendo um serviço muito bom nessa área. Eu tinha começado a aprender seus cacoetes. Por fora, ele parecia frio e sob controle, mas eu podia ver que Christian estava no limite. Uma energia potente o percorria. Era um perigo vivo, em carne e osso.

O comentário de Becks na minha primeira noite ali passou por minha memória. *Faz a gente pensar como ele descarrega todo o estresse.*

De súbito, eu também estava pensando nisso.

— Eu te vejo às quatro.

Christian agarrou o papel e saiu intempestivamente. Claro, isso significava que ele tinha saído todo calmo e casual, mas havia uma tensão inconfundível entre nós.

As quatro horas da tarde vieram e se foram sem nem sinal de Christian. A única visita ao escritório foi Mickey, que quase quebrou uma janela, não fosse o espaguete de piscina em seu chifre.

Este lugar é bizarro demais.

Revisei mais uma vez o plano que eu havia compilado, alternando entre fazer pequenas alterações na linguagem e conferir o relógio.

Por algum motivo, ficar sem notícias de Tripp por dias não me incomodava tanto quanto Christian estar uma hora atrasado.

Encarei as páginas, sentindo-me burra por ficar empolgada em mostrar para ele o que eu havia criado.

Eu nunca ficava empolgada com trabalho. Ser a relações-públicas de Lillian Monroe era como ser técnica de xadrez do Godzilla. Eu ficava nas laterais, sussurrando que movimentos fazer, enquanto ela pisoteava o tabuleiro e aterrorizava os civis.

Era noventa por cento frustração, o que tornava os nove por cento que terminavam em sucesso uma euforia total.

E aí havia o um por cento que havia terminado com tudo.

Eu não tinha me dado conta de quanto sentia saudade de fazer consultoria para negócios. Isso acendia a parte de meu cérebro que ansiava por ser usado para algo além de controle de danos, respostas sagazes e declarações oficiais na internet.

Não que eu não gostasse de fazer isso também. Era um jeito bom de usar minha insolência e meu sarcasmo. Mas eu gostava das coisas com uma visão maior; os projetos de longo prazo.

Gostava de ser a arquiteta, não a bombeira.

O rádio aninhado no receptáculo sobre a mesa de Christian apitou.

— Cass.

Será que eu devia atender? Parecia o Christian, mas todo mundo no rancho tinha acesso a todos os canais, de modo que as conversas eram curtas e voltadas apenas para o negócio.

Ele tinha me dado um resumo rápido do sistema de rádio no meu segundo dia, mas eu nunca tinha precisado usar um.

— Cass. Você ainda tá no escritório?

Funguei e saí da cadeira enquanto a mensagem, cheia de estática, chegava outra vez.

*Como eu respondo? Alô? Cassandra Parker falando? É, ainda estou aqui te esperando?*

Apertei o botão e resolvi responder como ele sempre respondia.

— Pode falar.

— Desculpe por não ter chegado aí até as quatro. Estou preso aqui na área nordeste resolvendo um problema com o CJ.

Algo em mim cambaleou. Eu quase perguntei se ele estava bem.

Em seguida, minha mente se voltou para as meninas. Elas tinham saído da escola mais cedo. Será que ainda estavam em casa sozinhas? Elas podiam ficar sozinhas por tanto tempo?

A regra número um das relações públicas pairou por minha mente. *Não dê combustível para quem está com fósforos na mão.*

Os peões do rancho já me detestavam. Por que eu deixaria que pensassem que eu me importava?

— Nós podemos remarcar a reunião — disparei, mantendo as coisas vagas e impessoais para os outros ouvidos de prontidão na linha.

— Eu volto hoje à noite — disse ele.

*As meninas...*

Porém, antes que eu pudesse tocar no assunto, a voz dele soou de novo na linha.

— Mamãe está com as meninas na casa dela, então você está por sua conta para o jantar. Tudo bem assim?

Mickey, a ameaça chifruda, se espremeu pela porta e entrou no escritório.

— Só se eu puder cozinhar a vaca que está assumindo residência na minha mesa neste momento.

Um coro de vozes surgiu na linha, vindo de vários rádios.

— Cai fora, Mickey — disseram ao mesmo tempo.

Lentamente, ele recuou seu traseiro bovino e se retirou.

Fez-se uma pausa. Era para eu dizer alguma coisa? Para alguém acostumada a estar sob o olhar do público, eu não gostava dos holofotes voltados para mim. Preferia me esquivar nas sombras. A conversa com Christian deveria ser apenas sobre negócios, mas não foi o que pareceu.

A voz de Christian estava mais suave quando voltou à linha.

— Te vejo à noite, Cass.

Eu juntei minhas coisas e fiquei enrolando pela casa de Christian, requentando um pote de sobras que encontrei na geladeira.

Tinha acabado de sair do banho quando a porta da frente se abriu. As vozes de Bree e Gracie encheram a casa. A cachorra se juntou, aumentando o volume a um nível capaz de perfurar tímpanos.

Eu os escutava da solidão do quarto de hóspedes simples. O timbre grave de Christian acalmou o caos.

Vozes abafadas se fundiram, nublando-se, quando eles passaram alguns minutos juntos antes que ele as mandasse para a cama e distribuísse beijos de boa noite.

A porta do banheiro abriu e fechou e o chuveiro foi ligado com um rangido.

Depois de fracassar em me concentrar durante alguns capítulos de um livro de suspense que eu havia pegado da estante de Christian, arrisquei e saí do quarto na ponta dos pés, indo para a varanda.

Eu sentia saudade das facilidades de morar na cidade grande, mas talvez Becks tivesse certa razão quando falou sobre dar um tempo em tudo aquilo.

Antes, eu tinha medo de desacelerar. Se diminuísse o ritmo, eu teria de confrontar as coisas das quais estava fugindo.

Se eu me sentasse em paz e em silêncio, não poderia calar minha intuição com a correria e a agitação.

Ser expulsa da minha amada cidade e colocada num blecaute total das redes sociais me forçou a me sentar comigo mesma.

Eu odiava isso.

Em silêncio, fechei a porta do quarto, e estava fazendo a curva quando a porta do banheiro se abriu.

Christian saiu com uma toalha enrolada bem baixa no quadril, presa sob sua barriga. O vapor formava uma nuvem ao redor dele, enquanto gotinhas de água se agarravam a seus braços e seu peito.

Meu coração martelava enquanto eu absorvia aquele urso de homem na minha frente.

O cabelo dele pendia em mechas compridas e úmidas. Sua barba cintilava como se estivesse cravejada de diamantes. Via de regra, eu não sentia atração por pelos no peito. *Pelo menos, achava que não sentia. Tripp sempre depilava o dele com cera.*

Já Christian...

Ele era todo fofo, mas inconfundivelmente forte. Seu tamanho era sexy. Rústico, mas ainda seguro. Eu me sentia atraída por ele como uma mariposa pela luz do alpendre. Ansiava em conhecer a sensação de estar nos seus braços. De sentir essa mistura potente de conforto e atração.

Seus olhos estavam suaves quando me fitaram com um calor impossível.

— Oi.

O monossílabo saiu rouco, mas terno.

— Oi — falei em um suspiro.

A estrutura sólida de Christian tremeu quando ele se moveu, segurando a toalha fechada com uma só mão. Pelos castanho-escuros desciam de seu umbigo até...

*Eu queria que ele soltasse aquela toalha.*

A compreensão me ocorreu de súbito, e me tirou o fôlego.

*O que diabos eu estava fazendo?*

— Sobre hoje...

— Tudo bem — soltei.

Christian chacoalhou a cabeça, depois disse a coisa mais sexy que eu já tinha ouvido na vida.

— Não está tudo bem. Eu te disse que iria para lá e não fui. Então, me desculpe.

*Eu estava muito fodida.*

# 12

## Christian

Cassandra olhava para mim de olhos esbugalhados, só piscando. Parecia perplexa.

E eu nem sabia por quê.

Mas o jeito como os lábios dela se partiram em uma exalação suave de choque fez meu pau acordar e pressionar contra a toalha.

Eu o escondi atrás da mão enquanto ficava ali de pé, pingando por causa do banho. Pigarreei.

— Sei que já passou do seu horário de trabalho. Mas se você me der um segundinho, já visto alguma coisa e podemos conversar.

Cassandra gaguejou por um instante.

— Conversar. Certo. Tá bem.

Escondi meu riso até estar de volta no quarto. Eu gostava de vê-la atarantada.

Havia muitas facetas em Cassandra Parker. Ela era uma profissional exemplar. Uma relações-públicas dedicada. Uma mulher de negócios perspicaz.

Porém, ela era muito mais do que seu trabalho, e talvez fosse isso que eu havia entendido errado quando nos conhecemos.

Ela era ferozmente protetora. Não escolhia suas batalhas; lutava em todas elas.

Cassandra não era necessariamente flexível, mas estava disposta a invadir um castelo, se escarranchar no trono e reivindicar o que lhe era de direito.

Ela não se importava se parecia um peixe fora d'água. Cassandra era quem era, e eu respeitava isso.

Diabos, eu *estava gostando* disso.

E bastante.

Não que eu fosse fazer algo a respeito.

Ela era irritadiça com crianças. Eu compreendia que algumas pessoas não eram "chegadas" em crianças, mas não ia aguentar grosserias injustificadas com minhas meninas.

Minha mente passeou de volta para o interrogatório de Cassandra quando ela tinha ido comigo levar as meninas para a escola. Eu tinha me incomodado com o modo como ela havia pressionado Gracie em busca de respostas, mas Gracie não se incomodou.

Na verdade, ela voltou da escola uma nova garota.

Educar filhos era difícil pra caralho. Bree e Gracie tinham passado por todo o espectro de dor e luto quando perdemos Gretchen. Eu queria protegê-las ao máximo. Queria ser um escudo contra a dor para elas.

Mas Cassandra... Aquele discursinho dela não havia servido de escudo para Gracie. S*erviu como arma.*

Acabei colocando uma calça de moletom e uma camiseta limpa, pegando duas cervejas na geladeira e me encontrando com Cassandra na varanda.

Ela também tinha trocado de roupa; agora estava com uma legging cor de creme e um suéter largo na mesma cor, caindo do ombro. Sua pele ficava à mostra de vez em quando, um tom marfim que parecia macio como seda.

*Deus do céu, como eu queria deslizar minhas mãos sobre ela.*

Levantei as cervejas, oferecendo-lhe uma.

— Desculpe não ter nada mais chique. Eu tomo as mais baratas.

Seu sorriso era sedutor e perigoso quando ela pegou a garrafa.

— Então é bom que eu não costume tomar cerveja e não vá saber a diferença.

Ela havia se empoleirado em um lado do balanço do alpendre, dobrando as pernas por baixo do corpo, então sentei do outro lado.

— Tudo resolvido por hoje?

— Tudo — grunhi. — Eles estavam com dificuldade para mover o rebanho e precisavam de mais uma pessoa.

Cassandra zumbiu enquanto envolvia a boca da garrafa com os lábios e tomava um gole.

— Suave pressão, né?

— É isso aí.

Fiquei com um pé plantado firme no chão, nos balançando gentilmente para a frente e para trás enquanto os grilos cantavam.

— Está pronta para me mostrar o que você tem aí? — perguntei, usando o fundo da garrafa para bater na pasta de papel pardo no colo dela.

As unhas feitas recentemente deslizaram entre as páginas e as abriram em uma discriminação do orçamento. Ela passou rapidamente pela pilha até encontrar a página que estava procurando.

Seu semblante foi de suave para astuto em um piscar de olhos.

— Quando Becks me conectou com seu pai, os objetivos que ele expressou eram que eu criasse fontes de renda adicionais utilizando os recursos disponíveis. Ele me contou um pouco sobre os últimos anos. Entre a seca, o surto de doença no rebanho e a economia indo para o lixo, ele queria expandir para além do gado, como um plano B caso isso ocorra de novo.

A culpa pesou no meu estômago feito uma bigorna.

Eu tinha feito tudo o que podia para manter o rancho no azul. Sabia que meu pai estava certo, mas isso não queria dizer que não era uma merda.

Não importava quanto eu tentasse impedir que as coisas ruins acontecessem — quanto eu tentasse proteger minha família disso —, tempestades de poeira aconteciam de qualquer forma.

— Minha meta é trazer para a mesa ideias que não afetem o dia a dia do rancho.

Disfarcei meu desconforto com uma risada e tomei um gole, esticando meu braço no encosto do balanço.

— Pode me dizer, Cass.

— Trabalhando dentro do orçamento disponível, minha recomendação é montar um programa equino por aqui. Estou pensando em hospedagem, aulas de montaria, acampamentos de verão e aulas extracurriculares. Um programa de terapia equina também seria um grande chamariz. Há um vácuo na comunidade para programas que apoiem crianças com necessidades especiais. Existe enorme quantidade de provas sustentando a ideia de que a terapia equina beneficia imensamente crianças com transtorno do espectro autista. Vocês poderiam combinar com programas para reabilitação de adultos em casos de abuso de substâncias ou na recuperação de violência doméstica. Se o Nathan estiver envolvido em algum grupo de apoio para veteranos, essa seria uma boa conexão. Você poderia reservar sessões gratuitas e usar isso para dedução nos impostos. Seu maior custo seria aumentar o número de cavalos, obviamente. Seria bom reformar o celeiro. Algumas atualizações mais estéticas na propriedade, só onde os clientes veriam. Uma arena coberta seria ótima, mas não é necessária durante os primeiros anos. Você só precisaria trazer mais um funcionário para gerenciar essa parte. Você ou os peões poderiam ajudar, se preciso.

Estendi a mão e peguei a pasta dela, analisando as páginas enquanto ela terminava de pesar os prós e os contras do programa equino.

Eu tinha de admitir que era uma boa ideia.

— Não — falei, fechando a pasta e a devolvendo.

Cassandra empalideceu.

— Como assim, não?

— É bom, mas não é a coisa certa.

Suas feições endureceram e suas sobrancelhas se contraíram, irritadas.

— O que é mais preocupante para você? Vamos partir daí.

Seu tom era inquietantemente frio, como se quisesse brigar e me xingar, mas estivesse se contendo em nome do profissionalismo.

— A coisa toda.

Seus dedos se dobraram, tremendo, antes que ela os fechasse em um punho.

— Ajude a resolver o problema, em vez de ser o problema.

Eu ri.

— Vou começar a usar isso com as meninas.

Cassandra bufou e pressionou os dedos nas têmporas.

— Vamos trabalhar juntos aqui. Preciso saber quais são seus pontos de preocupação para que eu possa mitigá-los ou eliminá-los.

— Não é grande o bastante.

Ela pareceu aturdida.

— Você está de brincadeira comigo. Porra, Griffith — murmurou ela, com uma incredulidade maníaca, levantando-se do balanço e andando de um lado para o outro no alpendre.

— Olha, é bom. Só não é…

— Suficiente.

Cassandra pareceu destruída.

*Merda. Ela pensava que isso tinha a ver com ela.*

Meu coração afundou.

— Cass, me escuta — falei, enquanto me debruçava adiante e apoiava os cotovelos sobre os joelhos. — Isso é bom. É, sim. Qualquer outro cliente provavelmente te daria um bônus por fazer algo razoável e se manter dentro do orçamento.

— Deixe eu adivinhar — disparou ela. — Você vai soltar algum vago ditado de caubói digno de biscoito da sorte que vai me causar uma epifania no meio da noite daqui a dois meses.

— Você acha que eu sou o sr. Miyagi ou coisa do tipo? — Passei os dedos pelos cabelos. Já estavam quase secos e começavam a formar cachos. — Não, docinho. Eu só acho que, se vamos fazer isso, temos de fazer valer o esforço.

Sua longa fieira de pragas terminou com "caubóis do caralho".

Segurei sua mão quando ela se aproximou o bastante para isso.

— Cass, me escuta. Você fez um bom trabalho. Eu quero mais porque quero ver o que acontece quando você não se limita.

O maxilar dela se retesou, mas Cass não se afastou.

— Quanto mais você pedir de mim, mais tempo vou ficar por aqui.

Eu me recostei no assento do balanço e tomei outro gole.

— Você tem algum outro lugar para ir?

— Tempo é dinheiro.

— Você está sendo bem paga. Eu autorizo os cheques pessoalmente.

O olhar dela dardejou para longe como se estivesse evitando o assunto.

— Por que você topou este serviço? — pressionei.

— Becks...

— Eu sei que Becks fez a conexão. Mas por que você topou?

Cassandra engoliu em seco.

— Ou eu reprimia meu orgulho e aceitava o trabalho que ninguém queria ou estaria desempregada.

— Do que você está falando?

A cerveja quase lhe escapou das mãos. Eu peguei a garrafa antes que ela se espatifasse na varanda e a coloquei junto do meu pé.

— Ei…

Cassandra, porém, apenas acenou tentando me ignorar enquanto piscava para afastar a camada brilhante que borrava seus olhos lindos.

— Eu dou um retorno quando tiver um plano mais concreto que se alinhe com suas metas.

— Dá para cortar a papagaiada corporativa e simplesmente ficar sentada comigo por dois minutos, porcaria?

Ela pareceu espantada por eu ter perdido a paciência.

Francamente, eu também estava.

Não havia muita coisa que conseguisse me perturbar. Mas ela conseguia.

Larguei a pasta no chão e bati no lugar que ela tinha deixado vago. O maxilar de Cassandra se contraiu quando ela cerrou os dentes, ponderando se devia obedecer ou não.

Eu esperei e continuei no movimento do balanço.

Por fim, Cassandra se jogou de volta no balanço.

— Olha, eu assinei termos de confidencialidade até cansar. Então, se eu contar isso, você tem de jurar para mim que não vai dizer nem uma palavra a respeito. Nem para seus irmãos. Definitivamente, não para as suas filhas. Nem mesmo para as porras das vacas.

Ergui as sobrancelhas, mas não falei nada.

Cassandra me divertia. A determinação dela era interessante.

— E então? — pressionou ela.

— Você falou para eu não dizer nada.

Cassandra bufou e revirou os olhos.

Tomei um gole da cerveja e soltei uma risadinha.

— Prometo.

Ela respirou fundo.

— Você sabe quem é Lillian Monroe?

— O nome soa vagamente familiar.

— Ela é uma atriz.

— Não me lembro da última vez que assisti a um filme.

Cassandra abriu um sorriso maroto enquanto se abaixava e pegava sua cerveja.

— Não está perdendo muita coisa.

Eu me reclinei no balanço, dando um chutinho e pousando o braço no encosto. Seu cabelo dançava pelo meu braço como um sussurro.

— Me conte.

Sua coluna enrijeceu quando rocei os dedos em seu ombro.

— Lillian era minha cliente. Ela teve um chilique bem público em uma premiação, me jogou para os leões, e agora está tomando banho de sol na Espanha enquanto eu fui exilada para um rancho de gado sem wi-fi.

— Nós temos wi-fi.

Ela me lançou um olhar zangado, mas havia um brilho bem-humorado por trás dele.

— É basicamente internet discada sem o ruído irritante. Pombos-correio seriam mais velozes.

— O seu "prometido" não está na Espanha? — perguntei, terminando minha cerveja.

*Droga, eu queria muito tomar outra garrafa.* Odiava pensar naquela marionete fedida de quem ela estava noiva.

Cassandra resmungou um punhado de profanidades cortantes antes de tomar um longo gole.

— Tá — disse ela, enxugando a boca com o dorso da mão. — Eu me tornei *persona non grata,* e ele assumiu como o novo relações-públicas dela.

— O que houve?

Ela se recostou, pousando a nuca no meu braço.

— Ela recebeu uma segunda multa por dirigir alcoolizada. Os advogados dela e eu fizemos magia e convencemos o juiz a concordar com uma internação numa clínica de reabilitação em vez de prisão. Ela foi internada contra a vontade por ordem do tribunal e ficou três meses lá enquanto eu fazia um controle de danos seríssimo e limpava a reputação dela.

Dou um puxão gentil em uma madeixa da cor da palha de milho.

— Ainda não vejo como você é a vilã.

— Eu dei a ela um dia após sair da clínica para se reintegrar à sua vida. Dois dias depois, coloquei-a para apresentar uma premiação na qual tinha sido esnobada no ano anterior. Era para ser uma forma de ela conquistar a cumplicidade do público. Sabe como é, mostrar quanto ela tinha amadurecido. Toda aquela coisa de "aplaudir para os outros, mesmo que você não tenha ganhado".

Cassandra suspirou.

— Vigiei Lillian feito um gavião. Juro que vigiei. Ela só bebeu o que eu dei para ela, e nada era alcoólico. Eu queria outro par de olhos nela, caso eu tivesse de me afastar, então Tripp trabalhou comigo no evento. Um de nós estava com ela o tempo todo. Ela estava absolutamente sóbria quando Tripp a levou aos bastidores para se aprontar para a apresentação, mas, quando subiu no palco, oscilava feito um pêndulo e estava enrolando a língua.

Vi a frustração nos olhos dela. Cassandra se orgulhava de quanto era boa em seu trabalho. Que isso fosse tirado dela porque ela não tinha conseguido controlar uma mulher adulta era injusto, em todos os sentidos.

Com frequência eu soltava o adágio "a vida não é justa" para as meninas, mas aquilo não era justo, porra.

— Ela perdeu as estribeiras. — Cassandra inclinou a cerveja e bebeu com gosto. — E digo, perdeu *de vez*. Foi até o microfone, deu uma olhada no teleprompter e começou a dizer que ela é quem deveria ter ganhado no ano passado. Que a garota que ganhou não merecia. Ela tirou uma garrafinha do meio dos peitos, tomou um gole ao vivo na TV, daí disse que era eu quem sempre a embebedava para poder ter um emprego. Ela disse que eu tinha subornado o juiz e a mandado para um spa, porque ela não precisava de reabilitação. Ela me acusou de fazê-la passar fome, esconder suas chaves, tomar seu celular e proibi-la de usar as próprias redes sociais para que não pudesse se comunicar com ninguém. Ela disse um milhão de outras mentiras desprezíveis antes de finalmente cortarem para os comerciais e Tripp chegar para retirá-la do palco. A pobre coitada que deveria ter levado o prêmio ficou devastada por seu momento ter sido arruinado e eu fui expulsa da indústria.

Passei a mão pela barba.

— Mas que merda.

— Eu que o diga. Nada daquilo é verdade, aliás. Eu fiz o meu trabalho. Nós honramos o processo legal. Eu tentei protegê-la de si mesma, mas não era uma carcereira. — Ela soltou o ar em silêncio e olhou para o céu escuro cheio de estrelas. — Eu me defendi para os executivos do Carrington Group. Estava confiando no fato de que Tripp esteve lá comigo e sabia que eu tinha feito bem o meu trabalho, mas ele não me apoiou.

Disse apenas que pegaria mal se ele fosse o único me defendendo porque éramos noivos.

Olhei para a mão dela quando ela disse que "éramos" noivos.

*Mas aquele caralho de anel ainda estava ali.*

— Ele deveria ter sido o primeiro a te defender.

Cassandra não disse nada enquanto traçava a boca da garrafa de cerveja com o dedo.

— Ele foi o primeiro a defender *ela.*

Aquilo me fez ferver o sangue.

— Eles disseram que eu era um risco muito grande para acompanhar outro cliente de alta visibilidade. A Becks vinha perguntando sobre consultores de negócios, então recebi o ultimato de ou me esconder por aqui até a tempestade passar e eles poderem me designar um novo cliente ou procurar outro emprego.

— Olha — falei, virando no balanço para ficar de frente para ela. — Não que eu não aprecie o trabalho que você está fazendo por aqui, mas por que caralhos você engoliu o orgulho para ficar em uma empresa onde não te querem?

Ela inclinou a cabeça. Sua orelha roçou no meu braço enquanto ela admitia baixinho:

— Eu tenho medo de que, se deixar meu emprego, Tripp e eu acabemos nos afastando.

— Então você ficou e, ainda assim, acabaram se afastando.

Ela engoliu em seco e abaixou a cabeça, piscando para conter as lágrimas.

Só porque senti que ela precisava disso, e era algo que eu faria por minhas meninas, Becks ou minha mãe, passei o braço em torno de seus ombros e a puxei para junto de mim.

— Deixa eu te contar uma coisa, Cass.

Eu sabia que ela queria discutir comigo apenas para dar continuidade, mas, em vez disso, seus lábios se curvaram em um meio sorriso.

— Nós podemos ter muitas diferenças, mas vejo o seu valor aqui e aprecio o seu trabalho. Não estou só te aguentando.

# 13

## Cassandra

— Srta. Cass! — gritou Gracie, entrando em disparada ao voltar da escola e jogando a mochila do outro lado da sala.

Eu levantei a cabeça do laptop e observei o tumulto enquanto as filhas de Christian entravam com tudo.

— Gracie, docinho. — A mãe de Christian, Claire, trouxe um diorama de papelão para dentro de casa e o depositou na bancada da cozinha. — A srta. Parker ainda está trabalhando.

— Tá, mas eu preciso falar com a srta. Cass — anunciou Bree assim que entrou.

Claire bufou.

— Meninas, vão lá para cima e façam o dever de casa. — Ela olhou o relógio. — Seu pai deve estar de volta daqui a uma hora, mais ou menos. Eu tenho de voltar para casa e começar o jantar.

— A gente tá bem — gorjearam as duas.

Claire apontou um dedo.

— Deem o devido espaço para a srta. Parker.

*Será que elas iam simplesmente continuar a falar sobre mim como se eu não estivesse aqui?*

— Sim, senhora — resmungaram as meninas ao mesmo tempo, enquanto subiam a escada pisando duro.

O olhar severo dela se voltou para mim.

— Precisa de alguma coisa, meu bem?

O apelido geralmente faria meu sangue ferver. Eu ainda não tinha me acostumado com a dinâmica caseira do ambiente de trabalho em que tinha sido enfiada, mas já não me dava vontade de arrancar os cabelos tanto quanto dava assim que cheguei.

— Não, obrigada — respondi, enquanto concentrava minha atenção na tela do computador para que Claire não sentisse que precisava se demorar.

Mas foi o que ela fez: se demorou.

— Você vai lá em casa jantar com o resto do pessoal?

Eu dei uma olhada no horário.

— Obrigada por sua hospitalidade, mas não. Provavelmente ainda estarei trabalhando.

— Hospitalidade? — Ela bufou, achando graça. — Cass, não estou usando nem um pingo de hospitalidade com esse povo. Eu alimento todo mundo porque é isso o que eu faço.

Claire plantou as mãos nos quadris.

— Agora, você pode aparecer e comer um prato, ou pode racionar qualquer sobra que Chris tenha na geladeira dele. Mas isso não é hospitalidade. É família. Aprenda a diferença.

E com isso saiu pela porta pisando duro com toda a elegância de um touro.

Esfreguei os olhos tentando impedir que os números na tela se juntassem em um borrão. Eu estava com enxaqueca de tanto olhar para aquela porcaria de orçamento.

Se Christian queria um projeto de revitalização maior do que sua carteira, ele receberia um.

Eu tornei a me assentar no silêncio abençoado e havia finalmente terminado a lista de investidores com quem precisaria entrar em contato, quando trovões irromperam do andar de cima.

Bree e Gracie tropeçavam uma na outra enquanto disputavam para ver quem chegaria primeiro ao fim da escada.

— Srta. Cass! — gritou Gracie.

— Não, eu quero falar com ela primeiro! — berrou Bree.

— Eu cheguei aqui embaixo primeiro — grunhiu Gracie, afastando a irmã com uma cotovelada e fazendo a curva para a sala de estar.

— Eu sou mais velha!

— Eu não ligo!

— Eu quero...

Sem tirar os olhos da tela, eu levantei a mão com a palma para fora e as fiz pararem onde estavam. Os tornados gêmeos pararam de imediato.

Abaixei a mão de volta ao teclado e digitei os nomes de todas as assistentes pessoais que ainda atendiam meus telefonemas.

— Quais foram os termos com que vocês concordaram em troca de informação sobre meu vestido de casamento?

— Sua falta de um vestido de casamento — corrigiu Bree.

— Um metro de distância o tempo todo — recitou Gracie.

— Uma estrelinha dourada para você, Pequena Griffith — soltei, enquanto salvava minha tabela.

Gracie abriu um sorriso radiante como se eu tivesse acabado de dizer que ela era uma princesa.

Suspirei, entrelaçando as mãos enquanto me virava para elas.

— Pois não?

— Você pode me ajudar a escolher uma roupa para eu ir pra escola amanhã antes que meu pai volte? — disparou Bree.

Ao mesmo tempo, Gracie disse:

— Eu quero um penteado grandão que nem o das líderes de torcida do Dallas. Você pode fazer em mim?

Em vez de imediatamente recusar, eu ao menos fingi pensar no assunto. Batuquei com a caneta no caderninho à minha frente.

— Não.

— Afe — suspirou Bree. — Por que não?

Enquanto a Griffith mais velha colocava em ação a atitude adolescente, a mais nova abria um olhar de cachorro pidão que era de matar.

— *Por favorzinho?* — implorou ela. — Nós não temos uma mãe para nos ajudar com essas coisas. Papai tenta, mas algumas coisas precisam de um toque feminino.

*O que estava acontecendo, em nome de Carrie Bradshaw?*

Pressionei os dedos nas têmporas.

— Desculpe, mas que tipo de criança com onze anos fala desse jeito? Eu não consigo decidir se você está tentando agir como se tivesse três ou trinta anos. E, em segundo lugar, você está realmente tirando da manga a carta da mãe morta para tentar me encher de culpa?

Gracie assentiu com um sorriso de orelha a orelha na cara.

— Tô, sim. E geralmente funciona.

— Deus do céu, vocês duas precisam parar de fazer terapia. Passaram direto de "bem ajustadas" e estão chegando em "manipuladoras".

— Por favooor — implorou Bree.

Não eram minhas filhas, não era problema meu.

Eu lhes dei um sorriso desdenhoso.

— Bem, com a mãe de vocês morta, vocês já estão a meio caminho de serem princesas de contos de fada. É estatisticamente impossível ser uma heroína de fantasia sem os dois pais mortos, ou um deles morto e uma madrasta má. Procurem alguns camundongos e pássaros canoros e se virem, madames.

Bree partiu para a ofensiva, surpreendendo-me ao plantar as duas mãos na lateral da escrivaninha com tampa de enrolar que eu tinha transformado no meu espaço de trabalho.

— Pensei que as mulheres de Nova York adorassem uma transformação.

— Ah, nisso você está certa. Eu adoro uma boa transformação. Mas, como você disse, *mulheres* de Nova York adoram uma transformação. Volte quando estiver com dezoito anos.

— Cass...

— Para você é srta. Parker ou Cassandra — disse, interrompendo o choramingo de Gracie com uma sobrancelha arqueada. — Agora, se me dão licença, tenho de voltar ao trabalho.

Pensei que eu estava livre, mas os cochichos começaram. Cochichos de crianças pareciam unhas arranhando um quadro-negro. Me davam calafrios.

— E no sábado? — contrapôs Bree, quando saíram do cone do quase silêncio.

— Desculpe, como é?

— Você não precisa trabalhar no sábado — disse Gracie. — Se papai levar a gente pra cidade, você vai junto fazer compras?

— Não.

— Por que não? — reclamou Gracie.

— Eu sou muitas coisas, mas não sou nem babá nem cuidadora. Peçam para sua tia ou sua avó levarem vocês.

— A vovó faz a gente comprar só na seção infantil, e a tia Becks não pode ficar muito tempo de pé — contribuiu Bree.

Eu sufoquei uma risada.

— Não sei se vocês olharam no espelho recentemente, mas vocês deveriam mesmo fazer compras no setor infantil, porque... surpresa! Vocês *são crianças.*

Bree revirou os olhos.

— Dá licença? Eu sou uma adolescente, obrigada.

*Isso estava evidente.*

— O seu pai não tem namorada ou algo assim? Peçam para ela. Eu tenho trabalho a fazer.

— Papai não namora — disse Gracie. — Bem, não exatamente. Ele finge que não tem lá seus encontros, mas nós sabemos que tem. Nós só nunca somos apresentadas para elas.

Interessante, mas não surpreendente.

— Por favor — suplicou Bree em um murmúrio. — Eu preciso de algo bonitinho para ir para a escola e meu pai acha que uma calça Levi's e uma camisa de abotoar são a resposta para tudo.

Eu me voltei para a lista de contatos em que estava trabalhando.

— Ainda é não.

— Tá bom — disse Gracie. — Quer ser a nossa madrasta má?

— Como é que é?

A voz grave veio da porta. Christian estava ali de pé, as mãos nos quadris e as sobrancelhas chegando quase à linha do cabelo.

Gracie deu de ombros.

— Estou só falando. Uma madrasta má é melhor do que nada. Se tivéssemos uma madrasta má, isso quer dizer que poderíamos ir para um baile ou beijar um príncipe ou conseguir poderes mágicos. Você tem alguma maçã envenenada? Ou uma capa? Essas coisas costumam ser uma exigência.

Arqueei uma sobrancelha.

— Vocês deveriam ficar bem preocupadas com a situação se eu fosse a pessoa responsável por alimentar vocês. — Eu as dispensei com uma virada de punho. — Recolham-se, plebeias.

Elas dispararam pela sala de estar e subiram a escada rindo até lá em cima.

Christian fechou a porta ao passar. Estava imundo, coberto de poeira e suor. Seu cabelo estava escuro e úmido. Fios soltos emolduravam seu rosto e se agarravam à pele.

— Suas filhas são esquisitas — falei, de costas para ele.

Ele riu enquanto pendurava seu chapéu.

— É, eu sei. Provavelmente é culpa minha.

Eu senti — não, cheirei — a presença dele enquanto assomava atrás de mim.

— Sei que você gosta de pesar a mão nessa coisa de caubói grisalho, mas, por favor, vá tomar um banho antes que a tinta comece a descascar nas paredes. Você está cheirando a vaca.

Christian riu e deu um aperto gentil no meu ombro ao passar.

— Você vem para a casa da mamãe pra jantar?

— Não. Tenho de compensar os vinte minutos que a sua prole roubou do meu dia de trabalho e depois descansar com as sobras antes que Tripp me ligue.

— Ah, o noivo sumido — provocou ele, fazendo uma imitação incrível de um narrador da National Geographic. — Você vai finalmente marcar uma data, ou vai gastar mais algumas semanas olhando para esse anel como se quisesse arremessá-lo de algum precipício?

Meu estômago deu um nó enquanto a fúria fervia nas minhas entranhas. *Como ele ousava?*

— Eu te trago um prato na volta — avisou Christian, desaparecendo no banheiro.

Por mais que eu tentasse focar na lista de afazeres que ia se estendendo na minha frente, estava distraída pelo guincho do chuveiro e o ruído ambiente da água respingando.

Meus pensamentos se voltaram para a noite em que eu havia esbarrado com ele saindo do banho.

Eu era capaz de fingir bem. Era capaz de impedir que meu rosto me entregasse sob a pressão de tapetes vermelhos, coletivas de imprensa e crises. Christian, porém, era outra história.

Eu queria odiar estar ali. Não era a minha praia.

Mas não odiava.

Ocorreu-me que eu nunca tinha me sentido em paz perto de alguém.

Tripp sempre me deixou ansiosa. Eu sentia que precisava mostrar serviço, acompanhar o ritmo dele, demonstrar que estava à altura.

Minha libido durante os meus vinte anos era altíssima. Culpei o declínio dela por estar perto dos trinta. *Junto aos pelos estranhos no meu queixo e minha incapacidade de me recuperar bem de qualquer coisa além de dois coquetéis.*

Mas eu ainda estava a dois anos de virar uma trintona, e havia sentido os rumores da minha libido voltando à vida.

Talvez não fosse eu.

Talvez fosse ele.

Talvez fossem os dois.

Um homem declarando o horário do óbito, o outro ressuscitando minha ânsia por intimidade.

Mas não era assim que as coisas aconteceriam.

Eu não era uma heroína de romance banida para uma cidade pequena, destinada a descobrir o verdadeiro sentido do Natal e os males da vida corporativa depois de ser cortejada pelo lenhador local.

Quatro coisas eram certas:

1. Eu amava meu trabalho.
2. Eu não gostava de flanela.
3. Eu não pediria desculpas por subir na escada corporativa e pisar em alguns dedos de vez em quando.
4. Não havia nenhuma magia mística de cidade pequena quando o ar em torno do rancho cheirava a gado.

Meu celular tocou enquanto Christian conduzia Bree e Gracie porta afora.

*Videochamada de Tripp Meyers.*

No entanto, em vez de o meu coração dar um salto como fazia quando eu pensava em Christian no chuveiro, foi como se uma pedra de apreensão se afundasse nas minhas entranhas.

Esperei para atender só quando a porta da frente se fechasse atrás do clã Griffith, já que eu estava presa aos confins do wi-fi da casa.

Respirando fundo, apertei o botão para aceitar a chamada e esperei.

O rosto pixelado de Tripp preencheu a tela. Eu não o via desde que ele me abandonara.

A apreensão foi substituída de imediato pela fúria.

— Cassandra — disse ele, sem nem sequer um "olá". — Estou surpreso que tenha atendido. Eu esperava que você estivesse trabalhando.

Minhas sobrancelhas se levantaram.

— É esse o tom que você vai usar comigo, mesmo?

— Ainda sou seu chefe. Tenho de me certificar de que todos na minha equipe estejam fazendo o que se espera deles.

*Ah, hoje ele está pedindo para levar.*

— Mike é o meu chefe agora.

Tripp bufou.

— E aqui estava eu, pensando que você ficaria feliz em falar comigo.

Arranhei a mesa de madeira laqueada.

— Por que você acha que eu estaria feliz com você agora? Você me largou aqui porque não podia ficar desconfortável por algumas horas.

Ele mal segurou uma virada de olhos.

— Não é culpa minha você estar onde está.

— Não, a culpa é dela.

Como se ouvisse sua deixa, Lillian Monroe — com o cabelo loiro afofado que ela fritava todo mês para esconder os fios brancos e as raízes escuras — apareceu atrás dele feito um mau agouro.

— Cas-san-dra — chiou Tripp, enunciando cada sílaba. — Você está falando de uma cliente!

O sorriso pixelado de Lillian era condescendente e malévolo.

— Olá, Cassandra. Você parece... nada bem. Andou pulando a esteticista, foi?

*Minha limpeza facial estava um mês atrasada, e era tudo culpa dela.*

Eu respirei fundo e contive meu veneno.

— Lillian, se você pudesse dar alguns minutos de privacidade para mim e Tripp, seria ótimo.

Mas Lillian não estava prestando atenção em mim. Ela se sentou ao lado de Tripp e se aconchegou a ele.

— Achei que você tivesse dito que ela saiu do Carrington Group — murmurou ela, mexendo no colarinho engomado dele. O canto de sua boca se curvou em um sorriso como uma foice. — Você está com uma coisinha…

*Vermelho.*

*Tudo o que eu enxergava era vermelho.*

*Vermelho como a garrafa vazia de merlot entre eles.*

*Vermelho como o batom escarlate no colarinho dele.*

*Vermelho como as chamas da fúria que me consumia feito um incêndio descontrolado.*

*Vermelho como os sinais de alerta que eu deveria ter percebido.*

*Vermelho como o sangue que eu queria ver escorrer.*

# 14

## Christian

— Subam e se aprontem para dormir — falei assim que estacionei a caminhonete na frente de casa.

Gracie e Bree, de barriga cheia após uma refeição lendária na casa da minha mãe, saíram devagar do banco traseiro.

Eu as segui, parando ao ouvir um rangido extra nas tábuas do assoalho. A luz do alpendre estava acesa, mas isso não era incomum.

O rastro de sorvete derretido era.

Eu disse a elas que subiria em um instante, então esperei até as meninas estarem longe demais para ouvir antes de fazer a curva no alpendre.

Cassandra estava sentada no balanço, fitando o pasto. Sorvete de menta com pedaços de chocolate tinham derretido e vazado pelo fundo da caixinha, escorrendo em fios até as tábuas do piso.

Eu teria de lavar aquilo com a mangueira ou teríamos uma horda de formigas de fogo se mudando para a varanda.

Para minha sorte, Mickey parecia estar resolvendo isso com facilidade. Ele estava deitado encostado na casa, lambendo o sorvete.

Cassandra não parecia nem notar.

— Trouxe um prato para você — falei, levantando o pote cheio de bolo de carne, purê de batata e vagem.

Ela soltou uma risada cáustica e deu outro longo gole da garrafa de uísque, agora quase vazia.

Deixei as sobras na mureta da varanda.

— Vejo que você pulou o jantar e foi direto para a sobremesa e os drinques. — Apanhei a caixinha de sorvete derretido. — Nem fez uma vaca-preta?

A única resposta dela foi acabar com a garrafa.

— Você vai ficar bem o suficiente aqui sozinha para eu colocar as meninas para dormir?

O olhar de Cassandra era apático.

— Eu tô bem.

— Aguenta firme.

Entrei depressa, joguei o pote vazio do sorvete no lixo e subi as escadas, entrando primeiro no quarto de Gracie.

— Pronta para ir dormir, moça bonita?

Ela soltou um bocejo.

— Não tô cansada. Eu quero ficar com a srta. Cass.

— Azar. Você tem aula amanhã cedo.

— Mas...

— Sem *mas*.

A beira do colchão dela afundou quando eu me sentei e rearranjei a montanha de bichos de pelúcia que viviam na cama.

Eu sabia que era apenas uma questão de tempo antes que ela já não tivesse mais idade para eles. Bree já havia superado isso anos antes de chegar à idade de Gracie, mas esta parecia estar se agarrando muito mais à infância.

Bree lembrava-se da mãe, o que significava que, quando havíamos perdido Gretchen, ela tinha sido forçada a crescer e encarar algumas verdades bem duras muito antes do que qualquer criança deveria.

Gracie era nova demais para ter qualquer lembrança de Gretchen. Para ela, isso era normal.

— Quer conversar sobre alguma coisa hoje? — perguntei.

Ela sacudiu a cabeça.

— Certeza?

— Tenho certeza.

Eu não pressionei mais.

— Amo você.

— Amo você, papai — disse ela, quando beijei sua cabeça.

Fechei a porta e atravessei o corredor para o quarto de Bree.

— Preparada para a escola amanhã?

Ela só encarou o teto, então me sentei na cama e arrumei as cobertas.

— Quer conversar sobre alguma coisa?

Bree suspirou.

— Podemos ir fazer compras esse fim de semana? Eu preciso de umas coisas novas para a escola.

— Que coisas? Nós compramos roupas novas no começo do ano. Não vá me dizer que elas já ficaram pequenas para você.

— Nós compramos calças jeans e camisetas — bufou ela, com o mau humor típico dos adolescentes. — Podemos ir, *por favor*? Eu preciso de coisas bonitinhas.

Eu tinha coisas a fazer no sábado, mas não queria que o dia terminasse com um tom ruim.

— Seu pedido foi anotado e será analisado em breve.

Ela soltou um suspiro abatido e virou de lado.

— Ei — falei, enquanto esfregava de leve as costas dela. — Eu sei que você está crescendo. Só me dê uma chance de te alcançar, tá bom?

Dei outro beijo na sua cabeça e um "amo você" antes de apagar a luz e descer a escada de volta.

Peguei um copo d'água na passagem pela cozinha. Cassandra estava exatamente onde eu a tinha deixado.

Mickey tinha ido embora do alpendre, deixando um rastro de pegadas pegajosas de sorvete.

— Tome isso — falei, pegando a garrafa vazia de uísque e empurrando a água para sua mão.

— Eu tô bem.

— Se acha que vou acreditar nisso, obviamente não está. — Sentei-me ao lado dela no balanço. — Quer conversar sobre alguma coisa?

— Você estava certo.

Eu ri.

— Mas é claro. Eu estou sempre certo.

Cassandra revirou os olhos.

Eu hesitei por um momento, depois passei o braço em torno dos ombros dela.

— Me diga por que é que eu estou certo.

— Ai, meu Deus, não me diga que você é daquelas pessoas que curtem palavras de afirmação.

— Você não é?

— Não.

— Tome sua água.

Para minha surpresa, ela tomou. *Resmungando o tempo todo.*

Quando o copo estava vazio, eu o tirei dela e o coloquei ao lado do meu pé.

— O que foi?

Cassandra fitou adiante sem expressão, mas não era o tipo de olhar vago que significava que não tivesse nada acontecendo em sua cabeça. Era o tipo de olhar oco e distante de quando a pessoa estava emocionalmente desligada.

Era uma expressão de quem planejava vingança.

— Ele estava me traindo.

Sua voz estava carregada de emoção e ao mesmo tempo vazia. Era o tom de alguém que tinha aceitado a situação de modo clínico.

Xinguei baixinho.

— Deus do céu... lamento muito, Cass.

Eu tive minhas desconfianças quando Tripp apareceu com ela no primeiro dia, mas depois fugiu. Um homem não deixaria de bom grado uma mulher como Cassandra a menos que não fizesse a menor ideia do que tinha nas mãos.

— Quando foi que você descobriu?

— No telefonema. Lillian estava lá com ele. Ficou bem óbvio.

— Merda.

Com gentileza, eu a puxei para junto do corpo.

Ela se enrijeceu, libertando-se de meu braço.

— Tá tudo bem.

Olhei para o anel em seu dedo.

— Tá tudo bem com seu noivo te traindo?

As têmporas de Cass se retesaram e sua boca se franziu. Era a expressão muito praticada de alguém que estava gerenciando uma situação, não sofrendo com o coração partido.

— Não é como se fosse uma surpresa. Coisas assim acontecem o tempo todo.

— Não acontecem não, Cass.

Os cantos dos lábios dela tremeram.

— Talvez não no seu mundo.

Já que estava bastante óbvio que ela não me deixaria reconfortá-la, eu me debrucei adiante e pousei os cotovelos sobre as coxas.

— O que você vai fazer?

— Eu quero deixá-lo sofrendo do mesmo jeito que ele fez comigo.

Malícia e uma raiva cruelmente calculada pendiam em cada palavra.

— O que é isso, Cass? — Soltei meus cabelos do coque em que eles haviam passado o dia inteiro. — Você sabe que esse não é o modo mais maduro de lidar com as coisas.

Ela soltou uma risada lindamente perversa. Seus lábios eram escarlates, como os de Cruella. A sorte podia ser uma dama, mas a vingança era uma sedutora chamada Cassandra.

— A maravilha de estar recém-solteira e sem compromisso é que eu não preciso servir de bom exemplo para ninguém. Por que ser madura, quando posso ser mesquinha? E já que estou com tempo de sobra nas mãos, tenho certeza de que serei capaz de inventar um jeito fantástico de me vingar.

— Acho que ser feliz é a melhor forma de vingança. Porque isso é algo que ele jamais poderia te dar, nem dar a si mesmo.

Cassandra saiu do balanço e ficou de pé. Seus pés descalços chutaram um salto agulha descartado.

— Outra vez com a sabedoria mística de caubói. Você não cansa de ser misterioso?

Eu ri.

— Se seguir em frente não te basta, eu posso cavar um buraco e enterrá-lo num lugar onde ninguém vai encontrar o corpo. Quer que ele fique no pasto leste ou oeste?

— Agora a coisa está mais a meu gosto.

Cassandra roía a unha enquanto andava de um lado para o outro na varanda. *Jesus, ela ia morder aquilo até não sobrar nada.*

— Ei... — Agarrei a mão dela quando Cass passou perto do balanço. — Isso é um mau costume, sabia?

Ela tentou se soltar, mas eu não deixei. Quando me levantei, ela tentou se afastar de novo, mas acabou voltando com tudo na minha direção quando não a soltei. Plantei a outra mão no quadril dela, prendendo-a contra a mureta do alpendre com meus braços nas laterais de seu corpo.

— Dê a si mesma uma chance para sentir sua mágoa e sua dor, Cass.

Ela arranhou a mureta de madeira.

— É melhor você me soltar, Griffith.

— Então é assim, é? Você prefere roer o dedo até arrancá-lo enquanto planeja sua retaliação em vez de parar para tomar um fôlego?

— É por isso que uso unhas de acrílico. Não preciso esperar que elas cresçam de volta.

Eu me arrisquei e fechei os braços em torno dela.

— Por que você se importa? — disse ela, enquanto grunhia e dava cotoveladas para se libertar. — Quanto antes eu sair daqui, mais depressa você terá sua vida de volta.

— Estou cuidando de você. — Pressionei a bochecha na têmpora dela. — Eu dou valor ao que você tem a oferecer e estou tentando impedi-la de implodir, caralho, assim você pode mostrar para todo mundo tudo o que eu vejo em você.

Ela esperneou de novo, mas eu não me movi.

— Tenho no mínimo setenta quilos a mais que você, princesa. Para com isso.

— Christian.

Meu nome era um murmúrio trêmulo nos seus lábios.

Cass não dizia meu nome com frequência, mas ouvi-la sussurrá-lo agora naquele tom sem fôlego me fez visualizar nós dois próximos assim, mas em outra situação.

*Uma situação bem diferente.*

Os nós dos dedos de Cassandra ficaram brancos pela pressão enquanto ela se agarrava à mureta com tudo o que tinha. Seus ombros estavam rígidos. O jeito como ela rangia os dentes para manter a compostura me fez pensar em lixa passando sobre ferrugem.

— Por favor, vá.

— Cass...

— Eu disse "por favor" — disparou ela.

— Você está zangada — comecei, mas Cassandra me interrompeu antes que eu pudesse completar.

— O que é obviamente algo que você nunca sentiu em toda a sua vida, caralho! — Ela deu meia-volta, o cabelo loiro voando como um furacão. — Você é um calmante ambulante! *O sr. Nunca Levanto a Voz.* Tenho certeza de que pareço maluca para você! É claro que estou zangada, seu encantador de cavalos calmo dos infernos!

Juro por Deus, senti vontade de rir, mas não era hora para isso. Cassandra tremia de fúria, e eu não podia culpá-la.

Eu sabia que ela tinha bebido bastante, mas a mulher aguentava bem. Parecia sóbria feito um juiz.

Em uma explosão de ira, Cassandra fechou o punho e golpeou um dos postes da mureta do alpendre.

— Ei, ei — grunhi, segurando seu punho na palma da mão. — Você só vai machucar essas mãos lindas, não ele. Não se machuque tentando derrubar outra pessoa.

— Eu só...

Uma lágrima cintilante caiu no rosto dela, e então outra. Cassandra soluçou.

Milagrosamente, ela se virou e pousou a cabeça no meu peito. O oxigênio escapou dos meus pulmões enquanto eu a envolvia nos meus braços, aninhando sua cabeça na palma da mão.

— Você o amava — argumentei. — Tudo bem ficar com raiva depois que alguém te trai dessa maneira.

— Eu não o amava. — Cassandra fungou, tentando conter as lágrimas, mas elas simplesmente continuaram escorrendo pelo seu rosto, borrando sua maquiagem. — Eu só queria ser amada.

Nós ficamos ali pelo que pareceu uma eternidade, balançando juntos sob a luz da varanda enquanto ela chorava.

Por fim, eu a persuadi a entrar. Ela resistiu o caminho todo.

Sadie ajudou, mordiscando os calcanhares de Cassandra até ela estacionar no sofá. Sadie ficou de vigia enquanto eu esquentava a comida.

— Coma — falei, colocando o prato no colo dela e entregando-lhe um garfo. — Se você for parecida comigo, beber de barriga vazia vai voltar para te atormentar amanhã cedo.

Ela apenas cutucou a vagem.

Joguei uma almofada para a poltrona vazia e me sentei ao lado dela.

— O que isso quer dizer sobre o seu emprego? Ele era seu chefe, certo?

— Algo perto disso — esclareceu ela.

Era bom ver que seu fogo não havia se apagado. Eu gostava de seu atrevimento.

Cassandra espetou uma vagem com um pouco mais de força do que o necessário.

— Ele gostava de agir como meu chefe, mas depois que fui rebaixada a desenvolvimento de negócios, isso me tirou de sua cadeia de comando. Pelo menos ainda estou empregada.

— Você quer mesmo trabalhar perto dele?

Os lábios dela se curvaram.

— Por que eu é que deveria sair? Se ele está desconfortável com a minha presença, isso é problema dele.

— Essa é a minha garota.

A atitude dela era forte, mas seus olhos estavam tristonhos.

Eu me instalei, estendendo o braço em torno dos ombros dela e pegando o controle remoto.

— Você pode ficar aqui o tempo que quiser.

# 15

## Cassandra

— Por que a porcaria do cavalo não está se mexendo?! — gritei, cinco metros atrás de Christian e Libby.

Libby resfolegou, virando a cabeça gigante e olhando feio para mim, irritada por termos de parar mais uma vez.

O sorriso que Christian abriu era mais brilhante que o sol do meio-dia. A risadinha maldosa que ele tentou esconder atrás da barba me deixou fula da vida.

— Por que você está rindo de mim? — gritei.

Os olhos dele apenas formaram aquelas dobrinhas sob a aba do chapéu de caubói enquanto ele virava Libby e trotava de volta para mim.

Se cavalos podiam fazer cara de saco cheio, o dele estava fazendo e era dirigida a mim.

— Este cavalo está quebrado — falei, bufando. Ser rude era melhor do que admitir que eu era uma droga naquilo ali e estava odiando. — Por favor, me leve de volta para o celeiro. Eu venho andando da próxima.

Christian chegou a meu lado, mas na direção oposta, como dois policiais conversando pelas janelas das viaturas num estacionamento. Afastei-me de súbito quando ele estendeu a mão para tocar a minha.

— Cass, você está segurando as rédeas com força demais.

— Estou tentando não cair!

— Você não vai cair, mas está puxando com tanta força que a Dottie aqui achou que era para parar.

— Não sei por que você pensou que eu fosse capaz de montar um cavalo até aqui. Estamos a quilômetros de distância, e agora estou empacada nesse bicho pelo futuro próximo.

Ele riu de novo e apontou para trás de mim.

— Ainda dá para ver o celeiro.

Cerrei os dentes pela milionésima vez, fazendo meu maxilar doer. *Eu vou ter de ir ao dentista depois desse período sabático.*

— Respira, princesa — disse ele, enquanto Libby se aproximava o suficiente para ele apertar meu joelho. — Você tá tensa.

— Eu tô sempre tensa. Isso não é novidade.

O que era novidade era eu estar vestindo calça jeans e as botas que Christian tinha me dado.

Pelo menos não tinha cortado todo meu cabelo ou tingido no banheiro de casa.

O anel que eu usara por anos não estava mais no meu dedo. Estava agora na mesa de cabeceira na casa de Christian até eu decidir o que fazer com ele.

Se calça jeans e botas eram o fundo do poço, eu diria que estava lidando com o fim do meu relacionamento muito bem.

Por outro lado, compartimentalizar era o meu estado normal.

Eu lidaria com os sentimentos depois.

Ou nunca.

Estava tudo bem.

Encarei o polegar de Christian enquanto ele afagava meu joelho para lá e para cá. Era grande e áspero, calejado. Eu o via lavar as mãos com frequência, mas parecia que suas cutículas estavam permanentemente sujas pelo serviço no rancho.

— Olha. — A língua dele umedeceu os lábios num movimento rápido. — Não é da minha conta como você lida com as suas coisas. Só não bote a culpa no cavalo.

O sujeito estava delirando se achava que eu seria capaz de montar esse monstro sem cair e rachar a cabeça ao meio.

Christian devia ter dito telepaticamente a Libby para virar para ficarmos na mesma direção, porque ela foi se movendo devagar e se alinhando a Dottie — a égua que tinha o azar de me carregar para lá e para cá naquele dia.

*Dottie.* Soava como uma merendeira com rede no cabelo. Não um mamífero de quinhentos quilos.

— Relaxe as rédeas. Você pode segurar com força se isso faz com que se sinta melhor, só não as puxe.

Com relutância, mexi os dedos e relaxei a mão.

— Você pode descansar as mãos na frente da sela se quiser algo em que se segurar, mas não é preciso. Você não vai cair.

— Para você, é fácil dizer. Esses caubóis metidos do cacete — resmunguei baixinho enquanto me agarrava ao pito da sela.

Christian soltou uma risada tranquila.

— Qual é a regra?

Bati com o dedo no meu queixo.

— Regra número um: se for matar alguém, faça com que pareça um acidente, chore no funeral, não confesse nada e negue tudo.

— Jesus, vocês, relações-públicas, são sombrios.

— Não mexa comigo, Griffith.

Ele estendeu a mão e pressionou a palma na parte de trás da minha cintura.

— Postura de princesa. Sente-se ereta, bonitinha.

— Eu estou ereta — disparei. — Não sou exatamente esbelta.

— Você está sentada feito uma gárgula — retrucou ele, passando a mão pela curva da minha coluna como um insulto silencioso. — Ombros para trás. Peito estufado. Costas retas.

Soltei uma bufada dramática e lentamente corrigi minha postura.

— Melhor?

— Empine a bunda. Você está se curvando para dentro e se sentando direto sobre o cóccix. É por isso que se sente meio bamba.

Os olhos de Christian no meu traseiro fizeram arrepios inundarem meu pescoço. Eu sabia que ele não tinha nenhuma outra intenção, mas fazia muito tempo desde que um homem olhara para mim sem desdém.

Ele era cálido e reconfortante. Eu geralmente era descrita como irascível, mas começava a entender por que um cacto desabrocha sob a luz do sol.

— Pronto — disse ele, levantando o queixo em um cumprimento para mim. — Assim está melhor.

A barba de Christian se contraiu ao redor da boca, e eu sabia que ele estava tentando não sorrir.

— Você é formidável demais para se acovardar. Não se dobra, nem se quiser.

Eu me encolhi quando Dottie se moveu, doida para começar a andar.

— Esse é seu jeito de dizer "finja até acreditar"?

Ele e Libby começaram a andar. De alguma forma, Dottie sabia que deveria segui-los e os acompanhou em seu ritmo lento.

— Algo nessa linha.

Andamos em silêncio por alguns minutos, nos dirigindo a um dos pastos vazios que eu queria ver.

Eu vinha escondendo meus planos de revitalização até estar com tudo em ordem. Se ele tinha recusado acrescentar uma única fonte de renda adicional, ia surtar quando eu sugerisse várias delas.

Terra era algo de que eu precisaria, e a única coisa de que ele provavelmente não abriria mão.

Eu era fã de arrancar o band-aid de uma vez só, mas estava tentando tornar tudo isso o menos doloroso possível.

— Vai passar, sabe — disse Christian, do nada.

— O quê?

Ele desacelerou e olhou para mim.

— A tempestade de poeira.

Encarei os pelos castanhos da crina de Dottie.

— Do que você está falando?

— Toda a merda que se agitou e nublou sua mente. Em algum momento, vai se assentar. Você vai conseguir respirar com facilidade. — Ele olhou adiante. — Não que isso deixe tudo melhor no momento. Tempestades de poeira acontecem. Não tem problema fechar os olhos e seguir em frente aos tropeços.

Era um bom mantra, que eu tinha certeza de que ele havia criado ao passar pela perda da esposa.

Mas eu não precisava de gentilezas.

Empinei o queixo, empurrei os ombros para trás, aprumei a coluna e relaxei os quadris.

— Eu vou ficar bem.

E talvez um dia eu acreditasse nisso.

Christian me levou para a parte oeste do rancho para me mostrar o terreno.

CJ e os peões do rancho tinham rotacionado os pastos, movendo o rebanho para o sul alguns dias atrás, fazendo daquele o lugar perfeito para tomar posse para os projetos de desenvolvimento que eu tinha guardados na manga.

Ele esperou pacientemente enquanto eu fitava à esquerda por um tempo, depois à direita, imaginando prédios brotando da terra.

Christian provavelmente odiaria.

Mas talvez pudéssemos fazer algo natural: um exterior de pedra e troncos. Algo com uma boa vista, para a vastidão do rancho poder ser apreciada.

Quando voltei a falar, quase dei um susto em Christian.

— Em que direção o sol se põe?

Ele apontou para a minha frente, para o terreno que se estendia até onde a vista alcançava.

— O portão da frente fica a leste. Do lado oposto ao que estamos. O sol nasce para lá, e se põe no horizonte para cá.

— Perfeito — murmurei.

Com o plano solidificado na minha mente, eu tinha uma montanha de trabalho à minha espera.

— Pronta para voltar?

— Você pode ir, se tiver de voltar ao trabalho.

Christian riu.

— Se eu te deixar, tenho medo de que ainda vá te encontrar por aqui de manhã. — Ele deu uma piscadela. — Mas gosto da sua confiança.

Seguindo as pistas dele, Libby alegremente obedeceu. Sua cauda balançava na minha frente quando nos viramos e seguimos para o lado leste do rancho.

— Você vai me contar em que está trabalhando? — perguntou ele.

Abri um sorriso matreiro.

— Quando estiver pronto.

— Eu vou sair para cavalgar por aqui e te encontrar começando a construção de algo que vai me deixar fulo da vida?

Aquilo me fez rir.

— Acho que é fisicamente impossível você ficar fulo. Eu nunca o ouvi nem levantar a voz.

Sua risada foi quase um rosnado.

— Poucas coisas fazem valer a pena levantar minha voz.

Dottie apertou o passo, acompanhando Libby, de modo que Christian e eu estávamos lado a lado.

— Suas filhas têm sorte.

A barba dele se moveu de novo.

— Obrigado, Cass. Isso é importante para mim. — Após um momento de silêncio, ele perguntou: — Você quer ter filhos?

Eu gargalhei, jogando a cabeça para trás e deixando o cabelo se derramar por minha coluna.

— Mas de jeito nenhum. Eu não tenho um pingo de instinto maternal nesse corpo. Tripp também não queria filhos, então isso era ótimo. Pelo menos agora que ele não está mais nos planos, não estou perdendo nada.

— Então é só isso?

— Só isso o quê?

— Isso. Seu emprego. Sua vida do jeito que é. Você está vivendo seu sonho?

— Algo assim.

— Qual é o grande sonho, então?

Quando eu não respondi, ele olhou para mim, me analisando sob a aba de seu chapéu.

— Não faça isso.

— Isso o quê? — contrapôs ele, desviando o olhar.

— Esse negócio de ficar me encarando até eu ceder. Odeio isso.

Christian riu.

— Não estou tentando fazer você ceder.

Revirei os olhos.

— Sério.

— Você me fascina.

Soltei o ar pesadamente, me preparando para a provocação iminente.

— Eu quero ser importante.

Christian, porém, não riu.

— Em que sentido?

O lento balanço dos meus quadris a cada passada de Dottie era calmante, hipnótico. Não havia som algum, exceto os leves grunhidos dos cavalos.

Eu não era religiosa, mas aquilo era como estar numa igreja.

— Eu quero ser a pessoa a quem os outros procuram quando há um problema. Quero ser aquela que recebe ligações no meio da noite para consertar algo que deu errado. Quero ser aquela que mantém as coisas funcionando. Quero ser insubstituível.

As sobrancelhas de Christian estavam franzidas enquanto ele matutava a respeito. Elas se alisaram depois de um tempo, mas ele continuou sem fazer comentários sobre o que eu tinha dito.

Seu silêncio estava começando a me irritar.

Ele podia ser calmo, frio e sob controle, mas eu não era.

A vulnerabilidade me deixava inquieta. Tripp não honrava a ternura; via isso como uma fraqueza.

Essa noção me atingiu como um raio.

Eu nunca tinha admitido os desejos por trás dos meus objetivos profissionais para Tripp. Lá no fundo, eu sabia que era porque tinha medo que ele os menosprezasse.

— Você parece ter nascido pra isso — disse Christian, me tirando do meu estupor espantado.

Pisquei para clarear a mente.

— O quê?

— Você está se saindo muito melhor com a Dottie. Está mais relaxada agora. Estou orgulhoso de você.

— Sério? — zombei. — Eu solto uma bomba emocional e você responde com como eu estou montando bem?

— Era para aquilo ser uma bomba emocional?

— Para mim, foi. Eu não me dou bem com sentimentos.

— Parece que está funcionando para você.

O sarcasmo inesperado foi cortante.

Puxei as rédeas e Dottie parou de imediato.

— O que quer dizer com isso? — gritei para as costas dele.

Christian deu meia-volta com Libby.

— Você quer ser insubstituível? Deixe as pessoas te amarem.

Ele disse como se fosse a coisa mais óbvia do mundo. E com essa bomba emocional, ele cutucou Libby com suas botas e me deixou na poeira.

Caubóis do cacete.

De algum jeito, eu consegui fazer uma viagem menos que graciosa de volta ao celeiro.

— Senhora — disse CJ, reconhecendo minha presença enquanto Dottie trotava para dentro dos estábulos.

Libby olhou feio para mim do ponto onde estava presa. *Porque, é claro, ele voltou e então sumiu.*

Usei a volta toda para cultivar minha indignação e me irritar por causa do sujeito que tinha resolvido me dar um efeito chicote emocional.

— Eu não sei estacionar um cavalo — disparei.

CJ não era tão tranquilo quanto o irmão, mas não se incomodou com meu rancor.

— É só desmontar. Eu cuido dela. — Ele fez uma pausa com o forcado na mão e me avaliou rapidamente. — Você saiu com ela sozinha?

— Não — respondi, largando as rédeas, me agarrando ao pomo e remexendo os dedos dos pés até achar o estribo. — Seu irmão, aquele monge, me deixou no meio da porra do campo.

CJ sorriu.

— Ele estava fervendo quando o vi há um tempinho. Você deve ter deixado ele muito puto.

— Certo. — Meus pés chegaram ao chão. — E por "fervendo" você quer dizer em estado de bênção pura e despreocupada.

— Algo assim.

Eu me virei para sair intempestivamente do celeiro, mas o assovio cortante de CJ me pegou de surpresa.

Os pelos da minha nuca se arrepiaram.

— Dá licença? — sibilei enquanto me virava devagar de frente para ele.

Ele enfiou a mão no bolso e me entregou uma bala de hortelã.

— Agora, antes de você ir esfolar meu irmão vivo, dê um agradinho para Dottie e diga a ela como ela é linda.

Apertei os dedos na têmpora.

— Eu tenho trabalho a fazer.

— Todos nós temos. — Ele puxou meu punho para baixo e largou a bala na minha mão. — Agora mostre um pouco de gratidão por ela não ter empinado e jogado o seu traseiro de mulher da cidade no meio de uma porcaria de pasto.

Dottie não pareceu abalada pelo fato de eu estar mais tensa do que uma mola encolhida. Ela devorou a balinha assim que a ofereci.

Estremeci quando seus lábios peludos fizeram cócegas na palma da minha mão.

— Agora, o que você diz? — incentivou ele.

Pressionei minha mão no focinho dela.

— Dottie, você é uma mocinha linda.

— É isso aí — disse CJ, inclinando a cabeça na direção das portas. — Agora cai fora do meu celeiro.

*Por mim, ótimo.*

Minha coluna pinicava.

Não era por causa de pele ressecada ou camisa irritando.

Era agitação.

Minha pele formigava de adrenalina. Focar na tabela de orçamento na minha frente era impossível.

*Como ele se atreve a dizer que eu não deixo as pessoas me amarem? Ele nem me conhece. Somos o oposto um do outro.*

O tique-taque do relógio parecia mais alto do que uma bomba. Cada movimento do ponteiro dos minutos alimentava o fogo que eu precisava deixar queimar.

*Como ele se atreve a sair daquele jeito, me abandonando no meio de uma porra de um pasto?*

*Eu podia ter morrido!*

Se eu estivesse em casa, teria saído mais cedo do escritório e ido para a esteira desanuviar minha mente.

Mas eu não estava em casa, e não havia esteira por aqui.

*Mas eu estava trabalhando a dez metros do meu quarto…*

Eu não tinha me aproveitado da falta de estrutura para o meu trabalho aqui, mas não havia momento melhor do que o presente.

Mais uma olhada para o relógio me disse que aquela era a oportunidade de ouro para um pouco de *autocuidado.*

As meninas estariam na aula de dança mais ou menos até a hora do jantar, o que significava que Christian só chegaria quando a mãe dele as trouxesse de volta.

Saí da cadeira e segui em linha reta para o quarto de hóspedes, fechando a porta com um puxão atrás de mim enquanto rebolava para tirar a calça jeans que tinha vestido de manhã.

Eu odiava jeans. Era rígido, restritivo. Mas deixava minha bunda linda, então pelo menos havia um lado positivo.

Joguei a calça por cima das botas de caubói que eu tinha descartado quando voltei para casa para trabalhar. Minha blusa e a calcinha rapidamente a seguiram. Revirei minha mala até achar o discreto saquinho de veludo.

Tirei-o de lá, apertei o botão, e o vibrador ganhou vida com um zunido. *Excelente.*

Não tinha nada pior do que estar subindo pelas paredes e sem pilhas.

Eu me estendi por cima da colcha macia de patchwork e apoiei a cabeça no travesseiro. Meus pulmões relaxaram quando deslizei a ponta do vibrador por meu clitóris.

— Aaah, deus — murmurei, sentindo meu corpo relaxar.

Eu estava tão excitada que o vibrador entrou de uma vez só. Meu fôlego ficou preso na garganta enquanto o coelho de silicone estimulava meu clitóris.

Os dedos dos meus pés se curvaram e eu arqueei as costas.

O sangue rugia nos meus ouvidos feito um tsunami.

Com todo o caos de Lillian Monroe calcinando minha carreira com um lança-chamas metafórico, Tripp me abandonando e me traindo e eu sendo exilada, já passava da hora de eu ter um orgasmo...

... ou dez.

Mordi o lábio para conter o gemido quando arrastei a ponta curva por meu ponto G.

*Quem precisa de um homem quando se tem silicone?*

Fechei os olhos com força enquanto meus músculos se apertavam em torno da haste escorregadia. Minha pele estava viva de prazer quando eu o tirei e contornei meu clitóris com ele, demorando-me um pouco mais na beira do orgasmo.

Respirei fundo de súbito quando mergulhei o vibrador de volta na minha boceta. Minhas costas se arquearam. Tudo ficou quente como lava enquanto eu…

Sem bateria.

— Não! — berrei, abrindo os olhos. Tentei de novo o botão de ligar.

Nada.

— Caralho!

Em um surto de raiva, joguei o aparelho inútil no colchão.

*Pilhas dos infernos. Eu precisava de algo com um fio e um plugue para potência máxima.*

Tudo bem. Eu tinha dedos.

Soltando o ar, deitei outra vez e dobrei um joelho, tentando abrir mão da raiva. Brinquei com o clitóris, massageando para lá e para cá até os arrepios de excitação voltarem.

Soltei um gemido gutural de deleite quando tornei a me aproximar de um orgasmo. Algo bateu lá fora.

*Provavelmente o raio da cachorra. Ou do boi.*

Deixei para lá e me concentrei no prazer que ia crescendo dentro de mim.

A porta se abriu e eu travei, paralisada, enquanto Christian preenchia o batente da porta.

Os olhos dele pararam nos meus dedos.

Minha respiração ficou presa e os mamilos se contraíram, imediatamente sensíveis ao vê-lo.

Com um tom autoritário que podia demandar que mares se partissem, ele disse:

— Não pare por minha causa.

Eu não me movi. Não podia me mover. Olhei nos olhos dele em busca de alguma dica do que se passava pela sua cabeça, mas Christian era um enigma.

— Cass.

— Oi — sussurrei.

O batente da porta estalou e rangeu enquanto ele o apertava com as duas mãos.

— Feche os olhos.

Eu odiava receber ordens, mas, por ele, aceitei.

— Indicador no seu clitóris. — Ele não fez nenhum outro som até eu obedecer. — Dois dedos da sua outra mão dentro dessa boceta.

— Christian… — sussurrei.

— Curve os dedos dentro de você.

Eu fiz o que ele mandou e meus quadris se moveram, levantando-se do colchão em um arco.

— Comece a trabalhar nesse clitóris, princesa. Quero te ver chegar lá.

Eu não estava nem aí que meu chefe estivesse assistindo enquanto eu me masturbava. Sentia-me viva como não sentia há tempos.

Meus seios estavam sensíveis e roçavam contra o sutiã. Eu queria arrancar tudo. Queria que ele me devorasse. Queria suas mãos, sua boca, seu pau.

— Faça esses pezinhos lindos se curvarem pra eu ver.

— Isso — sibilei, minha coluna eletrizada como um para-raios. Um poder puro, intocado, desceu rasgando por meu corpo enquanto minha boceta se contraía em torno dos meus dedos.

Eu me levantei da cama, arqueando-me, ofegando enquanto a adrenalina entornava de mim de súbito.

Abri os olhos outra vez, respirando como uma maratonista. Christian não se movera nem um centímetro do batente.

— E então? — falei, me recostando no travesseiro. — Seja útil.

Algo poderoso faiscou nos olhos dele.

*Ali estava. A tempestade que ele escondia tão bem sob sua calma.*

As mãos de Christian se curvavam em volta do batente de madeira. *Eu queria aquelas mãos.*

— Cassandra?

Perdi o fôlego ao ouvi-lo usar meu nome completo.

— Pois não?

— Tire esse maldito anel da minha casa.

# 16

## Christian

O corpo dela estava corado no tom perfeito de rosa. Seios redondos balançavam enquanto ela se recostava na cama, ofegando, sem fôlego, voltando de seu pico.

Eu sabia que ela estava muito agitada quando estávamos cavalgando.

Honestamente, se eu passasse por toda a merda que ela tinha passado nas últimas semanas, precisaria de mais do que um orgasmo para lidar com o estresse. Era por isso que eu a havia deixado em paz.

Voltei para casa para me certificar de que ela estava bem. Deparar-me com ela toda aberta pela cama enquanto se tocava foi puro acaso.

Mas, caralho, eu não ia reclamar.

— E então? — disparou ela, jogando a cabeça de volta no travesseiro. — Seja útil.

*Ah, então ela queria ser atrevida comigo, é?*

*Hoje nem a pau.*

Agarrei o batente da porta com tanta força que pensei que ele racharia ao meio. Cerrei os dentes.

— Cassandra?

Os olhos dela se arregalaram.

— Pois não?

Mal foi um sussurro.

Eu não olhei para aquele anel de diamante medonho. Olhei para ela.

— Tire esse maldito anel da minha casa.

Com isso, dei meia-volta e saí pisando duro.

Eu era um puta idiota.

Suor escorreu pelo meu pescoço quando enfiei o pé de cabra atrás dos gabinetes e esperei pelo estalo. Poeira escapava, dançando, de toda superfície em que eu tocava. Conforme a madeira antiga e podre caía da parede, eu espirrava, recuando trôpego e quase acertando Mickey com o pé de cabra.

— Merda...

Soltei o pé de cabra e me agarrei à bancada, mas ela estalou e desabou. Aterrissei no meu traseiro enquanto uma nuvem de poeira e detritos se despejava sobre mim. Tossi, tentando expulsar o asbesto dos meus pulmões.

Eu provavelmente deveria estar de máscara, mas não colocar uma tinha sido apenas mais uma escolha idiota que eu havia feito naquele dia — logo abaixo de me afastar de Cassandra.

*Seja útil.*

Ela deixou bem claro que eu era bem-vindo para me juntar a ela. Então, por que eu não tinha ido?

Bem, para começo de conversa, porque estava imundo.

Eu tinha coisas a fazer antes de as meninas chegarem em casa.

Só havia passado para garantir que ela tinha chegado bem, embora já soubesse que sim, depois de assistir à distância o piti que ela deu no celeiro.

Para mim, Cass era um trabalhão.

Eu não me incomodava com isso. Na verdade, gostava desse fato. Mas nem todo mundo tolerava. CJ não se irritara com ela e reagira bem, por isso não interferi.

*Então, por que eu tinha interferido quando ela estava tocando o próprio corpo?*

O diabinho dentro de mim tinha vencido naquela tarde.

Pousei os cotovelos nos joelhos enquanto me resignava a sentar no chão.

Se Cassandra ficaria aqui por mais tempo, as coisas ficariam esquisitas se estivéssemos sob o mesmo teto.

Eu só pretendia passar pela cabana para fazer uma lista do que precisava ser resolvido para torná-la habitável.

Francamente, eu teria demolido aquilo ali, mas a estrutura era boa. Só demandava trabalho.

Bastante trabalho, para o qual eu não tinha nem tempo nem energia.

A passada pela cabana se transformou em retirar toda a mobília antiga para os rapazes levarem embora enquanto eu pensava em como o queixo dela tinha se levantado e os tendões de seu pescoço se esticaram, retesados, enquanto ela buscava seu orgasmo.

Isso se transformou em pegar o pé de cabra para dar umas pancadas nos gabinetes decrépitos enquanto visualizava aquelas pernas compridas se abrindo para me dar um vislumbre de sua boceta linda, várias e várias vezes.

Sangue escorreu da lateral do meu polegar onde eu tinha batido na bancada. Havia uma lasca de madeira espetada na minha pele. Chiei enquanto a arrancava dali e usava a camisa para limpar o sangue.

— Já desistiu?

Olhei por cima do ombro e encontrei Nate enrolando na porta.

— Não era para você estar na vigília à espera do bebê? — perguntei, me levantando do chão e limpando as mãos cobertas de poeira na calça jeans.

Ele ergueu um rádio.

— Ela me expulsou de casa.

Eu ri.

— É, Gretchen ficou assim quando estava grávida da Gracie.

Nate se recostou no batente da porta, depois rapidamente se aprumou quando a madeira rangeu.

— O que você fazia?

— Levava Bree para o trabalho comigo e me certificava de que tinha aqueles copinhos de chocolate com manteiga de amendoim na geladeira o tempo todo.

— Você ainda sente saudades dela?

Suspirei e olhei para minhas mãos. Eu tinha deixado de usar a aliança em algum momento uns dois anos depois da morte de Gretchen. Bree me disse que ficava triste quando a via, então guardei na caixinha onde eu tinha colocado a aliança e o anel de noivado. Algum dia eu os passaria adiante para as meninas.

Fiz que sim.

— Ela era minha melhor amiga. Acho que doeria mais se eu não tivesse as meninas. Consigo ver nelas tudo o que Gretchen tinha de bom.

Ele assentiu, olhando em volta enquanto esfregava a cicatriz em seu braço.

— Como tem sido com Cassandra debaixo do seu teto?

Joguei o pé de cabra sobre o que restava da bancada.

— Bem.

Nathan bufou.

— Tente outra vez.

— Está tudo bem — falei, na defensiva. — Ela fica mais na dela.

— Certo — disse ele, me olhando desconfiado. — Fica na dela até meia-noite, quando então vocês dois saem em passeios casuais a cavalo?

Apertei o dorso do nariz.

— Não era meia-noite.

— Pra você, era.

— Você não deveria estar aproveitando para dormir enquanto pode?

Ele riu.

— Você acha que uma mulher no terceiro trimestre consegue dormir?

Ele tinha razão nisso.

— Becks, por um acaso, olhou pela janela da cozinha e viu vocês dois lá fora. Ela queria que eu pagasse a aposta que fizemos, mas eu disse que você ainda não tinha dormido com ela.

Xinguei baixinho.

— Eu não estou ficando com ela.

*Não que eu não queira ficar.*

Ele levantou as mãos, se rendendo.

— Não estou fazendo acusações nem dizendo que você não ama Gretch…

— Já faz uma década. Eu já… já estive com outras mulheres. Tudo bem.

— Eu sei. — Ele esfregou a cicatriz de novo. — As meninas gostam dela?

Eu ri.

— Na outra noite, Gracie me disse que Cass parece uma Barbie que ganhou vida. Bree olha para ela como se ela fosse um anjo. Tenho praticamente certeza de que, se você perguntar para elas o que querem ser quando crescerem, elas dirão que querem ser relações-públicas.

— Você confia nela com as duas?

— Acho que a Becks não a teria recomendado se ela não fosse alguém confiável.

Nate assentiu.

Eu cruzei os braços.

— Aonde você está querendo chegar?

— Tô só perguntando.

A voz dele era inocente feito um cordeirinho, mas eu não caía nessa patacoada.

Ri enquanto me virava e deixava a bagunça de madeira dilapidada para outro dia.

— Só perguntando, meu ovo.

— Eu só quero saber como estão as coisas com meu irmão.

— Desculpe, não tenho tempo para um chá da tarde. Nem todos nós podemos nos aposentar aos quarenta.

Nate me seguiu para fora.

— Aposentado pelo exército, seu xarope. Não pela vida toda. Assim que a licença-maternidade de Becks terminar, voltamos a viajar.

— Muito bom — soltei, com um sorriso maldoso. — Então, assim que seu bebê nascer, posso começar a contagem regressiva até eu poder sair de casa sem vocês, intrometidos, vigiarem cada movimento meu.

— Seja sincero comigo — disse ele, se recostando contra sua picape. — Tem alguma coisa rolando entre você e a Cassandra?

Fugi da pergunta.

— Por que você perguntaria isso?

— Você a mantém sempre por perto. Ela se esconde na sua casa. Você é a única pessoa com quem ela conversa.

Suspirei, fitando o horizonte.

— Ela está passando por poucas e boas.

— Como assim?

— O noivo estava botando um par de chifres nela.

Nate xingou baixinho.

— A Becks odeia aquele cara. Sempre odiou.

— Com a cliente que fez com que a demitissem — acrescentei.

Nate riu, olhando para o céu.

— Onde a Cass quer que a gente enterre ele? No pasto leste ou oeste?

Por algum motivo, eu gostava do fato de ele estar disposto a, como quem não queria nada, cometer um crime grave por Cassandra. Gostava que ela fosse vista como um dos nossos.

Como minha.

Mas não falei isso em voz alta.

— Acho que seja lá o que ela tem na manga para o rancho vai ser bom. Ela só está usando o isolamento como desculpa para lamber as feridas.

Ele levantou uma sobrancelha.

— Muito generoso da sua parte. Você odeia mudanças.

Dei de ombros.

— Mudanças são como o nascer do sol. Acontecem, queira você ou não.

Nate penteou a barba crescente com os dedos.

— Então talvez você devesse mudar a sua regra de *não trazer mulher nenhuma para casa enquanto suas meninas estiverem lá.*

Eu ri.

— Vai ser preciso um ato divino para eu mudar de ideia quanto a isso.

— Sim, minha rainha!

Abri com tudo a porta telada ao som de meninas soltando risadinhas. Terra manchava a palma das minhas mãos, deixando uma marca na beirada da maçaneta.

Gracie subia a escada correndo enquanto Bree disparava para a sala de estar lá embaixo.

Meus olhos se arregalaram quando olhei para a ruína de roupas, sapatos e acessórios pré-adolescentes.

— Mas o que...

— Oi, papai! — Bree sorria, radiante, enquanto rodopiava no pé da escada.

Encontrei Cassandra sentada, toda certinha, na minha poltrona, parecendo bem majestosa com uma coroa de plástico sobre seu cabelo loiro claríssimo.

— Eu tô no inferno — disse ela, com uma expressão tristonha fingida antes de apanhar a varinha de condão combinando com a coroa e apontá-la para Bree. — Não.

Bree bufou.

— Você também disse isso para a última roupa.

Cassandra bateu de leve na cabeça da menina com a varinha.

— Porque você está usando cinco das coisas mais espalhafatosas do seu armário.

— Mas o Braxton gosta de meninas com roupas espalhafatosas.

Cassandra revirou os olhos.

— Primeiro, qualquer menino com X no nome é um sinal de alerta ambulante. Podiam muito bem ter escrito do jeito normal. — Em um resmungo, ela acrescentou: — O mesmo vale para homens com nome de acidente. Como Tripp, tropeçar.

Voltando a se concentrar, Cassandra agitou a varinha na direção geral da camisa rosa-choque que Bree tinha vestido por baixo de uma regata verde-limão.

— E segundo, meninos não reparam em roupas. Você se veste para você em primeiro lugar, e para suas amigas em segundo. Meninos reparam em como você se sente nas suas roupas. Provavelmente parece que ele gosta de meninas que usam roupas chamativas, quando na verdade ele só gosta de meninas que são autoconfiantes. — Ela agitou a varinha, dispensando Bree. — Vá e encontre algo melhor.

— Sim, minha rainha — soltou Bree, que depois disparou por mim para subir as escadas.

Uma parte de mim queria entrar na cozinha e começar o jantar como se esse pesadelo saído de *Além da Imaginação* não estivesse acontecendo. Outra parte estava curiosa.

Em vez de pegar os ingredientes para o frango ao molho barbecue, eu me aproximei e arrumei a coroa que estava escorregando da cabeça dela.

— Quer me explicar por que minhas filhas estão te chamando de "minha rainha"?

Cassandra abriu um sorriso malicioso.

— Eu não curto muito essa coisa de "senhora". Me faz sentir velha. Então falei para elas fazerem um *rebranding*. "Minha rainha" foi ideia delas, e eu não detestei.

Escondi um sorriso atrás do punho pressionado contra minha boca.

— E esse negócio de se vestir para meninos?

Ela se jogou para trás na poltrona enquanto pés trovejavam no andar de cima.

— Se vestir para meninos é um rito de passagem. Em algum ponto elas vão se dar conta de que homens de qualquer idade não prestam atenção em roupas e começarão a se vestir para impressionar as amigas, o que é muito mais caro e demanda mais tempo. — Ela bufou dramaticamente, levantando a parte do descanso para os pés e jogando uma perna sobre a outra, cruzando os tornozelos. — No fim, elas se darão conta de que ninguém vale nada igualmente, e vão começar a fazer o que querem. Eu te diria que existe esperança, mas não me importo o suficiente para mentir para você. É um ciclo que vem acontecendo há milhares de anos e não há como evitar. Quanto antes você aceitar isso e se acostumar a entregar seu cartão de crédito, mais fácil vai ser a sua vida.

Olhei por cima do ombro para me certificar de que as meninas ainda estavam lá em cima.

— Você está enganada em uma coisa.

Sua carranca foi feroz.

— Eu nunca me engano.

— Está enganada sobre os homens nunca repararem. — A blusa de seda que ela usava a havia entregado. Minhas mãos estavam imundas, então deslizei apenas o nó de um dedo pela alça exposta do sutiã vermelho aparecendo sobre seu ombro. — Eu reparo em tudo, Cass.

A respiração dela ficou presa. Os cílios longos esconderam seus olhos enquanto ela os abaixava para observar meu dedo.

— Então acho que a pergunta é: para quem você está vestindo isso aqui?

Lábios escarlate se curvaram em um sorriso vitorioso.

— A última parte da equação.

— Qual era?

Seu sorriso era felino.

— Eu mesma.

Enfiei a mão no bolso.

— Continue repetindo isso para si mesma, princesa.

Cassandra relaxou.

— É "minha rainha".

Eu ri.

— Docinho, só tem uma situação em que eu vou te chamar assim, e eu te prometo, não é essa aqui.

Uma expressão endiabrada faiscou nos olhos dela.

— Ah, é?

— Tá, e que tal essa? — soltou Bree, descendo as escadas correndo numa saia e uma camiseta de futebol americano dos Cowboys que era, no mínimo, dois números menor do que ela usava e ficava subindo na área da barriga. Ela tinha ganhado aquela camiseta quando tinha a idade de Gracie.

— Mas de jeito nenhum — dissemos juntos, Cassandra e eu.

Cass pontuou seu "não" com um aceno de mão.

— Vá e encontre algo melhor.

— Sim, minha rainha! — disse Bree, disparando escada acima outra vez.

Essa palhaçada durou até eu chamar as meninas para jantar. Eu tinha quase certeza de que elas tinham esvaziado seus armários de toda peça de roupa e estavam nadando nos destroços no final.

Fiquei tentado a obrigá-las a apanhar tudo de volta antes de irem para a cama, depois decidi que isso podia esperar o fim de semana.

Não vivíamos em estado de melancolia. Eu havia me empenhado para colocar a cabeça nos prumos depois que Gretchen faleceu. Todos os três tínhamos feito terapia, juntos e individualmente, e encontramos mecanismos sadios para lidar com tudo, o que nos ajudou a levar uma vida relativamente normal.

Mas havia uma energia nas meninas que eu não via há muito tempo.

Nunca tinha visto, para ser bem honesto.

Cassandra manteve a compostura e o decoro majestosos ao longo da refeição, mas atendeu ao dilúvio de perguntas.

O interrogatório de Gracie era mais centrado na vida em Nova York, que ela chamava de o lugar mais feliz do mundo.

A curiosidade de Bree girava em torno de como lidar com amizades, uma professora horrível e um menino por quem ela tinha um *crush*.

A opinião de Cassandra era que todo mundo era uma porcaria e não melhorava muito mesmo depois de sair da escola, então ela deveria apenas parar de se preocupar com o que os outros estavam fazendo.

A tagarelice só parou quando as meninas foram escovar os dentes.

Quando voltei para baixo depois de dar o beijo de boa noite das meninas, encontrei Cassandra na pia, secando a louça. Fiquei surpreso, para dizer o mínimo.

O traseiro dela balançava a cada passada de pano de prato.

— Eu sei que você está me olhando — disse, sem tirar os olhos do prato em sua mão.

— O que me entregou?

Ela riu baixinho.

— Você tem cheiro de ar livre. Com um pouquinho de gasolina e fumaça.

— Eu estava trabalhando em um dos tratores antes de fechar o dia.

Cassandra se virou, descansando o traseiro na borda da bancada enquanto secava as mãos. Ela tinha colocado o sapato de salto alto de volta, apesar de ter ido trabalhar na sala de estar depois de nosso... encontro.

— O quê? — disse ela, jogando o pano de prato na bancada.

Eu só meneei a cabeça.

— Não sei como você anda por aí nesse negócio o dia inteiro. Isso não pode ser confortável.

Ela olhou para os saltos agulha.

— Eles são mais confortáveis do que as botas que você me deu.

— Botas precisam lacear. Só leva um tempinho.

Ela moveu um pé apontado para mim.

— Esses já lacearam.

O silêncio entre nós era pesado. Apoiei as mãos no encosto de uma cadeira e ela continuou em seu lugar junto à pia.

Eu realmente não queria ter essa conversa.

Eu não deveria ter essa conversa.

Eu deveria ter fechado a merda da porta hoje à tarde e saído.

Mas não foi o que fiz.

Eu fiquei lá, olhando fixamente para ela, como se tivesse encontrado o Cálice Sagrado.

Talvez tivesse, mas eu não era digno de tocar nele.

— Olha, Cass... Sobre essa tarde...

Levantei a cabeça, torcendo para encontrá-la parecendo tão desconfortável quanto eu me sentia.

Mas a diaba estava sorrindo.

— Pois é... — Os olhos dela deslizaram para baixo. — Espero que você tenha encontrado tempo para cuidar daquela ereção.

Ela se afastou do balcão e veio até mim, parando quando estávamos ombro com ombro.

— Tenho quase certeza de que se ela durar mais de quatro horas, você deveria procurar atendimento médico.

Segurei o punho dela quando Cass estendeu a mão para me dar um tapinha conciliatório no braço.

— Eu não estava te rejeitando. Só para deixar claro.

— Hum. Você tem um jeito engraçado de demonstrar isso, Griffith.

— Não vai acontecer outra vez, é o que estou tentando dizer.

As sobrancelhas dela se levantaram.

— Por que não? — Ela soltou uma risada descontraída. — Porque se for por causa de toda essa coisa de romance no ambiente de trabalho, posso te assegurar de que não tenho intenção alguma de fazer isso de novo. Sexo e romance são duas coisas totalmente diferentes.

Minha mão se afrouxou no punho dela.

Os olhos de Cassandra dardejaram para o ponto em que nossas peles se encontravam.

— Concordo — falei, pegando-a de surpresa.

— Concorda?

Aquiesci.

— Mas não importa. Eu não trago mulheres para casa.

— Eu já moro aqui — murmurou ela.

*E, rapaz, se eu já não estava tentado a quebrar minha regra...*

— Eu não trago peguetes temporárias para dentro desta casa. Não enquanto as meninas morarem aqui. Eu me empenhei muito para dar estabilidade e segurança a elas. Não vou colocar isso em risco...

*Os lábios dela me chamavam. Eu queria ver aquele batom borrado. Queria ouvir aqueles gemidos que eram quase suspiros. Queria ouvi-la implorar. Queria minhas mãos por todo aquele corpo que eu tinha mandado gozar.*

— ... não importa quanto eu queira fazer isso.

Uma exalação suave e divertida sussurrou por entre os lábios dela.

— Então é bom que eu ainda não tenha me livrado do anel.

Rosnei, ouvindo a risada de Cass enquanto ela desaparecia no interior de seu quarto.

*Ótimo. Outra ereção. Inferno.*

# 17

## Cassandra

— Acordou cedo — disse Christian, com uma sobrancelha erguida, enquanto fechava uma lancheira estampada de margaridas.

Roubei o bule de café da máquina e despejei o resto em uma caneca.

— Preciso ir para a cidade.

Christian ia levar as meninas para a escola esta manhã, porque precisava fazer alguma coisa de fazendeiro, e eu ia pegar uma carona.

Ele parou, me prendendo entre seu peito e o canto das bancadas da cozinha quando devolvi o bule no lugar.

— Não me leve a mal...

Sorri por cima da borda da caneca.

— Lá vem.

— Mas você vai à cidade assim?

Eu sabia exatamente do que ele estava falando. Meu cabelo estava num coque baixo e eu não tinha um pingo de maquiagem no rosto.

— Eu vou ao salão de beleza. — O café estava quente e fortificante. — Quando você está atrás das linhas inimigas, é melhor usar um disfarce.

— Ah. Aquela missão de reconhecimento que você falou. O que os secadores de cabelos estão dizendo hoje em dia?

Eu ri baixinho.

— Isso cabe a mim saber e a você aceitar quando eu te entregar meu plano de revitalização do rancho.

Ele estendeu a mão, torceu uma mecha solta de cabelo em torno do dedo e roçou meu rosto.

— Você vai deixar uma senhora de setenta anos praticamente cega encostar nisso aqui com uma tesoura?

Estudei o modo como sua barba escondia a maior parte da boca. Como o grisalho manchava suas mechas de cabelo junto às têmporas.

— Vou deixar que ela lave, faça um penteado e fale até minha orelha arder. Daí vou à loja de cosméticos, na porta ao lado, e ficar sentada quietinha enquanto uma funcionária me faz parecer uma estrela country dos anos noventa.

A risada dele foi grave e cheia de diversão.

— Sabe, eu sempre tive uma quedinha por Faith Hill. — Ele estendeu a mão e fechou a segunda lancheira, sem tirar os olhos de mim. — Mas só para deixar registrado...

Ele fez uma pausa com a boca ao lado da minha orelha.

— Eu gosto das suas sardas.

Pressionei a mão contra a bochecha quando ele desapareceu para se certificar de que as garotas estivessem se aprontando. Eu tinha ficado no sol um pouco mais do que o costume e isso tinha feito minhas sardas surgirem.

Geralmente, eu as mantinha escondidas sob uma rotina de maquiagem completa, mas estava reduzindo a quantidade de produtos.

Ninguém me via por aqui. Eu estava praticamente no programa de proteção a testemunhas. Qual era o sentido de usar maquiagem?

*Mas Christian gostava das minhas sardas...*

Tentei ignorar as borboletas voando no meu estômago. Eu não queria borboletas. Não precisava de borboletas.

Christian Griffith era muita coisa, mas não era meu tipo.

— Você vem com a gente? — disparou Gracie, no momento em que seus tênis alcançaram o patamar da escada. — Melhor. Manhã. Do mundo!

Bree desceu pouco depois, pegou um dos tacos que Christian tinha preparado para o café da manhã e embrulhado em papel-alumínio e deu uma mordida enorme.

Sua saia branca fresquinha chegava até os joelhos. A camisa turquesa destacava seus olhos e fazia sua pele parecer mais viva. Os velhos tênis All Star com rabiscos em canetinha na frente eram atemporais.

— É isso o que você vai vestir para ir à escola? — perguntei, com o último gole de café.

Bree olhou para baixo.

— Está bom assim?

Reconheci cada uma das peças do desfile que eu tinha sido forçada a aguentar na noite anterior, mas ela as combinara com outras coisas. Essa era uma versão mais criteriosa de Bree e a fazia brilhar.

— Você parece uma excelente versão de si mesma. — Batuquei com o polegar na xícara. — Espera aí.

Sumi dentro do quarto de hóspedes e revirei a área até encontrar o que queria.

Bree assistia com curiosidade enquanto terminava seu café da manhã.

Deixei a gargantilha dourada pender das pontas dos meus dedos. O pingente era um lacinho dourado. Era delicada, feminina e perfeita para ela.

— Levante o cabelo — falei, enquanto abria a gargantilha e a passava em volta do seu pescoço.

— Provavelmente isso é bem caro — disse ela, baixinho. — Não quero quebrar, perder nem nada.

— Eu não deixaria você usar se achasse que você não cuidaria bem dela. — Prendi a gargantilha e ajeitei seu cabelo. — Golas quadradas precisam de algo extra. E isso vai fazer você manter a cabeça erguida.

Bree jogou os braços ao meu redor e me apertou.

— Tá bom, tá bom... — Eu a espantei enquanto minha garganta pinicava. — Isso é desnecessário. É só uma joia.

Uma voz masculina pigarreou atrás de mim.

— Tudo bem por aqui? — perguntou Christian.

— Papai, olha! — Bree abriu um sorriso radiante enquanto levantava a cabeça e exibia o pingente.

Christian pareceu meio triste quando sorriu de volta para ela.

— Você está linda, neném.

Nós nos empilhamos dentro da picape e partimos na estrada irregular que saía do rancho. Quando chegamos à escola das meninas, evitei contato visual com as professoras que supervisionavam a entrada, mas elas não evitaram contato visual comigo.

— Elas só estão furiosas por você estar aqui porque todas as professoras e mães querem namorar o papai — informou Gracie, para consternação de Christian.

Ele se empenhou em recuperar a compostura.

— Eu te amo, Gracie. Te amo, Bree. Tenham um bom dia.

Segurei a risada até estarmos a uma distância segura de olhos bisbilhoteiros.

— Eu não fazia ideia de que estava na companhia de uma mercadoria tão disputada.

Christian grunhiu.

— Não sou uma mercadoria. É só que há poucas opções disponíveis por aqui.

— É por isso que você não se casou de novo? — perguntei, aproveitando a oportunidade.

Ele, contudo, resolveu evitar por completo a pergunta.

— Vamos te levar logo para o salão de beleza para você poder ficar igual a Dolly Parton. Eu tenho mais o que fazer.

Viajamos em silêncio pela ruazinha do centro da cidade. Christian estacionou em uma vaga e me deu o discurso que eu imaginava que ele tinha preparado para quando deixasse suas filhas por conta própria.

*Ligue para mim se precisar de alguma coisa. Me avise se for para outro lugar. Estarei de volta daqui a poucas horas. Está com o seu celular? Com a carteira?*

Eu não sabia se ele conseguia desligar o "modo papai".

Deslizei do banco do carona quando ele abriu a porta e me guiou para a calçada.

— Tem certeza de que vai ficar bem?

Eu ri.

— O que pode acontecer de pior por aqui? Ser presa por atravessar fora da faixa?

Ele abriu um sorriso.

— Tá bom, espertinha. Te vejo daqui a pouco.

Eu fingi caminhar para o salão de beleza enquanto Christian se afastava com o carro, depois corri até a única caixa de correio. Tirei da bolsa um envelope branco espesso, conferi de novo o endereço e o enfiei no desvão sem nem parar para pensar.

Estava terminado.

E eu não estava triste.

Estava aliviada.

*Por que é mesmo que eu não estava triste?*

Ponderei a respeito enquanto abria a porta do salão e era atacada pelo odor de solução para permanente e laquê.

Roí a unha enquanto meu cabelo era lavado e condicionado. Virei e revirei a questão na minha mente enquanto ficava sentada sob o secador, ouvindo distraidamente a conversa das duas mães nas cadeiras ao meu lado.

Esse desfecho já era de se prever há muito tempo. *Então por que eu continuei com ele?*

Eu tirei meu *ex*-noivo da cabeça e me concentrei na conversa que estava rolando entre as cabeleireiras.

Quando trabalhava para a irritante elite de Hollywood, eu media a temperatura do público em geral praticando… bem… a bisbilhotice.

Indo a lugares onde as pessoas simplesmente falavam por falar.

Minhas unhas estavam sempre feitas, meu cabelo sempre impecável, e eu sempre me demorava um pouco mais do que o necessário quando pegava meu café da manhã.

Cidades pequenas não eram diferentes.

Quer fofoca da boa? Encontre uma cabeleireira.

— Certo, madame — disse Amanda, tirando a capa. Ela era uma cabeleireira animada de trinta e poucos anos que havia se adiantado e me salvado do coque colmeia que a proprietária idosa pretendia me fazer.

— Você tá prontinha.

Acenei para afastar a névoa de laquê e estudei meu reflexo no espelho. Para minha surpresa, o que eu via não era *artista do ano*. Meu cabelo loiro quase metálico tinha sido tonalizado no lavatório. Ela me deu ondas elegantes ao estilo Hollywood antiga. Era vintage e suave, mas ainda selvagem.

— Agora — disse Amanda, passando o braço pelo meu e valsando até a recepção para eu pagar —, vá para a porta aqui ao lado e se emboneque. Passe umas amostras de perfume se não tiver nada no bolso.

Ergui uma sobrancelha enquanto ela passava meu cartão.

— Como é que você sabia que eu ia para lá?

Ela deu uma risadinha e empurrou os óculos para cima com o nó do dedo.

— Meu bem, você não acredita, sinceramente, que Christian Griffith pode deixar uma mulher no meu salão sem uma plateia, né?

Acrescentei uma gorjeta no recibo e o devolvi.

— Isso é uma ocorrência regular?

Ela arfou.

— Céus, não mesmo. É por isso que temos que acertar nessa. Agora vá, rapidinho. Você não quer que ele te pegue com a maquiagem pela metade. Você também precisa de um corte. Da próxima vez que ele te deixar sair daquele rancho, liga pra mim.

Amanda praticamente me empurrou para a calçada, onde outra pessoa agarrou meu braço e me arrastou para dentro da Blush & Bashful.

A loja toda tinha um tom nauseante de rosa que me lembrava remédio para diarreia.

Fui quase derrubada por uma mulher na casa dos sessenta anos. Ela tinha uma franja maior do que o monte Rushmore, sombra da cor do líquido azul usado em comerciais de absorvente e batom coral que manchava todos os seus dentes.

— Mas nem a pau, Nadine. Tire as mãos da loira.

Nadine recuou aos tropeços enquanto uma garota que não tinha mais do que dezoito ou dezenove anos se enfiava na frente dela.

Ela fez uma bola de chiclete cor-de-rosa e deixou estourar antes de trazer para dentro de novo e voltar a mascar.

— Não se preocupe. Eu não vou deixar que ela te faça o especial "agente imobiliária". Sua estrutura óssea é boa demais para te deixar parecendo alguém que vende casas e porcarias de esquema de pirâmide entre as reuniões de pais e mestres e os almoços com as meninas.

Pisquei, imóvel, observando-a.

— Hã... obrigada, acho.

Olhando ao redor, eu me dei conta de que mais ninguém viria no meu auxílio.

Dei outra avaliada na garota, começando por seu coturno preto e subindo pelas meias arrastão rasgadas, chegando à minissaia preta enfeitada com correntes. Ela usava uma luva à la Michael Jackson, uma dupla de camisa de botões e colete completa com gravata, batom preto e o esfumado mais pesado que eu já tinha visto nos olhos de alguém. Ela prendeu o cabelo pretíssimo atrás da orelha, expondo uma fileira de piercings.

— Acho que eu me viro bem sozinha — falei, magnânima.

A garota estalou o chiclete.

— Se você tocar nas minhas amostras de maquiagem, eu te chuto para a calçada.

Isso, sim, era alguma coisa.

— *Suas* amostras de maquiagem?

Olhei em torno para todo o rosa, depois para a princesa gótica na minha frente.

Ela bateu em seu crachá. Abaixo de seu nome impresso, "Roxy", lia-se: PROPRIETÁRIA.

— Não se deixe enganar pelo rosa. É só marketing. Mesma coisa com o nome. Faça uma senhorinha citar *Flores de aço* e ela vai te entregar o pé de meia da vida toda.

Ela estalou o chiclete de novo, e o som me deu comichões.

Roxy inclinou a cabeça para a senhora com cabelo altíssimo que ela havia tirado do caminho cinco segundos atrás.

— A mesma coisa vale para Nadine. A velharada da cidade adora ela, e ela é bem chegada com o prefeito, se é que você me entende. Ela vai falar até a sua orelha arder e encher a sua cesta.

A Mocinha Raio da Morte era esperta. Eu gostei disso.

— Agora, sim, você é meu tipo de mulher. — Sentei meu traseiro na cadeira e sorri. — Certo, Dona Soturna. Vou deixar você fazer sua mágica comigo em troca de um pouco de informação privilegiada.

Meia hora depois, meu rosto estava uma perfeição. Mortícia tinha demonstrado sérias habilidades. Eu tinha uma nova e inesperada melhor amiga, e os detalhes finais da minha trama diabólica para fazer Christian Griffith se borrar com o que eu queria fazer com seu amado rancho.

Roxy tinha optado por algo simples, mas sua técnica era impecável. Inspirada pela onda do cabelo vintage que Amanda me dera, fez uma maquiagem cremosa, uma leve camada de blush, delineador de gatinho com uma máscara devastadora e uma cor selvagem nos lábios que combinava com a sola vermelha dos meus sapatos de salto agulha.

Roxy acabara de embalar meus suprimentos e entregar meu recibo quando vi o reflexo da picape de Christian nas vitrines.

— Espero um relatório completo da próxima vez que estiver na cidade em troca da informação que te passei — disse Roxy, enquanto desembrulhava outro chiclete.

— Relatório completo de quê?

— De seja lá o que for que você está inventando para o rancho. Me mantenha informada. Mas aquele negócio sobre o prefeito fica entre nós. — Ela soltou uma risadinha. — E vou precisar saber tudo sobre o que está prestes a acontecer com aquele caubói que está te olhando como um coiote olha para um filhote de coelho.

Eu não considerei esse último comentário digno de uma resposta. Porém, lá no fundo, eu senti o olhar.

Eu ansiava por isso.

Queria que ele olhasse.

Então o forcei a olhar.

Christian estava junto da picape quando eu desfilei para fora da loja com um gingado extra nos quadris. Suas botas estavam cruzadas no tornozelo numa tentativa de parecer casual, mas eu podia sentir a tensão irradiando dele.

Lentamente, Christian tirou os óculos escuros e olhou para mim, desimpedido, de baixo de seu chapéu de caubói.

Ele soltou um assovio baixo.

— Olha só você, princesa.

Seus olhos percorreram o vestido tubinho preto que eu tinha colocado de manhã e ele lambeu os lábios.

Eu ia dizer algo atrevido — talvez que eu estava mais para Cruella do que para Cinderela —, mas meu celular tocou.

Olhei no identificador de chamadas. Era um número do Texas, mas eu não tinha o contato salvo.

*Talvez fosse um dos investidores retornando minha ligação de um escritório local.*

— Cassandra Parker — falei, atendendo a ligação e dando o dedo de *um minutinho* para Christian.

— Srta. Cass?

O som da voz de Bree fez meu coração parar. *Por que ela estava ligando para mim? Eu nem sabia que ela tinha meu número!*

— Bree?

Christian ficou rígido e tentou pegar meu celular, mas eu dei um tapa em sua mão.

— Desculpe, eu tentei ligar pro meu pai e pra minha avó, e pra tia Becks, mas ninguém atendeu o celular.

Christian quase arrancou minha mão quando agarrou o celular.

— Neném, qual é o problema? Você se machucou? Está doente?

Ele fez uma pausa, e sua expressão preocupada passou para frustração no mesmo instante.

*Ou, pelo menos, sua versão aguada de frustração.* Mal se via uma contração em seu olho, mas eu a percebi dessa vez.

Ele suspirou.

— Vou demorar provavelmente umas duas horas para chegar em casa, pegar uma muda de roupas para você e depois voltar para a escola. Tem certeza de que eles não te permitem nem voltar para a sala de aula? Você vai perder a maior parte do dia esperando por mim.

— O que aconteceu? — sibilei.

Christian cobriu o bocal com a mão.

— A diretora disse que ela infringiu o código de vestuário, e parece que ela tem implicância com a Bree.

— Mas ela infringiu mesmo o código de vestuário?

— Tecnicamente, não. É só a forma como estão interpretando.

Peguei o celular de volta.

— Aguenta firme. Não diga mais nada até chegarmos aí — falei.

— Como é? — disse Bree.

— Por que você falou? — disparei, enquanto abria a porta da picape com um puxão. — Não acabei de dizer para você calar a boca, caralho?

— *Cassandra* — chiou Christian.

Não lhe dei atenção.

— Fique aí sentadinha. Pense em algo chato. Não sorria. Não franza a testa. Não deixe eles farejarem seu medo. Não admita nada e cale a boca. Estaremos aí em...

— Dez minutos — disse Christian, enquanto entrava no carro e ligava o motor.

— Dez minutos. Não fale.

*Silêncio.*

— Excelente.

E, com isso, desliguei.

— Pela milésima vez, você *não pode* falar com as minhas filhas desse jeito — soltou ele, cortante, enquanto estrangulava o volante.

— Estou cuidando da situação, Christian. É o que eu faço. — Puxei o visor para baixo e conferi o batom no espelho. — Não gostou? Que pena. Pode me demitir.

— Ela é uma criança — disse ele. — Você não pode tratá-la como se ela fosse… Como se fosse uma das suas socialites chiques que você precisa "conter".

Eu me virei para ele.

— Sua filha está sofrendo bullying de uma *adulta.* Celebridades ou não, um cuzão é um cuzão.

Ele apertou o dorso do nariz.

— Eu vou querer saber o que você está prestes a fazer?

Abri um sorriso maldoso.

— Estou prestes a ser mais cuzona que ela.

# 18

## Christian

Cassandra não levantou a cabeça do celular o caminho todo até a escola. De quando em quando, eu dava uma espiada de soslaio e a via olhando o site da escola, mergulhando nas informações da administração, vasculhando o código de vestimenta que havia sido digitalizado graças ao distrito.

— Provavelmente eu vou ter de assinar uma autorização para tirá-la da escola por hoje — falei, em vez de dizer para Cassandra que discutir com uma administradora na frente da minha filha de treze anos era uma má ideia.

Cassandra riu.

— Boa tentativa. Eu vou entrar com você.

Estacionei numa vaga de visitantes e puxei o freio de mão da picape.

— Cass...

— Me escuta. — O cabelo loiro balançou pelas costas dela quando ela virou no banco para ficar de frente para mim. — Você quer ser um bom pai? Defenda sua filha em vez de ser amistoso. Não a ensine a se fingir de morta só porque você não quer ser confrontador.

Passei a língua sobre os dentes para não ter de admitir quanto aquilo tinha doído.

Ela puxou a maçaneta da porta e a abriu, mas eu fui mais rápido. Dei a volta pela frente da picape e peguei a beira da porta na palma da mão.

— Você sabe que não deve abrir a própria porta.

Os lábios dela se curvaram para cima em um sorriso de vitória.

— Mas fiz o seu traseiro levantar do banco, não foi?

Fechei a porta com um baque assim que os saltos altos dela atingiram o asfalto.

— É melhor você usar seus poderes para o bem lá dentro, Parker.

— Só porque eu não amenizo as coisas não quer dizer que eu seja uma vaca sem coração. Sou uma vaca, mas só para boas causas — disse ela, suas palavras no ritmo do *tip tap* de seus sapatos. — Sou uma vaca vigilante.

Parei na frente das portas duplas de vidro.

— Só... me dê um minuto para ver o que está acontecendo antes de você deixar essa idosa em pedacinhos.

Os lábios dela se curvaram em um sorriso perverso.

— Estou meio com fome. Uma carne maturada pode ser exatamente o petisco para me sustentar até o jantar.

— Deus do céu — resmunguei, tirando meu chapéu e entregando-o para Cassandra. — Pode segurar isso por um segundinho?

Rapidamente tirei meu cabelo do elástico com um puxão e o amarrei de novo num coque mais arrumado.

As pontas pintadas dos seus dedos seguravam o chapéu pela aba.

— Assim, olha — falei, pegando o chapéu de volta pelo topo. — Não se pode dobrar a aba. Sempre segure pelo topo.

Ela não achou graça.

— É um chapéu.

— É, sim. E existe uma etiqueta para lidar com eles. Respeite isso.

Cassandra pareceu chocada.

Suspirei e esfreguei a mão pela barba.

— Desculpe. Eu não queria gritar com você.

Ela riu.

— Se você acha que isso é gritar, então eu espero que você nunca me veja pedindo algo na rotisserie. Vou te apavorar. — Os olhos dela ficaram mais sombrios, mas o divertimento ainda reluzia lá como estrelas no céu do crepúsculo. — Mas só para constar: eu não me oporia a você me dando ordens, caubói.

Eu abri a porta da secretaria da escola com um puxão.

— Está flertando comigo?

— Estou. Isso deveria ser óbvio. Agora cale-se e deixe que eu falo.

Coloquei a mão na parte de trás da cintura dela e a conduzi pelas portas seguintes.

— Você tem de parar de mandar as pessoas calarem a boca.

Bree estava sentada em uma cadeira na parede interna da secretaria da escola. Lágrimas manchavam seu rosto enquanto seus pés pulavam no piso acarpetado, nervosos.

*Caralho.*

Ela olhou para mim com olhos avermelhados e cochichou:

— Desculpe, papai.

— Sr. Griffith — disse Tanya, a recepcionista, quando anotei meu nome e o de Cassandra na prancheta de visitantes. — A diretora Beeker falará com o senhor em breve. Por favor, sente-se.

Cassandra se postou ao lado de Bree feito uma sentinela.

— Sente-se direito e pare de se remexer — disparou baixinho. — Você parece culpada.

Ajoelhei na frente de Bree, tirei do bolso um lenço e o entreguei a ela.

— O que houve, neném?

Ela fungou e enxugou os olhos.

— A diretora Beeker foi a substituta na minha aula de Inglês hoje e disse que minha camisa estava decotada demais e que distraía os outros.

— Bom, isso é um monte de merda — zombou Cassandra, fazendo com que todas as cabeças na secretaria prestassem atenção.

*Eu tive a sensação de que aquela cena que eu estava me esforçando muito para evitar aconteceria, eu querendo ou não.*

Chaves tilintaram pelo corredor: o som agourento da diretora se aproximando.

— Odeio escolas — resmungou Cassandra, olhando ao redor. — São como uma prisão. Não é de se espantar que os adultos ajam como carcereiros.

— É ela — sussurrou Bree, para Cassandra, quando a diretora Beeker entrou na secretaria como se fosse a proprietária de tudo.

— Não diga uma palavra — sibilou Cassandra. — Faça ela falar primeiro. Nove entre dez pessoas acabam cavando a própria cova. Deixe que ela faça isso.

— Esse realmente é o melhor momento para ensinar minha filha a manipular os outros? — murmurei, enquanto éramos levados para a sala da diretora.

— É, sim — cochichou Cassandra de volta. — E eu prefiro chamar isso de "controlar a narrativa". Manipulação tem uma conotação muito negativa.

— Cass…

Ela fez uma pausa na porta, raiva chamejando em seus olhos quando ela sussurrou:

— Isso não tem a ver com as roupas dela.

— É uma infelicidade que estejamos interrompendo nosso dia para ter essa reunião — disse a diretora Beeker, enquanto levantava até o nariz seus óculos bifocais presos por uma correntinha. — Bree foi informada de que poderia voltar para a aula quando trocasse de roupa por algo mais apropriado, então não sei muito bem por que estamos todos aqui.

Ela olhou para Cassandra.

— Ou quem é você.

Eu esperava que Cassandra mordesse essa isca, definitivamente, mas ela não deu um pio. Seu rosto estava passivo. O corpo, relaxado. O único sinal de que ela estava nervosa era a forma como arrastava o dedo pela borda do celular.

*Essa era a parte de ser pai que eu odiava.*

Pigarreei.

— Eu ensino minhas meninas a seguirem as regras, e nós nos certificamos de que as roupas delas obedeçam ao código de vestuário.

— Bem — disse a diretora Beeker com um sorriso jubilante. — Crianças podem ser enganadoras. Talvez Bree tenha saído de casa vestindo outra coisa hoje cedo, e depois trocado de roupa para colocar…

Ela apontou o dedo na direção de Bree.

— … isso aí.

Antes que Bree pudesse argumentar, Cassandra cobriu a boca da minha filha com a mão em concha.

— O que foi que eu disse ao celular? — sibilou ela.

Bree olhou para ela e assentiu, e Cassandra retirou a mão.

— Não morda a isca — sussurrou Cassandra.

— Não — falei para a diretora. — Isto é o que Bree estava vestindo quando a deixei aqui hoje cedo, então, por favor, pense duas vezes antes de chamar minha filha de mentirosa outra vez.

Bree se virou para mim de olhos arregalados.

A diretora Beeker fungou.

— A questão é que ela está fora do código de vestuário.

— Como? — pressionou Cassandra. — Porque, segundo o código de vestuário, os decotes das blusas não devem estar a mais de 7,5 centímetros de distância do ponto mais baixo da clavícula. Enfim, eu estou mais familiarizada com coisas maiores do que sete centímetros, mas posso ver como a senhora talvez esteja mais acostumada com coisas desse tamanho.

Engasguei com uma risada impulsiva.

— Quer pegar uma régua? — Cassandra olhou em volta. — Este é um local de aprendizado, afinal de contas. Tenho certeza de que há uma por aqui.

A diretora Beeker se ajeitou atrás de sua mesa e dobrou as mãos juntas.

— Embora a blusa dela possa se encaixar *tecnicamente* no código de vestuário — começou ela, pragmática —, é meu dever interpretar essas instruções para garantir que estudantes não sejam uma distração para seus pares.

Ela olhou para mim com um sorriso mordaz.

— Você sabe como meninos podem ser nessa idade.

Olhei de relance para Cassandra, esperando vê-la à beira da erupção, mas ela estava sorrindo.

Isso era *muito pior*.

— Por que a senhora não nos poupa um tempo e diz por que pensou que a situação era tão drástica que o aprendizado de Bree precisaria ser interrompido para proteger um pequeno segmento da classe dela de ser "distraído"? — disse Cassandra, encurralando a diretora em um canto metafórico.

A diretora Beeker bufou.

— Bree desenvolveu características femininas antes da maioria de seus pares. As blusas que garotas menores poderiam vestir e estar adequadas ao código de vestuário simplesmente não ficam apropriadas no corpo dela.

O rosto de Bree ficou vermelho feito uma beterraba.

Antes que eu pudesse falar alguma coisa, Cassandra o fez:

— Vamos cortar a lenga-lenga. Isso não se trata do código de vestuário, que, só para constar, *não está aberto a interpretações*. Bree não violou nenhuma regra, o que a senhora mesma admitiu, mas eu acho que o conselho escolar vai ficar *muito* interessado em saber como a administração tem sexualizado as menores de idade sob seu cuidado. Estudantes menores de idade comparecem a esta escola pretendendo ter um local seguro para estudar e aprender. Em vez disso, são julgadas por adultos em posições de poder com base na rapidez com que seus corpos estão se desenvolvendo, e retiradas da aula por causa disso.

Minha garganta secou.

A diretora Beeker parecia prestes a explodir.

Bree cruzou os braços por cima do estômago e se encolheu toda, tentando se esconder.

Cassandra a cutucou, e Bree se aprumou.

— Estou zelando pela reputação da escola e pelo bem dos estudantes — disse a diretora Beeker.

Cassandra sorriu.

— Tanto a senhora como eu sabemos que não é este o caso. Ou a senhora é uma diretora cujo poder subiu para a cabeça... — A voz dela se tornou letal. — ... Ou é uma adulta em posição de poder acima de uma menor e escolheu fazer uma cena na sala de aula dela, tornando-a uma distração para seus pares depois de avaliar as partes femininas dela.

Lágrimas encheram os olhos de Bree, e fúria ferveu nas minhas entranhas. Eu queria agarrá-la e fugir, deixando Cassandra em sua luta com a diretora.

E, então, Cassandra pegou a mão de Bree e a apertou.

Meu coração pulou.

Os instintos de fuga frearam com tudo e eu vi Cassandra transferindo um pouco de sua luta para Bree.

— Quem você pensa que é, vindo na minha sala e fazendo essas acusações ultrajantes? — arfou a diretora Beeker.

— Sou a relações-públicas da família Griffith — disparou Cassandra, digitando na tela do celular com o polegar e o virando para mostrar algo à diretora. — E embora essa discussão tenha sido divertida, estou ficando entediada de lidar com a senhora. Francamente, você me enoja. Acho que o melhor plano de ação aqui seria Bree voltar para a aula e você não me testar, que tal?

Um ícone de gravação ticava constantemente no telefone de Cassandra. Ela tinha pegado a diretora em flagrante, e tinha provas.

As unhas da diretora Beeker arranharam a pesada mesa de madeira.

— Você não pode entrar aqui e gravar uma conversa privada! Isso é ilegal!

— É aí que você se engana — disse Cassandra, num tom entediado enquanto seu celular continuava gravando. — Sabe, o Texas é um estado em que basta uma das partes consentir em ser gravada, e *eu* consenti em gravar essa conversa. E antes que você fale em expectativa razoável de privacidade, não existe expectativa razoável de privacidade em uma secretaria escolar com a porta aberta depois que você humilhou minha menina na frente da classe toda.

Eu começava a me perguntar se trazer Cass tinha sido uma ótima ideia ou se isso me levaria à bancarrota. Eu não tinha dinheiro sobrando para pagar sua fiança quando ela assassinasse essa mulher.

Mas o jeito como Bree irradiou energia quando Cassandra disse "minha menina" valia cada centavo que eu tinha na minha conta.

A diretora Beeker bufou, desdenhosa.

— Você acha que vai fazer o quê? Uma campanha difamatória contra mim?

— Eu não tenho nenhum hobby e, francamente, odeio o ar livre. Viver num rancho é a minha versão do inferno. — Cassandra sorriu feito um dragão prestes a cuspir fogo. — Assim, pode confiar quando digo que uma campanha difamatória é brincadeira de criança para mim. Eu tenho todo o tempo do mundo para isso. Vou disputar uma vaga no conselho escolar e minha primeira ordem do dia será servir a sua cabeça numa bandeja de prata. Vou pessoalmente usar sua carta de demissão como guardanapo. Quer dar uma olhada no meu histórico? A última campanha política em que trabalhei foi para uma vaga no senado, e o homem acabou no gabinete da presidência depois de três meses. Eu te desafio a me testar.

O silêncio era perigoso. A sala vibrava com o tipo de eletricidade que pulsava antes de uma tempestade. A sala lá fora estava mortalmente quieta. Todos os ouvidos estavam voltados em nossa direção.

Os olhos da diretora Beeker se viraram para Bree, e eu precisei de todo meu esforço para não esganar aquela velha miserável por olhar para minha filha.

— Bree, pegue um passe de livre trânsito com a srta. Tanya e vá para sua aula do quarto período. Nós terminamos por aqui — disse ela, levantando-se.

Bree saiu apressada com um "sim, senhora" baixinho.

Peguei a mão de Cassandra — mais para impedir que ela pulasse para cima da diretora — e entrelacei nossos dedos.

— Não me faça voltar aqui, Bonna — declarou Cassandra com o dedo apontado, deixando a velha senhora fumegando.

*O nome da diretora Beeker era Bonna?*

Por mais que eu quisesse vê-las brigando até a morte, arrastei Cassandra para fora e peguei Bree enquanto ela deixava a secretaria.

— Desculpe, papai — disse ela, passando os braços em torno de mim e se agarrando ao passe de livre trânsito.

— Você não fez nada de errado — falei, soltando a mão de Cassandra e a abraçando apertado. — Isso foi difícil, e estou orgulhoso de você por ter aguentado ali sentadinha.

Ela fungou.

— Obrigada por ter vindo.

Antes que eu pudesse dizer outra palavra, ela pulou até Cassandra e a abraçou.

— Obrigada.

Cassandra a abraçou de volta, depois colocou as mãos em torno do rosto dela, enxugando suas lágrimas.

— Cabeça erguida. As pessoas vão cochichar. Essas pessoas podem ser professores. Isso não te dá o direito de responder. Elas só podem te colocar em encrenca se você quebrar as regras. Não dê essa oportunidade a elas.

Bree assentiu e tocou a gargantilha que Cassandra havia lhe dado hoje cedo.

— Nós vamos desabafar quando você chegar em casa — disse Cassandra.

— Eu te amo — falei, beijando a cabeça de Bree.

Ela pareceu um pouco mais animada quando disse:

— Eu também te amo, papai.

Acenou de leve para Cassandra.

— Obrigada por ter vindo, srta. Cass.

— Sempre.

Caminhamos até a picape em silêncio. Nenhum de nós deu um pio enquanto eu dirigia de volta para o rancho. A picape sacudia e pulava conforme o asfalto cedia lugar ao cascalho, depois à terra.

Eu tinha muitas coisas para fazer, mas minha mente não estava sintonizada nisso. Não quando eu estava empacado na mulher sentada no banco do passageiro.

— Se está esperando que eu peça desculpas, pode esperar sentado — disse Cassandra, desafivelando o cinto de segurança.

Bati minha porta com um pouco mais de força do que o necessário. Estive reprisando o confronto na escola na minha mente durante o caminho de volta.

Para minha surpresa, Cassandra esperou que eu abrisse a porta para ela. Curvei os dedos em torno da borda de metal para evitar estender a mão para ela enquanto ela deslizava para fora e ajustava a barra do vestido.

*Eu queria aquele vestido longe dela.*

— Pelo jeito, ninguém nunca tinha colocado aquela vadia no devido lugar. Estava passando da hora. Eu estava prestando um serviço à comunidade.

Seus sapatos clicavam conforme ela subia cada degrau. O gingado de seu traseiro era hipnotizante.

A porta da frente da minha casa estava destrancada — porque sempre estava —, e Cassandra entrou desfilando como se fosse a dona do lugar.

— Eu juro, se Bree me disser que fizeram um comentário sequer sobre ela depois de hoje, eu vou queimar aquele lugar até os alicerces.

E aí meu autocontrole acabou.

# 19

## Cassandra

— Tire o vestido.

Eu travei no lugar. Minha coluna enrijeceu ao ouvir o rosnado ecoando do batente da porta, mas não me virei.

— Como é?

Suas mãos largas cobriram minha cintura, deslizando para cima e para baixo até ele encontrar o zíper escondido na lateral.

— Você ainda quer isso?

— Isso o quê? — perguntei, me fingindo de boba para forçar a mão dele.

Dedos subiram por meu pescoço, emaranhando-se na parte de trás do meu cabelo. Eles se curvaram contra meu couro cabeludo, puxando, firmes. A pontadinha de dor foi deliciosa.

— Eu não faço joguinhos, princesa. — Sua barba arranhou minha orelha quando ele murmurou na minha pele. — Se quer que eu termine o que você começou no outro dia, tire o seu vestido.

— E se eu não tirar?

Meus olhos se fecharam suavemente quando ele puxou meus quadris para trás até meu traseiro se aninhar contra a parte da frente de sua calça jeans.

— Se você não tirar, eu vou sair por aquela porta. Nós dois vamos seguir nossos dias como se isso nunca tivesse acontecido.

Meu corpo ainda zumbia de eletricidade depois da bronca pública que eu tive o prazer de dar lá na escola. Por mais que eu quisesse provocá-lo mais um pouco, eu o desejava. Precisava aliviar toda essa energia acumulada.

Nossos dedos roçaram quando eu levei a mão ao zíper e o puxei para baixo.

— Então você *sabe* seguir instruções — disse Christian, tirando o chapéu e o pendurando. Sua voz era quente e forte como uma dose de uísque.

— Não seja tão presunçoso — resmunguei enquanto me contorcia para tirar as mangas e empurrava a parte de cima do vestido para a cintura.

Pontas de dedos ásperos tocaram de leve minha pele nua, mandando uma torrente de arrepios pela minha barriga.

— Você está desperdiçando tempo.

— Você podia me ajudar a tirar a roupa — respondi, atrevida.

Christian riu.

— Você está se saindo bem sozinha. Além do mais… — Ele empurrou meu cabelo de lado e plantou o murmúrio de um beijo na curva do meu pescoço. — … Eu gosto de olhar para você.

Empurrei o vestido por meus quadris, deixando-o cair numa poça de tecido preto.

— Se você vai só olhar, vou precisar de pilhas novas.

O nó do seu dedo desceu pelo meu rosto.

— Um dia essa boca espertinha ainda vai te botar em encrenca.

Christian deixava meus tornozelos fracos. Eu oscilei nos saltos dos meus sapatos e me inclinei para trás, para ele. Pelo mais breve instante da história da humanidade, eu me permiti me apoiar nele, confiando que ele me seguraria.

E ele segurou.

— Esse dia seria hoje? — perguntei.

Mãos deslizaram em torno da minha cintura, cruzaram minha barriga, depois escalaram minhas costelas — explorando e mapeando meu corpo. Ele não se apressou, mas nem uma vez sequer tocou no sutiã ou na calcinha. Lábios quentes deixaram um rastro de beijos na minha nuca.

Eu ansiava por me virar e cair no peito dele. Ser abraçada. Sentir-me segura.

— Hoje não. — Christian enterrou os dedos nos meus quadris e me girou de frente para ele. Eu acompanhei cada um de seus passos com um passo para trás. Minhas costas se chocaram com a parede, mas ele continuou me pressionando para trás. — Eu gosto quando você usa seus poderes para o bem.

Empinei o queixo e rocei os lábios dele.

— Pois então imagine só o prejuízo que eu posso dar quando estou me sentindo malcriada. Não me teste.

— Veremos — rosnou ele, um momento antes de seus lábios encontrarem os meus.

Ofeguei já no beijo, enquanto as mãos dele subiam por meu abdômen. Dedos se curvaram em volta da alça do meu sutiã, puxando-a pelo meu ombro. Christian acariciou meu seio com o dorso dos dedos enquanto traçava o contorno dos meus lábios com a língua. Não pude evitar o gemido desesperado que escapou da minha boca quando ele roçou os dedos no ponto em que o sutiã escondia meus mamilos.

— Faça esse som para mim de novo.

Ele enfiou uma das mãos dentro do meu sutiã, apertando gentilmente meu seio antes de passar um dedo calejado sobre o mamilo.

Calor e um desejo desenfreado lampejaram feito um raio, atingindo minha boceta em um instante. Mordi o lábio, contendo a sensação enquanto tentava espremer as coxas para aliviar o vazio.

Christian me impediu. Ele encaixou o joelho entre minhas pernas, o desejo escurecendo seus olhos enquanto apoiava minha mandíbula na palma de sua mão.

— Não se segure por minha conta.

Pressionei a palma das mãos diretamente no peito dele, sentindo seu coração batendo junto a mim como uma corrente elétrica.

— Tenho a sensação de que é você quem está se segurando. Acha que eu quero que você seja gentil e faça amor comigo ou algo assim?

O rosto de Christian se partiu em um sorriso enquanto ele agarrava minhas coxas por trás e me jogava por cima de seu ombro.

Grunhi quando o ar foi expulso dos meus pulmões.

— Qual é o problema com você? — chiei, resmungando. — Homem das cavernas.

Ele apalpou minha bunda enquanto dava passos pesados para atravessar a cozinha. Suas botas ecoavam pela casa vazia. Christian escancarou a porta do quarto de hóspedes e, sem aviso, me jogou na cama.

Eu gritei enquanto caía, tentando ver onde aterrissaria, mas quiquei. Meu ombro bateu na parede e eu desmoronei no espaço entre a cama e a parede em uma pilha de membros desordenados.

— Perdendo tempo — disse ele, imperturbável, enquanto tirava as botas e desabotoava a camisa.

Eu me sentei e apoiei o queixo no colchão enquanto fios de cabelo caíam na frente do rosto.

— Ah, desculpe. Eu já estaria na cama se você não *tivesse me jogado* do outro lado do quarto.

— Certo — disse Christian, com um sorriso malicioso. Ele parou de tirar as roupas para me pegar no colo e me colocar no colchão com gentileza. — Esqueci. Você não está acostumada a ficar com alguém que consegue te mover à vontade.

Revirei os olhos e recuei contra os travesseiros.

— Vou ser bem clara. Eu não gosto de ser dominada. *Eu* estou no comando.

O riso dele foi sombrio.

— É fofo você achar isso. Mas agora *eu* vou ser bem claro. — Ele pegou uma camisinha do bolso, jogou-a na cama e tirou a calça jeans. — Este é o único lugar em que eu quero te dominar. E acho que você vai gostar.

Pressionei o dedo nos lábios dele enquanto Christian subia pela cama.

— Essa coisa de princesa é bonitinha, porque você acha que me irrita, mas se espera que eu vá me ajoelhar...

Christian pegou meus punhos em suas mãos, virou-os para cima e beijou minhas palmas.

— O único momento em que você vai se ajoelhar vai ser em cima da minha cara, para eu poder dar prazer para a minha rainha do jeito que ela merece.

Eu não sabia se o arquejo que escapou da minha boca era de choque ou excitação. Provavelmente um pouco dos dois.

— Os homens não falam mais assim — consegui dizer, enquanto ele puxava meus quadris para debaixo dos seus e se apoiava acima de mim.

Christian colocou a mão no meu rosto e me beijou.

— Eu falo.

Eu era alta, chegando a um metro e oitenta e dois, e mais ainda quando estava de salto. Homens sempre mantinham distância de mim porque não queriam se sentir inseguros. Não Christian.

Ele se sentou sobre os calcanhares e curvou os dedos nas beiradas do meu fio dental. Assisti, com as pálpebras pesadas, enquanto ele puxava a calcinha para baixo e encaixava a palma da mão sobre minha boceta.

— Deixe eu adivinhar — falei, com a respiração entrecortada. — Você prefere suas mulheres *ao natural* ou algo do tipo.

Ele estudou minha expressão com um olhar impassível enquanto pressionava o polegar no meu clitóris.

— Sabe, porque você é… tipo… — Mordi o lábio, gemendo quando ele beliscou meu clitóris entre dois dedos e o massageou gentilmente. — Todo rústico e…

— E o quê? — perguntou ele, deslizando um dedo pela minha entrada escorregadia.

— Você é tipo um urso humano.

Ele riu.

— Você precisa parar de presumir que sabe do que eu gosto, Cass.

Com os toques mais leves, Christian estava me fazendo sentir mais excitada e vulnerável do que eu me sentia há anos.

Havia algo que podia ser dito do sexo ruim, quando a outra pessoa era egoísta ou não sabia o que diabos estava fazendo: isso nunca tinha feito eu me sentir exposta ou frágil. Sobretudo quando eu estava no controle.

Christian, porém, fazia eu me sentir como uma vidraça com rachaduras se estendendo pelo vidro.

Os dedos dos meus pés se curvaram conforme ele mantinha uma pressão contínua no meu clitóris.

Eu estava à beira de me despedaçar.

A outra mão deu a volta e abriu meu sutiã, puxando-o e descobrindo meus seios.

— Quer saber do que eu gosto? — Christian se debruçou e puxou meu mamilo para dentro da boca, me forçando a arquear o corpo, buscando seu toque. Ele o soltou com um estalo e seguiu beijando meu corpo, enquanto a mão subia e descia pela minha coxa. — Gosto de te ver naqueles saltos altos que você adora. Suas pernas ficam um sonho neles. Gosto de como você sempre tira um tempo para passar perfume, mesmo quando está trabalhando em casa. Não quero você áspera e rústica, Cass.

Ele deslizou um dedo grosso para dentro da minha boceta e lentamente o curvou, arrastando a ponta por minhas paredes sensíveis.

— Eu gosto da sua maciez.

Christian se moveu mais para baixo e lambeu meu clitóris devagar, a língua achatada.

Fogos de artifício faiscaram por meus quadris enquanto ele me levava mais para perto de um orgasmo. Apertei a coxa em volta de suas orelhas, desesperada para não deixar a sensação passar.

Christian me instigou, tirando o dedo do meu centro e agarrando minhas coxas.

— Fique à vontade para cavalgar na minha barba quando quiser; mas, nesse momento, quero essas pernas bem abertas.

Grunhi quando ele deslizou dois dedos dentro de mim.

— Essa é a posição menos sexy de todos os tempos. Eu pareço um peru espalmado.

Ele rosnou e pressionou os dentes no meu clitóris enquanto escancarava minhas pernas com os ombros.

— Foi isso que aquele puto da cidade te disse?

— Algo assim — arfei quando ele encontrou meu ponto G.

— Bem… — Ele se inclinou para cima e pressionou a palma da mão na minha boceta, me acariciando por dentro enquanto estimulava meu clitóris com a base da mão. — Deixe eu te compensar por isso.

— Christian… — suspirei, quando ele me levou ao limite de novo, mais perto do precipício dessa vez.

— É isso aí. *Meus* dedos na sua boceta. *Meu* nome nos seus lábios. Ele não toca mais nesse corpo. Nem com um anel no seu dedo, nem com um traço que seja dele na sua mente. Eu vou substituir cada lembrança dele. Pode anotar o que estou dizendo, princesa.

— O anel já se foi — murmurei quando ele aliviou a pressão de novo, arrastando meu clímax.

Christian fez uma pausa.

— Como é?

Engoli em seco.

— Eu o coloquei no correio hoje cedo. Enviei para a assistente dele. Ela vai abrir o envelope no escritório e colocar o boato para circular por causa do bilhete que coloquei junto, dizendo que ele me traiu com uma cliente e me incriminou pelo rompante público dela.

Ele levantou a cabeça com um sorriso maldoso.

— Por que você não procurou o RH?

— Para ele levar uma leve reprimenda? — Soltei uma risada cáustica. — Eu queria vingança, não burocracia.

Seus dedos se moveram dentro de mim.

— Eu acho que a vingança te excita — disse ele, me mostrando a umidade que pendia como redes orvalhadas entre seus dedos.

Minhas bochechas arderam de embaraço, mas uma parte maior ficou excitada pelo tom de elogio na voz dele.

— O que eu posso dizer? Gosto de ser má.

Christian pegou a camisinha que havia jogado por cima dos lençóis e a entregou para mim.

— Então aproveite a sensação de ser minha boa menina.

Ele tirou a cueca e montou sobre meus quadris. Seu pau era grosso e pesado, balançando à minha frente enquanto ele apertava meu mamilo.

— Você sabe o que fazer. Coloque isso em mim.

— Preparado. Gosto disso.

Rasguei a embalagem e encaixei a camisinha na cabeça do pau dele, rolando-a em seguida pelo membro. Salivei ao ouvir o grunhido que escapou do peito cabeludo dele quando aninhei suas bolas na palma da mão.

— *Caralho.* — O murmúrio escorregou dele conforme eu as rolava na minha mão e dava um puxão de leve. Os olhos de Christian se espremeram e ele exalou pesadamente. — Você sabe quantas vezes eu fodi minha mão pensando em você?

— Ah. Então você não tem o autocontrole sobrenatural que eu pensava que tinha. É bom saber que você é humano.

A risada dele se transformou em um beijo.

— Reis, tiranos e deuses não conseguiriam resistir a você, querida. Como é que eu conseguiria?

Uma pressão bruta cutucou minha boceta quando ele se inseriu na minha entrada. Eu me arqueei, e minha coluna foi se curvando conforme ele entrava. Christian me envolveu em seus braços, me mantendo a salvo enquanto afundava na minha boceta.

— Respira — disse ele, me tranquilizando enquanto afagava meu seio, apalpando-o e provocando-o para me distrair.

Mas não era a sensação de preenchimento que fazia meus pulmões doerem. Era ele.

— Desculpa. Faz um tempinho — menti, enfiando a testa na curva do pescoço dele enquanto Christian recuava um pouco e arremetia de novo.

— Eu cuido de você.

— Christian — gritei, quando ele parou fundo dentro de mim e esfregou a base do pau no meu clitóris. Apertei as pernas em torno de seus quadris, desesperada para mantê-lo juntinho.

— Você é tão gostosa — murmurou ele no meu pescoço, pontuando a declaração com um beijo. — Eu quero sentir você gozar ao meu redor.

Assenti, ansiando desesperadamente pelo orgasmo.

— Me faz gozar.

— Sim, senhora — grunhiu ele, mantendo um ritmo constante, sempre pausando para dar atenção ao meu clitóris.

— Odeio que me chamem de "senhora".

Olhos castanhos calorosos travaram nos meus enquanto ele arremetia dentro de mim. Ele levou a mão à minha nuca e enfiou os dedos nos meus cabelos.

Seu sussurro contra meu pescoço foi reverente.

— Sim, minha rainha.

Faíscas dançavam por meu corpo todo. Cada parte minha ansiava por ele. Meus mamilos ansiavam por seu toque, e meus seios pareciam pesados. Eu queria sua boca na minha. Queria seus olhos no meu corpo. Queria suas mãos em todo lugar, tocando em mim, me provocando.

Explodi e me desfiz como uma supernova, brilhando com uma energia incandescente quando meu orgasmo devastou meu corpo. Christian congelou, xingando baixinho enquanto se contraía, enchendo a camisinha.

Ficamos ali deitados, peito com peito, recuperando o fôlego enquanto nossa pele escorregadia de suor nos colava um ao outro. Virei a cabeça para o lado e espiei o relógio na mesa de cabeceira.

— Você provavelmente precisa voltar ao trabalho, né?

Christian riu enquanto me dava um selinho nos lábios e depois se retirava do meu corpo.

— Está me expulsando da minha própria casa?

Meus dedos passearam, descendo pelo peito dele.

— Estou te dando uma saída fácil.

— Eu não preciso de uma saída, Cass. Espera aí.

Fiquei ali deitada enquanto ele ia até o banheiro para lidar com a camisinha. Ele voltou um minuto depois com duas toalhinhas — uma, quente e úmida, a outra seca.

Sua postura era humilde quando ele se ajoelhou entre minhas pernas e delicadamente as limpou, enxugando-as em seguida.

— Admirável, mas desnecessário — falei, rolando de lado. — Você tem um estilo estranhamente "gentil" de dominação.

Christian tremia de rir ao vestir a cueca, deitando-se atrás de mim logo em seguida.

— Você acha que é só ser amarrada e levar palmadas?

— Algo assim. Eu não me importo com umas palmadas.

Ele afastou meu cabelo e beijou minha nuca.

— Bom, para mim dominação significa que quem está comigo confia em mim para estar no controle de seu prazer.

Estremeci quando ele roçou de leve os dedos por minha cintura, subindo e descendo.

— Isso deixa muitas áreas cinzentas. Quer ser amarrada e instigada? Eu tenho a corda. Quer que eu puxe seu cabelo e deixe seu traseiro todo vermelho? O prazer seria todo meu, princesa. — Ele passou os braços ao meu redor e puxou meu corpo contra seu peito. — Mas se você quiser só que eu te coloque em primeiro lugar e te faça se sentir bem, pode confiar em mim para isso, porque fazer você se sentir bem me excita.

— Eu não sou de ficar agarradinha — bufei, enquanto me virava nos braços dele e pousava a têmpora em seu peito macio.

Christian era ridiculamente sexy. Seu corpo era reconfortante. Era um pouso seguro onde eu podia me perder.

Ele enterrou o nariz no meu cabelo e respirou fundo.

— Você tem um jeito engraçado de demonstrar isso.

— Eu não estou odiando tanto quanto normalmente — disfarcei. — Isso é como ficar agarradinha com um urso de pelúcia.

Passei meus braços em volta do pescoço dele e tirei seu cabelo do coque desgrenhado.

— Eu gosto.

Ele grunhiu quando arranhei seu couro cabeludo, aliviando a tensão de ficar com o cabelo preso o tempo todo.

— Você fica com aqueles pontos doloridos na cabeça quando faz o coque apertado demais? — perguntei.

Christian fechou os olhos enquanto desfrutava do carinho.

— Fico. Isso é gostoso.

— Por que você tem cabelo comprido? Parece que ele atrapalha.

Ele arqueou uma sobrancelha.

— Você não gosta?

— Não falei isso. Eu estava perguntando por que você usa ele assim. Em todas as suas fotos na lareira, seu cabelo está curto.

— Não era prático ficar pedindo para minha mãe me ajudar com o cabelo das meninas. Eu deixei o meu crescer para poder praticar em mim mesmo e aprender a cuidar dele, assim eu podia ensinar a elas. Já fui trabalhar de trança, cachos, bobes, com tudo.

Meu coração apertou.

Christian olhou para o relógio e suspirou.

— Tenho de voltar ao trabalho. — Ele levantou meu queixo e deixou um beijo nos meus lábios. — Você tá bem?

— Tô ótima.

— Quer sair comigo? Cavalgar para onde estão os rapazes?

Eu ri.

— Se você planeja transar comigo de novo, recomendo fortemente que não me deixe dolorida por montar a cavalo.

Ele riu.

— É justo.

— Vá trabalhar — falei, empurrando-o gentilmente para longe de mim. Fui subindo pela cama até me sentar encostada nos travesseiros enquanto ele vestia a calça outra vez.

Christian foi fechando os botões da camisa de cima para baixo.

— Tem certeza de que não tem nada que você queira discutir?

*Porcaria de caubói leitor de mentes...*

— O que te fez mudar de ideia? — perguntei.

— Sobre o quê? — perguntou ele, afivelando o cinto. — Transar?

— É.

Seu sorriso foi acanhado.

— Cass, eu tenho fantasiado com você desde que te vi sair daquele carro no dia em que você chegou. Não ter transado com você no dia em que cheguei aqui e te vi se tocando não teve nada a ver com você.

— Porque você tem filhas.

— Tenho. — Ele enfiou os pés nas botas. — E hoje você defendeu e protegeu as meninas.

Ele se debruçou sobre a cama e me beijou.

— Não existe nada mais atraente para mim do que isso.

# 20

## Christian

— Você anda me evitando.

— Deus do céu! Caralho! — Café se espalhou pela bancada quando a caneca de cerâmica caiu da mão de Cassandra. Ela relaxou contra os gabinetes da cozinha e pressionou a mão no peito como se tentasse conter um ataque cardíaco. — Pensei que você tivesse saído.

— Então você admite que estava me evitando — falei, fechando a porta da frente e roubando um momento para observá-la.

Ela ainda estava de pijama — uma calça de seda e uma camisa justa de manga longa que se agarrava a cada centímetro delicioso de seu peito.

— Não — disse Cassandra, na defensiva. — Eu ando ocupada.

— Você mora na minha casa.

— Eu não estava te evitando. Só pensei que você tinha saído cedo hoje e estava por aí, fazendo coisas de vaca.

— Cass.

Os olhos dela foram para o saco de papel e o copo de café na minha mão.

— Levei as meninas para a escola esta manhã. — Deixei na mesa o pacote embrulhado em papel encerado e a abordei com tato e descontração. — Levei Bree até a sala de aula para garantir que ninguém falasse merda para ela.

— Uma demonstração de força nunca é má ideia — disse ela, friamente, espiando curiosa o café.

— Passei naquele café chique e comprei o seu preferido.

Cassandra levantou uma sobrancelha e tirou a tampa do copo de papel para olhar lá dentro antes de cheirá-lo.

— Tá bom, fala sério. Eu sei que encho o seu saco por ler mentes, mas como é que você sabe que tipo de *latte* eu tomo?

Eu me abaixei e deixei que minha barba fizesse cócegas na sua orelha enquanto sussurrava:

— Tudo o que eu tive de fazer foi entrar e perguntar se uma novaiorquina que falava alto havia ido lá recentemente. E daí pedi a eles que me dessem o que ela tinha pedido.

Ela fungou, divertida, levantando o café para seus lábios.

— Impressionante.

Peguei o sanduíche da mesa.

— Bacon, ovos e queijo no pãozinho.

Cassandra pareceu genuinamente surpresa.

— Não é um daqueles pães de massa estranha?

— Não.

Ela colocou o café de lado e começou a rasgar o papel encerado.

— Eu podia te beijar.

— Por mim, tudo bem.

Antes que ela pudesse colocar as mãos no sanduíche, agarrei seus quadris e a prendi contra a bancada, beijando-a até que nós dois estivéssemos sem ar. Emaranhei o cabelo dela em torno dos meus dedos e dei um leve puxão para baixo, forçando-a a olhar para mim.

— Vai parar de me evitar agora?

Ela lambeu os lábios.

— Você está me subornando?

— Está funcionando?

— Veremos.

— Então eu vou continuar te subornando.

— Então você admite o suborno — disse ela, com um traço de vitória e arrogância na voz.

Coloquei a xícara dela na pia, arranquei um papel-toalha e enxuguei onde o café havia caído.

— E você acaba de admitir que estava me evitando. Acho que podemos dizer que estamos quites.

Um sorriso malicioso se abriu nos lábios de Cass enquanto ela dava uma mordida.

— Continue me trazendo café da manhã e talvez eu continue te evitando. Está funcionando muito bem para mim.

Ela estava tentando manter a compostura, mas eu podia ver a desconfiança e a mágoa ainda ali, nas lâminas de aço de seus olhos.

Eu tinha uma longa lista de coisas a fazer naquele dia. Via de regra, já estaria trabalhando havia três ou quatro horas àquela altura. Porém, por algum motivo, minhas botas estavam enraizadas no piso da cozinha e aquela lista de afazeres não parecia tão importante assim.

— Dormiu bem? — perguntei, descansando o traseiro na beira da bancada e cruzando os tornozelos como se tivesse todo o tempo do mundo.

— Dormi — resmungou ela, em torno do bocado de sanduíche.

— Imagino que sim. — Estiquei o braço por trás das costas dela, que se curvou para a frente. — Especialmente por ter ido se deitar às, que horas eram mesmo? Sete? Sabe, depois de jantar na casa da Becks e do Nate.

— Ela queria papear, e depois eu estava cansada — objetou Cassandra.

— Deixa de mentira, princesa.

Ela fez uma bola com o papel encerado, jogou-a no lixo e começou a andar de um lado para o outro.

— O que você quer que eu diga?

Fiquei exatamente onde eu estava, sem querer somar à energia nervosa dela.

— Quero que seja honesta comigo. Você está bem?

— Não. — Ela jogou as mãos para cima. — Não tô. É isso que você quer ouvir?

*Merda.*

— Cass...

Ela passou a mão pelo cabelo.

— Sinto que vou começar a subir pelas paredes. Tá bom? Ficou tudo quieto depois que você saiu, eu fiquei olhando para o relógio esperando as meninas chegarem em casa, e aí entrei em pânico. Eu não sabia o que aconteceria depois da situação com a Bree na escola, e depois do que nós... sabe como é... do que a gente fez. Eu precisava de um tempo para pensar. Então, é, tá... — Ela jogou as mãos para o alto. — Eu desci para ver se a Becks estava em casa. Os consertos na casa deles acabaram, então eu a ajudei a dobrar roupinhas de bebê e guardar as coisas no quartinho.

E, sim, eu voltei quando sabia que você já teria preparado as meninas para dormir, assim pude me esgueirar despercebida. Eu não tinha capacidade para lidar com sentimentos ou não usar palavrões perto delas ou seja lá o que você obviamente tem paciência para lidar todo santo dia.

— Cass.

— Se evitar uma situação para a qual eu não tenho um plano faz de mim a vilã, então…

— Cassandra. — Eu a segurei pela cintura. — Pare.

Lágrimas encheram seus olhos e isso quebrou algo dentro de mim. Afaguei suas bochechas.

— Qual é o problema?

— Eu acabei de te contar…

— Não. Você me contou por que estava sumida ontem à noite, e isso é justo. Eu não te culpo. — Enxuguei debaixo dos olhos dela. — Por que você está chorando, docinho?

Ela olhou para a mão direita pousada sobre meu peito.

— Acho que finalmente me caiu a ficha ontem à noite.

Eu conhecia bem aquela sensação. Perceber que a pessoa com quem pensei que passaria o resto da minha vida partiu sem aviso.

O luto não vem em estágios. Francamente, seria mais fácil se viesse. Ele vem e vai como ondas. Dias ruins sempre seguiam dias bons, mas dias melhores nunca demoravam para vir.

Infelizmente, nesses casos, é mais fácil falar do que fazer.

— Vem cá — chamei, envolvendo-a nos meus braços.

Cassandra se dobrou junto ao meu peito sem um pingo de resistência.

— Não fuja de mim, princesa. Não sem deixar um sapatinho de cristal. — Beijei o topo de sua cabeça enquanto ela ria baixinho. — E se você precisa de um mecanismo de enfrentamento mais saudável do que me evitar, você sabe onde me encontrar.

Cassandra enxugou os olhos.

— Não sei se transar sem compromisso é um mecanismo de enfrentamento sadio.

— Eu não estava falando de sexo.

— Tenho certa dificuldade para acreditar nisso — retrucou ela.

— Eu tenho armas de fogo, machadinhas e facas de arremesso. Pode escolher.

Ela levantou a cabeça com curiosidade no olhar.

— Você tem alvos em formato de Tripp?

Eu ri.

— Teremos de arranjar uma impressora melhor para o escritório.

Para minha surpresa, Cassandra pousou a cabeça no meu peito e fechou os olhos, afundando o rosto em mim.

— Como a Bree estava hoje cedo?

Enredei os dedos pelo cabelo dela.

— Meio receosa de voltar para a sala de aula. Queria usar uma blusa de gola rulê.

Cassandra xingou baixinho.

— Ela usou a gargantilha que você deu para ela de novo. Espero que não tenha problema.

— Tudo bem.

Evitei tocar no assunto porque Cass já estava se sentindo mal, mas Bree tinha ficado abalada quando Cassandra não estava em casa para conversar com ela quando voltou da escola.

— Bree sentiu sua falta ontem à noite.

Cassandra se afastou de mim.

— Cass.

— O quê? — disse ela, enquanto estendia a mão para seu café caro.

— Você prometeu que estaria aqui para falar com a Bree quando ela voltasse da escola.

— E daí? Ela tem você e uma terapeuta. Às vezes eu acho que você deveria ter sido um terapeuta em vez de caubói.

— A questão não é essa. Não faça uma promessa para as minhas meninas se não for cumprir.

— Se você não notou, eu não me dou muito bem com crianças. Posso garantir que é bom que eu não tenha conversado com ela ontem. Eu estava uma bagunça.

— Sabe, você fica falando esse tipo de coisa e, ainda assim, não acredito em você.

Os olhos dela se voltaram para o café.

— Por mais que eu tente voltar no tempo, elas não são mais bebês. — Deslizei o dedo por baixo da barra de sua camisa e tracei a pele ao longo da cintura de sua calça de seda. — Então, você pode continuar dizendo que não se dá bem com crianças, mas sabe o que eu vejo?

— Tenho a sensação de que você vai me dizer — resmungou ela.

Enganchei os dedos em volta da cintura elástica e puxei os quadris dela contra os meus.

— Você é uma protetora.

O rosto de Cassandra se apertou contra o meu enquanto ela cochichava:

— Você acha que sou uma pessoa melhor do que sou na verdade. Eu sou só uma vaca, e sei como fazer dinheiro com isso.

Inclinei a cabeça e beijei o canto de sua boca.

— Eu acho que você é uma pessoa melhor do que você se permite acreditar.

O sussurro dela era um fantasma pairando sobre minha pele.

— Tudo o que eu queria era uma bela trepada.

— Isso eu tenho certeza de que entreguei, princesa. Mas se precisar que eu reavive a sua memória, será um prazer.

O rádio no meu quadril chiou com a voz de CJ.

— Chris, você tá por aí?

Cassandra se afastou, usando a interrupção para sumir dentro de seu quarto.

— Prossiga — falei no rádio.

— Pegue a bolsa de veterinário e venha para cá. Preciso de mais um par de mãos.

Observei Cassandra desfilar por ali, tirando roupas de dentro da mala para se vestir para o dia. *Ela não tinha nem desfeito as malas...*

O que é que eu estava pensando?

Sacudi a cabeça para desanuviar.

— Tá, eu já vou. Aguenta firme.

— Tudo bem? — perguntou Cassandra, do quarto de hóspedes.

— Hã, não sei bem. Parece que um dos animais está com problema ou algo assim. Eu volto daqui a um tempo.

Os seios dela pularam em um sutiã preto enquanto ela vestia uma blusa.

— Vou precisar de uma hora do seu dia hoje — disse ela, deixando de lado a mulher vulnerável que admitira estar de coração partido e vestindo a armadura de Cassandra, a relações-públicas.

— Eu finalmente vou ver o que estou te pagando esse tempo todo para fazer? — perguntei, enchendo a garrafa térmica com café da cafeteira.

— Está mais para você poder ver em que vai gastar uma quantia exorbitante de dinheiro durante os próximos anos.

— Desculpe, eu ouvi *anos*?

Ela enfiou a cabeça de volta na porta do quarto.

— Você disse para eu pensar grande.

— Pode parar aí mesmo.

Congelei na porta do escritório. Cassandra estava sentada atrás da minha mesa, parecendo meio nauseada.

Ela levantou a mão para me manter longe.

— Deus do céu, seu cheiro está atroz. *O que foi isso?*

— Está calor hoje — falei, dando um passo para dentro. — Provavelmente suei um pouco.

Ela fechou o nariz com os dedos.

— Não. Fora. Você está cheirando a morte.

— Pensei que você precisasse de uma hora do meu tempo.

Ela gesticulou para a porta com sua mão de unhas feitas.

— Posso resumir. Passe trinta desses minutos com um pouco de sabão e água quente. Eu *quero* saber por que você está cheirando como o fundo de um caminhão de lixo no verão?

— Aconteceu uma coisa.

Cassandra piscou.

— Uma coisa.

Larguei a pesada bolsa veterinária no batente.

— O CJ estava com uma mãezinha com o útero prolapsado depois de parir um bezerro. O veterinário estava em Maren, uma cidadezinha a leste daqui, e não podia chegar a tempo de ajudar.

As sobrancelhas dela se ergueram.

— E aí você ajudou?

Encolhi os ombros.

— Útero prolapsado é simples. Você coloca tudo de volta, costura a mãezinha e a deixa estável. O doutor vai chegar daqui a algumas horas para verificar como ela está.

Os olhos de Cassandra recaíram para a tela do computador.

— Eu vou fingir que você não acaba de me dizer que estava com o braço inteiro enfiado dentro de uma vaca...

— Os dois braços, na verdade — falei, só para esclarecer.

— Banho — disse ela.

— Eu tomo um banho de mangueira aqui fora se isso a ajudar a se acalmar. Não quero perder tempo subindo em casa.

Os dedos dela voavam sobre as teclas.

— A menos que você tenha sabão de nível industrial e tope ficar pelado e deixar tudo à mostra para esse rancho inteiro, você vai tomar um banho de verdade.

Eu já planejava tomar um, mas aquele pingue-pongue verbal com Cassandra estava se tornando rapidamente meu hobby preferido.

— Você gostaria disso, não é?

Um sorrisinho imprudente flertou com os lábios dela.

— Pare de desperdiçar meu tempo e vá tomar banho.

— Você podia se juntar a mim.

Os olhos de Cassandra se levantaram, surpresos.

— Estou em horário de trabalho.

— Isso não é um *não* — falei, com um sorriso convencido.

— Suas filhas logo estarão em casa.

Isso era um não.

Cassandra franziu os lábios, tentando conter seu divertimento e manter a pose de durona, mas uma risada escapuliu.

— Eu te encontro lá em cima daqui a vinte minutos. Deixe o talão de cheques de prontidão.

Subi para casa correndo e entrei debaixo do chuveiro para lavar o dia. Por mais que eu tentasse ser rápido, não conseguia tirar Cassandra da cabeça.

A blusa que ela usava não era muito decotada, mas quando se debruçou sobre a mesa, me deu uma vista imaculada dos seus seios avolumando-se contra o sutiã rendado.

Pressionei a palma da mão na parede ao meu lado, me apoiando enquanto fechava a outra palma em torno do meu pau. A tensão fugiu dos ombros, disparando para meu pau quando movi a mão nele. Imaginei Cassandra toda amarrada embaixo de mim, contorcendo-se enquanto eu venerava seu corpo até ela implorar para eu parar.

*Eu queria meter nela outra vez.*

Grunhi, e minha porra bateu na parede em linhas nítidas.

*É, essa teve vida curta.* Eu precisava reconquistar minha resistência.

Lavei a parede e saí do banho, passando uma toalha em torno da cintura. Meu celular vibrava sobre a pia do banheiro.

— Alô.

— Estou surpreso que você tenha atendido — disse Ray.

Eu ri.

— Então por que ligou?

— Imaginei que podia deixar um recado de voz.

Saí do banheiro e flagrei Cassandra sentada na mesa da cozinha. Apontei para o celular e entrei no meu quarto.

— E aí, tá ligando por quê? Você não deveria estar correndo das maria-fivelas a essa hora?

Ray, o irmão entre mim e CJ, era um peão campeão e estava curtindo a vida no circuito de rodeio.

— Não, estamos saindo. Rode Cinch, Carolina do Norte. Indo para a Flórida para passar o final de semana.

Olhei por cima do ombro enquanto me enfiava em uma calça jeans limpa.

— Você vem para Houston?

— Parece que vou. Vai trazer minhas garotas preferidas para me verem?

Bree e Gracie adoravam o tio Ray. Desde que tinham nascido, ele estava na mão delas.

— Não sei. Você vai ganhar? Eu detestaria que elas vissem você se dar mal.

— Vai se foder. Olha, eu tenho de ir, mas vou para aí em breve. Tudo bem por você se eu passar a noite na sua casa antes de irmos para Houston?

— Olha, na verdade...

Nem consegui completar meu pensamento antes que Ray me interrompesse.

— Espera, não diga nada. Você tem alguém aí com você, né?

— Ela trabalha para o rancho — falei baixinho. — No lado mais... hã... negócios. Becks a trouxe para cá.

— Arrã. E ela está morando na sua casa?

— As cabanas estão uma merda.

— Droga. Vou ter de fazer o CJ e o Nate pagarem. Nate pensou que levaria pelo menos mais dois anos para você trazer alguém para perto das meninas. Para a aposta do CJ, faltavam seis meses.

— Vai se foder. Não é bem assim — resmunguei.

— Claro, claro. Vá repetindo isso para si mesmo. Tenho de ligar para a mamãe de qualquer forma. Eu faço ela me contar tudo.

— Mamãe não sabe de merda nenhuma. Não vá botar ideias na cabeça dela. Já tenho problemas de sobra na minha mão. Não preciso dela me atormentando pra saber se a relação é séria, quando eu nem tenho uma relação para começo de conversa.

Ray deu risada.

— Quanta defesa para alguém que supostamente não tem motivos para estar na defensiva.

— Tenho de voltar ao trabalho. Mais alguma coisa, antes de você começar a espalhar boatos?

— Nem — respondeu ele, rindo. — Vejo você em breve. Não se preocupe em arrumar o quarto de hóspedes. Eu fico com o CJ e os rapazes.

— Dirija com cuidado. Não seja pisoteado.

Enfiei o celular no bolso e vesti uma camisa antes de ir até Cassandra.

— O que foi tudo isso? — perguntou ela, levantando a cabeça da pilha de papéis em suas mãos, sentada na minha poltrona como se fosse seu trono.

Ela ficava ótima ali.

— Meu irmão — falei, sentando-me no sofá e batendo no lugar ao meu lado.

Para minha surpresa, Cassandra estava suscetível e se afundou perto de mim.

— Considerando-se que CJ e Nate estão a menos de um quilômetro daqui, presumo que seja o outro.

— É. — Larguei o braço em volta dos ombros dela e tentei roubar uma olhadinha nos documentos em seu colo. — Ray ligou para avisar que estará na cidade para um rodeio em Houston daqui a algumas semanas. Ele vai vir visitar.

— Hum. — Ela batucou os lábios. — Para mim, está ótimo.

— Eu deveria estar com medo do que você inventou aí? — falei, forçando a sorte e beijando o topo da cabeça dela.

— Provavelmente — disse ela, enquanto se voltava para um resumo digitado. — Você não queria que eu pensasse grande? Pois bem-vindo ao Projeto de Revitalização do Rancho Irmãos Griffith. E, antes de começar a reclamar do orçamento, eu tenho investidores que estão de acordo.

Eu odiava a ideia de investidores. Não gostava de estar em débito com ninguém, muito menos executivos anônimos que não estavam nem aí para o patrimônio do rancho ou o cuidado que tomávamos para ser parte integral da cadeia alimentar.

— Pare de rosnar — cortou ela.

Eu pigarreei e me resignei a ouvi-la, odiar a ideia e descobrir um jeito de recusar com delicadeza.

— Prossiga.

— A fase um será de projetos de curto prazo que estão embutidos no orçamento. O programa equino que eu ofereci originalmente será o alicerce. Você seria maluco de não aproveitar os recursos e a infraestrutura que já tem disponíveis. E eu não acho que vocês, Griffith, sejam malucos. Só teimosos.

Ela passou para a página seguinte.

— Opções de energia renovável trarão renda imediata conforme o rebanho rotacionar de um pasto para o outro. Recebi ofertas por escrito para energia solar e eólica e arrendamento de torres de celular. Se eu puder acrescentar minha preferência pessoal, instale uma porra de uma torre de celular por aqui para poder sair da Idade da Pedra. Os benefícios são uma renda estável e o fato de que essa opção pode usar quanto terreno você estiver disposto a ceder, pouco ou muito. Podemos encontrar pontos de instalação que não fiquem feios para a fase seguinte.

Abri a boca para argumentar, mas ela me interrompeu.

— Dei uma olhada em alguns estudos e conversei com o CJ a respeito. As vacas se ajustarão. Vão ficar bem. — Os olhos dela se levantaram para os meus. — Se era isso que você estava para dizer.

Bufei.

— Continue.

— Deveríamos usar o orçamento imediato disponível no programa equino e na aquisição de terras. Há duas propriedades ao norte do rancho que estão dispostas a vender uma parcela de sua área, e elas preferem que vá para você do que para algum incorporador.

— E você não é uma incorporadora? — perguntei, dando tapinhas na borda exposta de um conjunto de plantas e maquetes arquitetônicas.

— Mais vale o diabo que você conhece — disparou ela.

— Correto.

— As terras adicionais darão mais espaço ao rebanho, com a possibilidade de expansão caso você queira. A terra mais próxima da infraestrutura já existente, água, eletricidade etc., pode ser desenvolvida.

Gemi.

— Aí você está me perdendo.

— Só me escuta. Você pagou um dinheirão por essa conversa.

Tracei meus dedos pelos seus ombros, acalmando a tensão que dava um nó no pescoço dela.

— Um restaurante. Da fazenda para o prato. Tudo feito internamente. Filés maturados, vegetais locais, chefs de reputação internacional. As pessoas não viriam de carro até aqui para uma refeição em um restaurante de rede. Tem de ser um passeio em si. Se tudo correr bem, poderíamos acrescentar uma loja de alimentos artesanais ou gourmet. Poderíamos começar a praticar apicultura e vender mel, ou fazer molhos e pães. Talvez um serviço de entrega de carne por encomenda. As opções são infinitas.

Ela foi para a página seguinte.

— E, como chegar aqui não é exatamente uma viagem curta vindo de Austin, Houston ou Dallas, precisaremos construir hospedagem. Algum tipo de pousada. As cabanas poderiam ser reformadas e alugadas separadamente. Uma pousada e um restaurante também deixam a opção para mais do que pernoites. Você teria um destino para casamento de luxo. Empresas poderiam reservar o lugar para a "experiência de um rancho". Formação de equipes, toda essa baboseira. Considerando a pesquisa pé no chão que eu fiz, há um monte de gente louca por um lugar onde possa se recolher para relaxar ou celebrar alguma ocasião especial.

Ela passou para a última página. Era um fax de uma empresa imobiliária sediada em Nova York.

— A Lawson International está disposta a bancar o projeto.

Soltei um assovio baixinho quando olhei para os números.

— É isso mesmo, dez milhões de dólares? Essa... empresa vai nos dar dez milhões de dólares?

Cassandra empinou o queixo.

— Eu conheço gente poderosa, Christian. Não vamos construir um motel de beira de estrada. Isto aqui vai ser um destino de luxo. O investimento reflete isso, assim como os preços refletirão quando os hóspedes vierem para jantar e ficar.

Não pude evitar uma risada.

— Quem você conhece com dez milhões de dólares?

Ela nem piscou.

— Isaac Lawson tem bem mais do que dez milhões de dólares. Ele provavelmente tem isso em trocados na mesa de cabeceira. — Ela batucou a página. — Os termos da parceria estão bem claros, e eles já têm uma preferência para o restaurateur que entrará no negócio.

Apertei o dorso do nariz.

— Como você sabe que podemos confiar nesse pessoal? — Eu ainda não acreditava nos meus olhos. — Como você os conhece, para começo de conversa?

— Você está se esquecendo de que eu era relações-públicas antes de aterrissar em seu rancho. Eu conheço a relações-públicas do sr. Lawson e a assistente pessoal dele. Conheço toda a roupa suja dele e ajudei a acobertar uma ou outra coisinha. Fazer o telefonema foi fácil. O acordo, não. Eu recomendaria revisar tudo em detalhes com seu advogado antes de tomar qualquer decisão. O desenvolvimento e os termos do contrato provavelmente continuarão em vigor mesmo quando você não estiver mais vivo. Pense nas meninas e na próxima geração quando estiver discutindo os termos e tomando sua decisão.

Cassandra reuniu os papéis e batucou a pilha no colo para endireitar as páginas.

Apoiei os cotovelos sobre os joelhos e passei as mãos pelo cabelo.

— Eu detesto isso.

— Eu sei — disse ela, sem uma preocupação sequer no mundo.

— O CJ vai detestar ainda mais.

Cassandra entregou os planos de revitalização.

— Provavelmente.

Suspirei.

— Você pensou grande.

Os olhos dela se suavizaram.

— Foi o que você me disse para fazer.

— Caralho — bufei, sentando-me no sofá e olhando para o teto. — Vamos em frente.

# 21

## *Cassandra*

— Isso é esquisito, né? — Becks fechou a porta da frente de sua casa e soltou o ar pesadamente.

Observei, cautelosa, enquanto ela descansava as mãos no topo da barriga.

— Tem certeza de que você deveria estar saindo da propriedade sem seu motorista designado?

Ela prendeu o cabelo ruivo em um coque no topo da cabeça.

— Se eu entrar em trabalho de parto, você pode dirigir.

Eu ri.

— Você confia *em mim* para dirigir?

Becks riu, descendo os degraus do alpendre lentamente.

— Deixa eu adivinhar. Faz pelo menos seis meses que você dirigiu um carro pela última vez?

— Dezoito meses — falei, seguindo-a até a picape de Nate. — Tripp tinha um motorista, e se eu estivesse viajando com um cliente, simplesmente viajava com ele e seu motorista.

— Ah, a vida na cidade — disse ela, subindo para o banco do motorista.

Era estranho abrir minha própria porta. Christian sempre me azucrinava por tentar, mas eu deixei isso para lá e entrei no veículo.

A picape de Nathan Griffith tinha o mesmo cheiro de Christian. Era um coquetel reconfortante de óleo de motor, feno e colônia.

— Você sente falta de lá? — perguntei, quando ela se afastou da casa.

Fitei o espelho retrovisor enquanto a casa de Christian virava um pontinho distante. Era sábado, então Bree e Gracie não tinham aula e ficariam correndo pelo quintal da frente. Sadie achava digno sentar-se no primeiro degrau do alpendre e ficar de olho nelas da sombra, pronta para arrebanhá-las se necessário.

Eu havia questionado Christian quando ele disse que iria, com os irmãos, passar o sábado trabalhando nas cabanas. Bree e Gracie simplesmente ficariam ali? Sozinhas?

Com uma expressão irritantemente convencida na cara, Christian prometeu que elas ficariam bem.

— O quê? Se eu sinto falta de morar em Manhattan? — Becks sacudiu a cabeça. — Nem um pouco. Eu meio que tenho medo de voltar a trabalhar e voar para lá. Sentir saudade só foi um problema no primeiro trimestre da gravidez. Tive desejo de cachorro-quente, mas queria o cachorro-quente do carrinho na frente do estúdio. Nada mais parecia bom.

Desviei os olhos das meninas e foquei no caminho saindo do rancho.

— Quanto tempo mais até o bebê nascer?

Becks bufou enquanto ajustava o cinto de segurança sobre a barriga.

— A qualquer dia agora. Tecnicamente, a data prevista é na semana que vem, mas minha obstetra disse que talvez precise induzir o parto. Veremos o que acontece na próxima consulta. — Ela olhou e sorriu ao conferir se a estrada estava desimpedida antes de sair do rancho. — Estou contente que você tenha sugerido isso. Faz uma eternidade desde que saí com uma amiga. Sabe como é, já que aquele maldito rancho é inundado de caubóis. Mamãe Griff é ótima, mas ela ajuda tanto com as meninas que não quero ocupar o tempo dela chamando para ir fazer as unhas, sabe?

Fingi um sorriso para disfarçar o desconforto. Eu não sabia como sair com amigas. Eu não fazia isso. Eu trabalhava. Comparecia a eventos. Paparicos aconteciam no meu tempo, quando eu precisava desanuviar ou pesquisar.

Entretanto, eu queria sair do rancho. Convencer Becks a ir comigo era o jeito mais fácil de Christian me deixar ir sem um interrogatório.

— Por que você não vai para a sede quando Claire cozinha? Todo mundo vai.

Eu evitava laboriosamente esses grandes jantares em família, sempre conjurando alguma desculpa sobre por que eu simplesmente ficava para trás na casa de Christian e comia um sanduíche ou qualquer sobra que ele trouxesse.

*Estou com dor de cabeça.*

*Falei pros meus pais que eu ligaria, e eles já estão com certa idade... Eu preciso me certificar de que estão bem.*

*Estou esperando uma ligação da equipe de investimento sobre o projeto de revitalização.*

*Não estou acostumada a acordar tão cedo. Vou pra cama mais cedo.*

*Eu conversei com muita gente hoje. Só preciso de uma noite tranquila para mim mesma.*

— Não sou da família — falei, como se fosse simples assim. — Não quero me intrometer.

Becks riu.

— Você está morando com Chris. A linha entre pessoal e profissional já foi cruzada. — Enrijeci, e Becks pisou no freio com tudo. — Espera aí...

Ela arfou.

Pressionei os dedos nas têmporas.

— Ai, meu deus! Como é que eu não vi isso antes? Vou culpar os hormônios. Eles me deixaram insana. Mas *ai meu deus!*

— Rebecca Davis...

— Griffith — corrigiu ela.

— Por favor, vamos para o salão de beleza, sim?

— Não, não, não — disse ela, rindo e estacionando em uma vaga num posto de gasolina, parando a picape. — Muita gente intrometida lá. Você não me contaria nada. *O que aconteceu?*

Batuquei os dedos no console central, pensando no que deveria revelar.

Eu não sabia sair com amigas. Mas, mais do que isso, eu não tinha amigas. Isso nunca me pareceu importante.

Eu tinha Tripp. Eu tinha minha carreira.

Eu tinha minhas clientes. Estava trabalhando e socializando *por elas* o tempo todo.

Por que eu precisaria da minha própria vida?

Mas finais de semana no rancho eram solitários.

Christian passava todo o tempo que podia com Bree e Gracie. Eles cavalgavam juntos. Limpavam a casa e lavavam a roupa juntos. As noites eram passadas na sala de estar, assistindo a filmes.

E lá estava eu. A mulher bizarra se escondendo no quarto de hóspedes.

Um deles sempre me convidava para me juntar a eles, mas essa era uma linha que eu não cruzaria.

Não que eu me opusesse a aceitar a proposta dele de um segundo round, mas dormir com Christian era diferente de brincar de casinha.

Sair com Becks — mesmo que fosse um pouco embaraçoso — era a trégua de que eu precisava.

— Não aconteceu nada — menti, com a eficácia ensaiada de uma experiente domadora de tapetes vermelhos.

— Você se dá conta de que eu também sei mentir para as câmeras, né? — Becks revirou os olhos. — Escuta. Eu sei que não somos unha e carne nem nada assim, mas não somos estranhas. Pode me contar. Deve ser solitário estar aqui.

— Não aconteceu nada. Só uns dias tensos ultimamente. O CJ não está feliz com o projeto de revitalização e o Christian está tentando convencer todo mundo a embarcar antes que as coisas sigam em frente.

Ela sorriu, maliciosa.

— Não mude de assunto.

— Eu estou tão sem prática. — Grunhi e desmoronei no assento da picape. — Eu já deveria saber. Regra número um: nunca fique presa com uma jornalista.

Becks riu.

— E você está presa comigo durante as próximas horas, mas pelo menos sabe que eu consigo manter a boca fechada. E a menos que sua situação com Chris seja classificada como "relações internacionais", não posso usá-la no trabalho.

Eu olhei feio para ela.

— Extraoficialmente?

Ela fechou um zíper sobre os lábios.

— Não vou dizer nem uma palavra.

— Nem mesmo para o seu marido?

— Prometo.

Apontei para ela.

— Nada de privilégios matrimoniais. Tô falando sério.

Becks respirou pesado e mudou de posição.

— Quer que eu corte o dedo e escreva um acordo de confidencialidade no painel com sangue? Me conta logo. Fica entre nós.

Eu me recostei e fiz uma careta.

— Christian e eu transamos.

Espiei de canto de olho, esperando pela reação dela.

— E? — pressionou ela.

— E nada. Nós transamos uma vez. E é isso.

Satisfeita, ela saiu da vaga e retomou o caminho para a cidade.

— E você quer fazer isso de novo?

Cutuquei minhas cutículas.

— Você está mesmo pedindo detalhes? Ele é seu cunhado.

Becks abriu um sorriso matreiro.

— Ele não é o seu tipo de sempre, o que não é algo ruim.

Ela tinha razão nisso. Dei de ombros.

— Meu tipo não tem funcionado para mim ultimamente. Ou nunca funcionou. Acho que um casinho é bem o que eu precisava.

— E aí? Você vai ficar por aqui pelos próximos anos para supervisionar o projeto de revitalização, mas os dois não vão se tocar nunca mais? E se ele começar a namorar?

— Em primeiro lugar — falei, enquanto ela entrava em uma vaga na frente do salão de manicure —, eu não ligo se ele começar a namorar. Isso é com ele, não comigo.

*Mas a pontada no meu peito me disse que eu era uma mentirosa descarada.*

— Em segundo, estou aqui até os contratos estarem assinados e as coisas estarem rolando sozinhas. Vou encontrar contatos locais para acompanhar os planos até o final. Não vou ficar aqui por muito mais tempo.

— E vai voltar para o quê? Para trabalhar para o Carrington Group, com seu ex-noivo traidor? Ficar amarrada ao celular vinte e quatro horas por dia, sete dias por semana? Passar os dias de folga em *lounges* de aeroporto e quartos de hotel?

Eu desci da picape e subi na calçada, respirando fundo o ar limpo de cidade pequena.

— Sinto falta do cheiro de combustível de jatinho e café de aeroporto.

— Continue repetindo isso para si mesma — disse Becks, trancando a picape e passando o braço pelo meu. — As meninas vão ficar com saudade de você.

O aperto no meu peito voltou enquanto ela abria a porta e eu era atingida pelo cheiro reconfortante de acetona e esmalte.

Dessa vez, porém, Becks não percebeu nada.

— Vamos lá. Quero os dedos dos meus pés bonitos para quando um milhão de médicos e enfermeiras estiverem me assistindo parir um bebê.

Já era fim de tarde quando Becks e eu voltamos ao rancho. A ida à manicure acabou virando um almoço e uma parada em uma loja para comprar para o quarto do bebê alguns itens que Becks não lembrava se já tinha comprado ou não.

Eu me despedi, fiz uma promessa hesitante de outro passeio no final de semana seguinte se ela ainda não tivesse entrado em trabalho de parto, depois fiz a longa caminhada pela estrada de terra que levava da casa de Becks e Nate para a de Christian.

As luzes estavam acesas, mas a casa estava estranhamente silenciosa.

*Eles provavelmente tinham saído para um passeio ou algo assim.*

Subi os degraus, pausando no topo para tirar os sapatos de salto. Remexi os dedos dos pés recém-esmaltados na madeira desgastada e murchei contra o batente.

*Cansada.* Eu estava tão cansada, droga. Não depois de hoje; embora eu não socializasse já fazia um bom tempo e estivesse meio enferrujada.

Eu só estava cansada. Ponto.

Minha mente sempre parecia ruidosa e apressada. Para ser honesta, a quietude ali no rancho era gostosa. Eu entendia por que Becks se sentia segura ali depois de um ano e meio numa zona de guerra com Nate.

Provavelmente era uma boa folga depois de voar pelo mundo todo para cobrir conflitos globais.

Em vez de entrar imediatamente, eu virei e fui para o balanço da varanda. A brisa era suave. Usei um pé para balançar para lá e para cá.

O encosto do balanço pressionava contra meu pescoço quando joguei a cabeça para trás e soltei um suspiro pesado.

*Talvez Becks tenha algum livro que eu possa pegar emprestado. Será que Christian tem vinho em casa?*

Eu queria ficar ali fora até o céu virar algodão-doce, bebericando algo encorpado e lendo algo escandaloso.

A cachorra apareceu do nada e disparou para a varanda, jogando-se embaixo do balanço.

— Já está de volta?

Christian me surpreendeu ao sair pela porta da frente.

Eu me sentei depressa.

— Achei que você tivesse saído com as meninas.

Um pano de prato estava jogado sobre seu ombro. Ele o pegou e enxugou as mãos.

— Elas estão na casa da minha mãe esta noite. Ela leva as meninas para dormir lá uma vez por mês para eu poder ter uma noite só para mim.

— Ah. — Olhei de relance na direção da casa de Claire e Silas. — Vou dar uma sumida para não me intrometer em sua noite.

— Eu preferiria que você não sumisse.

Com isso, ele deixou a porta escancarada e desapareceu dentro de casa.

Quando finalmente saí do balanço, eu o encontrei na pia, esfregando potes de plástico.

— Bem animado o seu dia de folga.

Christian riu enquanto enxaguava o último pote e abria o ralo da pia.

— Enrolei o máximo que pude para limpar a geladeira. As coisas estavam começando a querer andar por lá. — Ele olhou para os meus pés. — Você se divertiu com Becks?

— Surpreendentemente, sim.

Ele lavou a pia, depois secou as mãos.

— Por que isso é surpreendente?

Eu o segui para a sala de estar e me aninhei em uma ponta do sofá enquanto ele ficava na outra.

— Nós éramos apenas conhecidas uma da outra profissionalmente, não amigas. Nunca passei um tempo com ela, se não fosse no trabalho ou em eventos de trabalho.

Christian estendeu o braço pelo encosto do sofá, deixando as pontas dos dedos brincarem com meu cabelo, mas não diminuiu o espaço entre nós.

— Tenho a impressão de que você tem muita gente que é "conhecida profissionalmente, mas não amiga".

— Pois você pode pegar esse seu tom crítico e enfiar...

Ele riu.

— Não tô te julgando, Cass. Apenas fazendo uma observação. Além do mais, não posso falar muito. Não é como se eu tivesse uma vida social.

Os dedos dele roçaram meu couro cabeludo e eu derreti. *Talvez, se eu sentar um pouco mais perto, ele massageie minha cabeça.* Disfarcei o movimento de me achegar mais uns vinte centímetros reajustando a almofada atrás das minhas costas.

— E aí, o que você faz quando está livre das crianças? — perguntei, quando ele enterrou os dedos no meu cabelo e esfregou as unhas para cima e para baixo. *Ai meu deus, isso era melhor que um orgasmo.*

Christian continuou afagando minha cabeça com as unhas.

— Eu tiro o atraso das tarefas de casa. Às vezes o Nate ou o CJ vêm para cá e tomamos umas cervejas.

— Isso parece horrível — falei, deixando a cabeça pousar mais pesadamente contra a mão dele e meus olhos se fecharem. — Você precisa aprender a sair.

Christian não respondeu de imediato.

Inclinei a cabeça para trás.

— Me diga o que você faz de verdade.

— Acabei de dizer.

— Eu acredito. Mas duvido que tudo o que você faz é lavar os pratos e beber cerveja.

A mão dele deixou minha cabeça, desceu pelo pescoço apertando, trabalhando os nós nos meus músculos.

Eu me aproximei um pouco mais.

— De vez em quando eu passo a noite fora da cidade.

Abri um sorriso malicioso.

— Nisso, sim, eu acredito. — Olhei para ele outra vez. — Aonde você vai?

— Uma cidadezinha a leste. Tem um bar chamado A Espora Prateada. É divertido. Eu vou para lá e pego um quarto num motel depois. Descontraio um pouco.

Um murmúrio escapou da minha boca.

— Posso respeitar que você não come a carne onde ganha o pão.

— Eu não falei que…

— Eu sei o que significa pegar um quarto em outra cidade. Na minha vida passada, era eu quem reservava esses quartos para as pessoas. Até reservei alguns para mim.

Ele ficou em silêncio.

— Você planejava sair do rancho hoje à noite? — perguntei.

— Não.

E, por algum motivo, acreditei nele.

# 22

## Christian

Cassandra estava a dez centímetros de finalmente se sentar ao meu lado de livre e espontânea vontade.

Dez porcarias de centímetros e ela tinha de me perguntar o que eu fazia nas noites em que estava sozinho.

Eu estava cagando e andando para o que eu fazia antes, ou com quem eu fazia.

— E aí, o que você planejava fazer essa noite? — pressionou ela.

Apertei o bíceps de Cass e ela praticamente se liquefez. Afastei seu cabelo e beijei a lateral de seu pescoço.

— Eu estava torcendo para que você não tivesse se cansado de mim ainda.

— Torcida e desejos não são um plano — resmungou ela, inclinando a cabeça para trás no meu ombro.

Afaguei seu maxilar.

— Pois eu estava torcendo e desejando que você ficasse comigo esta noite.

Cassandra relaxou junto a mim enquanto eu subia e descia beijando seu maxilar.

— Então me conte qual é o plano.

Nada de *eis aqui o meu plano.*

Nada de *vamos fazer um plano.*

Me conte.

— Pensei que você gostasse de estar no comando — murmurei junto à sua pele quente.

Ela esticou o pescoço, dando-me um pouco mais de espaço para distribuir beijos em sua garganta.

— Acho que não foi completamente horrível da última vez.

Mudei de posição, puxando-a para baixo comigo e me estirando no sofá. Ela estava rígida, mas se assentou depressa em cima de mim.

— Eu vou acabar te convencendo, princesa.

Cassandra desabotoou o topo da minha camisa de flanela e traçou formas abstratas nos pelos do meu peito.

— Ou nós podíamos só aproveitar o momento e não pensar no que acontece depois.

Ignorei esse absurdo com um beijo. Não ia perder tempo discutindo com ela. Não agora.

Ela tinha gosto de café e canela.

Pensei que Cassandra estivesse passando os braços em torno do meu pescoço, mas aí senti suas mãos no meu cabelo, tirando o elástico.

— O que você quer? — murmurei junto a seus lábios.

Olhos pesados se ergueram para os meus enquanto ela deslizava as mãos por meus cabelos.

— Príncipes são supervalorizados. Eu sempre gostei mais da fera.

Rosnei no seu pescoço, fazendo-a rir enquanto nos virava, prendendo-a contra o sofá.

A blusa dela era sedosa e macia, esparramando-se sobre seus seios como cetim líquido. Eu a devorei, descendo por sua garganta aos beijos, distribuindo-os por todo seu peito, pela área do decote. Tomei um instante para enterrar o rosto entre seus seios e saborear as notas quentes de seu perfume.

O murmúrio baixo de satisfação que veio dela se transformou em gemidos despudorados e ofegos desesperados quando puxei seu decote para baixo e deixei seus seios nus.

— Olha só você. — Deslizei os dentes sobre um mamilo. — Cacete, você tira o meu fôlego.

Os dedos de Cassandra se apertaram no meu cabelo, enviando ondas de arrepios por minha coluna. Grunhi, pressionando minha ereção nela enquanto apertava seu mamilo entre os dentes. Ela choramingou, contorcendo-se debaixo de mim, mas eu a mantive presa sob meu peso. Encaixei os seios dela nas minhas mãos e os espremi para perto um do outro, tirando um tempo para esbanjar beijos em cada um deles. Suas coxas se apertaram em uma tentativa fútil de aliviar a ânsia.

Mas nós estávamos só começando.

— A gente vai fazer isso de novo? — perguntei junto aos peitos dela, antes de enfiar um na boca.

— Tenho quase certeza de que o "sim" estava implícito quando eu deixei você botar as mãos em mim — respondeu ela, atrevida.

— Nunca está implícito. Sim ou não?

— Sim, tá bom? Só me come logo — retrucou ela.

— Olha a boca, princesa. Eu tô só começando.

Cassandra estendeu o braço entre nossos corpos e...

— *Caralho* — grunhi quando ela colocou a mão em torno do volume na minha calça jeans e apertou.

Ela fez de novo, me masturbando por cima da roupa só para me atiçar. Funcionou.

Meu pau doía e latejava na mão dela.

— Não me provoque — soltei, rouco.

Tinha sido uma semana longa. Com os planos de desenvolvimento aprovados e os advogados me azucrinando para fechar os acordos, CJ na minha garganta por causa das mudanças e Cassandra sendo uma sedutora diariamente, eu estava no meu limite de estresse. Era por isso que minha mãe tinha ficado com as meninas naquela noite.

Cassandra abriu meu zíper e deslizou a mão por baixo do cós da minha cueca, roçando a cabeça do meu pau. Ele se contraiu e se moveu com o mais leve toque das pontas dos dedos dela.

— Cass, não me provoque, caralho. Hoje não.

Ela parecia o pecado encarnado quando sorriu, maliciosa, e pegou leve, deslizando a mão com mais firmeza em torno do meu membro.

— Acho que eu quero te provocar.

Ela resvalou as pontas dos dedos nas minhas bolas.

Grunhi, socando o braço do sofá quando o prazer ameaçou irromper de mim sem aviso.

— Cassandra — esbravejei.

Ela lambeu os lábios.

— Acho que eu quero ver o que acontece quando você perde o controle.

Ela deixou beijos leves como uma pluma no contorno da minha orelha, fazendo-me estremecer enquanto segurava meu pau com mais firmeza.

Eu estourei. Segurando o punho de Cassandra, tirei suas mãos do meu corpo e as torci junto de suas costas enquanto passava a perna em torno da dela, virando-a de barriga para baixo.

— Christian!

Seu grito agudo foi abafado pela almofada quando seu rosto foi amassado contra o sofá.

— Eu te disse para não me testar.

Ela esperneou e se contorceu, mas não tinha como escapar da posição em que eu a havia prendido. Não que ela quisesse escapar. Aquele sorriso enorme de gato que tinha comido o canário deixava evidente que ela estava se divertindo.

Mantive seus punhos presos na minha mão enquanto jogava minha perna para fora do sofá, arrastando-a para o chão comigo. Os joelhos dela colidiram com o tapete macio quando a forcei a se debruçar sobre o assento do sofá.

— Eu te falei, Cass. — Tirei um envelopinho do bolso antes de abaixar a calça jeans apenas o bastante para puxar o pau para fora e colocar a camisinha. — Eu te falei para não me testar, e você não me ouviu.

Cassandra virou a cabeça para o lado, repousando a bochecha no sofá.

— Ouvir não está com nada. Eu prefiro dar as ordens.

Arranhei o couro cabeludo dela e fechei um punho perto da raiz de seus cabelos. Ela arfou e grunhiu quando puxei sua cabeça para trás e pressionei a boca junto a seu ouvido.

— Bem, parabéns, princesa. Você não vai fazer nenhum dos dois essa noite. — Mordi o lóbulo de sua orelha, deixando marcas vermelhas de dentes em sua pele de porcelana. — Agora seja obediente e abaixe essa calça até os joelhos antes que eu rasgue tudo.

Ela olhou feio para mim, com raios em seus olhos de tempestade.

— Não ouse deixar um chupão em mim, como se fosse um amador.

Puxei sua cabeça para trás de novo, selando a boca em sua garganta.

— Eu vou fazer o que me der na telha, caralho. Se eu quiser marcar o seu corpo perfeito, vou marcar, sim, porque ele me pertence.

Cassandra gritou, desesperada, enquanto eu chupava e mordia sua garganta até a pele desabrochar como uma rosa.

Segurei seu cabelo mais apertado.

— Você não vai cobrir isso amanhã. Entendeu?

— Entendi — disse ela, ofegante, sem fôlego.

Levei a mão para a parte da frente do seu corpo e belisquei seu mamilo, segurando-o entre os dedos.

— Entendi, *o quê*?

Ela lambeu os lábios e arfou como se estivesse morrendo num deserto.

— Entendi, senhor.

— Segure-se no sofá — ordenei, enquanto desamarrava o laço na cintura da sua calça. Era minha segunda calça preferida dela: comprida, soltinha, esvoaçante. Curvava-se sobre a bunda dela de um jeito obsceno e era presa em volta da cintura por um laço largo.

O tecido se inflou em torno dos seus joelhos.

— O quê? Você não vai nem tirar toda a minha roupa?

Apalpei o traseiro dela, puxando seu fio dental até as coxas.

— Gosto de te ver assim. Tão depravada, abaixando a calcinha e se curvando pra ser comida. Não pode nem me olhar nos olhos.

Ela arqueou as costas, me provocando de novo com aquela bunda.

— Pois saiba que eu pretendo terminar o serviço com meu namorado à pilha.

Eu ri.

— Quanto atrevimento para alguém que vai ter de evitar andar amanhã.

— Você fala demais para alguém que…

Mas suas palavras foram interrompidas por meus dedos entrando fundo em sua boceta.

— Ah, gulosa — grunhi. — Já toda molhada, desesperada por mim.

Eu trabalhei seu clitóris continuamente.

— Essa boceta deve estar morrendo desde que você finalmente encontrou alguém que consegue te fazer gozar melhor do que um brinquedo.

— Você me fez gozar. Eu nunca disse que tinha sido melhor do que um brinquedo — conseguiu dizer, entre arquejos.

— Você, não. — Encaixei meu pau dentro dela e meti até o fim. — Foi seu corpo que disse.

O grito de desespero dela acabou comigo quando agarrei seus quadris e arremeti em sua boceta ensopada.

— Eu cuido de você, princesa. Deixa eu te dar prazer.

— Christian...

— Você aguenta. Confia em mim e relaxa.

— Pra você é fácil falar — arfou ela.

Empurrei a parte de trás da sua camisa para cima e pressionei a boca em sua coluna, beijando-a delicadamente.

— Eu não vou pegar leve com você. Então, se precisar que eu pare, avise.

— Eu tô bem. Tá tudo bem... eu só preciso de um segundinho.

Beijei sua coluna de novo, sugando um pouco da tensão em seus ossos. Cassandra expirou, relaxando na almofada do sofá. Seus quadris se soltaram enquanto ela descansava a cabeça e fechava os olhos.

— Essa é a minha garota — tranquilizei-a, minha mão subindo e descendo por sua coluna. — Pronta?

Cassandra assentiu e empurrou o corpo para trás contra o meu.

Enterrei os dedos em seus quadris, recuando, depois arremeti de novo, guiado por sua umidade.

— Caralho, como você é apertada — grunhi, tentando recuperar o fôlego enquanto impunha um ritmo rigoroso. — Deus do céu, Cass.

Ela soltou uma risada baixa, suspirosa.

Eu passava a mão pela sua bunda várias e várias vezes, saboreando sua maciez contra minha palma. Ela era toda macia.

Ela não queria admitir, mas eu já tinha entendido tudo. Cassandra era durona porque precisava ser. Era um instinto de sobrevivência. Porém, quando guardava suas garras e ronronava, eu ficava caidinho por ela.

— Você vai gozar primeiro, princesa.

Cassandra assentiu enquanto eu metia fundo dentro dela e brincava com seu clitóris.

— Tome o que é seu.

Ela parou, focando no auge que se aproximava dentro dela. Eu a estudei, assistindo a seus dedos se curvarem na almofada. A forma como sua respiração ficou entrecortada e quieta. O modo como seus olhos se espremeram em concentração.

E então um soluço escapou de seus pulmões e ela explodiu.

Eu arremeti dentro dela de novo e de novo enquanto tremores sacudiam seu corpo. Meu pau ficou impossivelmente mais duro enquanto o sangue rugia na base da minha coluna. Meu orgasmo drenou tudo o que me restava de energia. Desabei em torno dela, apoiando os braços ao lado dos seus enquanto recuperava o fôlego.

Minha barriga grudou na parte exposta das suas costas, e o suor nos fundiu.

— Cê tá bem? — murmurei, pressionando os lábios na têmpora dela.

O nariz de Cass se franziu, e minha barba fez cócegas.

— Tô. — Ela me beijou. — Você fez eu me sentir bem.

Eu a carreguei até o banheiro e a despi por completo antes de me espremer debaixo do chuveiro com ela para um banho rápido. Uma toalha foi tudo o que permiti que ela vestisse quando saímos. Esquentei a comida com uma toalha em torno da cintura enquanto ela se encolhia no sofá.

Tornamos a nos reunir em volta do frango assado com vegetais, comendo lado a lado. Eu ouvi enquanto ela contava sobre o progresso que tinha feito com os topógrafos e os planos para celebrar o início das obras que ela tinha tirado do nada.

— Deixe eu cuidar disso para você — falei, levantando para levar minha louça para a pia. Coloquei a dela por cima.

— Eu posso fazer isso, sabe? Você não arrancou minhas pernas quando transamos.

Ri no caminho para a pia.

— Eu não sabia que esse era o padrão esperado. Vou me empenhar mais da próxima vez.

Cassandra riu baixinho.

— Mas obrigada.

Ela estava aninhada nua, debaixo de um cobertor. Eu tirei minha toalha, levantei uma ponta do cobertor e me deitei junto dela.

Cassandra se retesou quando a puxei para meu colo.

— Você não se dá muito bem com intimidade, né? — comentei, enquanto a ajeitava por cima de mim. Era como tentar se achegar a uma viga de madeira. Ela estava toda tensa, resistente.

Seu nariz se franziu.

— Isto é intimidade pra você?

Enterrei o nariz no cabelo dela, procurando sua mão debaixo do cobertor.

— É, sim. — Entrelacei nossos dedos. — Você nunca ficou só deitada com alguém?

— Não pelada no sofá.

— Eu adoro ficar deitado pelado juntinho — murmurei, a mão deixando a dela para explorar seu corpo. — É relaxante. — Acariciei a curva suave de seu seio. — Quando mais eu posso fazer isso? Sem fingimentos. Sem expectativas. Nenhum objetivo maior.

Seus olhos penetrantes ficaram borrados. Cassandra virou-se de lado, deitando-se entre as minhas pernas. Ela se aninhou em volta da minha barriga e pousou a cabeça no meu peito.

— Cass? — falei, baixinho, afastando o cabelo de seu rosto.

— Hum.

— Me conte uma coisa.

— O quê?

— Qualquer coisa. Nós passamos esse tempo todo juntos... Ficamos juntos duas vezes. Você foi à luta por minha filha. Está prestes a virar minha vida de cabeça para baixo... — Afaguei seu rosto. — E eu não te conheço.

Ela pousou a cabeça no meu peito e fechou os olhos para evitar se engajar comigo.

— Você sabe tudo o que precisa saber sobre mim.

— De onde você é?

— Nova York.

— Você cresceu lá ou se mudou para lá?

Ela hesitou.

— Eu me mudei para lá depois da faculdade.

— Hum. — Pressionei os lábios na sua têmpora. — Eu não sabia disso.

— Espertinho — resmungou ela, traçando os dedos sobre meu peito.

Eu esperei.

Depois de um período de silêncio, ela finalmente falou de novo.

— Eu cresci em Vermont.

Esperei mais, penteando seus cabelos com os dedos.

— Frequentei a universidade de Syracuse. Eu gostei do programa de comunicações deles.

Continuei sem falar nada.

— Fiz meu estágio da faculdade na rede em que Becks trabalhava quando foi para o estrangeiro, daí arranjei um emprego no Carrington Group. Foi onde conheci o Tripp.

— Como é a sua família?

— Eu tenho uma irmã mais velha — disse, calmamente. — Meus pais estão aposentados agora.

— Vocês são chegados?

— Não — disse ela, apenas.

Mas era estranho. Não havia animosidade. Ela estava simplesmente declarando um fato. Ainda assim, eu a abracei um pouco mais forte.

— Você fala com eles?

— Geralmente ligo para os meus pais todo final de semana e me certifico de que eles estão bem. Minha irmã mora perto deles, então está sempre de olho. — Ela fungou. — Você vai só continuar a brincar de interrogatório ou vai perguntar aquilo que realmente quer saber?

Coloquei a mão em seu queixo, forçando-a a olhar para mim.

— Se eu perguntasse, acho que você não me contaria.

— Tente.

Eu ri.

— Eu só quero saber por que você é do jeito que é.

Ela nem sequer hesitou.

— Nem todos crescemos nessa comuna idílica. Você basicamente criou suas filhas no cenário de uma série de comédia.

— Você acha que eu ter perdido minha esposa e minhas filhas terem perdido a mãe foi idílico?

A acusação escapou antes que eu pudesse segurar. Eu sabia que não era o que Cassandra queria dizer.

— Merda — resmungou ela, baixinho, antes de se afastar de mim. — Eu só…

— Cass, eu sei o que você queria dizer.

Antes que ela pudesse fugir do cobertor, eu a puxei de volta contra meu peito.

Era gostoso demais com ela ali.

— Não foi fácil — falei, baixinho, sem querer que ela se sentisse mal pelo que tinha dito.

De fato, aquilo revelava mais sobre Cass do que ela se dava conta.

— Foi difícil pra caralho. Eu me senti um fantasma, mas precisava pensar nas meninas. Tive de colocar as duas em primeiro lugar, então significava lidar com o que tinha acontecido e ir para a porra da terapia para garantir que minha cabeça estivesse no lugar, e elas também foram. Você sabe quantos olhares esquisitos eu ainda recebo? Isso significou ter de comparecer às festas de Dia das Mães no ensino fundamental com elas, em vez de pedir para minha mãe ir. Significou manter fotos de Gretchen pela casa, apesar de ainda doer vê-las, porque isso é importante para as meninas.

— Era isso o que eu queria dizer — disse Cassandra, baixinho feito um grilo no inverno. — Você não apenas diz que as ama. Você demonstra.

Ela engoliu em seco.

— Minha família não é como a sua. Não há espaço para isso. Todo mundo é tão... analítico. Não há sentimentos. Quando eu era pequena, sempre me sentia numa entrevista de emprego. Como eu estava me saindo na escola? Quais eram minhas metas? Eu tinha um plano para entrar na faculdade, tinha uma bolsa de estudos? Qual era o meu plano para depois da faculdade? Nós nunca passamos um tempo juntos, apenas... — A mão dela parou encostada na minha pele. — Não como vocês, Griffith.

Eu não era o tipo de homem que me continha. Se eu tinha algo a dizer, eu dizia.

Mas agora não era o momento certo.

— Há espaço.

Eu a beijei, bebendo Cass intensamente enquanto ela se derretia ao meu redor. Cassandra havia investido tanto naquele beijo quanto eu. Pela primeira vez, ela não estava apenas me usando para conseguir o que precisava; embora eu não me incomodasse quando ela fazia isso.

Ela estava oferecendo.

Eu recuei e dei um beijo em sua testa.

— Há espaço, princesa.

# 23

## Cassandra

— Cass, você está no escritório?

Revirei os olhos. A cadeira do escritório guinchou quando uma rodinha se prendeu em uma haste de feno.

— Cass?

Eu estava sozinha, então permiti que um sorriso tonto escapasse ao som da voz de Christian. Peguei o rádio.

— Bem aqui, caubói. Onde mais eu estaria?

A estática estalou.

— Não sabia se você tinha decidido ir tomar um ar fresco, saído para montar ou algo assim.

Eu ri.

— Como se eu fosse montar num animal selvagem por vontade própria.

Ele soltou uma risadinha.

— Você se saiu até bem na outra noite.

*Ele está falando do passeio na trilha que me forçou a fazer ou da transa clandestina no escritório depois que as meninas foram dormir? Eu com certeza tinha me saído até bem cavalgando nele.*

O rádio estalou.

— Parem de flertar na linha — reclamou CJ.

Christian voltou à linha.

— Tem um almofadinha curiando no portão do rancho. Talvez fosse bom você ver o que ele quer antes que um dos peões o amarre e asse em fogo lento.

Grunhi.

— Não tem ninguém mais próximo?

— Estamos na outra ponta da propriedade. As câmeras da trilha captaram o carro. Vá com a Dottie. Ela já está preparada.

Meu estômago afundou.

— Não posso ir com sua picape?

— Você sabe dirigir com câmbio manual?

Resmungando, tirei os sapatos de salto e abri a gaveta da escrivaninha para pegar um par de meias.

— Não fique bravo quando eu estropiar sua égua.

Eu tinha roubado um par de meias grossas de Christian para ter à mão quando ele me forçasse a praticar atividades ao ar livre contra minha vontade. As botas que ele tinha comprado para mim ficavam debaixo da escrivaninha para momentos como aquele.

Fitei o alvo na parede oposta enquanto calçava as botas. Christian tinha montado um pedaço de compensado na parede para eu poder praticar com suas facas de arremesso.

As fotos que eu havia encontrado na internet de Tripp e da diretora Beeker estavam em farrapos.

Eu estava absolutamente ridícula de blazer, calças sociais de cintura alta e botas de caubói, mas era melhor do que estragar meus amados saltos altos.

Fui a contragosto até o celeiro e encontrei Dottie em sua baia.

Ela olhou para mim com aqueles olhos enormes de cavalo como se dissesse: *ah, você de novo?*

Por um breve momento, pensei em ir andando, depois achei melhor não. Eu não tinha tempo para caminhar até lá nem para levar minha blusa para ser lavada a seco para retirar as manchas de suor.

— Certo, vamos lá, trabalhe comigo — falei enquanto, hesitante, pegava a corda e a guiava para fora da baia.

Ela veio de bom grado, mas isso não fez eu me sentir melhor. Eu tinha certeza de que conseguia montá-la, sair do celeiro e então levar um tombo e morrer.

Dottie ficou imóvel enquanto eu me segurava na sela e soltava o ar. Colocando o pé no estribo, fiz força e joguei a perna por cima do lombo dela.

Tá, eu podia fazer isso.

Dottie se mexeu, mas eu mantive os quadris soltos.

— Postura de princesa, quadris de puta — cochichei para mim mesma enquanto dava um leve apertão nela com as pernas.

Eu me senti ridícula quando Dottie passou rapidamente pelo edifício do escritório, os celeiros e os depósitos de equipamentos. Sadie nos viu quando passamos pela casa e disparou da varanda para acompanhar.

*Quando foi que eu comecei a chamar de "a casa"? Eu sempre chamei de "casa do Christian". Gostava da distância dessa expressão.*

*E quando é que Sadie parou de tentar me arrebanhar?*

Mickey estava largado na sombra da árvore defronte à varanda de Becks e Nate. Eles estavam na cidade, em mais uma consulta médica.

Becks tinha passado mais uma semana sem entrar em combustão espontânea nem trabalho de parto, o que queria dizer que havíamos passado outro sábado na cidade juntas.

Pelo menos não foi tão constrangedor dessa segunda vez. Passamos a tarde tendo ideias para uma festa de início das obras, depois passamos a falar merda sobre pessoas que conhecíamos antes, comendo batata chips e molho (ela) e tomando margarita (eu).

Ajustei a força com que segurava as rédeas, mantendo os braços relaxados. Uma brisa gentil acariciou minha pele, levantando meus cabelos e fazendo os fios dançarem sobre minhas costas.

De fato, encontrei um carro descendo a longa estradinha de terra. Dottie estacionou no poste, enquanto Sadie disparou feito uma bala de uma arma, correndo atrás do carro para guiá-lo.

— Por favor, não se mexa, por favor, não se mexa — cochichei para Dottie, apoiando o dedão do pé no estribo e desmontando sem muita elegância. Ela resfolegou com força pelas narinas massivas, obviamente irritada, mas tolerante.

O carro parou e um homem grisalho de terno saiu dele.

— Cassandra Griffith?

— Parker — falei, estendendo a mão. — Não sou uma Griffith. Apenas trabalho para eles. E, considerando que você sabe quem eu sou, mas eu não sei quem você é, vou deixar que fale primeiro.

Ele riu.

— Mil perdões, srta. Parker. Eu sou o prefeito, Charles Getty.

Apertei a mão dele.

— A que devo o prazer, sr. Prefeito?

*Regra número um: se a pessoa se apresenta usando seu título profissional, ela se acha mais importante do que é.*

— Bem — disse ele, enfiando os polegares nos passadores do cinto. — Há um boato de que vocês estão planejando fazer uma baita mudança por aqui.

Nada havia sido divulgado ao público sobre o projeto de revitalização, mas Christian e eu tínhamos entrado com pedidos para algumas licenças e perguntado por aí sobre regulamentos municipais para acelerar o processo quando o dinheiro começasse a fluir. Os boatos deviam estar rodando acelerados hoje.

Enquanto o prefeito continuava sua ladainha, tagarelando sobre as belezas da cidade e o serviço que estaríamos prestando ao trazer o dinheiro de impostos para a economia local, uma picape gigante decorada com vários logotipos passou voando pela estradinha, levantando um furacão de poeira antes de voar para os celeiros.

Christian veria a picape em uma das câmeras e mandaria um peão para lidar com seja lá quem estivesse dirigindo como um doido.

— Mas, enfim, a Câmara do Comércio se reúne toda terça-feira. Você é bem-vinda para se unir a nós uma ou outra vez para ganhar experiência. — Ele forçou uma risada. — Depois disso, é preciso ser membro pagante.

Pelo canto do olho, vi a picape em disparada se dirigindo à casa de Christian.

*Ninguém estava vindo das pastagens.*

— Aprecio o convite, mas terei de discutir o ingresso na Câmara do Comércio com o sr. Griffith.

Só de dizer "sr. Griffith" em vez de Christian, um gosto estranho e acre cobriu minha língua.

O prefeito puxou as calças mais para cima.

— Os rumores dizem que agora é o filho de Silas quem está administrando as coisas.

— Correto. Christian supervisiona as operações.

Um sorriso estranho se espalhou pelos lábios dele.

— Que coisa, não? E agora ele tem uma coisinha bonita como você trabalhando para ele. Imagino que esses caubóis saibam uma ou outra coisinha sobre como escolher uma égua boa. Não tem nada de errado em querer algo bonito de olhar.

Eu deveria ter trazido uma daquelas facas de arremesso comigo.

Fiquei tentada a entregar para ele um cartão de visitas com meu nome sob o logotipo do Carrington Group, mas isso não queria dizer muita coisa por ali.

Em vez disso, endureci minha expressão, livrando meu rosto de qualquer traço de sorriso.

— Bom, você provavelmente é um homem muito ocupado, então não vou entediá-lo com quem eu sou ou qual é o meu trabalho. Mas se estiver curioso... e está, considerando o jeito como está me olhando... você deveria passar na escola de ensino médio e bater um papinho com a diretora Beeker. Rolam boatos de que ela anunciou que vai se aposentar antes do previsto, mas tenho certeza de que você já sabia disso.

Ele olhou para a casa de imediato e pigarreou.

— Talvez eu tenha ouvido algo a respeito.

Empinei o queixo.

— Talvez eu tenha tido algo a ver com isso. Imagino que destituir um prefeito seria tão fácil quanto. Diga, como vai a sua amante? Nadine, a senhora que trabalha na Blush & Bashful. É o batom dela no seu colarinho, não?

Ele empalideceu sob o sol do meio-dia, repuxando seu colarinho como se o estivesse estrangulando.

Eu me aproximei mais.

— Um conselho, sr. Prefeito. Se vai ter um casinho, não dê perfumes caros de presente a ela. Eles duram mais.

Eu não era vidente. Tinha dado sorte com a marca de batom na camisa social engomada. A informação real se devia à sósia de Wandinha Addams, que estava mais do que disposta a soltar alguns segredos de cidade pequena enquanto aplicava minha maquiagem.

— Bem — soltou ele, a voz rouca, os olhos dardejando para seu carro caríssimo. — Vou deixar você seguir com seu dia.

— Acho que é o melhor para nós dois.

Esperei até ele se sentar de volta no banco do motorista para falar de novo.

— Mais uma coisinha, sr. Prefeito... — Segurei o topo da porta do carro. — Quando forem enviados os convites para o início das obras, você receberá um. Você vai responder ao RSVP. Dirá a todas as pessoas importantes na cidade para comparecerem. Você chegará na hora, tomará exatamente um drinque, cantará loas a esta família e será um apoiador vocal de nossos projetos, e então irá embora cedo.

Ele engoliu em seco.

— Não conte nada para minha esposa.

— Isso é da sua conta. — Estreitei meus olhos. — Não faça com que seja da minha.

E, com isso, bati a porta.

Já era da minha conta, mas eu encontraria uma maneira mais discreta de acelerar a mão ligeira e firme do carma.

Dottie acompanhou minha energia no caminho de volta, acelerando o passo. Eu combinei minha respiração à batida de seus cascos. A fúria me mantinha centrada.

Fiquei de olho na picape enquanto Dottie corria de volta ao celeiro, mas ela não estava visível em lugar nenhum.

Talvez o motorista tivesse ido até o lugar onde Christian e os rapazes estavam.

Dottie jogou a cabeça para trás quando nos aproximamos do celeiro, e eu deslizei a mão por sua crina. Ela desacelerou e entrou na construção como uma profissional experiente, ficando imóvel para eu poder desmontar.

Procurei no meu bolso e encontrei uma balinha sobrando. Por milagre, consegui não me encolher quando ela a pegou da minha mão.

O escritório estava exatamente como eu o havia deixado: um desastre total. Cronogramas de desenvolvimento, propostas de subsídio, contratos e orçamentos de empreiteiros lotavam minha mesa.

*A mesa de Christian.* Eu corrigi meu próprio pensamento intrusivo. Ela não era minha.

Troquei de sapato outra vez, revirei a papelada até encontrar o teclado e fiz uma rápida pesquisa na internet. Esperei enquanto a impressora imprimia uma foto, depois a prendi na parede e tornei a mergulhar na bagunça.

Organizar os documentos que Christian precisava assinar era a parte fácil. Fazer com que ele ficasse ali dentro tempo suficiente para assiná-los era mais difícil. A pilha do que ele precisava resolver crescia a cada minuto.

*Se eu mantivesse tudo no escritório, ele continuaria arrumando algo mais importante para fazer...*

Pensando melhor, peguei a pilha e carreguei tudo para a casa. Eu podia mostrar os peitos e persuadi-lo a tirar dez minutos para repassar aquilo tudo.

Quando fiz a curva do corredor estreito entre o celeiro e o escritório, parei.

Aquela picape estava estacionada na frente da casa de Christian.

Cliquei a caneta no topo da pilha. Se ele estivesse lá, eu terminaria com aquilo antes ainda do esperado.

Mas não ouvi vozes masculinas quando subi correndo para a varanda. Não a de Christian, pelo menos.

— Não! — A gargalhada de Gracie era bem clara.

Uma risada grave se juntou à dela e eu parei para ouvir.

— Me passe o roxo — disse Bree.

*Que horas eram? Eu tinha acabado de almoçar quando o prefeito apareceu. Não podia ser mais de uma da tarde.*

— Eu acho que precisamos de glitter — disse Gracie.

— Nãã, você conhece a regra do seu pai. Nada de glitter dentro de casa.

*Bree e Gracie deveriam estar na escola. A mãe de Christian está na cidade. As meninas tinham aula de dança essa noite. Por que estão em casa?*

Medo e adrenalina subiram por minha nuca como trepadeiras serpenteando enquanto eu me apressava nos degraus e entrava na casa.

Congelei no meio de um passo e pisquei.

— Srta. Cass! — berrou Gracie, largando um punhado de canetinhas no tapete. Ela se afastou depressa do homem tatuado que estava preso ao piso e disparou na minha direção.

— Ah-ah-ah! — Eu a fiz parar com um só dedo. — O que vocês estão fazendo em casa, meninas? Era para estarem na escola.

— Nós fomos sequestradas — disse Bree, muito casualmente, enquanto tampava uma canetinha rosa, pegava uma azul em seguida e continuava a usar o sujeito sem camisa como livro de colorir humano.

*Operação cupido* estava passando na TV ao fundo, e todos pareciam agir como se aquilo fosse uma atividade vespertina normal.

Concluindo que ninguém estava em perigo iminente, resolvi que era melhor não fazer perguntas. Larguei os papéis na mesa da cozinha.

— Certo. Tenham uma boa abdução.

— Vem cá, srta. Cass — disse Gracie, segurando minha mão. — Você tem de conhecer nosso divertio.

— Acho que eu nunca ouvi essa palavra antes.

— É que ela é só nossa. — Ela puxou meu braço até eu ceder e deixar que me arrastasse para a sala de estar. — Esse é o nosso divertio, Ray.

O homem sem camisa que estava esparramado de barriga para baixo no chão da sala de estar levantou a cabeça e olhou para mim.

— É. Agora eu entendo, definitivamente.

— Entende o quê? — perguntou Bree.

— Nada, tampinha — disse o homem sem desviar os olhos de mim.

Tive a distinta sensação de que eu sabia o que ele "entendia".

Virei o tornozelo, mostrando o salto afiado.

— Não é tão fino quanto uma agulha de tatuagem, mas posso fazer alguns buracos em você se for preciso.

Ele sorriu de orelha a orelha.

Ergui uma sobrancelha.

— Vai ser preciso?

Ele riu.

— Não, senhora.

— Você tem que dizer "não, minha rainha" — cochichou Gracie.

— É, eu vou deixar isso para o seu pai — disse ele, com uma centelha de diversão nos olhos. Ele esticou um braço pelo chão, como se fosse cumprimentar meu pé. — Divertio Ray, ao seu dispor. Prazer em conhecê-la.

— Quer dizer "tio divertido" — disse Gracie, informando-me enquanto pegava uma canetinha. — Quer colorir com a gente?

— Ah. — Assenti. — O outro irmão Griffith.

— Então você ouviu falar de mim — disse ele, relaxando a cabeça e voltando à posição para não perturbar as meninas.

— Vocês não são meio grandinhas para brincar de colorir? — falei para as meninas.

— É tradição. Nós sempre colorimos as tatuagens do tio Ray.

— Ele fez elas para a gente — disse Gracie com um sorriso.

A maior parte das costas e dos braços de Ray tinha sido preenchida com canetinhas laváveis, transformando os contornos de preto e branco em totalmente coloridos.

— Dentro das linhas, Picasso — disse ele, quando Gracie começou a se empolgar com as canetinhas. — Pelo menos vocês, ferinhas, são melhores nisso agora do que quando tinham três anos.

Ele esticou o braço esquerdo.

— Vocês deixaram passar um lugar no meu ombro.

Aquela família continuava ficando cada vez mais estranha.

Apertei o dorso do nariz.

— O pai de vocês sabe que não estão na escola agora?

Bree se fechou.

Eu a encarei.

— Bree?

Os olhos dela se moveram.

Batuquei com o pé.

— Vai me dizer por que está matando aula e arriscando se encrencar depois de eu ir para a briga por você?

— Você me disse para ficar de boca fechada quando me fizerem perguntas que podem me botar em encrenca — murmurou ela.

Ray gargalhou.

Eu me dobrei na altura da cintura e a chamei mais para perto com o dedo.

— Você já está encrencada — murmurei de volta.

— Não se preocupe. Eu não sou um sequestrador de verdade — disse Ray. — Eu assinei a saída delas na secretaria antes de colocar os capuzes por cima da cabeça delas e jogá-las no banco traseiro da caminhonete.

— Ai, meu deus — resmunguei baixinho, chacoalhando a cabeça ao sair.

Foram as vozes que começaram depois de eu sair pela porta da frente que me fizeram parar.

— Então, essa é ela, hein? — disse Ray.

— Ela não é linda? — suspirou Gracie.

— Ela é fodona — disse Bree.

— Você não pode falar isso! — berrou Gracie.

— Ei, o que foi que eu te ensinei, tampinha? — disse Ray.

— Falador passa mal — disse Gracie.

— Ela mora aqui com vocês? — perguntou ele.

— É — disse Bree. — Eu sempre peço ao papai para perguntar como ela arruma o cabelo pra ela ensinar para ele e ele fazer para mim, mas ele não pergunta.

— Você mesma podia perguntar — disse Ray. — Eu não acho que ela cuspa fogo. Mas talvez seja melhor estar com um extintor, só para prevenir.

As meninas gargalharam e eu não pude evitar um sorriso.

— Ela não gosta de criança, mas estamos trabalhando nisso — disse Bree.

Ray pareceu realmente horrorizado.

— Não gosta de criança? Quem é que não gosta de criança? Principalmente vocês duas, pestinhas!

— A gente está vencendo ela pelo cansaço — disse Gracie.

— O que o seu pai acha? — perguntou ele.

As garotas gargalharam de novo e eu me peguei debruçando-me um pouco mais para perto da fresta da porta para ouvir.

Não consegui entender o que elas disseram porque uma voz grave ecoou de trás de mim.

— Quer me contar por que tem uma foto do prefeito no alvo dos dardos?

# 24

## Christian

Apertei o punho sobre a boca para conter o sorriso. Cassandra parecia culpada pra cacete quando a flagrei com o ouvido colado na porta.

Ela pressionou a mão no peito, soltando o ar num sopro.

— Você me assustou! Como diabos você conseguiu subir esses degraus se esgueirando?

Tentando me fazer de indiferente, passei a mão pela barba.

— Eu conheço todos os pontos que rangem. Fique por aqui tempo suficiente e você aprenderá onde eles estão.

— Seu irmão está aqui — chiou ela.

— Eu sei — falei, baixinho, para combinar com seu tom. — Vi nas câmeras quando ele chegou.

— Ele sequestrou suas filhas — ela gritou num cochicho.

— Ele faz isso.

Ela arregalou os olhos.

— E você aceita?

*Droga. Eu gostava quando ela se preocupava com as meninas.*

— Por que estamos sussurrando? — falei.

— Porque não quero que eles saibam que ainda estou aqui fora!

Um sorriso lento se espalhou pelo meu rosto.

— Se eu não soubesse, diria que você se importa ou está curiosa. Talvez as duas coisas.

— Não estou, não. Sou apenas profissional. Deixar uma cliente ser sequestrada costuma ser ruim para os negócios.

— Minhas filhas não são suas clientes.

— São adjacentes ao cliente. — Ela bateu na minha barriga. — E pare com os joguinhos de palavras.

Eu ri baixinho.

— Só estou provocando. — Já que ela estava bloqueando a entrada, usei isso em benefício próprio e a prendi contra a porta usando meus quadris. — Você nunca chegou a explicar por que tem uma foto do prefeito com uma faca espetada nela.

As nuvens suaves prateadas dos seus olhos se transformaram em navalhas.

— Ele me irritou. Pelo visto, raiva ajuda na precisão dos arremessos.

Levantei as sobrancelhas.

— Eu quero saber o que houve?

Cassandra afagou meu peito.

— Eu já dei um jeito.

Ninguém estava por perto para nos ver, então afaguei o rosto dela e a beijei.

— Essa é a minha garota.

Ela se afastou.

— O que é que você está fazendo? Alguém pode ver.

A tensão na sua voz doeu.

— Ninguém vai ver. Está todo mundo lá dentro, e nós, aqui fora.

Sua mão pressionada no meu peito me conteve.

— E daí? Eu não vou arriscar.

— Arriscar o quê?

Era eu quem tinha a regra sobre minhas filhas não serem expostas à natureza casual da minha vida romântica. Era eu quem tinha de impedir essa casa de desabar. Era eu quem estava arriscando tudo.

Se ela estava preocupada com a possibilidade de alguém ver, então precisava admitir que havia algo a esconder.

— Eu tenho de voltar ao trabalho — disse ela, tentando se espremer para passar.

Eu a impedi com a mão em sua cintura.

— Por que você estava ouvindo escondida?

— Eu estava de saída.

— Mentira.

Fechei um punho na parte de trás de seu cabelo, trazendo sua boca até a minha de novo.

Seus olhos ficaram pesados e seus lábios se partiram, roçando os meus. Era como se eu tivesse acessado os controles para sua submissão.

— Viu? — murmurei junto ao canto de sua boca. — Eu te disse que você ia gostar quando eu estivesse no controle.

Segurei seu cabelo com mais força.

Cassandra não se deu ao trabalho de argumentar. Sabia que eu não deixaria barato se mentisse.

— Você vai entrar comigo — sussurrei.

— Não vou, não.

— Então eu vou te carregar para dentro por cima do ombro. Você escolhe.

Eu a estava testando e ela sabia. Eu queria que ela admitisse que sentia algo entre nós.

Vínhamos jogando por diversão, mas eu queria começar a apostar. Estávamos em uma queda de braço e ela não cedia.

Dobrei um dedo sob seu queixo e o levantei.

— Não fique do lado de fora pressionando o ouvido na porta quando você tem um lugar na mesa.

— Eu já disse para você parar de falar como um biscoito da sorte em forma de caubói — disse ela, baixinho.

Eu a beijei de novo.

— E eu disse para você que há espaço.

— Christian, nós não deveríamos…

A maçaneta clicou quando a abri.

— Papai! — berrou Gracie de dentro de casa.

Cassandra se afastou e eu deixei, mas mantive sua mão na minha.

— O que você está fazendo? — disparou ela.

— Estou dizendo que tudo bem você se importar — soltei, dando meia-volta. — Está bem? Isso não a torna fraca ou menos no controle.

Os olhos dela arregalaram quando um corpo pequeno se chocou contra meu quadril.

— Oi, neném. — Eu me recusei a soltar a mão de Cassandra enquanto abraçava Gracie. — Como foi na escola?

Cassandra enterrou as unhas na minha palma. Eu apertei mais forte.

— Foi ótimo! O tio Ray fez uma surpresa. Ele buscou a gente e almoçou com a gente e depois nos trouxe pra casa e agora estamos colorindo e vendo um filme!

— *Sequestrador* — cantarolou Cassandra, baixinho.

O sorriso de Gracie aumentou quando ela espiou atrás de mim e viu que Cassandra ainda estava ali. Ela arfou.

— Você não foi embora!

Faca, direto no coração.

— Você não pode parar de trabalhar por hoje? — implorou ela.

Virei o punho e olhei o horário. Geralmente, eu tinha uma política estrita contra sair do trabalho mais cedo. E, com toda honestidade, eu só tinha voltado para casa para avisar Cassandra que Ray estava aqui. Havia mais coisas que eu precisava fazer naquele dia.

Mas, ah, aquela carinha.

— Posso, neném. Já terminei por hoje. Deixa só eu tirar os sapatos e já entro.

— Eeee! — gritou ela, pulando sem parar. — Srta. Cass, você também já acabou de trabalhar?

— Eu não term…

— Acabou, sim — falei. — Tenho quase certeza de que o tio CJ vai chegar daqui a um minutinho. Você tem dever de casa?

Gracie chacoalhou a cabeça.

— Tá bem, vá terminar de colorir as tatuagens do tio Ray antes do jantar.

— Ainda estou trabalhando — disparou Cassandra, enquanto Gracie voltava correndo para dentro.

— O rancho está fechado. Você está fora do horário de trabalho.

— O rancho nunca fecha.

— Vou colocar um cadeado no escritório.

Os olhos dela se estreitaram.

— Você não faria isso.

— Quer me testar, princesa? Existem mais coisas na vida além das quarenta horas semanais de serviço.

Ela riu.

— Olha só quem fala. Você trabalha o dobro disso.

— Meu emprego me faz feliz e coloca comida na mesa. Seu emprego só faz uma dessas duas coisas. Espero que a sua geladeira cheia valha a pena.

— Eu sou feliz.

Ela tinha a letra, mas não a música.

— Talvez algum dia eu acredite em você.

E, com isso, eu a arrastei para dentro.

Eu tinha razão. CJ veio dos campos antes que o dia de trabalho terminasse. Não demorou muito e minha sala de estar estava lotada, os peões chegando aos poucos para ver Ray.

Para minha surpresa, Cassandra não se escondeu em seu quarto. Ela fez da minha poltrona seu trono, mantendo-se acessível, mas silenciosa.

Eu não sabia bem o que tinha dado nela, mas, para mim, já bastava. Esse impasse ia terminar de um jeito ou de outro, assim que eu pudesse ficar sozinho com ela.

Quando mamãe chamou todo mundo para a sede para o jantar, Bree e Gracie falaram até cansar a orelha de Cassandra.

Ela tolerou isso um pouco mais do que de costume.

Quando passamos devagar pela linha do bufê espalhado pelas bancadas da cozinha, Becks foi para junto de Cassandra para elas poderem se atualizar sobre alguma fofoca que ela tinha ouvido na cidade.

Quando nos sentamos na longa fileira de mesas dobráveis que haviam sido empurradas para junto da mesa da sala de jantar, eu me certifiquei de sentar ao lado de Cassandra.

E, para minha surpresa, ela segurou minha mão e me deixou entrelaçar nossos dedos quando meu pai ficou de pé e fez a oração de agradecimento.

— Você e eu vamos ter uma conversa mais tarde — murmurei, enquanto comida era enfiada em nossa boca e Ray era soterrado por perguntas sobre sua última competição.

Cassandra, sentada muito corretamente com as costas bem eretas e o guardanapo sobre o colo, desviou os olhos para mim.

— Isso é desnecessário.

— Tudo bem. Uma reunião de negócios, então.

Eu estava pronto para arrastá-la para fora feito um homem das cavernas, mas Becks soltou um gemido que fez a mesa silenciar.

— Ah...

Nate colocou a mão nas suas costas enquanto ela se curvava adiante.

— Fala comigo, Ruiva — disse ele, baixinho.

Fazia onze anos que eu tinha visto uma mulher com aquela expressão no rosto, mas me lembrava como se fosse ontem.

Depois de trinta segundos prendendo o fôlego em um silêncio tenso, Becks largou o garfo e assentiu.

— Hora de ir.

Mamãe limpou a boca com o guardanapo.

— Já?

Os olhos de Becks estavam vidrados.

— Estou tendo contrações desde a hora do almoço.

— Ué, e por que não disse nada? — perguntou ela.

— Eu não sabia quanto tempo demoraria e não queria deixar todo mundo em polvorosa — disse Becks, enquanto Nate a ajudava a se levantar, apoiando seu cotovelo e as costas.

Gracie arfou.

— Isso quer dizer que você vai ter o bebê, tia Becks?

Becks anuiu com um sorriso cheio de lágrimas.

— Parece que vou.

Nate era mais velho do que eu, mas eu já era pai havia treze anos. Tive uma sensação de orgulho vendo-o cuidar de Becks, ajudando-a a sair da cozinha.

Ray ergueu sua cerveja.

— *Mazel tov!*

CJ e os peões se juntaram a ele, fazendo um brinde.

Becks chegou até a porta antes de ter que pausar e respirar durante outra contração. Minha garganta se fechou quando Nate ajoelhou na frente dela, deixando que ela pousasse os antebraços em seus ombros. Ele manteve a mão na barriga dela como proteção.

Nate levantou a cabeça e seus olhos encontraram os meus.

Eu fiz que sim, sem precisar dizer mais nada.

Mamãe se apressou atrás deles com uma sacola de compras cheia de comida para eles não ficarem com fome.

— A tia Becks vai ter um menino ou uma menina? — perguntou Bree quando o jantar foi retomado.

— Teremos de esperar para ver — falei. — Eles decidiram descobrir só quando o bebê nascesse.

— Você já sabia se a gente era menina ou menino antes de a gente nascer? — perguntou Gracie.

Assenti.

— A sua mãe queria saber logo de cara. — Um sorriso melancólico se forçou no meu rosto. — Ela ficou muito empolgada por serem meninas.

— Você quer ter filhos? — meu pai perguntou para Cassandra.

Ela engasgou com um gole de água e riu.

— Não. Eu não consigo pensar em nada pior do que parir um bebê.

— Pedra nos rins — disse CJ.

Eu ri.

— Mas nem de longe.

Ray contribuiu:

— Levar um coice de um touro.

Eu pensei a respeito.

— Uma vez ou por treze horas sem parar?

Ele fechou a cara.

— Tá bom. Parir é pior.

— Você quer mais bebês? — Gracie me perguntou, a boca cheia de purê de batata.

— Não fale com a boca cheia — relembrei, torcendo para que isso desviasse a conversa.

De quando em quando, Bree e Gracie entravam na onda de pedir mais uma irmã.

Mas elas eram bem claras de que tinha de ser uma menina. Meninos não eram permitidos.

Gracie engoliu.

— A gente vai ter um irmão ou irmã algum dia?

*Mas que maravilha, cacete.*

Meus irmãos soltaram risadinhas de trás de suas cervejas. Até Cassandra abriu um sorriso.

— Vocês estão prestes a ganhar um priminho. E o tio Nate e a tia Becks moram aqui no rancho, então será como ter um irmãozinho.

— Você está fugindo da pergunta — disse Bree, com um sorriso adulto demais para ela.

— Eu teria que ter uma esposa para isso — falei. — O que significa que vocês teriam uma madrasta. E se nós aprendemos alguma coisa com aqueles filmes de princesa que vocês me forçam a assistir, madrastas são más. Estou fazendo um favor a vocês.

— Isso não é uma resposta — pressionou Bree. — Você não precisa de uma esposa para ter um bebê.

Encarei minha filha do outro lado da mesa.

— Desculpe, senhorita *De repente, 30*. Quem foi que te ensinou a debater?

— A srta. Cass — disse ela com um sorriso.

Cassandra riu.

— Eu falei, sou uma má influência para crianças. Você já deveria saber que não deve deixá-las comigo sem supervisão.

E, fácil assim, eu estava em modo homem das cavernas de novo.

Levantei a cabeça e encontrei meu pai e meus irmãos todos com um sorriso de orelha a orelha.

— Alguém precisa conferir como está a cerca junto da casa de Nate — disse mamãe assim que voltou. — Parece que ela está quebrada.

Essa era a minha deixa.

Limpei a boca e me levantei.

— Quero pratos limpos — falei para Bree e Gracie. — Ajudem a vovó com a louça.

Dei um tapinha no ombro de Cassandra.

— Levanta, encrenca. Você vem comigo.

— Por quê? — disse ela, o garfo a meio caminho da boca.

— Você acaba de me dizer que não posso deixá-la sem supervisão. Se quer mudar o rancho, precisa consertá-lo primeiro.

— Conserto de cercas não é meu ponto forte. Sou mais de queimar pontes.

— Eu vou com você — disse CJ, terminando sua cerveja.

— Nãã. — Lancei um olhar abrasador para Cassandra. — A gente cuida disso. Vamos.

Por sorte, fui capaz de retirá-la da casa sem um único argumento.

Isto é, até sairmos da varanda.

— Estou de salto alto. Não sei que bicho te mordeu, mas não vou andar o caminho todo até a casa deles de salto só para ficar vendo você consertar uma porra de uma cerca…

As palavras dela viraram um berro quando a joguei sobre o ombro e marchei pela grama.

Minhas botas se afundavam na terra a cada passo.

Cassandra esperneou, quase me acertando no rosto com seu sapato.

— Me coloca no chão, Colosso! O que é que acontece com essa família e a mania de sequestrar os outros?

Passei um braço em torno de suas pernas para mantê-la parada.

— Vou ter de amarrá-la, ou você vai parar de tentar me espetar com um salto?

— Vou parar quando você parar de me sequestrar.

— Eu pedi com jeito e você dispensou o prazer da minha companhia. Então, deixe-me ser franco. Você vai ter o prazer, e eu não vou pedir.

— Por que eu tenho a impressão de que você não está falando de consertar a cerca? — arfou ela.

Cortei caminho pelo arvoredo que formava um véu escondendo a casa de Nate do resto da propriedade. A parte de trás da casa bordejava a linha da cerca na parte da frente do rancho.

De fato, dois dos postes estavam inclinados.

Eu consertaria depois.

Cassandra ainda tagarelava quando a coloquei de pé outra vez.

— Qual é a porra do problema com você, seu gigante…

Eu a empurrei contra o poste da cerca e esmaguei minha boca contra a sua. Cassandra não tinha previsto isso. Devorei seu gemido, beijando-a até ela virar uma bagunça frenética, lamurienta. Minha língua deslizava contra a dela, selando nosso desespero. Eu não queria soltá-la.

Seus seios se achataram no meu peito e ela se arqueou mais para perto, choramingando enquanto seu corpo implorava por mais. Meu pau doía e ela se esfregava para lá e para cá, pressionando, me provocando a cada movimento de seus pés.

Eu queria ir mais fundo. Por mais tempo. Eu a desejava de todas as formas imagináveis.

Eu a queria sob mim e por cima de mim. Porém, mais do que isso, eu a queria a meu lado, em todos os sentidos. Em todas as situações. Boas ou ruins.

Talvez não devesse, mas eu confiava nela.

Isso era algo a que eu não conseguia resistir. As regras que se danassem.

— Pensei que íamos ter uma conversa — ela arfou quando nos separamos.

— Você quer conversar? — falei, rouco, enfiando a mão em seus cabelos e puxando sua cabeça para trás.

— Eu gostaria de saber por que estou sendo atacada — disse ela, brigando com meu cinto e quase arrancando minha calça.

Beijei sua garganta.

— E eu gostaria de saber por que você fica de bate e assopra comigo. — Senti a pulsação dela disparada sob minha boca e suguei aquele ponto. — Tome jeito, princesa. Você quer isso ou não quer?

— Me fode.

— Com prazer. — Mordi com mais força, deixando outra marca nítida. — Mas você precisa resolver se quer mais do que uma trepada rápida. Porque se isso for tudo o que você quiser, essa vai ser a última vez.

Ela enrijeceu.

— Por quê?

Eu a prendi ao poste da cerca.

— Porque eu gosto de quem você é quando não está em negação. Você me dá um lado seu mais suave. Seu lado humano. E daí, quando termina, você desliga isso e me rejeita. Isso não funciona para mim. Eu vou quebrar minhas regras por você, mas só se você deixar de fazer esses joguinhos. — Minha boca roçou a dela. — Então, se você vai continuar me ignorando, me evitando e me antagonizando só para me fazer perder a paciência, este vai ser seu último orgasmo. Faça sua escolha.

— Uma escolha implica uma alternativa — disse ela, baixinho.

— Você sabe qual é a alternativa, Cass. Mas se quer que eu soletre pra você, eu soletro. Quero que você fique aqui com a gente. Ponto-final. Meu "a gente" não é uma opção. Minhas filhas acham que você é a melhor coisa que já pisou na Terra. Pra ser honesto, eu também acho. Quero ver como você é quando está disposta a aceitar que tem sentimentos *por nós*. Sei que você já teve seu coração partido, mas não lamento por isso. Estou feliz por aquele merda ter ido embora. E, por mais fodida que seja a situação que a trouxe pra mim, estou feliz pra caralho que tenha acontecido, porque eu gosto de te ver aqui todos os dias. Gosto de entrar no escritório e ver você lá. Gosto de te ver tentando montar a cavalo. Você é muito ruim nisso, aliás. Gosto de te encontrar com uma tigela de sorvete e uísque depois de um dia complicado, e sempre vou ter as duas coisas à disposição enquanto você estiver por aqui. Mas você tem de escolher estar aqui. Quer terminar seu serviço e fazer as malas? Eu não quero que você vá, mas vou respeitar.

Minha testa pousou contra a sua.

— Essa é a sua opção, princesa. Nós ou nada.

Ela cerrou o maxilar, raivosa, enquanto sua voz tremia.

— Isso não é justo.

— Eu não disse que era. Disse que você tinha de fazer uma escolha.

Por um instante, lágrimas cintilaram nos olhos dela. Brilhavam como estrelas cintilantes no céu noturno. Ela piscou, fitando a vastidão do universo.

— Então é assim que você fica quando está zangado.

— Eu não estou zangado.

Comecei a trabalhar na sua blusa, abrindo os três botões que mantinham o colarinho de seda fechado. Separei os dois lados do tecido até o topo de seus seios estarem expostos.

— Você está zangado por eu não estar te dando o que você quer — murmurou ela.

A calça foi a próxima. Era outra daquelas macias e fluidas amarradas na cintura.

— Não estou zangado com você, Cass. Estou decepcionado. — Puxei a faixa, arrancando o laço dos passadores. — Fingir que não se importa não vai impedir que você se magoe.

Cerrei os dentes.

— Mãos para trás.

Os olhos dela dardejaram à esquerda, na direção da casa.

— Eu não falei para você ver se tem alguém vindo. Falei para colocar as mãos atrás desse maldito poste.

Ela empinou o queixo enquanto fechava as mãos atrás do poste. Agarrei seus punhos e rapidamente os amarrei com a faixa da cintura. Ela tomou um susto, os olhos faiscando, surpresos, quando as amarras não ficaram frouxas o bastante para uma fuga.

Tirei o chapéu da minha cabeça e o larguei por cima de seus cabelos lindos.

— Achei que não era para brincar com o seu chapéu. Quase certeza de que isso quer dizer que eu não deveria usá-lo — disse ela, atrevida.

Segurei seu maxilar na palma da mão.

— Você quer ser minha? Então vai usar esse chapéu.

E, com isso, despi a calça de seus quadris e me ajoelhei.

Cassandra lutou contra o poste da cerca enquanto eu tirava a calça de seus tornozelos, arrancava a calcinha de seus quadris e jogava sua perna por cima do meu ombro.

— Christian... — suspirou ela quando separei seu sexo molhado com os dedos. Ele tinha o tom mais suave de rosa. Seu núcleo estava quente e inchado de excitação quando lambi seu clitóris.

Um sopro de ar frio nos fez parar, estremecendo.

— Tudo o que você vai levar é esse orgasmo, Cassandra. — Deslizei dois dedos para dentro dela, curvando-os e a acariciando devagar.

A cerca rangeu enquanto os joelhos dela cediam.

— Mas isso é tudo o que você quer mesmo, né? — Contornei o clitóris com a língua. — Você usa toda essa bravata com todo mundo. Arrancando o couro deles e colocando todos em seus devidos lugares. Mas não está disposta a usar isso para lutar por si mesma. Por aquilo que você quer.

— Christian, por favor...

Encaixei seu traseiro na minha mão enquanto a devorava. Ela praguejou para o céu. Suplicou para mim, para as divindades, para qualquer um disposto a ouvir. Puxou e tornou a puxar contra aquele poste da cerca.

Eu não dei trégua.

Talvez estivesse fora de mim. Ela não estava em busca de um relacionamento. Odiava esse rancho. Não gostava de crianças. Desprezava quase tudo sobre o meu estilo de vida.

E, no entanto, era perfeita para ele.

Eu via isso toda vez que olhava para ela.

Cassandra tinha uma força incomparável. Era confiante de maneiras que eu nunca tinha visto antes. Tinha uma tendência à teimosia que sustentava aquela confiança. Era protetora. Nunca aceitava um "não" como resposta quando queria um "sim". Era loucamente arrogante, insolente e mordaz.

E cada pedacinho meu a amava por isso.

Seus seios quase se derramavam para fora do sutiã conforme ela se remexia contra o poste. As madeixas loiras voavam imprudentemente em todas as direções.

— Me faz gozar — sussurrou ela, levantando os quadris e procurando desesperadamente minha boca e minhas mãos.

Meu cabelo estava se soltando do coque em que o havia prendido. A barba estava úmida com a excitação dela. Seu gosto cobria minha língua.

E ainda não era o bastante.

Sua respiração ficou frenética.

Silêncio.

Um gemido.

E então a explosão.

Ela choramingou; suas coxas tremiam enquanto ela se desmanchava. Ela jogou a cabeça para trás, soltando uma fieira de profanidades tão alto que provavelmente foi ouvida dos alojamentos. Eu não parei, lambendo sua boceta até ela me implorar para parar e me empurrar com o pé.

Sem dizer uma palavra, sequei suas coxas e sua boceta com a calcinha rasgada, depois a ajudei a vestir a calça de novo. Ela ficou imóvel enquanto eu desamarrava seus punhos em silêncio e passava a faixa de volta entre os passadores de cinto.

Cassandra esfregou as marcas vermelhas que circundavam sua pele enquanto eu abotoava sua blusa.

Meu chapéu se equilibrava precariamente em sua cabeça de trás para a frente quando ela olhou para mim cheia de remorso.

Tirei meu chapéu de sua cabeça e o coloquei de volta.

— Por que você parece triste? — Afaguei seu rosto. — Você conseguiu o que queria.

Eu estava esperando que ela dissesse.

Que dissesse que aquilo não era *tudo* o que ela queria.

Esperava que ela admitisse que era teimosa porque isso era seguro.

Mas ela não admitiu.

O canto de sua boca tremeu.

— Não sei o que dizer. Não sou o tipo de pessoa com quem você deveria se envolver. — Ela engoliu em seco, reforçando sua resolução. — Eu não vou mudar.

— Não estou pedindo para você mudar. — Passei a mão por minha barba. — Eu só quero que você seja honesta consigo mesma. E comigo.

— Eu sou — disparou ela de volta.

— Não é, não — esbravejei, interrompendo-a. — Se fosse, não seria tão morna, uma hora me quer, na outra me rejeita. Pra mim chega disso. Se você fosse honesta, admitiria que sofre fazendo o que está fazendo. Mas isso é com você. Se quiser sofrer, fique à vontade. Você quer tanto estar certa que não consegue sequer tolerar a ideia de que *talvez*, apenas talvez, você e eu pudéssemos ter algo de bom. Eu estou pedindo, Cass. Porque não sou um covarde.

A última frase a atingiu como um tiro.

O poste da cerca estalou e então soltou um gemido quando se inclinou, rachou e caiu na grama.

Nenhum de nós dois reagiu.

E lá ia minha aposta. Eu ia deixar a mesa de jogo de bolsos vazios.

Caminhamos de volta para a casa em silêncio e encontramos o resto da família limpando tudo após o jantar.

CJ abriu um sorriso malicioso quando nos viu.

— Como está a cerca?

Cassandra mostrou o dedo do meio para ele.

Eu entrei atrás dela, mais zangado do que quando saí.

— Eu conserto amanhã cedo.

# 25

## Cassandra

— Ele me amarrou a uma cerca e me fodeu.

Enfiei minha colher na tigela de sorvete.

Mickey piscou para mim do lado oposto no escritório, soltando um grunhido bovino.

Os espaguetes de natação em seus chifres tinham sido trocados no dia anterior. Ele agora exibia um verde-limão do lado esquerdo e um roxo do lado direito.

Encarei a garrafa de bourbon que estava na minha mesa — a mesa de Christian — desde, presumivelmente, as primeiras horas da manhã. O bilhete colado na parte da frente me provocava.

*Bourbon combina com menta com gotas de chocolate.*

Nenhuma assinatura. Nenhuma inicial. *Não que eu precise disso para saber quem deixou a bebida.*

Fazia dois dias que Christian tinha me exigido fazer uma escolha para a qual eu não estava pronta. E dois dias que eu o evitava.

— Depois de me dar um ultimato — resmunguei, com a boca cheia de sorvete.

Eu tinha acabado de sair de uma ligação com Mike — meu chefe no Carrington Group —, que tinha me avisado que, embora os Griffith tivessem dado um feedback extremamente elogioso sobre meu desempenho no serviço, eu ainda teria de me reunir com o RH devido às consequências do meu relacionamento com Tripp.

Mas que excelente. Só que não.

Eu tinha passado por todo um caso amoroso depois de terminar com Tripp e ele ainda estava me assombrando.

Contudo, depois de um telefonema rápido para Spenser Crenshaw, um contato antigo que me devia um favor, eu estaria assombrando Tripp muito em breve.

Raiva me deixava vingativa. E como eu não podia descontar essa raiva em Christian, Tripp era o segundo melhor alvo.

A faca em sua cara no alvo de dardos não era o bastante para minha sede de sangue.

— Digo, como ele ousa? Nós transamos algumas vezes. Não é como se estivéssemos num relacionamento e eu tivesse batido o pé que não passaríamos desse ponto. Não sou eu quem tem a culpa aqui. Era *ele* quem tinha estragado tudo.

Apontei a colher para o boi que havia entrado sozinho no escritório e deitado na caminha de Sadie, achatando-a.

Mickey bufou, aborrecido.

O boi abriu um olho só, me encarando enquanto eu virava de um lado para o outro na cadeira.

— Foi *ele* que me pegou desprevenida. Você não pode emboscar alguém quando a pessoa está com as calças na mão e demandar um relacionamento. Isso é praticamente um assalto.

Mickey grunhiu e fechou os olhos.

Bourbon e menta queimaram minha garganta quando peguei o restinho no fundo da tigela.

— Então. Ele exagera tudo, faz de *mim* a vilã porque eu não quero mergulhar de cabeça em uma unidade familiar na qual vou ser sempre a intrusa, depois coloca sorvete e bourbon aqui, caralho, presumindo que eu vou ficar arrasada com isso!

O boi gemeu, irritado, levantou-se e saiu desfilando para arranjar um lugar mais sossegado. Os espaguetes de natação bateram no batente da porta quando ele se espremeu por lá.

— Ótimo. — Larguei a tigela sobre a mesa e joguei a colher dentro dela. — Até o gado me odeia.

Nem cinco segundos depois, Christian entrou no escritório.

— Você expulsou o Mickey? — perguntou, sem fazer contato visual comigo enquanto folheava a pilha de papéis no canto da escrivaninha.

— Aparentemente, eu falo demais.

Ele riu.

— Você sabe que está à vontade quando começa a falar com o gado.

Rangi os dentes.

*Como ele ousa fingir que não há nada de errado?*

As sobrancelhas de Christian franziram enquanto ele recomeçava com a pilha de papéis.

Bufei.

— O que você está procurando?

— Os registros do...

Peguei uma pasta de papel pardo de cima da impressora e a entreguei para ele.

— Ah. Obrigado. Você sabe onde está a...

— Fatura da ração comprada de George Thompson? Já está paga. — Entreguei a ele a folha impressa confirmando o pagamento. — Eu autorizei o cheque.

Ele afagou a barba.

— Não precisava fazer isso.

— Tudo bem. Eu estava esperando a ligação de um cara que aluga tendas para a festa do início das obras. Não sabia quando você passaria por aqui, então cuidei disso.

— Obrigado. Tenho de fazer a folha de pagamento, e já te deixo em paz.

— Já está feita — disparei. — Os cheques estão assinados. Vou colar tudo na porta quando os rapazes encerrarem o dia.

Christian me encarou.

— Isso não está entre as suas funções.

Lancei um olhar gelado na direção dele.

— Você me autorizou a assinar cheques, não foi?

Ele franziu o cenho.

— Foi.

— Fazer a folha salarial não é um bicho de sete cabeças.

— Então por que você fez?

Dei-lhe as costas e comecei a rolar pela minha caixa de entrada do e-mail, procurando pela confirmação do aluguel de mesas e cadeiras.

— Assim você não tem motivos para ficar aqui.

Uma mão pesada aterrissou no meu ombro com um toque leve.

— Cass…

— Cassandra — cortei.

Christian congelou com a mão no meu ombro. No entanto, antes que ele pudesse inventar o que dizer — porque isso era tudo culpa dele —, o rádio apitou.

— Cass, meu bem, é a Claire. Um entregador acaba de deixar aqui uma pilha enorme de papéis da Lawson International. Quer que eu leve para o escritório ou para sua casa?

Peguei o rádio.

— Não precisa. Eu vou buscar.

— Princesa… — disse Christian, enquanto eu me afastava da mesa.

— Não sou eu quem está mandando sinais cruzados — disparei. — Eu nunca fingi querer alguma outra coisa que não um casinho, e foi você quem disse que conseguia separar sexo e romance.

Os olhos dele escureceram.

— Você está se subestimando se acha que aquilo era um casinho.

— Eu me subestimei por anos porque me prendi a alguém que não me amava. Confie em mim, eu sei quando estou me subestimando. E não farei isso de novo.

Ignorei o celeiro e decidi que preferia ter bolhas nos pés por andar até a casa de Claire e Silas a ficar mais tempo perto de Christian.

Eu me arrependi quando passei pela casa de Becks e Nate. Um carro extra, o da mãe de Becks, estava estacionado na frente da cerca que tinha sido consertada depois que Christian tinha me amarrado a ela.

Becks, Nate e a bebê novinha em folha, Charlotte, tinham acabado de chegar em casa do hospital. Todos estavam aos poucos vindo visitá-los pelo tempo que suas agendas escolares e profissionais autorizavam, mas eu havia me contido.

Ela era minha amiga, mas eles não eram minha família. Seria simplesmente esquisito. Isso, e eu nunca tinha segurado um bebê no colo.

— Cassie, eu disse que levava pra você — disse Claire, balançando-se para a frente e para trás na velha cadeira de balanço que vivia na varanda. — Se soubesse que você estava a pé, teria te poupado uma viagem.

Meu coração estava acelerado e meus pés queimavam.

— Eu precisava de ar fresco.

— Imagino — disse Claire, rindo. — Você está enfurnada no escritório do Chris há dias.

— Tenho muito a fazer antes do início das obras. — Tentei pegar o pacote amarelo no colo dela. — Eu deveria voltar ao trabalho.

— Bem, espere um pouquinho. — Ela indicou a cadeira de balanço a seu lado. — Você veio andando até aqui. Descanse um bocadinho antes de pegar o rumo de volta.

— Eu não deveria... estou em horário comercial.

— E se o meu filho te encher o saco por causa disso, eu cuido dele. — Claire apontou de novo para a cadeira de balanço. — Senta.

Dessa vez ela não estava pedindo. Era uma ordem.

Meus pés gritaram quando eu me abaixei para a cadeira de balanço. Bolhas vermelhas acompanhavam as bordas dos meus sapatos.

— Quer algo pra beber? Eu tenho chá, limonada...

— Estou bem assim, obrigada.

— Também tenho vodca.

— Presumi que esta fosse uma família que toma apenas uísque — falei, retirando parcialmente meus pés dos sapatos e balançando para a frente e para trás.

Claire riu.

— Os meninos talvez, mas eu mesma gosto de vodca. Belvedere pura. Nada muito empetecado.

Precisava me lembrar disso e me certificar de que o bar tivesse bastante Belvedere para a festa. Talvez eu pudesse colocar um coquetel exclusivo no cardápio. Um para Claire e um para Silas.

— Você tem bom gosto — comentei, enfiando a unha em uma depressão no braço de madeira da cadeira.

Ela sorriu, maliciosa, afofando sua nuvem de cabelos prateados enquanto analisava a propriedade de seu trono no alpendre.

— Como vão os planos para o evento do início das obras? Chris não está pegando no seu pé, né?

Minha garganta se apertou.

— Não, ele está deixando por minha conta a maioria das coisas. Facilita bastante, na verdade.

Seus lábios franziram em um sorriso contente.

— Ele confia em você. Christian normalmente é bem mão na massa com tudo que acontece dentro dessas cercas. Ele não é bom em delegar.

Eu teria chamado isso de me evitar, mas delegar também servia.

— Não sei se Christian falou, mas a data para a celebração do início das obras já está marcada. Será na véspera do campeonato de rodeio, à noite. Estou torcendo para que Ray seja nosso convidado de honra. Será um grande chamariz para a comunidade, ele sendo um rapaz local e tudo mais.

Claire ficou em um silêncio pensativo por um instante.

— Essa vai ser uma decisão difícil. Se ele passar para a rodada *wild card*, geralmente se isola para se concentrar. Não sai do quarto de hotel. Não vai a festas. Nada assim. Por mais que me deixe com o coração na mão, ele leva a sério o que faz e é muito, muito bom nisso.

— Eu pesquisei o histórico dele. Ele conquistou uma bela reputação.

Claire anuiu, orgulhosa.

— Eu me pergunto quando ele vai pendurar as esporas, mas montar touros é o primeiro amor dele. Terá de ser algo monumental para ele decidir que seu corpo já aguentou o bastante. Esses prêmios de campeonatos e patrocínios fazem ele continuar voltando. Isso e o amor pelo esporte.

— Levei mais tempo do que gostaria de admitir para me dar conta de que as botas que Christian tinha me dado eram da linha do Ray. Ele é uma celebridade. Eu nunca soube o tamanho da importância da montaria em touros.

— Suponho que não — disse Claire com um sorriso. — O choque cultural já passou?

— Acho que nunca vai passar. Às vezes não consigo dormir por causa do silêncio à noite.

Ela anuiu, compreensiva.

— Lembro que Becks disse a mesma coisa quando se mudou para cá com Nathan. Ela dormia com a TV ligada para fazer ruído de fundo. Garotas da cidade se apaixonando por caubóis virou ocorrência comum por aqui.

Eu estava para argumentar que não tinha me apaixonado por Christian quando ela me interrompeu.

— Eu era uma garota de Chicago. — Seu sorriso era nostálgico. — Me mudei para cá para fazer faculdade, nos anos 1960. Jurava de pés juntos que não me apaixonaria por um caubói. Estava mirando na Califórnia depois de pegar meu diploma.

— O que você estudou?

— Eu me formei em Contabilidade pela Methodist. Consegui ficar os quatro anos sem namorar um caubói. Estava fazendo um estágio no Departamento de Agricultura quando entrou esse cara alto e bonitão. Lembro como se fosse ontem.

Eu podia sentir um sorriso lento expulsando minha melancolia enquanto Claire continuava a falar.

— Eu estava escondidinha em um escritório, cuidando dos livros, e fiquei irritada porque as botas dele eram barulhentas demais. Aparentemente não havia ninguém na recepção, porque ele simplesmente foi entrando e cutucando até encontrar alguém lá nos fundos.

— Ele encontrou você, não foi?

Claire sorriu.

— Ele estava com um Stetson branco. Tirou o chapéu e inclinou a cabeça como o encrenqueiro mais polido a pisar neste planeta, e me perguntou se eu sabia onde estava o chefe.

— O que você disse?

Ela bufou.

— Olhei direto nos olhos dele e falei: por que você está presumindo que eu não sou o chefe?

Eu ri.

— O que ele disse?

Claire sorriu.

— Ele disse: bom, se você é a chefe, então eu te devo dinheiro. E vai ser bem constrangedor para nós dois se parecer que estou tentando me livrar de uma dívida convidando você para sair.

Lágrimas de riso escorriam dos cantos dos meus olhos, e eu as enxuguei.

— Mas que presunçoso!

— Nem me diga! Eu falei que ele não tinha nenhuma chance de me levar para um encontro se essa era a sua cantada.

— O que ele fez?

Claire abriu um sorriso radiante.

— Ele voltava toda semana com uma cantada diferente. Eu estava disposta a deixar a coisa se estender um pouco mais, mas a megera que geralmente cuidava da recepção se cansou dele aparecendo para ver a estagiária toda sexta-feira. Isso se estendeu por todo o meu último ano na faculdade. Finalmente, ela ficou com dó dele e avisou que eu me recusava a namorar caubóis.

— Eu vou presumir que ele não parou.

— Ah, parou, sim — disse Claire. — Acho que foi duas ou três semanas depois que eu recebi uma carta pelo correio com uma oferta de emprego. Um rancho em Temple precisava de um contador e queriam contratar euzinha. Pensei que tinha tirado a sorte grande. Imaginei que ia trabalhar um pouco e juntar um dinheiro antes de me mudar para a Califórnia em busca de coisas maiores e melhores. Vim para o meu primeiro dia de trabalho e, ora veja só, adivinha quem esperava por mim no portão do rancho?

Ela apontou para a estradinha de terra.

— Seu caubói.

Claire confirmou.

— Eu soltei os cachorros nele. Disse que, se isso era alguma piada, eu ia matá-lo. Mas ele jurou que havia um emprego e que a vaga era minha. — Ela fungou baixinho. — No meu primeiro dia, Silas me convidou para jantar depois do trabalho. Eu recusei e ele perguntou por que eu não namorava caubóis.

Ela se encolheu.

— Eu disse para ele que não queria ficar com alguém que estaria no campo desde o nascer até o pôr do sol e nunca teria tempo para mim. Não queria ser a esposinha que ficava em casa, descalça e grávida. Eu tinha meus próprios sonhos e não queria alguém preso a um pedaço de terra.

— Como ele recebeu isso?

Claire sorriu.

— Ele só assentiu e disse "sim, senhora". E acabou aí. Ou foi o que eu pensei. No dia seguinte, cheguei para trabalhar e ele tinha estendido uma toalha sobre a minha mesa. Sabe, a mesma que você e Christian usam agora. É a mesma escrivaninha. Havia velas e flores. Ele disse que teríamos uma reunião de negócios então, e daí grelhou um filé para mim.

Claire me fixou com seus olhos.

— Filé é a chave para o meu coração, e eu era uma universitária dura. Não recusei. Devagar e sempre, ele me venceu. Aparecendo com flores que tinha apanhado nos campos. Me ensinando a montar. Me levando em passeios a cavalo no fim do dia. Deixando bilhetinhos na minha mesa.

— Isso é meigo.

— Eu também achei. Nós mantivemos as coisas bem profissionais. Nunca cruzamos nenhum limite. Isto é, até eu estar aqui havia um ano e chegar a hora da minha avaliação de desempenho. Eu ia pedir um aumento. Então sentei com o pai do Silas, o irmão Griffith no comando na época, e apresentei meu caso.

Eu estava atenta a cada palavra dela.

— E conseguiu o aumento?

— Bem, não exatamente. — Claire juntou as mãos. — Ele me disse que eu teria de conversar com Silas, já que meu pagamento estava saindo do contracheque dele.

Ofeguei.

— Não...!

— Você pode imaginar quão furiosa eu fiquei. Pensei que tinha um emprego legítimo. Eu estava guardando dinheiro para poder me mudar para longe. Mas eu estava aqui fazia um ano e tinha me apaixonado por esta terra e por um maldito caubói, gostasse eu disso ou não.

Minha garganta se apertou.

— Ele te convenceu a ficar.

— Não, a mãe dele me convenceu — disse ela. — Não havia outras mulheres por aqui, então ela e eu chegamos a nos conhecer bem. Um dia eu perguntei para ela como ela aguentava o fato de os rapazes ficarem fora o dia inteiro, mal entrando em casa para jantar e dormir. Sabe como é, ser a boa esposa quando ela não ganhava muito em troca.

Os olhos de Claire travaram-se nos meus e eu pude sentir a mudança. Não estávamos mais falando dela e de Silas.

— Essa vida não é para mulheres fracas, Cassandra. Quando Silas estava administrando as coisas, eu carregava metade do fardo. Criei os meninos, cuidei da casa, mantive os livros em dia e tentei evitar que fôssemos à falência, enquanto ele ampliava o legado dos Griffith que tinham vindo antes dele. Descobri que gostava do alívio de trabalhar longe da cidade. O silêncio era exatamente o que eu precisava depois dos dias longos. É preciso uma mulher forte para carregar esse fardo, e Silas sabia disso. Foi por isso que ele sorriu para mim quando lhe dei uma bronca no primeiro dia em que apareceu no meu escritório.

Engoli o nó que havia se alojado na minha garganta.

Ela estendeu a mão sobre os braços das cadeiras de balanço e apertou a minha mão.

— Não é para todo mundo. Disso eu tenho certeza. Mas eu vejo as mulheres em que meus meninos botaram os olhos, e sei que aprenderam com o pai deles. — Ela deu tapinhas na minha mão antes de soltar. — É preciso um caubói forte para aguentar um touro, e uma mulher forte para aguentar um caubói.

# 26

## Christian

Duas semanas.

Ela me ignorou por duas semanas, caralho.

Eu estava para perder a cabeça se entrasse naquele escritório mais uma vez para descobrir que ela tinha feito seja lá que serviço eu precisava fazer, só para eu não ter um motivo para estar por perto dela.

Eu não sabia bem quando é que ela havia aprendido a lidar com todas as tarefas administrativas pelas quais eu era responsável, mas eu, com certeza, não estava gostando nada disso.

Duas semanas dela desaparecendo entre as cinco da tarde e as nove da noite, depois se esgueirando para seu quarto feito uma ladra, levando pedacinhos de mim a cada golpe.

Limpei a graxa das minhas mãos com um paninho manchado da oficina e soltei o ar enquanto me deitava de barriga para cima e fitava o conglomerado de peças metálicas de trator logo acima.

Eu não deveria tê-la forçado daquele jeito.

Não deveria ter deixado meu temperamento levar a melhor.

Perdi a cabeça, e a perdi.

Mas será que eu realmente a tive, para começo de conversa?

Isso não vinha ao caso agora.

Eu saí de debaixo do trator e me sentei, pousando os antebraços nos joelhos. Tudo andava quieto no front da propriedade naquele dia. Ray tinha voltado para Houston e passara por três rodadas da competição de montaria em touros. As meninas estavam na escola. Cassandra estava me evitando. CJ e os rapazes estavam trabalhando para transferir o rebanho para o lado mais distante da propriedade, onde ficaria fora do alcance da cerimônia de início das obras.

É claro, a construção da pousada e do restaurante só começaria dali a um semestre. Mas Cassandra tinha insistido que, para fazer sucesso com os moradores locais, precisávamos de uma celebração que os trouxesse para o nosso lado desde o começo, não apenas quando eles tivessem de disputar uma mesa com os turistas.

Então, nós daríamos uma porcaria de uma festa. A quietude não duraria muito.

Limpei minhas coisas e guardei tudo, tirando um tempo para organizar as ferramentas de volta nos ganchos da parede, em vez de deixar aquilo para amanhã. Olhando de relance para o horário, percebi que já eram quase cinco.

Quintas eram sempre caóticas. Mamãe buscava as meninas na escola quando o sinal soava. Ela levava Gracie para a aula de dança e Bree para a terapia. Depois, as duas trocavam. Ela buscava Bree na terapia e a levava para o estúdio de dança, onde pegava Gracie e a levava para o consultório da terapeuta.

Eu não sabia o que faria sem minha família. Sem o rancho.

Patrimônio significava estabilidade. Eu tinha pessoas a meu redor com quem eu sabia que podia contar. Eu quase havia perdido Nate, e então perdi de fato Gretchen. Essa terra era meu refúgio. Era onde eu podia manter as pessoas que eu amava seguras. Um dia, eu a passaria para minhas garotas, ou para a pequena de Nate, ou, diabos, para os filhos de CJ ou Ray, se algum dia eles encontrassem parceiras.

Era egoísta esperar que Cassandra abrisse mão de sua vida para assumir a minha. Eu soube disso assim que pedi a ela que fizesse sua escolha.

Mas eu não podia ir embora, e ela já estava aqui.

Joguei o trapo em uma pilha que precisava ser lavada. Por que essa merda era tão difícil, caralho?

Eu tinha tentado namorar. Eu saía nas raras ocasiões em que minha mãe deixava as meninas dormirem na casa dela. Ao longo dos anos, houve algumas mulheres com quem saí mais de uma vez, testando para ver se duraria.

Nunca durava.

Agora, a única mulher que eu realmente queria que ficasse estava prestes a partir.

Estava evidente.

Estava na minha mesa.

Ontem ela tinha escrito uma carta endereçada ao rancho — a mim, especificamente —, detalhando que a celebração do início da obra seria seu último dia. Depois disso, ela faria as malas e voltaria para Nova York, de onde estaria disponível remotamente, caso necessário.

E eu não conseguia nem fazê-la ficar tempo suficiente em um mesmo cômodo para conversar comigo.

Apaguei a luz e fechei a porta ao sair.

Tudo estava em silêncio.

Não era incomum, mas era enervante.

A minivan de mamãe estava estacionada na frente de sua casa, o que significava que ela estava de volta com as meninas.

Mamãe já teria feito Bree e Gracie irem tomar banho, o que me deixava com comichão para ver o que Cassandra estava fazendo.

Passei pelo escritório, mas as luzes estavam apagadas e a porta, fechada. Dirigi-me para casa e entrei discretamente.

*Hum. Vazia.*

Mamãe devia tê-las levado para tomar banho na casa dela.

Mas Cassandra também não estava lá.

Conferi o horário.

Cinco e meia em ponto; bem quando ela sempre realizava a magia do desaparecimento.

Foi só quando eu estava terminando de fazer minha ronda, checando os animais, enchendo os bebedouros e garantindo que nada muito absurdo estivesse acontecendo, é que me dei conta de que Dottie tinha sumido.

A curiosidade me venceu. Demorei no celeiro, mexendo em uma das baias vazias por mais de uma hora. Quando eu estava prestes a desistir, voltar para casa e encerrar o dia, ouvi cascos se aproximando.

Mas não era apenas Dottie.

Espiei pela fresta entre as madeiras e assisti enquanto CJ chegava montado em sua égua preta, Anny. *Apelido para Anarquia.* Ele desceu num pulo e, nem um segundo depois, Cassandra trotou para dentro do celeiro com Dottie.

O ciúme borbulhou nas minhas veias como ácido enquanto eu a via desmontar com a tranquilidade de um cavaleiro experiente.

— Tire a sela e dê uma conferida na égua — disse Carson. — Pendure suas tralhas. Não deixe nada espalhado.

Cassandra entrou no meu campo de visão. A calça jeans se moldava a seu traseiro e suas coxas como uma maldita pintura. Ela se levantou nas pontas dos pés e as botas apareceram.

O par que eu tinha comprado para ela.

Ela usava uma das jaquetas pesadas que eu mantinha no escritório. Estava pintalgada de grama seca e feno de quando eu a tinha vestido pela manhã para cumprir tarefas.

CJ supervisionou Cassandra enquanto ela tirava a sela e o cabresto. Sem dizer nada, ela apanhou a escova e começou a escovar Dottie, limpando-a e garantindo que ela não estivesse ferida nem desconfortável.

Quando ela terminou, CJ se postou ao lado dela e a guiou durante uma checagem dos cascos de Dottie, ajudando Cass a fazer uma rápida limpeza da égua.

Cassandra parecia mais confiante com Dottie. Ela não se esquivava de cuidar da higiene ou do conforto da égua.

A relação entre os dois era estranha. Era... familiar. Como se aquela não fosse a primeira vez que tivessem saído a cavalo juntos.

Minha garganta ardeu e cerrei meus dentes enquanto as possibilidades corriam por minha mente.

— Já é o bastante — disse CJ. — Guarde ela.

Houve um movimento e Cassandra desapareceu de vista.

— Você vai tomar banho no alojamento de novo? — perguntou ele.

— Você se incomoda? — perguntou ela.

*Mas que caralhos?*

— Nãã, só não use toda a água quente ou vai causar um tumulto.

Cassandra riu, desaparecendo do celeiro.

CJ estava logo atrás dela, guiando Anny para o piquete para circular livremente.

Mas que caralhos estava acontecendo aqui?

Fiquei ruminando enquanto me movia de um lado para o outro, fazendo vários nadas e tentando parecer muito ocupado. Não conseguia me concentrar em merda nenhuma.

Então era assim que ela desaparecia todos os dias. Cavalgando com meu irmão, tomando banho no alojamento e esperando o momento certo para se esgueirar pela porta da frente da minha casa e ir para seu quarto. Eu apostava que ela também comia por lá.

Os rapazes de CJ eram decentes, mas ela era uma coisinha linda e eles, de modo geral, não tinham modos, civilidade e higiene.

Não era uma raposa no galinheiro. Era uma galinha entrando na toca das raposas.

Bem... talvez nem tanto assim.

Cassandra sabia se defender.

Talvez fosse por isso que eu sentisse tanto ódio. Ela não precisava de mim.

A casa estava vazia quando voltei. Eu ia só esquentar sobras para o jantar, então não havia nenhuma preparação a ser feita.

Andei de um lado para o outro na cozinha por tempo suficiente para saber que, se eu não fizesse alguma coisa, ia começar a subir pelas paredes.

*Tão quieto, inferno.*

Certamente alguém precisava de alguma coisa.

Mas ninguém estava por perto.

Entrei debaixo do chuveiro e não tive pressa esfregando o corpo para apagar o dia. Lembranças dela encheram minha mente quando lavei o cabelo. Não pude evitar. Enquanto o condicionador agia, levei a mão ao pau e bati uma pensando em Cassandra se tocando na cama dela.

Quando terminei e me vesti, eu tinha certeza de que as garotas já estariam de volta.

Mas não estavam.

Peguei o rádio e mudei o canal, chamando a casa dos meus pais para ter certeza de que Bree e Gracie não estavam se metendo em encrenca. Era uma noite de semana, afinal de contas. Elas precisavam fazer o dever de casa e ir para a cama logo.

Sem resposta.

Tudo bem. Eu iria até a casa pessoalmente.

Entretanto, antes que eu passasse do batente da porta, o rádio apitou. A voz de Jackson estalou na linha.

— Oi, chefe. Parece que vai chover e tem coisa do lado de fora das cabanas.

— Eu cuido disso — falei, sabendo que, se mandasse Jackson para lá, todas as minhas ferramentas tomariam chuva.

Tínhamos feito progresso nas cabanas. Estavam quase habitáveis agora, com quatro paredes resistentes, encanamento e parte elétrica funcionando, novas bancadas e gabinetes.

Os eletrodomésticos seriam instalados na semana seguinte e Cassandra esperava que pelo menos uma delas estivesse mobiliada e decorada para oferecer visitas durante a cerimônia do início de obras. Eu não havia lhe contado que a mobília já tinha chegado. Interceptei a entrega, torcendo para a encurralar na cabana para que ela tivesse que falar comigo.

Nuvens cinzentas assomavam lá no alto, ameaçando despejar quando eu entrei na picape e saí para as cabanas. Eu não me incomodava com a chuva. O que quer que fizesse a grama crescer, pagasse as contas e mantivesse a comida na mesa estava bom para mim.

— Hum.

Coloquei a picape em ponto morto quando estacionei entre os dois edifícios.

As ferramentas e o equipamento que estavam na grama mais cedo tinham sumido.

Sentei ali por um momento, me perguntando por que diabos Jackson me chamaria até ali para recolher as coisas se alguém tinha chegado primeiro.

Eu sabia que não tinha sido CJ. Supostamente, ele já estava de volta ao alojamento.

Nate estava em plenas funções de papai enquanto se ajeitava na vida de cuidador de recém-nascido com Becks e a bebê Charlie.

Talvez meu pai tivesse passado ali à toa e catado tudo?

A luz estava acesa na cabana, então desci para ir apagar.

Quando bati a porta da picape e me virei, Cassandra estava ali, linda como um dia de verão, num vestido longo e fluido com flores bordadas para todo lado. Seu cabelo estava úmido e preso em uma trança. Ela parecia recém-saída do banho.

— O que *você* tá fazendo aqui? — disparou ela.

Bufei.

— Era para eu estar apanhando ferramentas, e este é o meu rancho. Posso ir aonde quiser. O que você tá fazendo aqui?

Ela fez uma expressão de desdém.

— Me disseram que um inspetor estava a caminho para aprovar o serviço e eu precisava vir para cá para assinar uns papéis.

Estreitei os olhos.

— Quem te disse isso?

— Jackson. Quem te disse que havia ferramentas para recolher?

— Jackson — falei.

Cassandra olhou para a cabana em alerta, e vi que ela tinha seguido a mesma linha de raciocínio que eu.

Não havia ferramentas e não havia nenhum inspetor.

Pés se movimentaram no interior da cabana. *Agora, esses passinhos eu reconheceria até dormindo.*

— Estão aprontando para cima de nós — disse Cassandra, sem achar um pingo de graça.

Suspirei e me dirigi para a pequena varanda.

— Só... seja gentil.

Com relutância, Cassandra me seguiu.

Uma luz quente banhava o interior da cabana quando enfiei a cabeça pela porta.

— Meninas?

Risadinhas ecoaram vindas da cozinha.

O lugar tinha sido limpo de cima a baixo. O cheiro de filé grelhado se misturava aos odores de madeira fresca, verniz e tinta.

— Você não me disse que a mobília tinha chegado — Cassandra sibilou baixinho.

Eu parei e dei meia-volta. O peito dela trombou com o meu e ela oscilou para trás, mas eu a segurei antes que ela tombasse.

— Eu teria dito, se você não andasse me ignorando.

— Agora eu não posso devolver se não forem as peças corretas.

— São as peças corretas, sim. Eu conferi duas vezes a fatura do pedido — contrapus.

Ela fungou como se eu fosse burro.

— Só porque são as peças corretas não quer dizer que são as melhores para o espaço.

Pousei minha testa contra a dela.

— Agora quem é que está falando como se fosse em provérbios de caubói?

— Vamos terminar logo com isso — disse ela, passando por mim.

— Meninas — disse ela, entrando na cozinha e olhando em volta. — O que está havendo?

Bree e Gracie estavam de pé ao lado da mesa da cozinha, com espaço para duas pessoas, com as mãos nas costas e parecendo muito convencidas.

— Bem-vindos, papai. Srta. Cass — disse Bree.

A gargantilha de Cassandra reluzia em seu pescoço.

Eu me postei atrás de Cassandra, perto o bastante para sentir o calor de seu corpo contra meu peito.

— Será que uma das minhas filhas travessas poderia me explicar o que vocês estão fazendo aqui sozinhas? — Olhei para a mesa. — E por que tem filé aqui?

— A vovó tá aqui! — soltou Gracie, apontando para o canto onde minha mãe estava, escondidinha com um avental em torno da cintura.

Ergui uma sobrancelha.

— Certo. Conspiradoras, por favor me contem por que não estão debaixo do meu teto fazendo seu dever de casa.

Bree e Gracie olharam uma para a outra sem o menor sinal de culpa. Aparentemente, Gracie era a mais corajosa agora.

— Papai, queremos que a srta. Cass fique e queremos que você namore com ela.

Cassandra enrijeceu.

Levantei as sobrancelhas, olhando para minha mãe, que aquiesceu com a cabeça.

— Nós fizemos o jantar — disse Bree. — Bom, a vovó ajudou e o tio CJ também. Mas isso é tudo ideia nossa.

— Certo. — Grunhi enquanto apertava as pontas dos dedos nas órbitas oculares. — Meninas, talvez isso seja algo que a gente devesse conversar em casa. Namorar... é uma decisão adulta que as pessoas têm de tomar sozinhas. Vocês não podem tapear as pessoas para que namorem.

Gracie pareceu arrasada. Os olhos dela se encheram de lágrimas na mesma hora e seu lábio tremeu.

— Mas... — As sobrancelhas de Bree se franziram. — Vocês gostam um do outro. E você olha para ela como costumava olhar para a mamãe.

*Ah. Caralho.*

Gracie fungou.

— Nós pensamos que talvez você nunca tenha tido a chance de levar a srta. Cass para um encontro porque está sempre trabalhando. — Ela aumentou a dosagem das lágrimas. — Nós amamos você, papaizinho, e...

— Tá bom! Jantar! Vamos comer! — soltou Cassandra, girando e ficando de costas para as meninas.

Eu me abaixei e sussurrei:

— Você tem de conquistar imunidade contra o olhar de cachorrinho perdido, senão vai se dar mal.

Ela esfregou as têmporas.

— Faça isso parar. Eu não aguento aquele olhar.

Suspirei.

— Nós vamos... apreciar... todo o trabalho de vocês. Obrigado por serem tão atenciosas e montarem esse belo jantar.

O rosto de Gracie mudou instantaneamente.

— Então você vai namorar com ela?

— Jesus, você sabe quanto tempo eu levo para treinar meus clientes a chorar durante entrevistas? Essa criança precisa dar aulas de interpretação — cochichou Cassandra.

— Meninas, podemos conversar sobre isso em casa, mas está ficando tarde e...

— Venham, vamos — disse mamãe, saindo do canto onde vinha se escondendo. — Vamos deixar seu pai e Cass comerem em paz, sabendo que o dever de casa já está feito. E já que vocês têm louça para me ajudar a lavar na minha casa, vamos fazer um pernoite por lá e eu levo vocês para a escola amanhã cedo.

Ela me deu uma piscadela de passagem.

Bree e Gracie saíram às pressas da cozinha e jogaram os braços ao meu redor, depois abraçaram Cassandra.

— Por favor, converse com ela, papaizinho — disse Bree, soltando Cass e agarrando minha mão como ela fazia quando era pequena. — Por favor?

Beijei-a na cabeça.

— Eu amo você, neném. Obrigado por fazer isso. Foi muito atencioso da sua parte.

Uma por uma, elas formaram uma fila e saíram.

Cassandra expirou pesadamente e se soltou contra os gabinetes novinhos.

— Não sei como os pais aguentam a manipulação emocional. Isso foi exaustivo.

— É que começa cedo — falei, dando uma olhadinha nos pratos cheios. — Você vai ganhando imunidade.

Cassandra olhou ao redor.

— E então, o que fazemos agora? Esperamos até elas estarem longe o bastante e saímos?

Eu puxei uma das cadeiras da cozinha.

— Nós comemos.

# 27

## Cassandra

Bufei, desmoronando contra as bancadas.

— Christian, eu não posso fazer isso.

A cabana estava decorada com velas tremeluzindo e fios de luzinhas. Uma vitrola à moda antiga tocava baixinho ao fundo, Nat King Cole soletrando L-O-V-E.

Era demais.

— Cass. — A voz dele era suave. — É só jantar.

Por mais que eu quisesse lutar, estava cansada. Eu vinha trabalhando sem parar, colocando todas as peças no lugar para a festa do início das obras. Quando tudo estivesse pronto, eu também estaria.

O contrato de investimento com a Lawson International tinha sido assinado. Eu tinha feito a conexão entre Christian e uma das representantes deles, e me certifiquei de que ela tivesse o contato da mamãe Griffith e de Becks só para garantir.

Christian tinha a tendência de fugir para as pastagens quando estava estressado. Isso me deu um plano de contingência para fazer com que as coisas corressem tranquilamente e que eles não precisassem ligar para mim.

Mas uma parte de mim — uma parte maior do que eu queria admitir — queria aquela ligação.

Eu queria ser necessária.

Mas ser necessária valia ser magoada outra vez?

— Que tal isso — disse Christian. — Se eu prometer não dizer nada, você janta comigo?

Ele olhou para a refeição posta na mesa.

— Parece que as meninas se dedicaram bastante aqui... Provavelmente é o mínimo que podemos fazer antes que eu volte e tenha uma conversa com elas.

Cedendo, eu me sentei e deixei que ele empurrasse minha cadeira porque sabia que não adiantava argumentar com ele sobre isso.

O silêncio de Christian foi desconcertante enquanto cortávamos nossos filés.

Eles estavam perfeitos, malpassados e com marcas cruzadas impecáveis da grelha. Fiz uma pausa com a faca sobre o meio do bife.

— Isso é... — Inclinei a cabeça. — Isso é uma marca? — perguntei, olhando para ele.

De fato, havia um círculo mais ou menos no meio do filé com o contorno de um boi de chifre longo e as iniciais do rancho.

Os lábios de Christian se retorceram em um sorriso, mas ele não deu um pio.

— Certo. — Espetei um pedacinho e o enfiei na boca. — Sem conversa.

Seus olhos se voltaram para o prato e ele continuou comendo.

Cheguei à metade das minhas batatas assadas e não aguentei mais.

— Tudo bem. Vamos conversar — soltei, largando o garfo no prato com estardalhaço.

Sua barba se sacudiu e eu sabia que aquele cretino estava sorrindo por baixo dela.

Christian lentamente colocou o garfo e a faca de volta no prato e me olhou nos olhos.

— Quer um pouco de vinho?

— Sério? É isso o que você queria perguntar? Eu posso servir meu próprio vinho, caralho.

Aparentemente, Christian tomou isso como um "sim". Ele enfiou a mão no balde de gelo apoiado na beira da mesa e tirou a rolha de uma garrafa de Salado Diamond Back. Observei enquanto o líquido vermelho caía na taça de cristal e perguntei o que diabos eu estava fazendo com a minha vida.

Eu estava cansada.

Christian colocou a garrafa na mesa e empurrou uma taça para o meu lado.

— Como foi seu passeio? — perguntou ele, e eu travei. — É, eu estou sabendo sobre ele — disse Christian, voltando a comer.

— Foi bom — disfarcei, empurrando uma haste de aspargo pelo prato. — É um jeito bom de desanuviar minha cabeça.

Para minha surpresa, ele assentiu, tomando um gole de vinho. Gotinhas cor de rubi se agarraram a seu bigode.

— É, sim.

Cerrei os dentes, esmagando o filé até virar uma pasta. *Por que ele estava sendo tão amigável?*

Certo. Se ele seria simpático, então eu ia perguntar o que queria saber de verdade. Pelo menos não teria de pisar em ovos com ele do jeito que precisava fazer com Tripp.

— O que você vai dizer para Bree e Gracie?

Christian suspirou. Seus olhos cálidos pareciam chamas suaves à luz das velas.

— Que eu tentei.

Gelo inundou minhas veias.

— Você tentou.

— É isso aí.

— Você não tentou, caubói. Você me amarrou num poste e me deu um ultimato.

— Um poste de cerca.

— Dá no mesmo.

Christian pegou sua taça pela haste e girou o vinho lá dentro.

— Eu fiz o melhor que pude, Cass. Eu fiz o certo? Não. Mas é isso o que vou dizer para elas. Porque elas aprendem olhando para mim. Elas merecem saber que eu me arrisquei. O sucesso não é garantido. "Felizes para sempre" não é garantido. "Felizes pela eternidade" com certeza não é garantido, mas elas aprenderam isso há muito tempo. A única coisa que eu espero delas é que tentem na vida, porque é isso o que espero de mim mesmo. — O olhar dele era pesado e severo. — O que você espera de si mesma?

Espetei o garfo nas batatas.

— Excelência.

Christian se recostou na cadeira, parecendo um pouco surpreso.

— E você acha que isso te exclui de um relacionamento porque você não pode... ser excelente nele?

Não era isso. Não exatamente, pelo menos. Eu me saía bem em relacionamentos. Francamente, eu era a porra de uma santa em relacionamentos.

Eu tinha aguentado Tripp e suas baboseiras por anos.

Era com outro aspecto da vida de Christian que eu não me sentia confortável. E, para ser bem honesta comigo mesma, era porque eu não gostava de ser ruim em nada.

Eu não era chegada a crianças. E daí? Nem todo mundo era. Eu não era uma vilã de contos de fadas que queria atrair crianças para uma casa gigantesca de biscoitos e assá-las vivas. Eu só não era boa em lidar com crianças.

Eu era brusca demais.

Abrasiva demais.

Não era carinhosa ou maternal.

Christian precisava de alguém que pudesse cumprir esses papéis. Meu personagem não combinava com isso.

Engoli em seco.

— Me exclui *desse* relacionamento.

— Porque eu tenho filhas.

— É.

Christian fez a única coisa que eu nunca teria esperado. Ele riu.

— Cass... — Ele estendeu a mão por cima da mesa e a pousou sobre a minha. — ... eu não estou procurando alguém para ser uma mãe. Estou procurando alguém para ser *minha parceira.*

Ele bebericou o vinho e fez uma pausa.

— Um pré-requisito disso é que a pessoa seja confiável com minhas meninas, mas as meninas não são mais bebês. Daqui a poucos anos, Bree estará dirigindo, apesar de isso me deixar fisicamente nauseado. Gracie não fica muito atrás. E, se me permite a falta de modéstia, acho que estou me saindo bem na educação delas. Não sou perfeito, mas eu tento. E elas sabem. Não estou procurando alguém para assumir o comando disso.

Olhei para meu prato, perdendo um pouco o apetite.

— Você espera que eu me mude para cá. Que eu viva aqui — falei, me agarrando àqueles últimos fiapos dos meus argumentos. — E se eu esperasse que você se mudasse para Nova York?

— Eu faria isso se fosse do interesse de todos — disse ele, sem um momento de hesitação. — Mas não é, e eu acho que você sabe. Queira ou não admitir isso, você está em paz aqui.

Funguei.

— Montar Dottie voluntariamente não faz com que eu esteja em paz.

— Não, mas pedir ajuda ao CJ faz. E à minha mãe. Você não está mais se escondendo. — Ele inclinou a cabeça para o lado, debatendo a situação. — Bem... você não quer a minha ajuda.

Eu sabia que ele estava me cutucando para eu contar mais, mas eu queria saber quanto ele estava informado.

— Você sabe como eu sou quando você me força a brincar de roleta-russa com uma escopeta. Eu vou atirar sem pensar duas vezes.

Christian umedeceu os lábios e sua voz virou um rosnado.

— Alguma coisa rolando com o CJ?

— Não — respondi, cortante. — Ele me pegou saindo sorrateiramente do escritório para me esconder no celeiro até a barra estar limpa para voltar para sua casa, e me disse para equipar a Dottie. Eu não sabia como, então ele me ensinou. Imaginei que um conhecimento geral sobre cuidados equinos seria bom se eu fosse falar sobre o programa equino durante a festa. Temos saído para cavalgar toda tarde. Ele não é tão gentil quanto você.

Christian riu.

— Você e o Carson são as duas pessoas mais bruscas que eu conheço. São farinha do mesmo saco.

— Ele mantém o resto dos rapazes ocupados durante meia hora para eu poder tomar banho no alojamento e não ser incomodada.

— Você acha que eu a incomodaria se você tomasse banho em casa?

Não era isso. Não de todo, pelo menos.

Deslizei o dedo pela borda da taça de vinho.

— Eu acho que eu teria incomodado você.

— Eu quero que você incomode — admitiu ele. — Cass...

Christian se recostou, tirou o chapéu e passou a mão pelo cabelo.

— Eu quero que você fique.

Lágrimas encheram meus olhos. Por anos, isso era tudo o que eu queria ouvir.

*Fique.*

*Esteja aqui comigo.*

*Não vá.*

Mas tudo o que Tripp me dizia era para eu ir. Para partir.

— Você tem um lugar aqui.

— Eu já dei meu aviso prévio. Mike sabe que estou voltando para Nova York.

Christian meneou a cabeça.

— Eu não aceito.

Eu recuei.

— Como é que é?

Christian riu.

— Você acha que é teimosa? Princesa, eu lido com touros, mulas e com as minhas filhas. Dois podem fazer esse jogo. Vou ligar para Nova York e dizer que você não terminou por aqui. — Ele tomou todo seu vinho e devolveu a taça para a mesa. — E se isso não funcionar, acredito que você já saiba quanto nós, Griffith, somos bons em sequestro.

Pressionei as pontas dos dedos na borda da mesa.

— Eu não sou uma rancheira. Não sou uma dona de casa, ou dona de rancho, digo.

— Não, você é um cavalo de batalha. É incrivelmente engenhosa. Você se adapta a qualquer coisa que seja pedida. Suas habilidades deveriam ser usadas para mais do que ser o filtro de alguma celebridade.

— Tipo o quê?

— Tipo ser a gestora da propriedade.

Congelei.

— Como é?

Ele deu de ombros.

— Alguém precisa fazer isso. Não serei eu. Eu nunca mais dormiria. Nate e Becks podem ajudar de vez em quando, mas eles estão até as tampas e ela logo vai voltar ao trabalho quando sua licença terminar. Alguém precisa ser a ligação entre a operação do rancho e os projetos de desenvolvimento enquanto eles estiverem em construção. Alguém terá de conectar e gerenciar todas as pessoas que estiverem administrando o restaurante, os programas e a pousada, tudo isso. Você achou mesmo que podia só ir embora?

— Você deveria contratar alguém com experiência em hotelaria ou administração. Posso compilar uma lista de candidatos que...

— É você.

— Christian, para. Eu não posso...

— O que você espera de si mesma, Cass? Porque eu espero que você tente, e você espera excelência. Qual é o entrave?

— É você. Eu não posso trabalhar para você.

— Eu te deixo sob a autoridade da mamãe. Ela cuida da contabilidade, vai dar tudo certo.

— Chris...

— Diga onde está o problema. Você não me quer? Eu lido com isso. Mas quero que você fique, independentemente disso. Quer o seu próprio espaço? — Ele gesticulou ao nosso redor. — A cabana está pronta. A gente volta a como as coisas deveriam ter sido.

— E se eu me decepcionar? — murmurei.

As linhas que vincavam sua testa se suavizaram enquanto lágrimas encheram meus olhos.

— E se eu decepcionar você? E se eu decepcionar as meninas? Eu não quero magoá-las. Eu já disse, eu não sou toda fofinha e carinhosa.

Christian saiu de sua cadeira e deu a volta na mesa até estar com meu rosto entre as mãos.

— Você sabe o que a gente faz quando vem uma tempestade de poeira? — Os lábios dele eram macios quando ele os pressionou na minha testa. — A gente fica na janela e assiste, porque estar próximo de algo tão poderoso e irreprimível vale o risco.

— Bom dia, linda.

A barba de Christian fez cócegas no meu pescoço quando ele beijou minha garganta e desceu para o ombro.

Estremeci, sentindo os arrepios se espalharem por minha pele. Grunhindo, rolei para junto dele e esfreguei o rosto em seu peito.

— Cedo demais.

— Desculpe por ter te mantido acordada até tarde — murmurou ele, sem nenhum remorso na voz, enquanto deslizava a mão para cima e para baixo na minha cintura.

Ainda estava escuro lá fora, apesar de a luz atrás das janelas estar passando de preta a azul-royal conforme se aproximava mais e mais da alvorada.

Sorri e estiquei as pernas, curvando os dedos dos pés feito um gato. Eu ainda podia sentir a leve dor de ter sido bem comida na noite anterior.

— Eu quero voltar a dormir.

Seu riso foi suave e grave enquanto ele me puxava mais para perto.

— Por mim, tudo bem.

— Mas eu deveria ir — falei, bocejando.

— Fique mais uns minutinhos — pediu ele, em voz baixa, rolando de barriga para cima e me puxando sobre seu corpo. — Só mais um pouquinho.

Eu me ajeitei no largo peito macio dele e senti minha pulsação desacelerar.

Christian sorriu enquanto levantava um braço e tirava o cabelo do rosto.

— Eu tinha um abdômen sarado — disse ele, embaraçado. — Faz dez longos anos. Lamento por você não ter visto.

— Eu não lamento nem um pouco — falei com um suspiro contente contra o peito dele, passando a mão para cima e para baixo nas montanhas e nos vales gentis de seu torso. — Se eu não deixei isso claro antes, eu me sinto bastante atraída por você.

A barba dele se moveu.

— Ah, é?

— Arrã. — Fechei os olhos e decidi que mais alguns minutos na cama dele não fariam mal. — Você me faz sentir a salvo. Eu adoro quando você me abraça, porque é como se nada no mundo pudesse me tocar. Você é como uma caverna onde eu posso me esconder quando tive um dia ruim e onde eu sei que nada vai me ferir. E se eu me lembro direito, este corpinho… — bati no esterno dele — … me fez gozar três vezes esta noite.

O pau de Christian começou a engrossar embaixo de mim.

— Tem mais de onde vieram essas três. — Ele beijou minha cabeça. — Volte a dormir.

— Eu preciso levantar antes...

Como se eu os tivesse conjurado, pés trovejaram lá em cima.

Grunhi.

— Antes que as meninas levantem. Por que elas acordam tão cedo, caralho? Pensei que adolescentes dormiam o dia inteiro.

— Algo que você precisa saber sobre crianças... — Ele dobrou o braço e o colocou por trás da cabeça, fazendo o bíceps saltar. — Sempre que você quer que elas *não te vejam* fazendo alguma coisa, elas verão.

— Então eu deveria voltar ao meu quarto antes que elas venham aqui pra baixo.

— Cass, estamos os dois vestidos. Tá tudo bem.

— Eu tô sem sutiã.

A mão dele encontrou meu peito e apertou.

— Você não me vê reclamando.

— Você é insaciável.

— Sim, senhora.

Empinei o queixo.

— Eu ainda odeio isso.

Christian sorriu, rolando nós dois até ficar por cima de mim, cercando meus braços com os dele. Ele puxou para baixo o decote da minha regata e enterrou o rosto no meu peito.

— Sempre insaciável por você, minha rainha.

Revirei os olhos e o espantei.

— Cai fora. Eu estou com mau hálito matinal e suas filhas estarão aqui embaixo a qualquer segundo. Preciso voltar para o meu quarto.

Christian rolou para o lado e me puxou para junto dele até estarmos de conchinha.

— Eu falei que tá tudo bem. Não estamos pelados. Não estamos desfrutando de nenhuma atividade adulta.

Puxei os braços dele um pouco mais apertado em volta da minha cintura.

— Não estou pronta para isso.

Quatro dias atrás, Christian e eu tínhamos colocado tudo em pratos limpos na cabana. Ele esclareceu quais eram suas vontades e necessidades e ouviu quando eu detalhei o que me dava medo em me envolver com ele.

Eu prometi pensar sobre ficar na equipe depois do início das obras e ele prometeu me provar que eu podia dar conta de estar num relacionamento com um pai solo.

E era por isso que eu estava na cama dele, lutando para me motivar a sair de seus braços.

Toda noite eu me esgueirava para o quarto dele depois de termos certeza de que as meninas estavam dormindo. E toda manhã eu me esgueirava de volta para o meu quarto antes de elas acordarem.

Tinha acontecido um ou dois quase flagras, mas, até agora, ninguém sabia de nada.

Exceto Claire. Ela *definitivamente* sabia, o que queria dizer que a maioria da população do rancho com mais de dezoito anos também sabia.

CJ me encheu o saco assim que me encontrei com ele para montar novamente.

Eu enchi o saco dele por ser um filho da mãe miserável.

Até Ray ligou para dar sua opinião a Christian.

Contudo, a pedido meu, ninguém disse uma palavra para as meninas sobre mim e Christian. Isso deixava a parte de "entender aos poucos" um tanto mais fácil.

Christian havia se empenhado muito para dar estabilidade para Bree e Gracie. Eu não queria bagunçar isso ao permitir que elas criassem expectativas sobre um relacionamento ainda precário.

— Pai! — gritou Bree, descendo as escadas ruidosamente.

— Merda — resmunguei, esfregando os olhos para me livrar do sono. Christian tinha me embalado de volta ao sono quentinho e eu esqueci que precisava sair.

Christian inclinou a cabeça para longe da minha e gritou.

— Oi, neném! Do que você precisa?

— A srta. Cass pode arrumar meu cabelo para a escola hoje? Eu quero cachos e você odeia o modelador.

— Eu posso usar a porra de um modelador — resmungou ele, baixinho.

Coloquei a mão sobre a boca para esconder minha risada.

— Hã, talvez se ela acordar a tempo, mas você vai ter que pedir para ela — gritou ele de volta.

— Você não pode pedir para ela? — contrapôs Bree.

Revirei os olhos.

— Eu não sou a Bruxa Malvada do Oeste.

Christian se inclinou para perto do meu ouvido.

— Então você tem de fazer um controle de danos com a sua reputação. Eu venho dizendo para todo mundo que a sua vassoura está na oficina e é por isso que você tem de pegar carona para todo lugar.

Dei um tapa em sua barriga.

Um sorriso preguiçoso o agraciou. Caía bem nele.

— Vou pedir quando ela sair do quarto dela — berrou ele, contando uma mentirinha de nada.

Em silêncio, falei um *obrigada.*

Christian assentiu.

Bree grunhiu.

— Aff. Pai, eu sei que ela tá no seu quarto. Eu preciso de mais tempo me arrumando hoje, por isso acordei cedo. Vocês geralmente já estão de pé a essa hora, mesmo. Eu ouço você andando por aqui toda manhã.

Larguei a mão sobre o meu rosto.

— No flagra — cochichou ele, antes de enterrar o rosto no meu cabelo. — Ela tem o mesmo temperamento da mãe.

— De repente, trinta. O atrevimento é forte com essa aí. — Fungando, gritei: — Me dê dez minutos e vá colocar o café para passar.

— Obrigada! — guinchou Bree, apressando-se para longe da porta e correndo para a cozinha.

Olhei feio para Christian.

— Você disse que elas nunca descobririam.

Ele deu de ombros.

— Elas sabem agora. Mas, quer saber?

— Hum?

Christian me abraçou com mais força.

— O mundo não acabou.

# 28

## Christian

O rancho estava vivo. Carros e picapes estacionavam em filas organizadas ao longo do pasto dianteiro. Fios de luzes e lanternas marcavam o caminho que começava no portão de entrada e dava a volta na propriedade.

Cassandra convenceu uma empresa local a doar uma frota de carrinhos de golfe para transportar os convidados pela estrada de terra recentemente revirada e batida.

Peões estavam montados a cavalo, impedindo convidados curiosos de espiarem por trás da cortina, metaforicamente falando.

Cassandra e Ray tinham trabalhado com os patrocinadores dele para que bancassem o bar e a comida. *Com placas adequadas e representantes das empresas à vista para socializar com a nata dos convidados para a cerimônia de início das obras.*

A tenda branca esvoaçante tinha sido doada, graças à empresa local de aluguel a quem Cassandra prometeu que seria a fornecedora exclusiva recomendada quando o espaço de eventos estivesse funcionando.

Ela tinha conseguido mesmo.

Eu mal podia crer. O rancho estava *lindo.* Tinha sido uma correria para deixar o lugar limpo e preparado, mas ela havia feito todo mundo colaborar.

Usando sua recém-descoberta amizade com CJ, Cassandra conseguiu persuadir os peões a fazerem um pouco de hora extra, e eles deixaram os celeiros com cara de quase novos. Foi feito um novo paisagismo, e a lateral também tinha sido lavada com alta pressão e pintada.

Até o prefeito estava ali.

Isso foi uma surpresa. Pensei que Cassandra o detestasse.

O que impunha a pergunta: onde estava a mulher do momento?

Spenser Crenshaw, um representante da Lawson International, estava bisbilhotando do lado de fora da tenda. Ele parecia bem inofensivo, mas eu tinha certeza de que Cassandra queria que ele ficasse dentro dos parâmetros que ela definira para a festa.

Plantas e renderizações arquitetônicas gigantes tinham sido impressas e expostas, exaltando o que viria durante a próxima... bem... a próxima década.

Seria um projeto longo. Isso era certo.

Porém, pouco a pouco, estávamos solidificando o futuro do Rancho Irmãos Griffith.

Ela tinha conseguido isso.

Então, onde ela estava?

— Sr. Griffith — disse uma voz feminina de trás de mim, enquanto eu me afastava da tenda.

Eu me virei e encontrei uma loira, mas não era a *minha* loira.

— Sim, senhora. Pois não?

Ela sorria de orelha a orelha quando me estendeu a mão. Um anel de noivado massivo, que deveria demandar uma empilhadeira, reluzia em seu dedo.

— Elena Callaway. Allegiant Holding Group. Prazer em conhecê-lo.

— Igualmente, senhora.

— Nós firmamos parceria com a Lawson International no último minuto para investir no hotel. Estamos empolgados com o empreendimento.

— Assim como nós.

Olhei ao redor, procurando Cassandra.

— Eu esperava poder conversar com a srta. Parker. — Ela sorria calidamente. — É sempre bom juntar um rosto ao nome, sobretudo agora que fiquei sabendo que ela continuará sendo nosso contato no projeto.

Confirmei balançando a cabeça.

— Sim, senhora. Temos uma sorte incrível por tê-la liderando os projetos de revitalização do rancho. Ela é insubstituível.

Elena sorriu, entendendo tudo.

— É melhor segurá-la aqui. Se ela é tudo o que eu vi pelas comunicações de longa distância, alguém pode aparecer e levá-la daqui.

E eu não sabia?

A banda sob a tenda passou para uma música country antiga e os convidados lotaram a pista de dança.

— Grande festa, Griffith — disse o prefeito Getty, aproximando-se e apertando minha mão.

Elena pediu licença e desapareceu na multidão.

— Obrigado, sr. Prefeito. Nós agradecemos pelo senhor ter vindo até aqui. Teve a chance de pegar um drinque e dar uma olhada?

Ele gaguejou.

— Só um drinque para mim. Hora de voltar para casa. — Ele me deu tapinhas nas costas. — Muito bom. Vai ser ótimo para a comunidade.

Observei-o se afastar às pressas como alguém caminhando por uma casa mal-assombrada. Era como se ele tentasse não parecer amedrontado, mas por dentro estivesse morrendo de medo.

Eu teria de perguntar para Cass sobre isso.

Aliás... precisava encontrá-la.

Divisórias disfarçadas como pano de fundo para fotos escondiam o escritório da vista do público, mas vi uma luz fraca brilhar entre os painéis.

— Tenho quase certeza de que a convidada de honra não deveria estar escondida no escritório, respondendo e-mails — falei, esgueirando-me para dentro e fechando a porta.

Mickey e Sadie estavam ambos buscando refúgio do caos dentro do prédio silencioso.

As ondas ao estilo Hollywood antiga no cabelo de Cassandra balançaram sobre suas costas quando ela olhou para trás.

— O quê? Desculpe. Eu vim conferir a situação de uma licença que precisamos para...

Eu me ajoelhei ao lado dela e revirei meu bolso. Eu não era muito de usar terno, mas tinha vestido meu melhor para a ocasião.

Seus olhos se arregalaram.

— O que você está fazendo? Por que está de joelhos? Você não está fazendo o que eu penso que está. Porque se estiver fazendo o que eu acho que está, então eu vou dizer "não", e os próximos dias vão ser bem desconfortáveis.

Eu ri, abrindo a mão.

— Christian, eu não posso... — Ela travou e olhou para a palma da minha mão. — O que é isso?

Eu ri baixinho.

— Eles... hmm... eles se encaixam nos seus saltos. Para ficar mais fácil para você andar na terra e não afundar, sabe?

Segurei um dos bloquinhos de madeira entre os dedos. Não era muito largo, mas tinha um vão profundo em cima onde se encaixava a ponta do salto agulha dela, e uma base reta e mais ampla para ter mais área de superfície no chão.

— Eu os pintei para combinarem com seus sapatos e não se destacarem tanto — falei, erguendo o tornozelo dela para pousá-lo no meu joelho e encaixar a pecinha na ponta do salto.

Cassandra ficou completamente imóvel enquanto eu devolvia seu pé ao solo gentilmente e pegava o outro para fazer o mesmo.

Ela parecia completamente atônita.

— Essa... foi a coisa mais meiga que alguém já fez por mim.

Dispensei o comentário, dando de ombros.

— É só algo em que eu fiquei mexendo enquanto ajudava as meninas com o dever de casa. Se funcionarem, posso fazer mais alguns. Para você poder combinar com todos os seus sapatos de salto. — Peguei a mão dela e a beijei. — Talvez um dia tenhamos calçadas por aqui para você.

— Eu sempre posso ir para Nova York quando quiser uma calçada — disse ela, jogando os braços em torno do meu pescoço.

Dei um selinho nos seus lábios.

— Desde que volte para mim.

Fechei os olhos quando ela passou os dedos por entre meu cabelo. Eu o deixara solto hoje a pedido das meninas.

— Isso é gostoso — murmurei, inquieto.

— Bree estava me perguntando sobre Nova York hoje cedo, na verdade.

Eu me apoiei no toque dela.

— É?

— Arrã. Ela quer ir para lá. Pelo visto, entre mim e a Becks, ela está convencida de que Nova York é o lugar mais mágico do planeta.

— Você contou para ela sobre as taxas de criminalidade?

Ela riu.

— Não, contei sobre a Broadway, a Times Square e um lugarzinho ridiculamente pequeno no Village que tem os melhores doces.

— E sobre a taxa de criminalidade.

— Contei sobre o Met, e como é durante a Semana de Moda, e...

— E a taxa de criminalidade, *né*?

Ela parou de massagear meu couro cabeludo.

— Alguém já te disse que você se preocupa demais?

Dei um selinho nos lábios dela.

— Já, eu pago uma terapeuta para me dizer isso uma vez por mês. Aonde você quer chegar?

— Não vou te dizer para parar de se preocupar — disse ela, baixinho. — É atraente.

— Então, entre o rancho, os projetos em construção e a criação de adolescentes, eu serei irresistível durante esses próximos anos.

Ela desligou o computador.

— Como está a festa?

Roubei outro beijinho e peguei a mão dela.

— Está precisando da anfitriã, antes que o Ray faça tudo girar em torno dele.

Cassandra riu, levantando enquanto o vestido preto em que estava cascateava por seu corpo.

— Embora seja justo, considerando que ele está no topo da tabela de classificação para as finais de amanhã, talvez precisemos garantir que o ego dele ainda caiba dentro da tenda.

A festa ainda estava a todo vapor. Minha família estava mandando brasa na pista de dança. Ray tinha não uma, mas duas mulheres em seus braços. Ele vestia uma camisa adornada com os logotipos de sua equipe e seu patrocinador, mas as mangas estavam dobradas, exibindo as tatuagens dos braços que as meninas tinham colorido mais cedo hoje.

CJ estava postado na beirada da tenda, sem se divertir nem um pouco enquanto vigiava os convidados com olhos de águia, garantindo que ninguém se afastasse do local da festa.

Becks estava sentada papeando com uma jornalista que olhava para ela como se fosse uma heroína de ficção. Nate estava por perto com a bebê toda embrulhada, aninhada seguramente contra seu peito.

Bree e Gracie dançavam uma com a outra, revezando na condução.

Cassandra levantou o queixo, supervisionando o caos. Por toda a área, conversas sobre o restaurante, a pousada e programas comunitários pairavam no céu.

Eu pousei as mãos nos ombros dela.

— Você conseguiu.

Senti Cass relaxar contra mim, repousando no meu peito. Seus dedos roçaram os meus e ela os apertou.

— Obrigada.

— Por quê?

— Por não ter me mandado embora daqui no primeiro dia.

— Foi mais por pena. — Eu ri quando ela bateu na minha perna. — Tá bom. Isso, e o seu traseiro.

Cassandra fungou.

— Estou tentando falar a sério aqui.

— Prossiga.

Ela voltou as costas para a festa.

— Obrigada.

Em vez de responder, eu a beijei, deixando a festa acontecer em torno de nós num borrão.

Em algum ponto da miragem, ouvi minhas meninas gritando e os convidados aplaudindo.

A boca de Cassandra era macia e dócil, seguindo minha liderança quando fundi meus lábios aos seus. O uísque e a menta tinham sumido. Ela tinha gosto de champanhe.

De felicidade.

— Me diga que você decidiu ficar — falei, baixinho, contra sua boca.

Ela já tinha aceitado hesitantemente a oferta de trabalho, mas ainda não tinha pedido demissão do emprego com o Carrington Group. Mais do que isso, porém, eu queria que ela ficasse. Comigo.

Seus olhos estavam úmidos.

— Podemos conversar à noite.

Esfreguei meu nariz no seu.

— Preciso envolver as meninas?

— De jeito nenhum — disparou ela. — Se Gracie fizer aquela carinha de cachorro sem dono e se forçar a chorar...

Como se soubesse que estavam falando dela, Gracie correu até nós e trombou com a minha perna.

— Você perguntou pra ela? — cochichou, no sussurro mais alto que já se ouviu.

Cassandra franziu os lábios para enterrar seu divertimento.

— Ela disse que nós vamos conversar mais tarde — eu cochichei-gritei de volta.

— Você falou que ela ainda pode ficar com o quarto de hóspedes se não quiser dividir o quarto com você?

Cassandra cobriu a boca com a mão e se afastou, rindo.

Puxei Gracie para junto de mim, envolvendo-a nos meus braços.

— Ela sabe, meu bem.

— Ainda bem, porque eu quero que ela fique.

— Oi, papai — disse Bree, passando os braços em volta da minha cintura e enfiando a cabeça debaixo do meu braço.

— Se divertindo?

— Arrã. Mas não tem ninguém da minha idade aqui.

— Desculpe. Talvez quando começarmos a ter inaugurações você possa chamar alguns amigos.

— E um menino? — perguntou ela.

Minha resposta foi imediata e definitiva.

— Não.

— Mas e se...

— Não.

— Eu vou pedir pra srta. Cass.

— Ainda é não.

Conforme a banda foi parando, Cassandra subiu ao palco e agradeceu a todos por terem vindo. Senti Bree se aproximar ainda mais enquanto ouvia o discurso de Cassandra sobre o projeto e o bem que ele faria para a comunidade.

— Eu gosto dela — disse Bree, pensativa.

Meu coração ficou apertado.

— É?

Bree anuiu.

— Quero dizer, eu sei que temos a vovó e a tia Becks, mas a srta. Cass é, tipo, *nossa.*

Fixei meus olhos em Cassandra enquanto ela chamava cada membro da família Griffith para pegar as pás douradas enfeitadas, falando animadamente sobre o futuro do rancho.

E quando fiquei ombro a ombro com ela, meus pais, irmãos, Becks e a próxima geração enquanto escavávamos o solo, tudo em que eu podia pensar era *é, sim.*

— Pensei que talvez você gostasse disso aqui — falei, chegando por trás de Cassandra e oferecendo-lhe os chinelos que havia pegado das coisas dela quando levei Bree e Gracie para casa para dormir.

Ela estava supervisionando a agitação dos últimos materiais alugados sendo empacotados, carregados e levados embora.

Cassandra grunhiu ao tirar os sapatos de salto e movimentar os dedos dos pés na grama.

— Obrigada. Você é um anjo.

Ajoelhei diante dela e calcei os chinelos nos seus pés.

— É o mínimo que posso fazer, depois de você nos deixar parecendo civilizados e bem-sucedidos.

Sua risada soou cansada.

— Acho que deu tudo certo. Só o tempo vai dizer, mas minhas expectativas estão altas.

— Não são esperanças?

Ela sacudiu a cabeça.

— Esperança é simplesmente se agarrar a fiapos de um desejo abstrato. Expectativas são a aplicação da esperança. Excelência é uma expectativa minha, e vou trabalhar por ela.

Pressionei-lhe um beijo na testa.

— Poético.

— Aprendi com você.

Esperei até a tenda estar desmontada, os fornecedores já com sua gorjeta e o último caminhão ter sumido pela estrada antes de tornar a falar.

— Você passa a impressão de que vai ficar.

Cassandra deslizou a mão na minha.

— E se eu ficasse?

Nossos passos eram silenciosos ao voltar para casa. Embora não tivesse ninguém ali fora para nos ouvir, eu ainda tinha a sensação de estar saindo escondido. Meus pais tinham se recolhido pouco depois do fim da festa. Ray saiu cedo para voltar para Houston antes do campeonato no dia seguinte. Nate e Becks usaram a carta do bebê e voltaram para a casa deles; não que eu os culpasse, de forma alguma.

— Você sabe o que eu quero — falei.

Ela soltou o ar.

— Então talvez você deva saber que eu liguei para o Mike hoje mais cedo.

Passei a mão pela barba para dar um efeito dramático.

— É mesmo?

— Nós nos atualizamos um pouco sobre o projeto. Eu enviei minhas projeções finais para que ele pudesse acrescentá-las à métrica infinita de sucesso. Ele me contou que Tripp foi posto em licença administrativa por causa de mais uma manchete com Lillian Monroe que nunca deveria ter chegado aos jornais.

— Aqueles dois arrombados realmente se merecem — murmurei.

Cassandra riu.

— Ele nem sabe o que o espera. Olhando para trás, não faço ideia do que eu vi nele.

— Você não está triste?

Ela pensou por um momento.

— Fico triste por ter perdido meu tempo, mas aprendi uma lição. As pessoas de quem você deveria se cercar deixam bem claro que você é querida e valorizada.

Eu ri.

— E o que dizer das pessoas de quem você está cercada agora?

— Elas fedem. Elas acordam cedo demais. Elas são cabeçudas, teimosas e enfurecedoras.

— E…? — pressionei, quando subíamos os degraus do alpendre.

Cassandra parou no topo.

— E eu nunca me senti mais em casa.

— E isso é tudo o que você conversou com Mike?

Devagar, ela meneou a cabeça.

— Não exatamente.

Deslizei as mãos em volta da sua cintura e afaguei-lhe o quadril de leve.

— O que mais?

— Mandei um e-mail com meu pedido de demissão antes de telefonar. Ele me disse que ia passar adiante o pedido e dar início à papelada. — Seus dentes branquinhos se enterraram no lábio escarlate. — Logo, espero que aquela oferta de emprego ainda esteja de pé. E talvez o auxílio-moradia. Um deslocamento do meu apartamento para o rancho está meio que fora de questão.

Sorri como o desgraçado mais sortudo do mundo enquanto a encurralava contra a coluna da varanda e a beijava.

— Está de pé.

Não estávamos tentando freneticamente entrar na casa, mas nossos beijos preguiçosos sob a luz da varanda ficaram mais intensos enquanto as mariposas voavam mais acima. Cassandra gemeu na minha boca quando arrastei a mão por sua coxa, encaixando-a em torno da minha cintura.

— Diga que você vai ficar — sussurrei em sua boca enquanto aninhava sua nuca na palma da mão.

Cassandra assentiu.

— Vou, sim.

Agarrei a parte de trás das coxas dela e a levantei enquanto ela passava as pernas em volta de mim.

— Precisamos estabelecer algumas regras — falei, carregando-a para dentro e fechando a porta com um chute.

Seus braços envolveram meu pescoço.

— Regras, já? — Ela me mostrou a língua. — Você é um paizão mesmo.

Passei pela casa em pés silenciosos antes de jogá-la na cama e fechar a porta à chave.

— Acho que você vai gostar dessas regras.

Cassandra foi subindo na cama.

— O que é meu é seu. Minha casa, minha…

— Picape? — sugeriu ela.

— Você ainda não sabe dirigir com câmbio manual.

— Eu aprendo rápido.

— Vamos trabalhar nisso — prometi, tirando a roupa e subindo na cama com ela. — Eu confio em você. Mesmo como estamos agora, sem alianças, sem juras a longo prazo, você é parte deste rancho. É parte desta família. Parte deste legado. Quer que algo seja feito? Você tem o peso do meu nome com você.

— Eu já sabia disso — disse ela, com uma expressão evasiva.

Quando eu parei, curioso, ela continuou:

— Eu ouvi você dizendo isso aos rapazes do CJ logo que cheguei.

Levei a mão ao maxilar dela.

— E eu estava falando sério.

Seus olhos prateados ficaram pesados enquanto eu pairava sobre sua boca. Ela assentiu devagar, solene, sóbria.

— Eu sei.

Peça por peça, eu a despi até estarmos pele com pele. Sua respiração era quente e acelerada contra meu pescoço quando apertei seu seio, apalpando-o.

— Christian — suplicou ela, se esforçando para não fazer barulho.

Seus pulmões soluçaram, esforçando-se, enquanto uma lamúria escapava quando brinquei com o polegar em seu mamilo. Cassandra apertou as coxas uma contra a outra, tentando aliviar a ânsia que eu estava causando.

Bom. Eu queria que ela soubesse quanto doía em mim quando ela não estava por perto.

Cass se contorceu e se debateu, mas eu a mantive presa sob mim, atiçando seus mamilos rosados até ficarem corados e contraídos.

Enfiei o joelho entre suas pernas e o pressionei contra sua boceta quente.

— Pronto, princesa. Quero te ver gozar. Mostra pra mim quanto você quer o meu pau. — Suguei a pele fininha atrás de sua orelha e a fiz ofegar. — Faça um bom trabalho para mim e eu vou encher a sua bocetinha.

— Me come agora — arfou ela, rebolando os quadris e se esfregando em mim feito um animal no cio.

— Continua — falei, pegando um seio pesado e chupando o mamilo entre meus dentes.

Ela pressionou o corpo com mais força contra mim, sacudindo-se a cada movimento conforme se aproximava de um orgasmo.

— Não para agora, princesa. Mostra pra mim como você fica linda quando goza dizendo meu nome. — Belisquei seu mamilo e saboreei o choque que se transformou em um gemido. — Era isso o que você queria naquele dia em que te encontrei sem querer se tocando. Você queria que eu te fizesse gozar.

Cassandra assentiu, desesperada.

— Isso.

— Então goza pra mim como a depravada que você é, e eu faço sua fantasia virar realidade.

Sibilei quando ela afundou os dentes no meu ombro e gozou. Antes que seu orgasmo chegasse ao fim, coloquei a camisinha e mergulhei fundo em sua boceta molhada.

— Puta merda, você é incrível.

Os tremores remanescentes de seu orgasmo provocaram meu pau quando deslizei para dentro.

— Isso — disse ela, soltando um suspiro profundo. — Era disso que eu precisava.

Roubei um beijo.

— Eu sempre vou te dar o que você precisa. Me diga qual é a sensação, princesa.

Cassandra sibilou quando arremeti dentro dela outra vez. Suas palavras soavam tensas, contidas.

— Cheia. Tão apertado — murmurou, pousando a testa no meu ombro.

Joguei meu quadril contra o dela.

— Eu sei que está, mas você é durona. Você aguenta.

— Christian — gemeu ela quando deslizei os dedos para cima e para baixo em seus seios, tocando os bicos a cada passada.

Sua boceta se apertou em volta do meu pau, desesperada e obscena.

— Estou sentindo você, princesa. Goze quando quiser. Tem mais de onde veio esse.

Cassandra ofegou, as costas arqueadas para cima enquanto estiquei o braço entre nós e massageei seu clitóris de forma lenta e contínua.

— Eu sempre vou te dar o que você precisa — prometi várias e várias vezes enquanto ela pedia e implorava por outro orgasmo.

Respirei fundo entre ondas de excitação que ameaçavam me empurrar para além dos limites até ela se desmanchar sob mim. Desmoronamos, peito com peito, enquanto meu pau saltava, se derramando dentro da camisinha.

A boceta dela ainda me estrangulava, enquanto ficávamos ali deitados juntos, recuperando o fôlego devagar.

— Christian? — disse ela, baixinho, inclinando a cabeça para trás no travesseiro e fechando os olhos.

Distribuí beijinhos pelo seu peito.

— Hum?

— Obrigada por ser paciente comigo.

Meu cabelo pendia ao nosso redor quando pressionei um beijo nos seus lábios.

— Eu também te amo.

# 29

## Cassandra

— Isso está estranho. — Virei no espelho e fitei meu traseiro. — Odeio calça jeans.

— Você deveria usar com mais frequência — disse Christian com um sorriso quase zonzo, apertando minha bunda. — Cai bem pra cacete em você.

— Eu vou me trocar e colocar as minhas roupas.

— Você vai ficar imunda.

— Nós vamos só assistir ao Ray. Não vamos montar em um touro.

Ir ao rodeio tinha sido a última coisa na minha mente. Eu estava tão absorta planejando e executando a cerimônia de abertura das obras, e fugindo de Christian, que não tinha nada para vestir.

Mas me virei, como sempre fazia.

Calça jeans, as botas que Christian tinha me dado e uma camisa de seda combinavam bem com a ocasião.

— Mal posso esperar para tirar isso depois — murmurou Christian, deslizando um dedo pelo decote da minha blusa. Nuvens espessas de desejo cobriam seus olhos.

Eu o espelhei, deslizando o dedo em torno de sua fivela ridiculamente grande, depois puxando-o para mim.

— Digo o mesmo.

Subi as mãos por sua barriga e seu peito, saboreando a maciez.

Eu amava o corpo dele. Aqueles ombros largos. As coxas grossas, os bíceps. O jeito como eu me pressionava contra ele quando ele me abraçava como se estivesse tentando fazer um molde dessa sensação e se agarrar a ela pela eternidade. Eu amava como eu podia me apertar em torno do seu quadril e repousar na curva de sua barriga. Ele era robusto e sólido, mas gentil. Ele me manuseava com cuidado.

— Eu tenho uma coisa pra te dar — disse ele, estendendo a mão por cima do meu ombro.

Gracie entrou correndo e enfiou uma sacola de presente na mão dele, depois saiu correndo, gargalhando.

— Presentes e elogios — comentei, retirando o papel de seda. — Talvez eu até fique por aqui.

Coloquei a mão na sacola e toquei um tecido áspero e pesado. Curiosa, puxei o conteúdo para fora.

— Você não precisava me comprar nada.

Analisei a jaqueta de lona. Era uma cor cáqui quente, que combinava com a jaqueta dele.

— Na verdade, precisava, sim — disse Christian, pegando a jaqueta e a virando para me mostrar o logotipo bordado do Rancho Irmãos Griffith. — Você faz parte do rancho. Da equipe. Da família. Você merece uma jaqueta.

Eu ri, estendendo os braços e deixando que ele colocasse a peça em mim.

— Se eu soubesse que ganharia roupas, você poderia ter me convencido antes a ficar.

— Vou me lembrar disso — disse ele, alisando as palmas das mãos sobre meus ombros.

Nossa caravana levou quase três horas para dirigir até Houston. Christian, as meninas e eu estávamos na picape dele, enquanto CJ, Becks, Nate e a bebê Charlie seguiam no SUV novo. Claire e Silas tinham ido mais cedo para a arena.

Christian apertou minha mão enquanto atravessávamos o estacionamento.

— Isso é… — Olhei ao redor. — Um caos.

— Melhor. Dia. De. Todos! — gritou Bree.

— Você acha que o tio Ray vai deixar a gente chegar perto da porteira? — perguntou Gracie.

— Posso comer um lanchinho? — pediu Bree.

— Que shows vai ter mesmo?

— Eu quero ver o…

— Já chega — disparei. — Vocês vão me deixar tonta se continuarem com isso.

Christian me deu um cutucão de aprovação e uma piscadela.

*Não era nada demais.*

— Que tal a gente dar uma olhada em tudo e ver quanto tempo temos? — disse ele, mantendo uma das mãos no ombro de Gracie, mas ainda com nossos dedos entrelaçados.

— Nossas botas combinam — disse Bree, com um sorriso radiante, olhando para nossos pés e combinando sua passada com a minha.

As botas eram um presente de Christian, da linha de peças faroeste de Ray.

Geralmente, eu teria dito algo como *eu sei,* ou *você tem bom gosto se está vestida como eu.*

Mas a confiança de Bree ia além dos sapatos. Eu sabia no fundo do coração, porque também sentia. Engraçado como um par de sapatos me fazia sentir como se eu tivesse encontrado meu lugar.

— Estamos bonitas, né? — falei, passando o braço em torno dela.

Bree abraçou minha cintura.

— Papai, você acha que o tio Ray vai conseguir mais patrocínios? Porque ele deveria fazer propagandas de roupas, assim eu recebo coisas de graça.

Christian riu.

— Acho que marcas de roupas infantis não patrocinam muitos montadores de touros. Geralmente é só botas e jeans.

— Mas ele fez... tipo... aquelas propagandas de cueca.

Ergui uma sobrancelha para Christian e cochichei:

— Quais?

Ele me lançou um olhar tão feio que eu quase tropecei.

A arena estava ensurdecedora. Por instinto, agarrei-me a Bree e segui Christian e Gracie pela massa de gente andando por ali. Ele mantinha a mão apertada em torno da minha, desviando-se pela turba enquanto abríamos caminho para uma área isolada com portões de metal e corda.

— Tio Ray! — gritou Gracie, empolgada.

Francamente, eu não fazia ideia de como Gracie o identificou no meio daquele monte de homens vestidos como clones uns dos outros. Mas

Ray levantou a cabeça e sorriu enquanto dava cotoveladas para conseguir passar pela multidão.

— Eis aí a minha menina Gracie! — disse ele, pegando-a nos braços e a colocando sobre os ombros.

Se eu tivesse sido tratada assim aos onze anos, teria insistido que era grande demais para me sentar nos ombros de alguém. Gracie, não.

Bree abraçou Ray.

— Papai me mostrou o vídeo da sua montaria ontem à noite!

— Ah, é? — Ele a apertou. — O que você achou?

Bree bateu o dedo no queixo.

— A pontuação foi abaixo do esperado, mas vou deixar passar porque você ainda está no topo.

— Essa é a minha garota — disse ele, batendo a mão em punho na dela.

O resto da turma Griffith se juntou, dando "oi" para Ray e desejando-lhe sorte.

Gracie pulou dos ombros dele e correu para perto de mim para Ray poder segurar sua mais nova sobrinha, que usava um fone azul com cancelamento de ruídos em tamanho bebê.

— Ainda bem que ela saiu a cara da Becks, em vez dessa sua cara feia — disse Ray, dando uma cotovelada cuidadosa nas costelas de Nate.

Nate depositou um beijo na lateral da cabeça da esposa. Becks deslizou a mão para a de Nate. A pele áspera e coberta de cicatrizes dele a envolveu como um escudo protetor.

Eu sabia os fatos básicos do que eles tinham passado — tinham se conhecido no Afeganistão e se apaixonado —, mas, naquele momento, percebi que só tinha ouvido Becks falar a respeito.

Christian nunca mencionava o fato.

Os olhos atentos de Ray pousaram sobre mim.

— Você já assistiu a uma montaria de touros antes?

— Essa vai ser minha primeira vez.

Ele sorriu.

— Você vai detestar.

Ray chamou seu agente, Marty, que nos deu passes para a área dos bastidores.

— Estou contente por você estar aqui — disse Becks, pulando de um pé para o outro enquanto tentava acalmar a bebê. Nate e Christian estavam passeando com Bree e Gracie, deixando-nos na pequena plataforma debaixo da tenda do patrocinador. — Eu estava me perguntando quando um dos rapazes ia arrumar uma mulher pensando em longo prazo.

Curvei os dedos em torno do portão metálico.

— Não sei sobre o longo prazo.

Vi a maturidade em seus olhos quando ela me estudou.

— Você é boa para ele. Para todos eles. Christian precisava de alguém como você.

— Como assim?

Ela passou Charlotte para seu ombro e esfregou as costinhas da bebê.

— Alguém que não puxe o saco dele. Alguém que não queira assumir o papel dele como pai das meninas. Quando Nathan e eu chegamos ao país e eu me mudei para cá, eu me oferecia para ajudar Christian o tempo todo. Ele nunca aceitou. Primeiro, pensei que fosse porque não gostava de mim, mas Nathan disse que era porque Christian achava que precisava provar para si mesmo que ele era capaz. Que era capaz de arrumar o cabelo delas, de preparar os lanches da escola, ter a conversa sobre puberdade, comparecer a atividades de Dia das Mães em toda sua glória de caubói robusto sem um pingo de remorso. Que ele era capaz de fazer todas as coisas que Gretchen fazia. Alguns anos atrás, ele começou a pedir uma mãozinha, mas só porque precisava mesmo ou porque as agendas estavam uma loucura, não porque ele não pudesse se virar.

Ela virou de costas para a arena.

— Mas acho que ele se deu conta de que precisa de você. Ele não precisa que você seja a mãe delas. Precisa da sua tenacidade.

— É estranho pensar em deixar Nova York em definitivo. Desmontar meu apartamento. Deixar o sonho para trás.

Ela passou a mão pelos tufos de cabelo ruivo que cobriam a cabeça de Charlie.

— Acredite em mim, eu conheço essa sensação. As pessoas nos olham como se fôssemos malucas quando mudamos de direção e buscamos aquilo que nos faz feliz, em vez daquilo que dá uma boa impressão.

Mãos deslizaram em torno dos meus quadris. Eu não precisava nem me virar para saber que era Christian me puxando contra seu peito.

— Oi — falei, levantando a cabeça.

A barba dele roçou a lateral da minha cabeça quando me inclinei e roubei um beijo casto.

— Onde estão as meninas?

— Nate e CJ estão trazendo as duas. Elas queriam ir olhar os bichos.

— Elas têm um boi de estimação que mora no meu escritório e come meu sorvete e querem ver *mais bois*?

Christian enterrou o nariz nos cabelos da minha nuca.

— Eu gosto de você ter chamado de *seu* escritório.

— Escorregou.

Ele riu.

— Eu sei onde eu queria escorregar.

— Estamos perto da sua família — chiei.

— Não liguem para mim — disse Becks, rindo. — Finjam que eu nem estou aqui.

O caos na arena chamou minha atenção quando o locutor anunciou o primeiro competidor que estava disputando o campeonato de montaria.

— Ai, meu deus — murmurei, cobrindo a boca com as mãos.

— Parece brutal — disse Becks. — Mas eles geralmente ficam bem depois de montar.

— *Geralmente?* — guinchei.

O animal que o competidor tinha montado corcoveou e se debateu contra o curral, quase prendendo-o contra a parede.

— Ray vai montar *aquilo ali*?

A mão de Christian que estava me segurando apertou um pouco mais.

— Não, aquele ali é o Agressivo. Ray sorteou o Bandido.

— Por que isso parece ainda pior?

— Porque é, mas isso é bom — disse Christian. — Ele é um dos mais maldosos. O Bandido e o Ray têm uma história. O Bandido tenta matar o Ray, e o Ray ganha uma tonelada de dinheiro. Pelo visto, vale a pena para ele.

— Vocês, Griffith, são todos psicóticos. Por que, eu pergunto, montar o boi mais maldoso é algo bom? Pegue um que seja bonzinho e manso.

Christian apontou para o placar de pontuação.

— Cada montador tem a possibilidade de alcançar cem pontos. Cinquenta vêm do desempenho do montador. Cinquenta vêm de quanto o boi pula e corcoveia.

Começava a fazer mais sentido.

— Então, quanto mais malvado o boi, mais pontos você ganha.

— É isso aí.

A porteira foi aberta e o touro pulou, *pulou* para fora. Quinhentos quilos de músculo intratável voaram pelo ar e aterrissaram com um baque de tremer a terra. O montador foi chicoteado para a esquerda e a direita, parecendo sobrenaturalmente fluido enquanto se segurava à corda.

— Como é que a coluna dele não está em quatro pedaços? — gritei acima da confusão.

Berrei e pulei para perto de Christian quando o montador foi jogado longe e aterrissou em uma confusão de membros.

Christian nem vacilou. Apenas me envolveu em seus braços musculosos e me segurou junto do corpo.

Meu corpo todo estava elétrico. Era como assistir a um filme de terror: apavorante, mas eu não conseguia desviar o olhar.

A área dos bastidores foi lotando à medida que foi se aproximando a vez de Ray. Bree e Gracie exibiam vestígios de bolinho frito enquanto se espremiam para a frente para assistir.

Ray foi o penúltimo cavaleiro da noite. A cada mudança no placar de pontuação, Bree fazia os cálculos e nos atualizava sobre o que ele precisava para vencer.

— Qual é o meu número, tampinha? — perguntou Ray para Bree por cima da divisória enquanto alisava o esparadrapo em seu punho, calçava uma luva, depois passava esparadrapo outra vez.

— Noventa e um ponto um.

— Isso é difícil? — cochichei para Christian.

Ele fez uma careta, mas tentou não demonstrar.

— A maioria das pontuações fica entre oitenta e cinco e noventa.

Ray estava na frente depois da rodada *wild card*, mas os cavaleiros antes dele tinham vindo para ganhar.

Eu podia ouvir Bandido patejando e dando coices contra o curral. Ele já estava fulo da vida. Ray fechou o zíper do colete acolchoado que protegia seu abdômen.

— Cadê seu capacete, abusado? — gritou Nate.

Ray sorriu e ajustou o chapéu de caubói.

— Capacetes só significam que você vai ter um caixão aberto.

E, com isso, ele colocou a proteção bucal e desceu até as costas do touro.

Sua equipe e o porteireiro se agrupavam em torno dele.

— Ai, meu deus — murmurei, levando as mãos ao peito.

Christian soltou um assovio e bateu palmas acima da minha cabeça.

— Vamos lá, maninho!

Bree e Gracie pulavam sem parar, gritando:

— Vai, tio Ray!

— Ele é bom, Cass — sussurrou Christian, apertando meus ombros. — O melhor do circuito. Ele é bom.

Eu não sabia se ele estava tentando convencer a mim ou a si mesmo.

A porteira se escancarou e Bandido fez uma pausa. *Era para isso acontecer?*

Percebendo que havia uma saída, o touro se sacudiu e quase jogou Ray longe em seu caminho para a arena. O bicho girou feito um tufão, chacoalhando para a frente e para trás a cada pinote. A plataforma sob nossos pés tremia com a intensidade da coisa toda.

Ray pelejou para se segurar. Ele chicoteava para os lados, às vezes seguindo a direção do touro e às vezes indo no rumo contrário para manter o equilíbrio. Bandido se sacudiu para a esquerda, depois parou de súbito e então açoitou para a direita.

Meu coração saltou na garganta.

A multidão foi à loucura e eu olhei para o cronômetro.

Sete segundos e meio.

Gritos e berros foram ficando ensurdecedores conforme ele se aproximava dos oito segundos.

Uma mudança súbita de direção pegou Ray de surpresa. Bandido bateu com os cascos no chão, saltando da frente para trás. Ray se inclinou na direção oposta para contrapor o movimento, mas o touro se sacudiu para a direita de novo, arremessando-o longe. Ray caiu, mas o touro continuou se movendo. Um casco colidiu com a barriga dele ainda em pleno ar.

Claire gritou quando a cabeça de Ray bateu na terra.

Homens saltaram para dentro do ringue para distrair o touro e tirá-lo de lá.

Meus dedos tremiam quando segurei a mão de Christian.

— Por que ele não está se mexendo?

Todos os outros cavaleiros foram ligeiros para levantar e saltar a barreira para sair da arena.

Apertei a mão dele.

— Christian…

Ray estava caído na terra. Inerte.

Pessoas lotaram a arena. Marty, uma equipe de médicos e uma equipe de apoio entraram em ação num instante.

Senti Christian dar um tranco atrás de mim.

Meu coração estava em disparada. O sangue rugia nos meus ouvidos como um tsunami.

— Meu bem…

A compreensão ocorreu a Christian de supetão e ele rugiu.

— *Ray!*

— Vá — falei, soltando a mão dele. — Eu fico com as meninas.

Christian se jogou por cima da barreira. Nate e CJ estavam logo atrás dele, correndo para cruzar a arena.

Bree e Gracie se viraram, em pânico. Claire se separou de Becks para cuidar delas, mas elas já estavam se agarrando em mim.

# 30

## *Christian*

Sirenes gritavam enquanto enterrávamos o pé na tábua a caminho do hospital. A traseira da ambulância sacolejava, fazendo tremer os recipientes de suprimentos.

Tentei ficar sentado imóvel e não atrapalhar, mas era uma façanha impossível. Estávamos amontoados feito sardinhas. Dois médicos trabalhavam em Ray, monitorando seus sinais vitais, checando e tornando a checar o tubo respiratório que descia por sua garganta. Seu colete tinha ficado na arena e sua camisa tinha sido cortada na parte da frente.

Seu abdômen estava todo roxo, marcado por áreas de pele colorida por canetinhas laváveis. Eu segurava a mão dele, tomando cuidado com o oxímetro de pulso em seu dedo, mas a sensação era de segurar um cadáver.

Adesivos com fios haviam sido colocados em seu peito e presos a um monitor.

O colar cervical e as faixas o mantinham imóvel quando paramos de súbito na porta da sala de emergência.

Segui os paramédicos para dentro, mantendo a mão em Ray enquanto ele era levado às pressas e avaliado.

Depois disso, só o que eu podia fazer era aguardar.

A porta da sala de espera se abriu com violência quando minha família chegou em peso.

— Onde ele está? — Minha mãe tremia, agarrada a meu pai como se sua vida dependesse disso.

Tirei o chapéu e enfiei os dedos no meu cabelo.

— Ele está em cirurgia. Ainda não sei de nada. Eles estavam falando em costelas quebradas. Possivelmente, hemorragia interna.

Suas mãos experientes tremeram quando ela as colocou sobre a boca.

— E-ele n-não estava se m-mexendo.

Era inútil tentar dourar a pílula. Ela conhecia a realidade da situação tão bem quanto eu.

— Ele caiu de cabeça. Mesmo que… — Eu engasguei e não consegui dizer as palavras direito. — Mesmo que ele acorde…

— Christian… — Becks chegou correndo com Nate atrás dela, carregando a cadeirinha de bebê.

CJ veio a seguir, chegando com Marty, o agente de Ray.

*Onde estava Cassandra?*

Repeti o que tinha dito para minha mãe ao resto do pessoal. Marty se afastou e começou a fazer telefonemas. Becks e minha mãe se abraçaram. CJ se sentou num canto com meu pai, sem dizer nada.

Sobrava Nate.

— Isso não é responsabilidade sua.

— Eu sei que não — disparei, só um pouco irritado por ele fazer esse comentário. Comecei a andar de um lado para o outro. — Eu não falei para ele entrar na arena. Não falei para ele ser um montador de touros. De fato, falei bem o contrário, várias vezes. Eu não…

— Não falou para Gretchen pegar aquela intersecção. Não falou para as nuvens pararem de chover por dois anos. Não falou para o gado ficar doente. Não falou para eu entrar para o exército — disse Nate. Sua mão manchada e cheia de cicatrizes se curvou e estendeu. — Você não me disse para me aproximar de um homem-bomba e, ainda assim, você se culpa por não ter me impedido.

Congelei no meio de uma passada.

— Cadê a Cass? — disparei. — E as meninas?

Nate encolheu os ombros.

— Não sei. Elas saíram da arena antes da gente. — Ele colocou a mão no meu braço. — Você tem de se acalmar. Isso não é culpa sua. Você não tem como controlar tudo. Isso não tem a ver com você.

Em seguida, ele foi até Becks e se sentou.

A irritação escalou minhas costas, devorando-me de dentro para fora. Conferi meu celular. *Sem chamadas.*

Digitei o número dela, fui até a parte vazia da sala de espera e aguardei.

— Oi, papaizinho.

Mas não era uma das minhas filhas atendendo o celular. Era Cass.

O som de sua voz firme foi um bálsamo. Soltei o ar num sopro forte. Minha pressão sanguínea abaixou só de ouvir sua voz.

— O que você tá fazendo atendendo o celular assim? Onde você está?

Cassandra riu, baixinho.

— A culpa é sua. Você colocou seu contato no meu celular como "Papaizinho Caubói".

Eu desabei contra a máquina de Coca-Cola e espremi a testa. Aquele dia parecia ter sido há uma eternidade.

— Eu esqueci.

Ela nunca tinha sido de enrolar, então foi direto ao assunto.

— Como está o Ray? Como você está?

— Ele... hã... As meninas estão por perto?

— Estão fora do alcance da sua voz — disse ela.

— Ele está passando por cirurgia. Aqui entre nós, eu não sei se...

*Ah, merda.*

Meus olhos arderam quando um calor salgado nublou minha visão. Respirei fundo, sugando o ar, e tentei soltá-lo, mas não consegui.

— Eu não sei se ele vai acordar, Cass — consegui soltar. — Ele pode não resistir.

Lágrimas escorreram por meu rosto e ensoparam minha barba quando chorei.

Cassandra ficou em silêncio. Tudo o que se ouvia entre nós era o som reconfortante da sua respiração.

Eu me encolhi e apoiei as mãos nos joelhos, soltando o ar numa exalação demorada.

— Onde você está? As meninas estão bem?

— Estão, sim. Não se preocupe com a gente — disse ela. — Estou na lanchonete do outro lado da rua, na frente do hospital. Imaginei que isso daria a você uma chance para se situar antes de levar as duas para o caos.

A queimação nos meus pulmões desapareceu.

— Como... Como você tirou a picape do estacionamento?

Sua risada foi música para os meus ouvidos.

— Bree me ajudou.

— Desculpe. Parece que você acaba de dizer que minha filha de treze anos te ajudou a dirigir.

— Não foi bem assim. — As palavras soaram suaves e tranquilizadoras. — Ela se sentou na parte da frente comigo e explicou como usar um câmbio e trocar de marcha. Eu só passei por cima de um ou dois carros.

Ri do sarcasmo dela.

— As meninas estão bem?

— Estão preocupadas com Ray — disse ela, honestamente. — Mas, como eu disse, eu cuido disso. Não quero que você se preocupe com a gente.

— Venha para cá quando as meninas estiverem prontas. Estamos na sala de espera. Pode demorar um pouco.

Nós nos despedimos e eu desliguei.

Meia hora depois, Cassandra, Bree e Gracie entravam pela porta, carregando sacos engordurados com hambúrgueres e batatas fritas para a família toda. Bree e Gracie se encolheram nas cadeiras ao lado do meus pais, parecendo só um pouco desgastadas.

— Oi, caubói. Eu te trouxe um...

Agarrei a frente da sua camisa e fustiguei sua boca com a minha, beijando-a intensa e profundamente. Era inapropriado para uma sala de espera de hospital, sem dúvida, mas eu precisava dela. Precisava senti-la. Precisava saber que ela estava a salvo.

— Você estava andando de um lado para o outro — disse Cassandra ao se afastar, os lábios carnudos e inchados pela pressão do momento.

Franzi o cenho.

— Como você sabe?

— Porque não tem lugar nenhum para onde você escapar. Não tem um cavalo que você possa montar para desanuviar. Não tem maquinário com que você brincar. — Ela passou os braços em volta do meu pescoço e deslizou os dedos por meu cabelo. — Senta.

— Eu só vou ficar inquieto e começar a andar de novo — admiti.

— Senta, Christian. — Ela empurrou o saco com o lanche para a minha mão. — Come.

— Cass...

— Eu não tô pedindo.

Cassandra se sentou ao meu lado enquanto eu desembrulhava o hambúrguer e dava algumas mordidas. Eu sabia que precisava comer, mas meu apetite havia desvanecido.

Minha perna começou a saltitar enquanto todos aqueles "e se" voltavam com tudo. Comecei a mexer em um ponto da minha calça jeans. Toda vez que as portas abriam, eu me virava correndo para ver se era alguém vindo nos dar alguma informação sobre Ray.

Horas se passaram sem nenhuma notícia. A cada volta do relógio, minhas pernas pulavam mais.

— Venha — disse Cassandra, pegando minha mão.

Eu tirei meu olhar das portas.

— Aonde?

— Se você vai caminhar de um lado para o outro, eu vou com você.

Cassandra entrelaçou nossos dedos, sem ligar que minha família estava olhando enquanto me levava para longe e começava a dar a volta em uma seção de cadeiras.

— Fala comigo, caubói.

Apertei a mão dela, mas não sabia por onde começar.

— Logo que comecei a frequentar a terapia, eu não conseguia ficar sentado — confessei.

— Depois que a Gretchen morreu? — perguntou ela.

Sacudi a cabeça.

— Antes disso. Eu, hã... Eu comecei a ir depois que Nate se feriu no exército.

Ela encostou a cabeça no meu braço.

— Quer me contar sobre isso?

Engoli em seco, revivendo o momento em que descobrimos o que tinha acontecido.

— Nate... Ele, hum... ele estava no Iraque e foi pego em um ataque de um homem-bomba. Um dos colegas dele morreu. Ele foi ferido e levado de helicóptero para um hospital do exército na Alemanha. Na época, ele estava casado com uma mulher chamada Vanessa. Ela recebeu a notificação de que ele tinha sido ferido e saiu da casa gritando. Apavorada. Eu estava voltando da pastagem com meu pai. Eu a vi de longe e a alcancei. Você sabe como é morar perto assim uns dos outros.

Dá para ouvir tudo. Gretchen estava grávida da Gracie, e Bree era uma criança de colo. Gretchen saiu de casa para ver o que era aquela confusão e Vanessa perdeu a cabeça. Estava histérica. Foi preciso eu, Gretchen e meus pais para acalmá-la, tudo enquanto nós nos perguntávamos se ele estava vivo ou não.

Cassandra apertou minha mão.

— Não consigo imaginar como lidar com isso.

— Eu fiquei sem dormir. Trabalhava o dia todo, e aí trabalhava mais um pouco. Mas depois que Nate foi trazido para casa, a coisa não melhorou. Gretchen faleceu. Nate e Vanessa se separaram. Ele foi enviado em mais uma temporada no exército. Eles se divorciaram. E eu…

Ela levantou a cabeça, esperando que eu me forçasse a dizer.

— Eu me culpei. — Passei a mão pela barba. — Eu me culpei por tudo isso. Eu ficava acordado à noite, perguntando a mim mesmo se eu não podia ter feito alguma coisa para convencê-lo a ficar e trabalhar no rancho, em vez de entrar para o exército.

— Mas também foi lá que ele conheceu Becks, certo?

Assenti.

— O acidente da Gretchen aconteceu não muito depois de Nate voltar para casa. Eu finalmente estava começando a me livrar de um pouco daquela culpa. Gracie tinha nascido. E então Gretchen foi arrancada de mim. Eu me culpei por isso também. Andava pela casa de um lado para o outro no meio da noite, tentando fazer Gracie parar de chorar, e me perguntava por que eu não tinha ido fazer compras para ela. E agora…

Cassandra me parou no meio de nossa volta e pressionou as mãos nas minhas bochechas.

— Preciso que você me escute. Não é culpa sua.

Eu me segurei nos punhos dela, mantendo suas mãos ali. O toque de Cassandra era prazeroso.

— Fácil dizer, difícil é conviver com isso.

— Eu sei. — Seus olhos cinzentos eram rochas, firmes e fortes. — O importante de verdade é você continuar presente e disponível para sua família, não importa a circunstância. Você é forte e confiável. Você é estável. É leal e resiliente.

Ela chegou perto a ponto de tocar as pontas de aço das minhas botas e pressionou os lábios nos meus.

— Mas se tem uma coisa que você não é, é culpado. Você é aquele para quem todo mundo corre em busca de segurança.

Pressionei minha testa contra a dela.

— Obrigado, Cass.

A respiração dela ficou presa.

— E...

Esperei.

Seus dedos se dobraram no meu rosto.

— E é por isso que eu amo você.

— Sr. Griffith? — Uma enfermeira estava na porta e pareceu surpresa quando quatro de nós levantaram a cabeça. Ela gaguejou. — Hã, o sr. Griffith que veio junto na ambulância.

— Vá — murmurou Cassandra, esfregando minhas costas e me empurrando na direção da mulher. — Eu cuido do pessoal.

Fui conduzido por portas duplas, seguindo a mulher baixinha enquanto ela me levava para a UTI.

Eu sempre esquecia de quanto Cassandra era alta. Não convivia com muitas mulheres exceto minhas filhas e minha mãe, então me mostrar tão mais alto que uma mulher adulta enquanto ela passava pelo departamento de emergência, levando-me mais para dentro do hospital, dava uma sensação estranha.

A enfermeira parou do lado de fora de um quarto e estalou os dedos para chamar minha atenção.

— A doutora virá aqui daqui a pouco para informar o que está acontecendo com seu irmão. Depois disso, posso deixar sua família visitá-lo. Dois de cada vez.

Ela abriu a porta e meus joelhos cederam.

Era meu irmão, mas não havia vida. Monitores bipavam e apitavam em ritmos constantes. Ele estava coberto da cabeça aos pés em tubos, cabos, gaze e suporte para a coluna e para o pescoço.

A enfermeira desapareceu, deixando-me sozinho com Ray.

Sentei na cadeira de vinil ao lado dele e esperei.

E esperei.

E esperei.

O tempo no hospital e o tempo padrão eram duas coisas bem diferentes, percebi. "Daqui a pouco" devia significar qualquer coisa entre duas horas e uma eternidade.

Em algum ponto depois de umas 2h45, uma mulher de pele escura e cabelos curtos, com traje cirúrgico verde, bateu na porta.

— Sr. Griffith?

— Nós dois somos — falei, olhando para Ray.

— E o senhor é...

— Christian Griffith. Irmão do Ray.

— Certo. — Ela abriu o histórico dele. — Prazer em conhecê-lo. Eu sou a dra. Oladokun. Estava na equipe cirúrgica que cuidou do seu irmão quando ele foi trazido para cá. Sei que esse não é um dia bom para nenhum de vocês dois, então vou direto ao assunto.

Ela deu a volta para o outro lado da cama de Ray e usou uma caneta para apontar sem tocar nele.

— Ray quebrou as vértebras C2 e C3. Elas ficam bem no alto da coluna, na base do crânio. Depois de um exame de imagem, determinamos que havia fragmentos da fratura que precisavam ser removidos. Fizemos uma fusão posterior e instalamos uma haste e parafusos para estabilizar a vértebra. Ele teve três costelas quebradas, um pulmão perfurado e hemorragia interna.

Entrelacei meus dedos atrás da nuca e praguejei olhando para o chão.

— Ele... ele está acordado?

— Ele está sedado — disse ela, com uma calma enervante na voz. — Serei bem franca, sr. Griffith. Os sinais vitais dele estão fortes e sua atividade cerebral é espantosamente alta, mas eu estou há muito tempo neste hospital. Já vi muitos montadores de touros passarem por essas portas. A maioria dos que sofrem esse tipo de lesão medular ficam paralisados para o resto da vida. Não quero que o senhor crie muitas expectativas. Há muita diferença entre números em um monitor e qualidade de vida.

Soltei o ar num sopro enquanto fixava os olhos nas mãos inchadas de Ray.

— O que... hã. O que vem depois disso?

— Mais cirurgias — disse ela, em tom definitivo. — Não vou te dar uma promessa de quando acho que ele estará fora de perigo, mas, assim que tivermos uma ideia melhor do dano, poderemos elaborar um plano para cuidados a longo prazo.

— Obrigado, senhora — falei, rouco.

— E, sr. Griffith… — disse ela, ajustando um dos monitores e indo até a porta em seguida.

— Sim?

— Falando do ponto de vista médico, não posso ter certeza absoluta, mas acredito que ele possa ouvir o senhor. Converse com ele.

Abaixei a cabeça.

— Sim, senhora. Obrigado.

— Algum membro da família que o senhor gostaria que eu trouxesse para cá, sr. Griffith?

Pensei em quem chamar primeiro, mas um nome veio à mente.

— Cassandra Griffith — falei, a mentira inofensiva saindo com facilidade. — E Claire Griffith. Elas estão na sala de espera.

Alguns minutos depois, uma enfermeira escoltou Cassandra e minha mãe até o quarto. Fiz um resumo das cirurgias e do diagnóstico para elas, depois saí com Cassandra para minha mãe poder ter algum tempo sozinha com Ray.

— Você devia ter deixado o Nate ou o CJ ou seu pai virem para cá primeiro — disse Cassandra. — Eu não sou da família. Por que você disse que eu era uma Griffith?

— Eu precisava de você. — O nó no meu peito se aliviou quando a puxei entre meus braços. — Tenho certeza de algumas coisas. Sei que o sol vai nascer amanhã. Sei que meu irmão vai acordar. E sei que você vai ter o meu sobrenome. Só estou deixando você fazer um *test drive*.

— Christian — murmurou ela. — Isso aqui, o dia de hoje, não gira em torno de mim. Ou de nós.

— Eu sei. — Pressionei os lábios na sua testa. — Obrigado por estar aqui.

Cassandra passou os braços ao meu redor.

— Eu não estaria em nenhum outro lugar.

Ficamos assim, abraçados, e simplesmente descansando.

— Tenho que ver o que faremos. Não quero deixar meus pais aqui sozinhos. Pode levar semanas até ele voltar para casa… se…

— Não pense assim — disse ela, depressa. — *Quando*. Não se.

— Não quero que as pessoas tentem driblar Marty para vir azucrinar meus pais em busca de uma declaração, mas preciso voltar para o rancho. O CJ vai querer ficar aqui também. Nate tem de pensar na bebê. — Suspirei e esfreguei as mãos no rosto. Eu estava *exausto*.

Cassandra pousou as mãos com firmeza no meu peito.

— Eu cuido disso.

Balancei a cabeça.

— Como assim, você…

— Estou falando sério. Eu cuido disso tudo. — Ela pegou meu colarinho e me beijou. — Você não precisa ficar pensando nisso. Fique com Ray e seus pais.

— Cass, eu não posso te pedir para…

— Você não está pedindo.

— Mas as meninas têm aula e…

Cassandra levantou o queixo e olhou séria para mim.

— Eu te amo, e eu cuido disso.

# 31

## Cassandra

Existem certas *soft skills* imperativas de maneira universal, não importa qual seja o trabalho. Organização. Disciplina. Gestão do tempo. Competência informacional e habilidades de pesquisa. Proatividade e resolução de problemas.

Se eu conseguia lidar com atrizes acabadas em bebedeiras, qual seria a dificuldade de lidar com vacas e meia dúzia de peões?

Mais fácil falar do que fazer.

Mas eis outra qualidade imperativa para alcançar o sucesso: ser uma cuzona teimosa que se recusa a fracassar.

Essa era a minha qualidade preferida. Eu simplesmente me recusava a desistir.

O despertador de Christian tocou no amaldiçoado horário de quatro e meia em ponto. Dei um tabefe na máquina decrépita e enfiei a cabeça de cara no travesseiro.

Fazia uma semana e meia desde o acidente de Ray.

Claire, Silas, Nate, CJ e Christian tinham estabelecido um cronograma de turnos de 48 horas no hospital em Houston e 48 horas em casa. Duas pessoas estavam sempre com Ray, esperando. Torcendo. Rezando para ele acordar.

Christian e Nate tinham saído na noite anterior para voltar a Houston, trocando com Claire e Silas para eles poderem descansar e se recuperar.

Eu tinha arrumado os travesseiros a mais no lado dele da cama para não me sentir completamente sozinha, mas ainda me via acordando no meio da noite, procurando o corpo dele.

O despertador tocou de novo.

Eu odiava esse som horroroso.

Apenas uma vez eu queria ir para a cama e acordar quando meu corpo tivesse vontade.

Christian jurava de pés juntos que eu me acostumaria com a rotina do rancho, mas eu estava naquela rotina havia meses e ainda odiava o toque de despertar.

Mas eu me recusava a desistir.

Xingando para cima e para baixo, saí da cama, vesti uma calça jeans e a jaqueta grossa de Christian. Era o mais próximo que eu podia ter de abraçá-lo.

Saí de fininho pela porta sem me incomodar em arrumar o cabelo e me dirigi aos estábulos.

Dottie, Libby, Anny e o resto dos cavalos tiveram a audácia de olhar para mim como se eu estivesse atrasada. O sol não tinha nem nascido ainda.

Segui a rotina de alimentar e dar água para as divas, colocando comida na tigela de Sadie, depois as tirei de lá para poder limpar as baias.

Quando tirei as botas de borracha que ficavam no celeiro e voltei para a casa, as meninas já estavam trovejando lá em cima.

O cheiro de café me atingiu quando abri a porta.

— Eu te amo — declarei para Becks.

Como na maioria das manhãs quando Christian e Nate estavam fora, ela havia acordado para dar de comer a Charlotte, colocado-a numa cadeirinha e descido até a casa de Christian.

Ela me entregou uma caneca.

— Não diga isso muito alto ou Christian vai trocar as fechaduras para eu não entrar.

Dei risada enquanto tomava metade do café em um gole só.

— Isso seria verdade, se ele chegasse a trancar a porta.

Bree desceu a escada primeiro, ruidosamente.

— Dia, srta. Cass! Dia, tia Becks!

— Dia — respondemos em uníssono.

— Que tipo de cereal você quer hoje? — perguntou Becks, enquanto eu pegava a caixa de iscas com suprimentos para os cabelos.

Bree pegou o leite na geladeira.

— Lucky Charms.

— Igual a mim — disse Becks, procurando no topo da despensa e tirando de lá a caixa.

— Estamos quase sem leite — disse Bree, enchendo sua tigela com cereal e cobrindo de leite. Ela trouxe a tigela para a mesa e sentou na minha frente.

Coloquei mãos à obra no ninho de mafagafos em cima da cabeça dela.

Para falar a verdade, sempre achei meio estranho que Christian ainda arrumasse o cabelo das filhas toda manhã. Elas já tinham tamanho para fazer isso sozinhas.

Dez manhãs depois, contudo, percebi que aquele era o seu tempo intencional com elas todos os dias. Eu sabia que o incomodava estar longe delas. Mas, pelo menos uma vez, queria que ele pudesse sentar com sua família durante uma crise, em vez de ser obrigado a seguir em frente para manter as coisas funcionando.

— Eu passo para comprar depois de deixar vocês na escola. Tenho de comprar coisas para o almoço. — Parti o cabelo dela e comecei a fazer uma trança holandesa. — Você precisa de alguma coisa na sua casa, Becks?

Ela ficou um pouco embaraçada.

— Papel higiênico, se não for incomodar. Foi o motivo de eu estar aqui tão cedo hoje.

Bree e eu rimos.

— O que faremos no jantar hoje? — perguntei enquanto Gracie descia a escada pulando, vestida, mas ainda esfregando os olhos para afastar o sono.

— Claire vai cozinhar — disse Becks.

*E graças aos céus por isso.*

Gracie pegou seu cereal, depois sentou para seu cabelo ser penteado.

— Posso só deixar ele solto hoje?

— Você pode fazer o que quiser — falei, dando uma rápida escovada em seus cabelos loiros. — O cabelo é seu. O corpo é seu.

Ela apoiou o queixo na mão e girou a colher no cereal.

Meus instintos me diziam para deixá-la em paz e não tocar no assunto do óbvio mau humor quando tínhamos de sair dali a poucos minutos, e foi por isso que eu fiz o contrário.

— O que foi?

Os olhos dela estavam tristes, fixos nos pedaços de cereal boiando ali.

— Estou com saudade do papai.

Meu coração pesou.

— Eu também.

Ela olhou para mim.

— Sério?

— É. — Cutuquei seu ombro com o meu. — Sinto muita saudade dele, mas ele vai estar de volta amanhã.

Ela conseguiu comer um bocadinho.

— Você acha que o tio Ray vai acordar?

— Não sei — falei, honestamente. Não fazia sentido mentir. — Bem que eu queria saber. O que posso dizer é que as cirurgias de que ele precisava já acabaram, o que significa que os médicos vão começar a tentar ajudá-lo a voltar.

— Então eles estavam mantendo o tio dormindo?

— Mais ou menos isso. Ele bateu a cabeça bem forte, e eles precisaram dar tempo de sobra para ele descansar para que não piorasse. Quando conversei com o seu pai ontem à noite, ele disse que eles esperam poder fazer alguns testes hoje para ver quando ele pode acordar.

Olhei de esguelha para o relógio. *A gente precisa mesmo ir andando.*

— Podemos visitar o tio Ray esse final de semana?

— Não sei — falei, francamente. — Mas vou perguntar a seu pai.

— Promete?

Arqueei uma sobrancelha.

— Eu minto para você?

Ela sorriu para o cereal, que estava rapidamente virando uma papa.

— Não.

— Então. Coma ou você vai ser uma criança rabugenta e sofrida para seus professores.

— Sim, senhora.

— Como é que é?

Gracie riu.

— Sim, minha rainha.

— Assim é melhor. Esteja pronta para sair daqui a dez minutos.

— Srta. Cass…

Virei e vi Gracie girando em sua cadeira para me pegar antes que eu fosse trocar de roupa.

— Do que você precisa?

Ela mordeu o lábio por um momento.

— Se o papai algum dia voltar a se casar e nós tivermos uma madrasta má, espero que seja você.

*Ah, merda.*

— Eu prometo limitar as tentativas de envenenamento com maçãs a duas vezes por dia — falei, correndo de volta para meu quarto e piscando para conter as lágrimas.

Becks estava sentada na minha cama, amamentando a bebê outra vez.

— Bom, isso foi a coisa mais fofa que eu já ouvi em toda a minha vida.

— Não diga nada — disparei, enquanto tirava as roupas dos afazeres e me enfiava numa blusa e calça soltinha de alfaiataria.

Becks rolou os lábios entre os dentes.

— Vamos lá. Pode admitir que você gosta de crianças.

— Eu não gosto de crianças — falei, passando uma escova no cabelo e torcendo tudo em um coque baixo. — Eu gosto *dessas* crianças. Tem uma diferença.

Conseguimos sair de casa e entrar no utilitário de Becks em tempo recorde. Ela o ofereceu para mim, já que era mais fácil de dirigir do que a picape de Christian.

Bree e Gracie falaram o caminho todo até a escola e não pararam nem quando as portas abriram na fila da entrada.

— Tchau, srta. Cass. Amo você — disse Bree, colocando a mochila no ombro.

— Obrigada, srta. Cass — chilreou Gracie, pegando sua lancheira. — Eu amo você.

— Eu também amo vocês. Tenham um bom dia — falei para elas, e congelei.

A minivan atrás de mim buzinou e eu nem senti o impulso de mostrar o dedo do meio para a pessoa.

Gracie e Bree ficaram me encarando de volta, piscando.

Lentamente, sorrisos cresceram até alcançar de uma orelha à outra, primeiro apontados para mim, depois uma para a outra.

Christian ligou assim que eu saí do estacionamento da escola.

— Oi — falei, entrando à direita e me dirigindo para o supermercado. — Como foi sua noite?

— Médicos e enfermeiras entrando de hora em hora — disse ele, suspirando. — Mas não quero falar sobre mim. Você tá bem?

Minha garganta ainda estava apertada por ter dito "eu amo vocês" para Bree e Gracie. Por que era mais fácil dizer isso para Christian do que para as meninas?

Eu não me arrependia nem um pouco, mas isso me deixou abalada.

Eu podia esperar coisas de Christian. Por mais que as pessoas gostassem de dizer que relacionamentos eram incondicionais, não havia nada mais distante da verdade. Eu esperava seu amor e seu apoio, e ele esperava o mesmo de mim.

Mas crianças eram unilaterais. Elas tinham expectativas dos cuidadores e protetores em suas vidas, mas aquele amor não precisava ser recíproco.

Elas não me deviam nada.

*Mas disseram que me amavam mesmo assim.*

— Já falei para você não se preocupar. Eu estou me virando.

— Cass… — Ele parecia o mais exausto que eu já tinha ouvido.

— Não quero que você se preocupe. — Entrei no estacionamento do mercado e puxei o freio de mão. — Foco no Ray. As coisas estão bem.

— As meninas chegaram à escola direitinho? Como foi essa manhã?

Bocejei, sentindo o efeito do café já indo embora.

— Levantei na madrugada dos infernos e alimentei os animais. Becks já estava em casa quando voltei. Dei comida para as meninas e acabei de deixá-las na escola. Eu vou passar no mercado e comprar umas coisinhas para nós e para a Becks, e voltar para começar a trabalhar. Sua mãe vai buscar as meninas na escola e cuidar do jantar por hoje.

Ele pareceu soltar um suspiro de alívio.

— Você está com o cartão de crédito da empresa, né? Não quero que pague minhas compras do seu bolso. Use aquele cartão e eu cuido disso.

— Christian, tá tudo bem. Eu não vou cobrar do rancho.

— Cass, por favor — implorou ele.

— Não.

Ele estava discutindo, mas eu podia sentir a tensão indo embora de sua voz.

— Eu já disse quanto te amo?

— Não desde ontem à noite, então fique à vontade para dizer de novo.

— Eu te amo.

Fechei os olhos e me regozijei no silêncio confortável que perdurou entre nós.

— Sabe, eu acredito de verdade quando você diz isso.

— Ah, é?

— Arrã. — Mordi o lábio. — Suas... hã... — Respirei fundo. — Suas meninas disseram "eu amo você" esta manhã... para mim.

Houve uma leve nota de surpresa na voz dele.

— Sério?

— Foi. E eu disse de volta. Mas foi só meio que um impulso do momento. E se não estiver ok para você, então talvez você precise ter essa conversa com elas — despejei.

— Cass?

— Deus do céu, sim. Diga alguma coisa, por favor. Eu odeio quando falo sem controle.

Christian riu.

— Eu sei.

— Espera... — Pisquei, imóvel. — Como assim você sabe? Você sabe que elas disseram ou sabe que eu odeio falar sem controle?

— Bree tem ficado parada na frente do espelho, ensaiando como dizer isso, há umas duas semanas. Elas finalmente tocaram no assunto, e nós conversamos a respeito quando eu liguei ontem para dar boa noite.

O oxigênio estava vazando dos meus pulmões.

— Ah.

— Gracie não foi uma surpresa — admitiu ele. — Ela adorou você desde o momento em que a viu. Mas a Bree...

— A Bree se lembra da Gretchen — falei.

— Ela e eu tivemos uma longa conversa a respeito disso — disse Christian.

Eu não tinha me dado conta de que a confiança dele era exatamente do que eu precisava.

— Tem certeza de que está tudo bem com isso? — pressionei. — Não estou tentando me inserir no meio da sua...

— Eu quero você no meio dela, Cass. E as meninas também querem. Nós só estávamos esperando você.

Antes que eu pudesse achar o que dizer, ele voltou a falar.

— Olha, tem um médico vindo. Eu te ligo de volta.

— Tá, eu te amo — falei. Arrepios percorreram minhas bochechas quando ele disse o mesmo de volta.

O mercado estava quase vazio, então entrei e saí correndo o mais depressa possível.

Quando cheguei de volta ao rancho, Becks estava no sofá de Christian com a TV ligada.

— Trouxe seu papel higiênico — falei, trazendo as sacolas para dentro e largando tudo na bancada da cozinha.

— Venha já para cá — disse ela, os olhos colados na TV.

Peguei o leite e guardei na geladeira.

— Tenho de conferir com o CJ para ter certeza de que ele está bem, e depois ir para o escritório cuidar do pagamento do pessoal.

— Cale essa boca linda e olhe para a TV — ordenou ela.

— Eu tenho de ir...

— Cass! *Olha!*

Eu estava meio inquieta porque Christian não tinha telefonado de volta. *É algo de bom ou será que algo aconteceu e Ray piorou?* Eu bufei e estiquei o pescoço para olhar para a TV.

— Ai, meu deus.

Enfiei-me no sofá com Becks e a bebê Charlie, assistindo a Tripp ser levado do prédio onde morava algemado em um borrão de luzes azuis piscando.

— Relações-públicas de celebridades caído em desgraça, preso após cliente prestar queixa por estelionato. — Becks caiu na risada. — Ele traiu você com Lillian Monroe e ainda roubou o dinheiro dela?

— Spenser Crenshaw deve ter pegado a dica que eu dei e feito sua mágica. Isso é ainda melhor do que eu esperava. — Eu estava gargalhando demais para ficar com raiva. — *Isso, sim,* é justiça poética.

Becks levantou seu café e fez um brinde comigo.

— O carma é uma merda mesmo. Tudo o que vai, volta, filho da puta! — gritou ela para a cena de Tripp sendo empurrado na traseira de uma viatura do Departamento de Polícia de Nova York.

Pensei no meu apartamento que estava intocado há meses. Eu mal podia esperar para voltar a Nova York, mas apenas para empacotar tudo e voltar para cá.

Para a comunidade.

Para a irmandade.

Para a família.

Para casa.

Para ele.

# 32

## Christian

Eu andava de um lado para o outro no canto do quarto de Ray enquanto médicos e enfermeiras pairavam sobre a cama dele, e rezava para que seus sinais vitais continuassem estáveis conforme eles reduzissem as drogas que o mantinham sedado.

Pressionei as costas no cantinho e coloquei as mãos sobre a boca, desejando que Cassandra estivesse aqui.

A coragem dela me seria muito útil agora.

Ela teria empinado o queixo e lançado aquele olhar exigente sobre todos, demandando excelência sem dizer uma palavra sequer.

Fechei os olhos e prestei atenção, mantendo um ouvido atento no ritmo constante dos monitores, procurando qualquer mudança que pudesse ser causa de alarme.

O sol tinha se levantado naquela manhã, da mesma forma que tinha feito durante as três últimas semanas de constante rotação entrando e saindo do hospital.

Eu ainda acreditava que as duas outras coisas iriam acontecer.

*Eu só precisava que ele acordasse, caralho.*

Os médicos conversavam em voz baixa com o fisioterapeuta respiratório, discutindo o tubo respiratório.

Eu precisava de espaço para me mover, mas não queria atrapalhar.

Minha mãe tinha passado por ali, mas tinha saído para buscar comida na cafeteria, já que os médicos tinham dito que a redução dos sedativos levaria horas para fazer efeito.

Assisti com um fascínio grotesco enquanto o tubo respiratório era removido lentamente.

Depois disso, só o que eu podia fazer era esperar mais um pouco.

Sentei ao lado de Ray e observei o subir e descer superficial de seu peito. O tubo respiratório tinha sido substituído por uma máscara de oxigênio. Tubos intravenosos e fios elétricos ainda cobriam aparentemente cada centímetro do corpo dele.

O livro de Jordan Loft que eu tinha pegado de casa dois dias antes estava aberto no meu colo, mas eu não tinha foco para ler.

Toda vez que eu tentava olhar para uma página, acabava levantando a cabeça assustado, certo de ter ouvido Ray se mover ou fazer um barulho.

Mas ele nunca fazia.

Ficar sentado ao lado de um corpo inerte por três semanas fez com que minha mente estivesse constantemente tentando me enganar.

Olhei para baixo, para o livro, escaneando algumas linhas antes de virar a página. Meus olhos se levantaram depressa quando pensei ter visto o cobertor se mexer, mas Ray estava quieto como uma estátua.

Duas vezes achei ter ouvido meu nome, mas eram só as enfermeiras conversando no posto delas, do lado de fora da porta.

Eu precisava dormir um pouco.

*Chris.*

Virei outra página, passando por cima de letras e pontuação. Por que eu estava tentando ler? Eu deveria ter simplesmente ligado a TV para assistir à reprise do ex-noivo de Cassandra sendo preso pela milésima vez.

*Chris.*

Talvez eu devesse ligar para Cassandra. Já era quase hora do almoço. Ela provavelmente estava fazendo uma pausa e subindo para casa.

Por outro lado, uma das empresas de energia renovável que ela tinha procurado ia começar a instalar painéis solares no topo de todos os celeiros e galpões. Era o primeiro estágio antes de as obras no lado sul da propriedade serem iniciadas. Minha única exigência tinha sido que eles usassem terras que o gado nunca tivesse tocado. A exigência de Cassandra tinha sido que ficasse fora das vistas da futura pousada e restaurante.

A culpa me devorava por não estar lá naquele dia. Ela e CJ eram capazes, mas eu deveria estar lá para cuidar disso.

*Chris.*

Suspirei e olhei para Ray.

Olhos pesados piscaram de volta para mim.

Meu coração parou.

A respiração embaçava a máscara de oxigênio. Fiquei vendo, sem acreditar nos meus olhos, Ray lamber os lábios.

— Ray? — Minha voz era um sussurro roufenho.

Ele tentou dizer algo, mas eu não consegui entender direito. A mistura de adrenalina e alívio era demais para aguentar.

Meti a mão no botão de chamada para trazer as enfermeiras enquanto lágrimas enchiam meus olhos.

Os olhos dele desceram para a máscara de oxigênio, depois de volta para mim. Com cuidado, eu a levantei apenas o bastante para o ouvir.

— Minha pontuação?

O murmúrio foi seco e entrecortado, como alguém rastejando para fora da sepultura e tapeando a morte.

Entreguei a fivela do campeonato que estava ao lado da cama dele havia três semanas.

Coloquei-a em seus dedos, mas eles não se moveram para segurá-la.

— Noventa e um ponto nove.

A noite tinha caído quando voltei para o rancho. O resto do dia foi cheio de lágrimas de tristeza e gratidão.

*Tetraplégico.*

Revirei a palavra na minha mente enquanto estacionava a picape na frente da casa.

Ele estava paralisado do pescoço para baixo, mas estava vivo.

Conversas em torno de cuidados semi-intensivos e transferência para casa circularam pelo quarto dele por horas.

A garganta de Ray estava rouca por causa do tubo. Ele tinha surtos de tosse que não conseguia controlar. As enfermeiras fizeram o possível para deixá-lo confortável, mas o caminho para a recuperação, fosse ela como fosse, seria longe de confortável.

As luzes estavam acesas no térreo, mas fiquei quietinho enquanto entrava discretamente na casa. A mesa da cozinha estava cheia de papéis e, por cima deles, Cassandra.

Seu cabelo loiro se espalhava sobre os arquivos enquanto ela ressonava baixinho, descansando a cabeça nos braços cruzados.

Em vez de acordá-la, comecei a mover os papéis, colocando-os em pilhas organizadas para facilitar sua leitura de manhã.

Passava pouco das nove, e as meninas provavelmente estavam dormindo.

Cassandra se mexeu quando deslizei uma folha de orçamento de debaixo de sua bochecha.

— Hum... — Ela piscou. — Christian?

— Oi, linda — falei, baixinho, ajoelhando-me ao lado de sua cadeira e afastando o cabelo de seu rosto. — Quer ir para a cama?

Cassandra se sentou e pressionou os dedos sobre os olhos.

— Que horas são?

— Nove e quinze.

Ela piscou.

— Eu juro que só fechei os olhos por um segundo. Nem ouvi você entrar.

— Ei. — Encaixei seu rosto entre as mãos. — Não se desculpe. Você... Você fez mais do que eu poderia pedir. Mais do que eu posso te compensar.

— Como está o Ray? — perguntou ela de imediato, e me apaixonei um pouco mais por ela por causa disso. — Eu não falei nada para as meninas. Imaginei que isso fosse uma conversa que você deveria ter com elas.

— Está zangado — admiti, soltando o cabelo e liberando a tensão do meu couro cabeludo. Suspirei. — Eu nunca o vi desse jeito. Ele... ele tinha uma expressão de raiva nos olhos quando os médicos estavam falando com ele e explicando o prognóstico.

— Não consigo imaginar acordar e se dar conta de que a vida como você a conhecia acabou. — Ela afagou meu rosto, acariciando a barba com o polegar. — Quando ele vai poder voltar para casa?

— Provavelmente daqui a uma semana, mais ou menos. Ele vai se mudar de volta para a casa dos meus pais, porque precisará receber cuidados em tempo integral. Marty vai empacotar a casa dele no Colorado e mandar as coisas para cá. Vai... ser um ajuste para todos nós.

Os olhos dela estavam cansados, mas inabaláveis.

— Estou aqui para tudo. Para o que você precisar.

— Neste momento, eu preciso de você na cama.

Ela me deu um beijinho.

— Eu estava torcendo para você dizer isso.

Deixei meu chapéu e a carteira na mesa de cabeceira para poder encontrá-los de manhã, depois me juntei a ela no banheiro. Ficamos lado a lado na pia, escovando os dentes e nos limpando do dia, antes de ir para a cama.

— Vem cá — rosnei baixinho, puxando-a para meus braços. — Eu estava com saudade disso.

Cassandra soltou um suspiro profundo ao se aninhar a meu lado. Seus dedos elegantes traçavam formas aleatórias no meu peito.

— Preciso fazer um pedido.

— Qualquer coisa.

Ajeitei sua cabeça no meu peito, mantendo-a juntinho de mim.

Depois do dia que eu tive, queria correr para o andar de cima e abraçar Bree e Gracie e me deleitar no entendimento de que minhas lindas filhas eram amadas, estavam a salvo e bem cuidadas, graças à mulher nos meus braços. Mas eu também não queria assustá-las.

— Preciso de um tempo de folga para voltar a Nova York — disse ela.

Entrelacei nossas mãos e levei os nós dos dedos até meus lábios.

— Prometa que você vai voltar.

— Prometa que você terá espaço para os meus sapatos quando eu trouxer todos eles — disse ela, com um sorriso maroto.

— Prometa mais uma coisa, princesa — falei, rolando para cima dela, montando em seus quadris. Minha barriga pressionou sua pele quando beijei sua clavícula.

— O quê?

— Prometa para mim que você vai ficar em definitivo. — Empurrei a regata soltinha dela por cima dos seios nus. — Por favor, fique.

Beijei seu esterno, inspirando a fragrância quente e amadeirada de seu perfume.

— Eu pensei que podia cuidar de tudo, mas você me fez perceber que eu não tenho que fazer isso. — Rocei meus lábios nos dela. — E que eu não quero fazer. Quero que seja você.

Empurrei sua calcinha atrevida para baixo e tirei a cueca, estendendo a mão para pegar uma camisinha.

Cassandra segurou meu punho e meneou a cabeça.

— Talvez não dessa vez. Estou tomando anticoncepcional e fui ao médico semana passada para fazer todos os exames depois de ficar sabendo sobre Tripp. Nós não tivemos nenhuma intimidade há tempos, mas eu queria me certificar. Os resultados foram todos negativos.

— Tem certeza? Anticoncepcional não é à prova de falhas.

Ela riu baixinho.

— Eu sei. Mas se tem alguém com quem eu correria esse risco, é você.

— Cass. — Chacoalhei a cabeça. — Você não precisa fazer isso só pra me deixar feliz. Não importa pra mim.

— Eu quero sentir você — admitiu ela.

Deslizei os dedos por seu rosto.

— Se você tem certeza. Meus exames também foram negativos da última vez.

Cassandra enfiou os dedos no meu cabelo, dobrando-os na raiz para me puxar mais para perto.

— O sol nasceu essa manhã. — Ela sorriu enquanto eu beijava seu pescoço. — E Ray acordou.

— Eu ainda acredito nas três coisas, princesa. Pode escrever.

— Muito bom — murmurou ela. — Porque eu também acredito.

— Sabe no que mais eu acredito? — falei, escorregando meus dedos pela sua boceta e espalhando a umidade em volta de sua entrada. — Acho que teremos uma vida boa, não importa o que o dia traga.

Ela passou aquelas pernas quilométricas em volta de mim, pressionando sua boceta contra a cabeça do meu pau.

Entrelacei nossas mãos e as prendi acima da cabeça dela, esticando-a, de modo que seus seios roçassem no meu peito a cada investida, ao mesmo tempo que manobrava para penetrar seu corpo.

Cassandra mordeu minha pele para não fazer som algum. A pontada de dor foi inesperada, mas excitante. Meu pau latejou dentro dela.

— Pronto, princesa. — Arremeti dentro dela outra vez, expulsando o ar de seus pulmões. — Você sabe que aguenta. Agora mostra como você sabe ser uma boa menina pra mim.

Ela era apertada e quente ao meu redor, me envolvendo feito uma luva.

— Eu estava precisando disso — suspirou ela.

— É isso aí. Precisava mesmo. Agora faça o que está com vontade.

Cassandra se arqueou contra mim, combinando cada arremetida minha com uma sua. Nós nos movíamos com fluidez, dando e recebendo até estarmos ofegantes e desesperados.

— Goza dentro de mim — murmurou ela, mordendo o lóbulo da minha orelha para acentuar seu pedido.

Balancei a cabeça.

— Cass, eu não preciso gozar. Posso dar conta disso em um minuto. Deixe eu te dar prazer.

— Eu quero que você goze — disse ela, soltando os punhos da minha mão e descendo com as unhas por meu peito. Ela mordeu o lábio e o sugou entre os dentes.

— Cacete, você joga sujo — admiti, sorrindo maliciosamente.

— Eu sei o que eu quero, caubói.

Passei um braço em torno da cintura dela e nos virei, colocando-a por cima de mim. Empurrei uma pilha de travesseiros para trás das minhas costas.

— Então cavalga em mim.

Cassandra me montou e deslizou meu pau dentro dela. Grunhi quando a pressão apertada voltou a se acumular ao meu redor.

Porém, em vez de buscar seu orgasmo, ela se debruçou adiante e pegou meu chapéu na mesa de cabeceira.

Deslizei as mãos por seu abdômen e segurei seus seios.

— O que você tá fazendo, princesa?

Ela sorriu enquanto movia os quadris para cima e para baixo, perseguindo seu êxtase.

— Você me disse para colocar seu chapéu quando quisesse ser sua. — Ela jogou o cabelo para o lado e colocou meu chapéu na cabeça, os olhos faiscando na escuridão. — E eu quero ser sua.

# EPÍLOGO

## *Cassandra*

*Agosto*

Bree se agarrava ao descanso de braço no avião ao fazermos a descida no Aeroporto Internacional de Dallas.

— Gracie vai ficar com tanta inveja — disse ela, rindo e pressionando o nariz na janela.

Sorri para mim mesma enquanto levantava a bandeja e a prendia.

— Ela vai ter a vez dela quando fizer aniversário.

— É, mas eu pude vir primeiro.

— Você é a mais velha. Seu pai decidiu que seria a cobaia. Assim, se você for sequestrada, ele ainda tem uma de sobra.

Bree riu e deitou a cabeça no meu ombro.

— Você gosta da gente.

Bufei, dramática.

— Acho que vocês não são horríveis.

Mas ela sabia que eu estava brincando.

Eu amava as meninas.

— Você vai ficar com saudade quando as aulas voltarem.

Pressionei a bochecha contra o topo da sua cabeça.

— Talvez eu tenha de fazer uma visita para dar um susto nos seus professores, almoçar com vocês ou algo assim.

— Pelo menos a diretora Beeker se foi.

Estiquei a língua para fora e fingi estar com ânsia.

— E graças aos céus por isso.

Bree riu.

— Sabe, estou contente por você estar com meu pai.

— Ah, é?

Eu tinha me tornado oficialmente uma moradora do Texas no início do verão e transferido todas as coisas do meu apartamento para a casa de Christian.

Ele tinha subestimado severamente minha coleção de roupas e percebeu depressa que me dar metade de seu armário não daria conta. O quarto de hóspedes virou o closet das madames, e Bree e Gracie foram à loucura.

Christian botou isso na conta de futuro investimento, já que a vida social de suas filhas estava desabrochando e seus guarda-roupas, explodindo.

Ele ia parir uma vaca — *hah* — quando visse a montanha que Bree e eu estávamos trazendo da cidade.

Passamos quatro dias abençoados passeando por Manhattan, posando feito turistas, comendo pela cidade inteira e indo a vários shows.

Bree e eu nos encontrávamos alegremente exaustas e um tanto gratas por estarmos voltando para casa.

Eu ainda não conseguia acreditar que um rancho de gado era a minha casa, mas era.

— Você é a melhor madrasta má — disse ela, pressionando-se no meu braço.

Eu tinha me juntado a Christian e Claire no rodízio de motoristas para atividades extracurriculares, o que motivou Bree e Gracie a começarem a me apresentar assim: "Essa é Cassandra, nossa madrasta má. Ela só nos deu duas maçãs envenenadas hoje".

Eu adorava os olhares apavorados que as professoras de balé, os instrutores de natação e os conselheiros do acampamento de verão me lançavam.

Um pouco de medo era algo sadio.

Quando elas soltaram isso da primeira vez que as busquei na terapia, a terapeuta morreu de rir.

— Eu também estou contente por estar com seu pai — falei, cutucando-a de volta. — Acho que peguei uma bela oferta de pague um e leve três. E não vou te trancar numa torre... hoje.

Bree ficou quieta por um momento.

— Você acha que o tio Ray vai me deixar visitá-lo quando nós voltarmos?

Eu não queria desanimá-la, mas tinha a impressão de que Ray não tinha feito muito progresso nos poucos dias em que tínhamos ficado fora.

Ele estava em casa e tinha feito certo progresso físico, graças a um programa experimental de terapia. Mas ele tinha se isolado, recusando-se a ver os outros.

Isso partia o coração das meninas.

Sua pessoa preferida no mundo inteiro não queria nem conversar com elas.

— Eu acho que seu pai vai ver se ele está se sentindo disposto a isso, mas ele ainda precisa de muito descanso. — Apontei para o saco de *bagels* debaixo do assento na minha frente. — Mas Becks vai amar isso aqui.

— Vai, sim — disse Bree com um sorriso.

— Talvez a gente faça uma viagem só com as meninas quando você completar dezesseis anos. Você, eu, Gracie, Becks e Charlotte.

— Sério?!

Aquilo pareceu levantar seu ânimo.

— É. Vai ser divertido.

— Certo — disse ela, remexendo-se em seu lugar. — Mas eu gostei muito dessa viagem, de verdade. Sabe, só você e eu.

— Fico feliz.

— Eu gosto de passar tempo com você.

Eu podia ver que ela estava se preparando para alguma coisa.

— Eu também gosto de passar tempo com você.

Ela cutucou a pele em volta das unhas.

— E estou contente por você estar com meu pai.

— Você já disse isso há alguns minutos.

— Eu sei — disse ela, suspirando. — Eu só quero que você saiba que estou sendo sincera. E estou contente por você trabalhar para o rancho. E sei que meu pai também gosta. Você é muito boa nisso.

O avião estremeceu quando aterrissamos na pista e paramos derrapando.

— Eu gosto de trabalhar no rancho. Na maior parte do tempo.

Ela sorriu.

— E eu gosto que você seja honesta e não nos trate como bebês nem esconda nada da gente para proteger nossos sentimentos. Você trata a gente como adulta.

— De onde saiu isso tudo? — perguntei, enquanto o avião taxiava até o portão.

— Nada — disse ela, rapidamente. A culpa estava estampada naquela carinha angelical por todo lado.

Estreitei os olhos.

— Eu já comprei tudo quanto era roupa para você em Manhattan. O que mais você está tentando arrancar de mim?

— Eu já falei, nada.

— E eu não acredito em você — cochichei.

Bree conteve um sorriso enquanto juntávamos nossas bolsas e bagagens de mão e saíamos do avião.

— Estou muito empolgada para ver o papai — disse enquanto corríamos pelo terminal.

Christian e Gracie esperavam do outro lado para nos buscar.

As pessoas seguravam cartazes e buquês de flores. Passageiros se amontoavam conforme encontravam seus entes queridos.

— Estou vendo o chapéu dele — disse Bree, apontando o caubói alto que ficava uma cabeça acima do resto da multidão.

— Aí estão minhas garotas — disse Christian, pegando a filha adolescente e rodopiando com ela. — Fiquei com saudades.

Abracei Gracie.

— Na próxima vamos você e eu.

— Fiquei com saudades — disse ela, enterrando a cabeça em mim.

— Eu juro, você cresceu uns trinta centímetros em quatro dias.

Ela riu.

— Vem pra cá, você — murmurou Christian enquanto deslizava as mãos em torno da minha cintura e inclinava a cabeça, abaixando-se para um beijo. — Fiquei com saudades.

As meninas soltaram gritinhos quando envolvi o pescoço dele com meus braços e o beijei. Os lábios de Christian estavam quentes e tinham gosto de menta.

— Prometa que não vai embora de novo — disse ele, baixinho.

— Tanto trabalho assim pra você? — Dei um último beijo nele.

Ele riu.

— Não, eu só não gosto de dormir sozinho.

— É justo.

Christian se aproximou para outro beijo, mas pressionei as mãos contra seu peito.

— Meu senhor, estamos em um aeroporto!

— Como se eu ligasse — soltou ele, depois me inclinou bem para trás, deslizando a língua junto à minha.

— Pai! — berrou Gracie.

O grunhido baixo dele enquanto roubava meu fôlego fez um fogo explodir dentro de mim.

— Eu te amo — disse ele, baixinho, ajudando a me endireitar de novo.

— Eu também te amo.

— Pai! Olha só o meu cabelo! — Bree rodopiou e afofou o cabelo. — A srta. Cass me levou para seu salão preferido e eu fiz *reflexos*!

Os olhos de Christian se encheram de lágrimas ao ver o cabelo de Bree. Tinha sido só uma aparada e algumas mechas, mas ela parecia mesmo mais adulta.

— Você está linda, bebê — disse ele, passando a mão pela parte de trás da cabeça de Bree. — Está a cara da sua mãe.

Apertei a mão dele.

Christian deixou um beijo na minha têmpora.

— Obrigado.

— Foi divertido — respondi com sinceridade. — Acho que nós nos conectamos.

— Srta. Cass, quer assistir a um filme hoje à noite? — perguntou Gracie. — Eu fiquei com saudades de você.

— Podemos assistir — falei. — E... sabe... podem me chamar só de Cassandra. Ou Cass. Não precisam me chamar de *srta. Cass*.

Os braços de Christian se apertaram ao meu redor quando Bree e Gracie assentiram.

Esperamos na esteira de bagagens as malas chegarem, uma por uma. Bree tagarelou sem parar sobre a viagem enquanto Christian me segurava junto a seu peito.

O caminho para o rancho foi cheio de um silêncio confortável. Bree, cansada por ter acordado cedo para chegar ao aeroporto LaGuardia, caiu no sono assim que Christian pegou a estrada.

Eu me sentei na frente, de mãos dadas com Christian, repousando minha cabeça em seu braço forte.

O sol se punha quando chegamos em casa. Christian carregou as malas para dentro, resmungando por estarem muito mais pesadas do que quando partimos para Nova York.

Claire estava na cozinha de Christian, mexendo algo no fogão que emanava um cheiro delicioso.

— Como foi a viagem, Cass? — perguntou ela com um brilho no olhar.

Tirei meus sapatos de salto.

— Foi boa. Acho que Bree se divertiu.

— Ei, calce suas botas, rapidinho — disse Christian, aparecendo na cozinha.

— Por quê?

— Os construtores vieram e marcaram os alicerces para a pousada hoje.

Minhas sobrancelhas se ergueram.

— Sério?

— Venha. Vamos cavalgar até lá antes que escureça.

Eu coloquei um short e calcei um par de meias e botas.

Elas estavam começando a se desgastar com o tanto que eu as usava, mas isso só me fazia amá-las ainda mais.

Christian e eu montamos Dottie e Libby até o local da pousada. Bandeirinhas e tinta spray marcavam uma planta enorme no pasto oeste.

— Uau — falei, desmontando de Dottie para andar por ali, tomando cuidado com as estacas que se projetavam da grama.

O pôr do sol era glorioso.

Apoiei as mãos nos quadris e soltei o ar.

— Isso vai ser incrível.

— Sabe — começou Christian, pegando minha mão e caminhando para a parte de trás do futuro edifício que daria para a vasta paisagem. — Acho que talvez você tenha razão. Nós deveríamos celebrar casamentos aqui.

— As pessoas vão pagar um dinheirão por uma vista dessas. Some a isso a facilidade de ter um restaurante e uma pousada no local. Os casais vão se estapear para se casarem aqui.

— Você acha que deveríamos ter um local para casamentos ao ar livre? Sabe, acrescentar um paisagismo e tornar a coisa intencional?

— Posso ver o que temos no orçamento. Pode não estar pronto para o primeiro ano, mas podemos planejar isso, sim.

— Bem aqui — disse Christian, parando subitamente.

— O quê?

Olhei ao redor. A grama estava iluminada, como se em chamas. Raios dourados de sol refletiam na lagoa. Era sereno e paradisíaco.

Christian se virou para mim.

— Bem aqui. É aqui que deveria ser.

Bati no queixo, pensando.

— Vou conferir os números e pedir alguns orçamentos.

— Podemos chamar de despesa pessoal. Porque é aqui que eu quero me casar com você. — Ele enfiou a mão no bolso e tirou de lá uma caixinha, ajoelhando-se no chão. — Bem aqui, onde tudo começou. A terra onde nos unimos. O lugar onde o sol nasce e se põe. Quero que o primeiro casamento aqui seja o nosso.

Ofeguei quando o diamante cintilou, refletindo o poente.

— Christian...

— Aceita se casar comigo, Cass?

Tudo o que eu pude fazer foi assentir enquanto ele deslizava o anel no meu dedo. Era lindamente minimalista. Elegante e sofisticado.

— De três coisas eu tenho certeza — disse ele, passando as mãos por meu cabelo. — O sol vai nascer amanhã. Minhas meninas te amam. E você foi feita para ser nossa.

E eu também acreditava nisso.

# EPÍLOGO EXTRA

## Christian

*Onze anos depois*

Escondi o buquê de flores atrás das costas enquanto me esgueirava para o escritório de Cassandra. Um difusor de óleo no saguão fazia o lugar cheirar a cedro. Era gostoso. Música suave tocava quando subi as escadas.

Alguns anos atrás, demolimos e reformamos o escritório do galpão. Com a pousada, o restaurante, o espaço para eventos e o programa equino indo de vento em popa, precisávamos de uma sede adequada.

Lá se foram a lateral de metal corrugado e o piso de cimento.

O edifício do escritório tinha dois andares e era construído no mesmo estilo da pousada. Madeira belíssima e pedra fria misturadas numa combinação prática. O piso principal exibia escritórios para a equipe do programa equino, salas de impressão e armazenamento de materiais. O piso superior abrigava uma sala de conferências, o escritório que era meu, mas eu nunca usava, e o covil de Cassandra.

Alguns funcionários viram as flores nas minhas costas e riram entre si enquanto eu subia os degraus.

Abri as portas francesas para o escritório de Cassandra e aguardei pacientemente enquanto ela levantava a cabeça durante uma ligação, um sorriso brincalhão no rosto.

Ela passou o cabelo para trás da orelha, olhando-me de cima a baixo enquanto encerrava a conversa.

O fone clicou no receptáculo e ela pousou os cotovelos sobre a mesa.

— Cinco da tarde em ponto e você está no meu escritório? — Ela girou na cadeira e se afastou da mesa. Seus saltos altos estalaram contra o piso de madeira. — A que eu devo esse prazer?

Tirei as flores de trás das minhas costas.

— Eu fiz reservas para o jantar.

Os lábios dela se curvaram para cima enquanto ela desfilava cada vez mais para perto.

— Você precisa reservar quando é um dos donos do restaurante?

Eu ri.

— Preciso. É o que acontece quando a gerente da propriedade é um gênio do marketing e faz do restaurante um lugar badalado. — Aninhei sua nuca enquanto a beijava fundo e devagar. — Não dá nem para jantar no próprio restaurante.

Na verdade, na maioria das noites comíamos o jantar acomodados no sofá. Com as garotas fora de casa, estávamos desfrutando a vida de casal com o ninho vazio.

Cassandra passou os braços em torno do meu pescoço, sorrindo contra meus lábios.

— Hum. Eu vou parar de fazer meu serviço tão bem.

Sacudi a cabeça, esfregando meu nariz no dela.

— Não, senhora. Eu gosto de assistir enquanto você manda brasa.

Seus olhos ficaram pesados novamente enquanto ela fitava minha boca.

— Como é que é?

Afaguei seu queixo e a trouxe para outro beijo.

— Não, minha rainha.

Finalmente nos separamos, sorrindo feito adolescentes.

— Lisonja, flores e reservas para o jantar. — Ela pegou o buquê e levou as flores até o nariz. — Você tem algum motivo para pedir desculpa?

Eu ri.

— Não. Só pensei que já passava da hora de tirar a noite para um encontro.

Fiquei encarando sua bunda enquanto Cass voltava para a mesa e desligava o computador.

— Eu não vou recusar.

Esperei no sofá que ficava de frente para uma vidraça ampla enquanto ela terminava de ajeitar as coisas. Quando ouvi o deslizar de uma gaveta em sua escrivaninha, olhei por cima do ombro e a vi passar perfume nos punhos e no pescoço. Ela o trocou então por batom, passando nos lábios uma camada de rubi.

— Está pronto, caubói?

Pegamos a estrada de duas vias que levava ao restaurante com minha picape.

A *hostess*, Molly, nos recebeu com um sorriso e nos conduziu até uma mesa na cobertura com uma vista imaculada.

O gado estava próximo hoje, pintalgando o horizonte ao pastar.

— Isto é perfeito — disse Cassandra, analisando a carta de vinhos. — O tempo está lindo.

O espaço para jantar ao ar livre era uma das minhas características preferidas no restaurante. Uma amurada de ferro deixava o lugar aberto e arejado. Velas pontilhavam as mesas cobertas em linho branco, as chamas tremulando com a brisa.

— Você está linda, Cass — falei, quando o garçom se afastou com nossos pedidos de bebidas.

Ela riu.

— Estou com roupas de trabalho.

— Ainda linda, princesa. Sempre linda.

Cassandra estendeu a mão por cima da mesa e traçou círculos em volta da minha palma com o dedo anular.

— Nosso aniversário de casamento está chegando.

— Mal posso acreditar que já faz dez anos.

— Muita coisa aconteceu — disse ela. — Gracie disse que estava planejando vir para cá para o fim de semana, se conseguisse os dias de folga no trabalho.

Eu ainda não acreditava que minha bebê caçula já era uma mulher adulta. Universitária formada, morando sozinha.

Embora eu supusesse que, com vinte e dois anos, ela provavelmente protestaria ao me ver chamá-la de minha bebê.

Mas nunca protestou.

— Bree me enviou uma mensagem de texto há pouco, querendo saber se gostaríamos de passar nosso aniversário na casa dela.

Eu ri.

— Não tem oxigênio suficiente naquele armário para nós três. Teríamos de ficar em um hotel.

Bree, agora com 24 anos, estava vivendo em Nova York. *Para o meu desgosto.* Mas, considerando que tinha sido eu quem a levara até lá e a ajudara a se mudar para estudar na Universidade de Nova York, não podia reclamar muito.

Seu apartamento, um estúdio, deixava muito a desejar, mas a vida na cidade combinava perfeitamente com ela.

De esguelha, vi um casal jovem sentado a algumas mesas de distância. O homem parecia vagamente familiar e a conversa entre ele e o garçom confirmou isso.

— Aquele é o menino do George Thompson — falei para Cassandra, indicando-o com o queixo.

Cassandra revirou os olhos.

— Ele deve estar com o quê, trinta e tantos? Quase quarenta? Acho que você não pode mais chamá-lo de menino.

— Você se incomoda? Vai ser só um minuto.

Cassandra riu baixinho, e vincos profundos se formaram em torno dos cantos dos seus olhos. *Meu deus, ela simplesmente ficava mais linda a cada dia.* Seus cabelos loiros e macios agora eram uma mistura de dourado e prateado. Combinavam com ela.

— Vá lá — disse ela. — Eu peço para você.

Beijei seu rosto, depois me afastei e fui até a mesa encostada à grade.

— Com licença — falei ao me aproximar deles.

A mulher olhou para mim, curiosa.

— Perdão por interromper a noite de vocês. Não pude deixar de ouvir... você é um Thompson?

O homem anuiu.

— Sou.

— Você não seria, por acaso, ligado à Fazenda Thompson? Thompson Grãos e Rações?

— Sou, sim. — Ele estendeu a mão e apertou a minha. — Vaughan Thompson. Essa aqui é Joelle Reed. Ela é proprietária e operadora da empresa de aviação agrícola que cuida da terra.

Um sorriso foi inevitável.

— Não diga! Christian Griffith. Acredito que nos falamos ao celular algumas semanas atrás.

Assenti para Joelle.

— Prazer em conhecê-la, senhora.

Voltando-me para Vaughan, perguntei:

— Como é que está a sua temporada de crescimento esse ano? Vou te falar, preciso lembrar de ligar para você de novo. Estamos esperando uma ótima época de parição, mas sabe como o tempo anda seco, tirando aquela tempestade de uns dias atrás. Vocês provavelmente vão ouvir da gente quando o inverno chegar. Diabos, a gente pode até limpar os silos de vocês. Nós tentamos sempre obter ração local, mas às vezes o rebanho tem um apetite maior do que as fazendas ao nosso redor podem cultivar, e nosso principal fornecedor anda meio esquisito ultimamente.

Ele enfiou a mão no bolso e puxou um cartão de visitas.

— Ligue para mim quando quiser.

Eu peguei o cartão e o guardei no bolso da camisa.

— Vou deixar vocês à vontade para aproveitar seu jantar.

— Você se dá com todo mundo, não é? — Cassandra disse com uma risada suave quando tornei a me sentar.

— E você também. — Peguei o uísque que tinha sido servido no meu lugar. — A diferença entre nós é que eu estou só fazendo contatos para negócios. Você coleta informações.

— Eu faço o que for preciso para proteger esta família.

— É por isso que eu te amo.

Nós nos fartamos com um jantar fenomenal, nos demorando com a sobremesa para poder desfrutar do crepúsculo.

Não havia nada igual.

Enquanto Cassandra passava na cozinha para dizer à equipe que estavam todos fazendo um excelente trabalho, eu trouxe a picape para a frente do restaurante.

Dez anos juntos não tinham sido fáceis, mas não havia mais ninguém que eu escolheria para isso.

Cassandra era a peça que eu não sabia que faltava em nossa família.

Ela era um cavalo de batalha com uma espinha de aço que amava mais intensamente do que lutava.

E essa mulher lutaria até a morte por qualquer um de nós.

Eu tinha duas filhas lindas que eram a cara da mãe. Mas, graças a Cassandra, elas tinham se tornado mulheres de quem Gretchen teria orgulho.

Quando chegamos em casa, Cassandra ficou sentada e esperou que eu desse a volta e abrisse a porta para ela.

Os saltos altos que ela usava eram adornados com os pequenos encaixes que eu fizera para impedi-los de afundar na terra.

No momento, eu a tinha alcançado: para cada par de sapatos dela havia um par de encaixes feito.

Eu carreguei as flores enquanto Cassandra se segurava no meu braço quando subimos os degraus e entramos em casa.

— Obrigada por ter pensado nisso — disse ela, tirando os sapatos. — Fazia um tempo que não saíamos.

Meu torso pressionou contra suas costas quando pendurei meu chapéu e soltei o cabelo.

Embora as meninas estivessem adultas, eu tinha mantido o cabelo comprido. Talvez o cortasse algum dia, mas Cassandra parecia gostar dele do jeito que estava.

Bem. Exceto quando eu acabava com seu xampu.

— Pare aí mesmo, amor.

Pressionei a mão entre suas omoplatas.

Cassandra riu baixinho.

— O que você está fazendo?

Fechei a porta com um chute e levei as mãos até a frente de seu corpo, desabotoando sua blusa.

Observei por cima de seus ombros o sutiã de renda ficar à vista a cada botão aberto.

— Linda — murmurei contra sua pele, depositando um beijo na lateral de seu pescoço. — Braços para cima.

Cassandra nem argumentou, o que era raro para ela. Ergueu os braços e me deixou despi-la, peça por peça.

Puxei a faixa de tecido que segurava sua calça soltinha amarrada na cintura. Isso era algo que eu adorava nela. Ela sempre tinha uma aparência muito clássica. Seu estilo não havia mudado nem um pouco. Ainda era de usar salto alto, rotina completa de maquiagem e atrevimento urbano.

Caía bem nela.

Empurrei sua calça para baixo e segurei sua mão para ajudá-la a sair da peça.

— Gosto disso — murmurei, descendo o nó do dedo por seu dorso, roçando o conjunto de sutiã e calcinha combinando.

Cassandra inclinou a cabeça para trás. Cachos suaves de cabelo cor de pérola se derramaram por sua coluna.

— Achei que gostaria.

— Do que você está falando?

Cassandra se virou, alisando a frente da minha camisa com as mãos.

— Você já deveria saber a essa altura que se minha lingerie está combinando, eu estava pensando três jogadas na sua frente.

Eu ri enquanto a encurralava contra a geladeira.

— Então é por isso que você tinha perfume e batom na gaveta da escrivaninha.

Os olhos dela se vincaram com deleite e malícia.

— Eu tinha um pressentimento.

Passei seu cabelo para trás da orelha e afaguei seu rosto.

— Alguém te disse que eu havia feito as reservas?

Ela meneou a cabeça.

— Você já deveria saber a essa altura que eu fico sabendo *de tudo* o que acontece em torno desse rancho. — Ela me deu um beijinho. — Charlotte talvez tenha passado no meu escritório e me contado que ela e Becks se encontraram com você na cidade quando você estava comprando as flores.

Eu apenas chacoalhei a cabeça.

— Droga, essa família…

Ela enfiou os dedos nos meus cabelos, os olhos faiscando ao travarem nos meus.

— E aí? Você vai desperdiçar tudo isso aqui?

— Mas de jeito nenhum.

Eu a carreguei até o quarto e a deitei na cama antes de tirar as botas e me livrar das minhas roupas.

— Abra as pernas para mim, princesa. Deixa eu ver como você está molhada por minha causa.

A calcinha dela se esticava contra seu monte macio. Um ponto de umidade do tamanho de uma moeda manchava o tecido.

— Essa é a minha garota. É isso que eu gosto de ver. — Subi na cama e puxei a calcinha pelas pernas de Cass. — Abre bem para mim. Deixa eu ver o que é meu.

Cassandra apenas sorriu enquanto meneava a cabeça.

Pressionei um beijo molhado e caprichado em sua boceta. Ela soltou um suspiro baixinho que se transformou em um gemido profundo quando usei a língua achatada para brincar com seu clitóris.

Agarrei as coxas dela, segurando-as bem abertas enquanto a devorava como se eu não tivesse acabado de consumir um jantar e sobremesa cinco estrelas. Ela era melhor do que os dois.

Beijei a parte interna de suas coxas, mordendo de leve e provocando enquanto deslizava os dedos para dentro de sua boceta até ela virar uma bagunça trêmula e soluçante. Eu gostava de estender as preliminares. Queria servi-la até ela estar implorando, *implorando* para eu colocar meu pau dentro dela.

Cassandra choramingou, enfiando as mãos no meu cabelo para me segurar contra sua boceta quando eu voltei a chupá-la. Ela arqueou os quadris, desesperada para receber mais pressão. Mais sensação. Mais de tudo.

— Christian — murmurou ela.

— Diz meu nome de novo, linda.

— Christian, *por favor* — arfou ela quando eu enfiei dois dedos dentro dela outra vez e os dobrei, acariciando suas paredes internas.

Suas coxas tremiam e seus dedos se curvavam nos lençóis.

— Pra dentro de mim agora mesmo — gemeu ela.

Acrescentei um terceiro dedo e estalei a língua.

— Aaah... não sei se você está nesse ponto ainda, princesa.

— Christian!

Ela estava quase no auge. Sua boceta se apertou em torno dos meus dedos. Eu os retirei e brinquei com seu clitóris de novo.

Ela grunhiu em uma mistura de agonia e êxtase.

— Me fode logo.

— Só mais um pouquinho, talvez, e aí você vai estar pronta — provoquei. — Tire esse sutiã e brinque com seus mamilos lindos. Talvez isso a distraia de quanto você quer o meu pau.

Os dedos dos seus pés se curvaram quando chupei seu clitóris.

— Vamos, princesa. Brinque com seus seios e eu deixo você gozar.

— Nós vamos precisar de seguro contra enchente desse jeito — resmungou ela, tirando o sutiã.

Passei sua coxa em torno do meu quadril e deslizei para dentro dela sem a menor resistência.

— Que tal, amor?

Cassandra gemeu de alívio.

— Deus do céu, isso. Muito melhor.

Venerei sua pele com beijos suaves e quentes enquanto me movia lentamente dentro dela, mantendo-a equilibrada no fio da navalha.

— Essa é a minha mulher linda — falei, tirando um momento para afastar seu cabelo do rosto. Apoiei-me no antebraço e apalpei seu seio.

Ela soltou um gemido baixinho e trouxe os quadris para junto dos meus.

— Por favor — implorou ela. — Por favor, me deixa gozar.

— Tá bom, princesa. — Arremeti com mais força, depois fiz uma pausa para me esfregar contra seu clitóris. — Só porque você pediu com tanto jeito.

As costas dela arquearam quando a levei além do limite.

Eu adorava quando ela gozava. Cassandra sempre se inclinava adiante o suficiente para encaixar a cabeça na curva entre o meu pescoço e o ombro. Seu hálito quente na minha clavícula era uma carícia enquanto meu clímax a preenchia.

— Tão linda quando goza — falei, e então a beijei.

Quando Cassandra afinal recuperou o fôlego, ela riu.

— O quê? — falei, enxugando uma lágrima cheia de alegria do canto de seu olho.

Ela apenas chacoalhou a cabeça.

— Mudei de ideia.

— Sobre o quê?

— Sobre passar nosso aniversário em Nova York com Bree. — Ela inclinou a cabeça para cima só o bastante para me beijar. — Eu quero você só pra mim.

# AGRADECIMENTOS

Para Landon: Por me ouvir reclamar de quanto minhas mãos doem. Por me dizer que meu livro não é uma droga. Por deixar comentários ensandecidos (eu consertei a cena em que ele precisaria de um pau de sessenta centímetros curvado feito um bumerangue, tá?). Eu te amo mais. Vai, Bobcats!

Para Mikayla e Mandy: Por estarem lá durante a parte meiga, a parte não tão meiga assim e a parte picante. Eu nunca sinto de verdade que o que escrevo aqui atrás significa o bastante ou resume quanto sou grata por vocês duas, mas, droga, como estou feliz por termos nos encontrado. Um brinde às amizades que conseguem sair das DMs.

Para Kayla: Por suas façanhas nas redes sociais e sua confiabilidade! Sou grata pra cacete por você!

Para minha equipe de rua: Obrigada por seu entusiasmo e incentivo! Todos vocês são parte essencial da minha equipe e sou muito grata por cada recomendação, cada vídeo e postagem!

Para Mel: Por ter criado a capa mais FODONA com minhas ideias esquisitas!

Para Jen, Josette, Erica, Megan e toda a equipe da Grey's Promotions: Muito, MUITO obrigada por todo o seu trabalho dedicado e por agitarem este livro!

Para as HEA Babes: Pelas risadas, pelas lambidas no braço, pelos microtopos inexplicáveis e por ser um lugar excelente para falar demais.

Para The Good Vibe Tribe: Por criarem uma comunidade segura e oferecer apoio e incentivo.

Para minha equipe ARC: Vocês são os melhores! Seu entusiasmo e apoio me surpreendem diariamente. Vocês fazem eu me sentir o ser humano mais bacana que já viveu. Sou muito grata por cada um de vocês. Obrigada por oferecerem seu tempo e suas plataformas para promover meus livros!

Para meus leitores: Nomear todos um por um dobraria o tamanho deste livro, mas vocês todos são a razão pela qual eu continuo escrevendo. Estou convencida de que não há melhor grupo de pessoas do que meu clube de pôquer da vida real. Vocês todos são seres humanos incríveis! Obrigada por amarem esses personagens e ficarem tão empolgados quanto eu com as histórias deles! Obrigada por sua animação, seu incentivo e seu entusiasmo!

Para os baristas da Starbucks: Vocês não falam comigo e nunca questionam por que eu fico sentada num canto mais de quarenta horas por semana. Por favor, tragam de volta o croissant de amêndoa. Estou implorando.

# Irmãos Griffith

LIVRO 1